中國新聞史研究輯刊

七 編

主編 方 漢 奇

副主編 王潤澤、程曼麗

第 6 冊

臺灣新聞學術史（1895～1987）

林 若 野 著

花木蘭文化事業有限公司

國家圖書館出版品預行編目資料

臺灣新聞學術史(1895～1987)／林若野 著--初版--新北市：
花木蘭文化事業有限公司，2023〔民112〕
目 2+310 面；19×26 公分
（中國新聞史研究輯刊 七編；第 6 冊）
ISBN 978-626-344-347-1（精裝）
1.CST：新聞史 2.CST：臺灣史 3.CST：學術研究
890.9208   112010180

ISBN-978-626-344-347-1

中國新聞史研究輯刊
七 編 第 六 冊   ISBN：978-626-344-347-1

臺灣新聞學術史(1895～1987)

作　　者　林若野
主　　編　方漢奇
副 主 編　王潤澤、程曼麗
總 編 輯　杜潔祥
副總編輯　楊嘉樂
編輯主任　許郁翎
編　　輯　張雅淋、潘玟靜　美術編輯　陳逸婷
出　　版　花木蘭文化事業有限公司
發 行 人　高小娟
聯絡地址　235 新北市中和區中安街七二號十三樓
　　　　　電話：02-2923-1455／傳真：02-2923-1452
網　　址　http://www.huamulan.tw 信箱 service@huamulans.com
印　　刷　普羅文化出版廣告事業
初　　版　2023 年 9 月
定　　價　七編 6 冊（精裝）新台幣 15,000 元　　版權所有‧請勿翻印

臺灣新聞學術史（1895～1987）

林若野　著

作者簡介

林若野，男，1991 年 12 月生，陝西西安人，新聞學博士。畢業於南京師範大學新聞與傳播學院，從事臺灣新聞史、臺灣新聞學術史方面的研究。曾赴臺灣世新大學、政治大學交換、交流。現任教於南京林業大學人文社會科學學院廣播電視與新媒體系，研究方向為新聞史論、媒介融合，重點關注臺灣新聞學術史、臺灣地區報刊史、基層媒體融合與發展，公開發表論文多篇，主持省級以上課題 2 項。

提　　要

　　臺灣新聞學研究是中國新聞學術版圖的重要組成部分，具有學術、文化與社會等多方面意義。本書對臺灣地區新聞學術發展歷史進行梳理，以期呈現自日據至戒嚴近百年時間內，臺灣新聞學術的源頭、理路與脈絡。臺灣地區有關新聞學的記載最早出現於日據時期，彼時臺灣報人在文化暴力政策下自發形成對新聞的思考。1945 年臺灣光復，新聞學術場域經歷了短暫的多元化後逐漸為大陸到臺人士主導，建立了新聞學術研究的空間與體系，學術團體與新聞刊物紛紛創辦，臺灣新聞學研究由自發走向自覺。1954 年政治大學新聞研究所成立，揭開了臺灣地區建制化新聞高等教育與研究的序幕，新聞學研究逐漸從業務經驗探討轉向嘗試建立理論體系，並在國民黨威權統治下形成了宣傳本位的學術研究面貌。1966 年，徐佳士所著《大眾傳播理論》一書的出版，將美國傳播學研究譯介到臺灣，大眾傳播理論、量化研究方法、實證研究範式開始逐漸為學者們所使用，重構了臺灣新聞學研究的面貌，形成了三民主義新聞理論研究與受眾問題研究並行的局面。由於新研究範式的引入與學者代際的更迭，加之社會環境與政治結構的變化，新聞學研究的自律性不斷增加，新聞學術場域開始游離於政治話語內外，呈現出新的發展面貌與思想內涵。

目

次

前　言

　　新聞學術史是「新聞學研究活動自身的歷史，以新聞學理論形態變遷為主線，以新聞學術機構、新聞學術刊物、新聞學術團體為主要載體，以新聞學術制度、新聞學術環境為重要保障」的研究，[註1] 能夠達致為當今學術正本清源之目的。臺灣地區自早期閩粵移民墾荒以來，經歷了荷蘭殖民統治、鄭氏家族統治與清朝行政統治後，因《馬關條約》的簽訂而為日本殖民者佔據。在經歷了半世紀的文化暴力統治後，終於隨著太平洋戰爭的結束而光復祖國。在近現代百餘年的歷史激盪之中，臺灣地區的新聞事業經歷了依靠大陸、萌芽進步與殖民壓制等階段，在光復後開始了相對自主的發展。1940 年代末國民黨政府播遷渡海，臺灣社會經歷了短暫動盪後，於 1950 年代逐漸建立起穩固的政治制度。隨著社會的穩定，高等教育開始在臺灣地區快速發展，新聞教育與學術研究也在大陸到臺人士的推動下，乘著這一東風而逐漸蓬勃。

一、研究意義

　　以知識社會學的視角，將臺灣地區新聞學術場域中的知識生產放入長時段的社會背景中可以發現，學科知識作為一個有機體，隨著時間的更迭與知識體的消長，發生著不同程度的變化，並會隨著大環境的各種主客觀因素而改變，產生出反映時代特色的學術思想。臺灣新聞學術研究作為中國新聞學術研究的一部分，既有對近現代時期大陸新聞學術思想的繼承，鑴刻上了孕育它的社會母胎的印記，也留下了受歷史滌蕩沖刷後的痕跡，在臺灣政治背景、社會

〔註 1〕李松蕾：《北大新聞學茶座（49）——李秀雲教授談「中國新聞學術史的過去、現在及未來」》，《國際新聞界》2016 年第 1 期，第 167 頁。

環境、文化思潮影響下形成獨特面貌，因而有必要對其進行梳理與審視，以完善我國新聞學術史的版圖。本研究將著眼於光復後及戒嚴時期的臺灣新聞教育與研究場域，將其嵌入彼時的政治社會背景之中，梳理新聞學術發展的脈絡，既體現兩岸新聞學術思想的延續與關聯，也看到臺灣地區新聞學術發展與大陸地區的不同之處。這對於完善我國新聞學術史、反思我國當下新聞研究與教育以及推動兩岸新聞學科的交匯融合發展有一定的積極意義。

首先能夠豐富中國新聞學術史研究成果體系內涵。梳理學術發展的歷史，是揭開歷史薄翳、呈現學術精髓的不二法門，讓今天的研究者知往鑒來，促進學科良性的發展。學者陳世敏曾提出，瞭解一門學科知識的發展歷史，是為了「以便將來有朝一日參與學門建設工程時，知所選擇站在某幾位巨人的肩膀上。」〔註2〕臺灣地區新聞學術的發展變遷是我國新聞思想史、學術史的重要組成，考察這一場域中的學者、研究成果、科研機構，梳理出相對系統、完整的學術脈絡，對於中國新聞學術成果體系的完善有很大的補充作用。但縱觀兩岸新聞學術研究，對於臺灣新聞學術史的完整系統梳理的成果，可謂「門前冷落鞍馬稀」。大陸學者在書寫中國新聞學術史時，往往忽視臺灣這一「遊子」。少量關照到臺灣新聞學發展的研究，也僅僅是在書中附簡單章節介紹島內1950 年代後的學術發展概況。〔註3〕臺灣新聞學者雖然對自身學術的發展給予了更為充分的關注，但缺少系統性的研究，大多是對某一份期刊進行內容分析，或是選取新聞傳播的書籍、碩博士論文、報人學者進行統計，進而總結出階段性的特徵。最為完備的學術成果是林麗雲於2004 年出版的《臺灣傳播研究史——學院內的傳播學知識生產》，其內容以政治史為框架，著重梳理了臺灣新聞傳播研究在1954～2000 年間的轉向及其學術脈絡。本書嘗試跳脫出政治史的分析框架，以學術場域內的「標誌物」為劃分依據，將日據及光復初期島內「小荷才露尖尖角」的新聞學術萌芽納入研究視野，進一步聚焦於新聞學領域之中而不過多旁及傳播學，以期呈現更為精緻的細節。

〔註2〕陳世敏：《關於傳播學入門科目的一些想法》，中華傳播學會年會論文，新竹：關西鎮金山裏35 號，1999 年。

〔註3〕較有代表性的著作以徐培汀撰寫的《中國新聞傳播學說史》和由戴元光、童兵、金冠軍主編，鄭貞銘編著的《中國新聞學與傳播學·臺灣新聞傳播事業卷》為代表。其中徐著在書末獨闢一章，介紹了臺灣新聞傳播學術自1950 年代後的大致發展。鄭著則在敘述臺灣新聞事業的發展時，在第十一章介紹了臺灣新聞教育的發展。

　　其次是能夠完整呈現臺灣新聞學術發展的源頭及特點。作為雄雞邁向太平洋的一隻腳,臺灣的地理位置導致了它在很長一段時間處於中華文化的邊緣,並因為歷史的原因而受到諸多文化的影響,在文化上呈現出以中華文化為核心,融合多種外來文明的特點,新聞學術研究也因為這一文化特徵而呈現出多元的面貌,釐清不同源頭對於臺灣新聞的影響、展現臺灣新聞學術發展的特點有重要意義。

　　在 19 世紀末之前,臺灣已經出現了零星報刊,這些報刊大多由香港、廣東等地輸入,並未在島內形成閱讀風潮。直至甲午海戰後日本殖民臺灣,將大眾媒體視為實行文化統制與奴化臺灣民眾的工具,才加速島內新聞事業開始了現代化的進程,形成了以《臺灣日日新報》為代表的日文官方媒體與《臺灣民報》為代表的漢文民間媒體的雙重輿論空間,報刊成為形塑日據臺灣社會思潮的重要力量,其影響力也隨著社會觀念進步與民眾受教育程度提升而不斷增強。在抗日文化運動與新聞實踐之中,臺灣報人發展出了較為成熟、系統的新聞觀念,為臺灣新聞由自發經驗到自覺研究塗抹了底色。也是在這一時期,一些報人利用開設文化講演的機會,將新聞學的相關知識介紹至島內。這一思想延續至戰後,對光復初期臺灣新聞場域甚或今日臺灣新聞思想均產生了不可小覷的影響。

　　臺灣光復後,大陸新聞業者和學者開始了赴臺之路,尤其是隨 1949 年國民黨政府遷至臺灣的學者讓島內新聞學研究社群一時間人才濟濟,大陸地區的新聞理念與研究範式也在此時隨著學人的流動而移植到臺灣。此後,由於大陸到臺人士的政治身份優勢以及他們對於島內文化權力的掌控,令大陸新聞學研究範式在整個戒嚴時期成為臺灣地區新聞學術場域的主旋律,並經由新聞學術團體、學術刊物與新聞教育的發展而得到交流、傳承與發展。此時,支持政府輿論管控、服務於國民黨政府宣傳、建立三民主義新聞理論體系等學術研究成為顯學,此為臺灣新聞學術發展最為重要的源頭。

　　內外部環境變化帶來了島內社會管控的逐漸鬆動,整個臺灣學界出現了一股「去去去,去美國」的留美風潮。1960 至 1970 年代,早期赴美留學的學生歸臺,為學界帶來以美國大眾傳播為代表的新研究範式與知識體系,重構了新聞學研究的面貌。這一新知識體系的引入,讓臺灣學者對於媒介角色的理解從政府的「宣傳者」轉向社會發展的「促動者」。學術研究的關注焦點,也從新聞媒體本身,轉向以「人」為核心的大眾傳播。這一影響持續至今,成為臺

灣新聞學術研究的重要源頭之一。不過這一時期雖然大眾傳播成為學術場域
中的寵兒，但由於學者們對於傳播的理解仍是以新聞學為基礎，將傳播學視為
新聞學的外延而不居於核心地位，因此不能完全將傳播學與新聞學割裂開，故
而有必要在這一時期探討包含傳播的新聞學術研究。

　　最後能夠為兩岸新聞學研究發展提供鏡借。臺灣作為我國經濟較為發達
的省份之一，無論是新聞事業發展的速度，還是接受西方新聞理論的時間，在
很長一段時期裏均領先於大陸，這在客觀上令臺灣新聞研究與大陸相較而言
發展更快。如1950年代對於新聞學理論體系的探討、對於新聞自由與社會責
任的辨析、以及中國新聞史的整理與書寫，讓臺灣新聞學研究較早的走上「新
聞之學」的道路。1960年代傳播學率先引入臺灣，讓臺灣的新聞學研究發生
了質的飛躍，這一變化比大陸學界早了十餘年，也讓臺灣成為中國傳播學研究
的「起點」。與之相對的，大陸地區在1950年代至1980年代的新聞學研究，
仍十分單一，缺少理論深度及多元性。

　　本文對兩岸不同的理論取向與研究起點不做評斷，而只是期望撥開意識
形態的遮蔽，梳理這一階段臺灣新聞學術史的發展，通過思想與經驗的呈現，
兩岸新聞學界提供一個更具文化共通性的鏡鑒，展現其中或許可資借鑒的啟
發之處。此外，通過關照臺灣新聞學術發展的背景，對於思考當下臺灣乃至於
中國新聞學研究的發展，探析權力、社會、學術三者之間的互動與關係提供了
更多路徑與視角，也為兩岸共同構建中國新聞學理論體系提供些許參照。

二、文獻回顧

　　近年由於北大新聞學研究會成立一百週年以及大陸傳播學研究40週年的
時間節點，引發了學人對於新聞學學術路徑、研究取向與學科地位的再反思，
新聞學術史再一次成為人們討論的對象。與新聞人物、新聞事業研究豐碩的成
果相比，對於學術史的關注雖然一直以來陸陸續續有成果產出，但顯得不那麼
耀眼，在數量與深度上均仍有一定的提升空間。已形成的研究成果以經典專著
為代表，兼有一批具有較高質量的論文成果。這些研究以不同視角關照新聞學
的學理、學人與學園，形成了兼具描述性、闡釋性、批判性的體系，研究路徑
也包含了歷史學範式、知識社會學等範式。

（一）中國新聞學術史的梳理

　　隨著中國新聞史研究的不斷豐富，在學術史領域中也湧現了一批高質量

的成果，其中以學者李秀雲的《中國新聞學術史》與《中國當代新聞學研究範式的轉換》最具代表性。《中國新聞學術史》一書對於 1834 至 1949 年中國新聞學的萌芽、建立與發展過程進行了系統的梳理，打破了以政治史分期關照學術發展的範式，以新聞學自身發展規律為邏輯、以新聞學發展過程中的重大轉變為標誌、以近代新聞學理論概念為框架，揭示新聞作為一門學科的面貌及其內在發展規律。〔註4〕該著作以線面結合的思路展開，縱向以時間為經，將中國新聞學術發展分為前新聞學、近代新聞學的建立、初步發展三個階段；橫向以中國近代新聞學的學術交流平臺（學術團體、教育機構、學術期刊）和研究主體（留學生、報刊活動家）為緯，揭示了中國社會視新聞學為「新聞事業之學」的認知，以及重實踐輕理論、多質化少量化、學科開放性強、與其他學科交叉、與業界互動較多等特徵。〔註5〕

《中國當代新聞學研究範式的轉化》則接續《中國新聞學術史》，對 1949 年至 2011 年我國新聞學研究的面貌進行了梳理，進而提煉出核心概念。該書將 1949 年後六十餘年的新聞學研究劃分為黨報之學、政治運動之學、新聞事業之學、新聞之學四個階段，對每一階段的研究範式、研究內容、研究特點等進行了概括，提出 1949 年後中國大陸新聞學研究呈現出由政治本位走向學科本位、由自發走向自覺、由感性走向理性的特點。〔註6〕這兩本著作完整呈現了中國大陸新聞學術發展的路徑與面貌，對於每個時期的新聞思想也有所關照。之於本文而言，這兩本著作雖然沒有直接涉及臺灣新聞學術研究的內容，但是卻構成了本研究的重要前提與背景。1949 年後，兩岸的新聞學研究在「一個中國」的默契中開始了各自的發展，成為兩條互相參照，但不相交的平行線。作為臺灣新聞學術發展的源頭之一，《中國新聞學術史》所呈現的中國近現代新聞學術範式，正是形塑了 1950 年代臺灣新聞學術建制化之初的基本框架，形塑了戒嚴時期臺灣新聞學研究的基本面貌。而《中國當代新聞學研究範式的轉化》一書則提供了同時期大陸新聞學研究發展的線索，成為本研究另一個可資對比的參照面向。

在後續研究中，李秀雲將留學生群體單獨抽離出來作為一個切入點，釐清留學生帶來的知識流動在中國新聞學建立、外國理論引介、新聞學術交流平臺

〔註4〕李秀雲：《中國新聞學術史》，北京：新華出版社，2004 年。

〔註5〕李秀雲：《中國新聞學術史》，北京：新華出版社，2004 年，第 412～416 頁。

〔註6〕李秀雲：《中國當代新聞學研究範式的轉換》，北京：學習出版社，2015 年。

建立等方面的貢獻，為中國近代新聞學從萌芽到獨立的發展過程提供了聚焦於「人」的視角。〔註7〕該研究對於思考留學生群體對於臺灣乃至於整個華語學界接引傳播學的作用提供了參照，因為在 1960 年代傳播學引入臺灣之時，臺灣早期留學生與學者起到了相似的作用。此外，胡太春的《中國近代新聞思想史》結合近代中國的政治、社會、文化背景對從鴉片戰爭前後到「五四運動」之間我國新聞思想發生和發展的歷程進行了考察，〔註8〕為本研究提供了一個以革命史研究範式關照中國新聞思想發展的樣本，對近現代新聞思想的梳理也有助於思考臺灣新聞學術發展的接續與轉向問題。

（二）臺灣新聞學術史的思考

在兩岸新聞學術史的研究中，對於臺灣新聞學術研究均有關照。大陸較早關注臺灣新聞學術發展的學者為徐培汀。2006 年徐培汀出版的《新聞傳播學說史》聚焦了中國新聞學研究與教育的發展過程以及思想演變、學術成就等，該書第十三章專門介紹了臺灣地區新聞教育與新聞傳播研究的情況，不到 20 頁的篇幅敘述了臺灣從 1951 年政治作戰學校開始的教育歷程和 1949 年至 2005 年臺灣新聞學研究發展的大致面貌。同時，該書將臺灣新聞學研究的發展分為「傳統新聞學研究階段（1949～1966）」「倡導實證研究階段（1966～1986）」「多元化研究階段（1986～2005）」三個階段，並對每一階段中的研究焦點、主要學者情況進行了介紹。這一階段劃分為本研究中對於臺灣新聞學術史的分期提供了有力的支撐。〔註9〕

與大陸相比，臺灣學者對於島內新聞學發展的研究相對全面。1960 年代，一些臺灣教育的開創者以親歷者的視角，撰文記敘了島內新聞教育與研究的早期發展，成為重要的史料。最具代表性的是謝然之於 1961 年在《中華民國新聞年鑒》中撰寫的《中國新聞教育的沿革》一文，對大陸自 1911 年倡導建立報業學堂而至 1940 年代末的新聞教育發展，以及臺灣地區 1950 年代新聞教育與研究進行了介紹。此時由於島內高等教育與學術研究尚處於起步階段，相關研究更多的是介紹性的梳理，而非嚴格意義上的學術研究。

1970 年代後，隨著臺灣地區新聞學術研究日趨成熟以及大眾傳播研究範式引介，陳世敏、楊孝濚等學者開始關注臺灣新聞學術研究的發展，並借助量

〔註7〕李秀雲：《留學生與中國新聞》，天津：南開大學出版社，2009 年。
〔註8〕胡太春：《中國近代新聞思想史》，上海：東方出版社，2015 年。
〔註9〕徐培汀：《中國新聞傳播學說史（1949~2005）》，重慶：重慶出版社，2006 年。

化統計方法揭示臺灣新聞學的發展趨勢。如陳世敏選擇臺灣地區創刊最早、發行最久的學術刊物《報學》進行內容分析。〔註10〕在文章中，陳世敏將臺灣出版的《報學》與美國出版的《新聞學季刊》相比較，認為二者均呈現出量化研究、行為科學研究、結構性研究的比重不斷上升的研究趨勢，一方面反映出1950～1970年代間臺灣新聞學研究面貌的變遷，另一方面也證明了臺灣新聞學術場域對於美國研究範式的依賴。1993年，董益慶同樣選擇了《報學》這一刊物進行內容分析，將其中1951至1993年的文章進行分類，呈現出《報學》文章架構、研究內容趨勢等方面的流變，以此揭示臺灣新聞學研究的轉向。這也是臺灣地區最早開展新聞學術梳理的學位論文，其結構與內容更趨於嚴謹充實。〔註11〕此外，朱立、汪琪、臧國仁、羅文輝、楊孝濚、楊世凡等學者均利用內容分析法，對包括期刊、碩博士論文、研究項目等研究成果進行分析，解釋了臺灣新聞學研究主流的變遷，並提出開闢具有本土意識的傳播學研究領域。〔註12〕這些量化研究較好的呈現了1950～1980年代臺灣地區新聞學發展的階段性面貌，成為本書劃分學術發展時期、思考學術思想變遷的基礎。

　　以質化研究的視角進行學術發展梳理的則以陳世敏、潘家慶、石永貴、程宗明、祝基瀅等學者為代表。他們一方面考察了臺灣新聞學研究範式的變遷及其原因，也對傳播學科的定位、教育、發展、研究提出了自己的看法。認為傳播學除了社會科學面臨的共同問題之外，還有研究人口快速膨脹、研究品質未能提升、研究方向搖擺不定等問題，並且由於新聞傳播學科應用性強、與其他學科交叉重疊，故學門正當性並未完全建立。在此基礎上，有學者提出未來隨

〔註10〕陳世敏：《報學半年刊的內容分析》，《報學》第4卷第4期，1970年第6月，第45～49頁。

〔註11〕董益慶：《報學雜誌的內容分析》，臺北：中國文化大學新聞研究所碩士論文，1993年。

〔註12〕汪琪與臧國仁：《臺灣傳播研究初探》，載香港中文大學新聞與傳播系：《傳播與社會發展研討會論文集》，香港：香港中文大學新聞與傳播系，1991年，第397～415頁；羅文輝：《臺灣傳播研究的回顧（1951～1995）》，載朱洪源編：《分析社會的方法論文集》，臺北：空中大學、花蓮師範學院、屏東師範學院聯合出版，1995年，第D1～D40頁；翁秀琪、景崇剛、《傳播領域認識論與典範之變遷：以1984～1999年國科會專題研究計劃為例》，哲學與科學方法——第四屆人文社會科哲基礎研討會會議論文，臺北：木柵，2000年；楊世凡：《臺灣傳播學術研究之表析：民國五十三年至七十四年》，臺北：輔仁大學圖書信息學研究所碩士論文，1985年；朱立：《開闢中國傳播研究的第四戰場》，《報學》第6卷第1期，1978年12月，第20～27頁。

著研究人口結構的變遷，會帶來學術質量、研究範式、研究思潮的轉向，新聞傳播學術場域的結構與面貌也會有所發展。〔註13〕陳世敏在研究中關注到新聞史這一新聞研究中的具體面向，提出研究學人、研究邊界、書寫範式、研究思潮等因素導致新聞傳播史研究的不足，並稱之為「臺灣傳播學術界的失職」。〔註14〕這些研究以微觀的視角，選取個案進行細緻分析，綜合起來可以基本描繪出臺灣地區新聞學發展的面貌，但由於缺乏整合而顯得零散，對於時代背景與學術研究之間關係的呈現不足，學術思想的面貌與變遷也被湮沒其中。

2004年，時任臺灣輔仁大學教授的林麗雲出版《臺灣傳播研究史——學院內的傳播學知識生產》一書，是現有臺灣地區新聞學術史研究中最具代表性，也最為完整的成果。該書在大師巨擘、里程碑式、內容分析、政經結構、典範轉型等幾種學術史的研究路徑之外，提出「站在政經結構與典範轉型這兩個途徑的基礎上，進一步關注社會權力脈絡下行動者的實踐」〔註15〕，以解釋臺灣新聞傳播研究的發展歷程。林麗雲假設，在特定歷史時期以及社會關係的權力因素下，相關場域的邏輯可能影響傳播學術生產場域。因此根據社會空間中權力結構的變化，對臺灣傳播研究的歷程進行分期，以觀察傳播學術生產場域內外的變化，思考學術社群如何在實踐中形成特定的世界觀與知識體系。依此，該書將臺灣傳播研究發展分為「以反攻復國為首要目標（1954～1969）」「以國家發展為普遍目標（1969～1989）」『向全球轉』或『向在地文化轉（1989～2004）』」三個階段，呈現出了研究範式的轉向，並將學術史的梳理與歷史背景相結合。除了以上著作，林麗雲還從學術史的角度對臺灣新聞史研究進行了回顧與展望，〔註16〕並考察了臺灣傳播研究範式的更迭與轉變。〔註17〕這些研究體現出了臺灣新聞學研究的獨特面向，在為本文研究提供鏡鑒的同時，也引發了對於整理學術研究內在理路的思考。

〔註13〕程宗明：《析論臺灣傳播學研究實務生產（1949～1980）與未來：從政治經濟學取向思考對比典範的轉向》，中華傳播學會年會論文，臺北：木柵，1998年。
〔註14〕陳世敏：《臺灣傳播史的研究與書寫》，《傳播研究簡訊》第26期，2001年5月，第1～3頁。
〔註15〕林麗雲：《臺灣傳播研究史——學院內的傳播學知識生產》，臺北：巨流出版社，2004年，第56頁。
〔註16〕林麗雲：《為臺灣傳播研究另闢蹊徑？傳播史研究與研究途徑》，《新聞學研究》2000年第2期，第53～84頁。
〔註17〕林麗雲：《依附下成長？臺灣傳播研究典範的更迭與替》，《中華傳播學刊》2001年第1期，第103～137頁。

　　兩岸學者對於臺灣新聞學術史的研究與梳理大致呈現了臺灣新聞學從建立到發展的面貌，為本研究提供了重要的參照與史料支撐。但上述研究尚顯零散，敘述也較為簡單，缺少對於新聞學研究內容與思想的關注。此外，臺灣新聞學術研究的孕育、生長與發展也沒有很好的體現在上述研究之中，這也證明了本研究所具有的意義與價值。

（三）臺灣新聞專門史的關照

　　討論學術研究的發展並非無源之水，而是與不同時期的歷史背景緊密相連。因此從臺灣新聞史的整體性視角來看，兩岸學者對於新聞專門史的研究積累了豐碩的成果，為梳理學術史提供了豐富的背景材料。在新聞事業史方面，臺灣最早對於島內新聞事業進行研究的是政治大學研究生洪桂己，他於1957 年完成的以臺灣報業發展為研究對象的碩士論文《臺灣報業史研究》，詳盡地梳理了臺灣報業自明清以來的發展，成為研究臺灣新聞事業繞不開的成果。〔註18〕而王天濱所著《臺灣報業史》和《臺灣新聞傳播史》則是兩部完整呈現臺灣新聞歷史面貌的著作，對臺灣自明清至現當代的新聞事業做了完整的梳理，其中對於新聞教育與新聞學術研究也有所涉及。〔註19〕曹立新、陳揚明等學者所撰寫的《臺灣新聞史》，為本研究補充了史料。〔註20〕此外，張海鵬與陶文釗所著的《臺灣史稿》是大陸學界對臺灣歷史進行研究的重要著作，其中對於臺灣的新聞事業也有所涉及。〔註21〕

　　在專門史的研究中，臺灣新聞法規、制度與理念是學者們關注的熱點，其中最具代表性的是臺灣學者楊秀菁以其博士論文為基礎增補而成的《臺灣戒嚴時期的新聞管制政策》一書。此作品完整地描繪了臺灣光復後及戒嚴時期新聞管制的面貌，也呈現了新聞事業與政治權力互動的過程。〔註22〕書中另附有國民黨新聞管制政策的內容、停刊的報紙雜誌列表、歷次新聞工作會談的簡表等史料。〔註23〕這些研究雖然與新聞學術研究無涉，但其對於戒嚴時期政府管

〔註18〕洪桂己：《臺灣報業史研究》，臺北：政治大學新聞所碩士論文，1957 年。
〔註19〕王天濱：《臺灣報業史》，臺北：亞太圖書，2002 年；王天濱：《臺灣新聞傳播史》，臺北：亞太圖書，2003 年。
〔註20〕曹立新：《臺灣報業史話》，北京：九州出版社，2015 年。
〔註21〕張海鵬、陶文釗：《臺灣史稿》，南京：鳳凰出版社，2012 年。
〔註22〕楊秀菁：《臺灣戒嚴時期新聞管制政策》，臺北：稻鄉出版社，2005 年。
〔註23〕包括限證、限張政策；兩次出版法的修正；「立法院」表決的相關議題；《出版法實施細則》中，有關發行旨趣的記載等。楊秀菁：《臺灣戒嚴時期新聞管制政策》，臺北：稻鄉出版社，2005 年，第38 頁、第187 頁。

控新聞業的分析研究為關照新聞學研究發展提供了權力與新聞界互動的觀看視角。大陸學者倪延年所著《中國報刊法制發展史・臺港澳卷》以及張曉鋒所著《中國新聞法制通史・港澳臺卷》，通過對史料的細緻整理，細緻呈現出臺灣地區新聞管制的發展變遷及其面貌，成為思考新聞事業與學術研究發展同政治權力之間張力重要的成果。〔註24〕

前輩的學者擅長以史家的眼光、史學的範式挖掘整理史料，並從中生發出對新聞學發展的思考；中青年學者則更多地選擇社會科學理論路徑反思與闡釋新聞學研究發展，以期探尋更為深層理論路徑。朱志剛從知識史的路徑考察作為「學科」的「新聞學」在中國如何形成與發展，並討論其與中國歷史和社會結構的關聯與分界。涂凌波將新聞觀念與「知識的變動」和「歷史社會進程相互交織在一起」，〔註25〕在歷史脈絡中思考新聞思想是如何逐步轉化成更具科學性的學術研究，這也是是本文試圖解決的問題之一。邵志澤提出的知識分子對於權力的依附與擺脫以及傳播媒介與政治權力的兩種關係，是關照戒嚴時期臺灣新聞業界、學界與權力互動的關鍵節點。〔註26〕

現有研究通過文獻整理與脈絡梳理，為我們描繪了兩岸新聞學術發展的面貌與新聞學術思想的轉變，從宏觀角度揭示了中國新聞學術內涵，為本書提供了豐富的理論視角。但在大陸學者的研究思路中，臺灣地區位處中國之一隅，在較長一段時間內被視為邊陲或半邊陲地區加以研究，這樣的思維框架雖然展示了臺灣地區與祖國大陸間的知識流動面貌，但對於其在歷史大潮下所生成獨特性，尤其是在 1980 年代對於祖國大陸新聞傳播知識場域的「反哺」角色未能很好呈現。而臺灣學者的研究雖然關注到了新聞學術發展的在地化脈絡，但未能抽離出島內社會結構去觀察學術脈絡，因此稍有一面之詞之憾。緣此，本書在既有研究基礎之上聚焦於臺灣新聞學術研究這一在我國新聞學術體系中有獨特且重要地位的典型區域，將其嵌入臺灣地區歷史背景與中國近現代歷史發展的脈絡之中，以呈現臺灣地區 1895～1987 近百年間新聞學知識生產的面貌特徵。

〔註24〕倪延年：《中國報刊法制發展史・臺港澳卷》，南京：南京師範大學出版社，2010 年；張曉鋒：《中國新聞法制通史・港澳臺卷》，南京：南京師範大學出版社，2015 年。

〔註25〕涂凌波：《現代中國新聞觀念的興起》，北京：中國傳媒大學出版社，2016 年，第 266 頁。

〔註26〕邵志澤：《近代中國報刊思想的起源與轉折》，杭州：浙江大學出版社，2011 年，第 243 頁。

三、時段劃分

在進入正文之前，有必要對本書中的歷史分期予以說明。歷史的發展有如一條長河，是漸進而非突進的，因此任何的分期或多或少都會造成歷史脈絡的斷裂。然而歷史研究無法避免分期的問題，只能從歷史脈動的變化或重大事件發展中尋找具有學術意義，且不至於破壞歷史發展的分期方法。現有研究對於臺灣新聞學術發展的階段劃分眾說紛紜，無論是量化研究取徑還是質化研究取徑，研究者對於分期均未能形成完全統一的定論與共識。現有文獻對於臺灣新聞學術研究階段的劃分依據大致可以歸納為政經結構、人物代際更迭與學術思想的轉變三種。

所謂依政經結構分期，即以政治結構與經濟發展為基礎，關照政經結構對學術發展的影響，運用這一分期的典型是林麗雲的《臺灣傳播研究史——學院內的傳播學知識生產》。在該書中，作者將臺灣新聞學研究的發展按照政經結構的影響分為「以反攻復國為首要目標（1954～1969）」「以國家發展為普遍目標（1969～1989）」以及「『向全球轉』或『向在地文化轉』（1989～2004）」三個階段。依照這一劃分，林麗雲將學術研究嵌入臺灣不同時代的政經結構之中，關照權力對於學術場域的介入與影響，具有明顯的時代烙印與政治意涵。

依人物代際更迭分期則選擇代表性人物作為劃分依據，以此反映出學術研究範式轉變與學人學緣之間的關係。以代表性人物為歷史分期標誌的研究並不多見，其中最具代表性的是楊孝濚對於臺灣傳播學研究的分析。楊孝濚在回顧 1954 至 1976 年間臺灣傳播學的發展時，以曾虛白、朱謙、楊孝濚三位代表性學者及其研究成果作為標誌，劃分這一時期內臺灣新聞傳播研究的階段。〔註27〕

第三便是以學術思想轉變來劃分歷史時期，這一劃分方式能夠呈現出學術思潮的流變轉換以及其帶來的影響。徐培汀在《中國新聞傳播學說史》中，便依據臺灣地區新聞學知識生產的特點與主流範式的更迭，將臺灣的新聞學術思想分為「傳統新聞學研究階段（1949～1966）」「倡導實證研究階段（1966～1986）」「多元化研究階段（1986～2005）」三個時期，分別介紹了各個階段學術研究的特點、代表學者等。在臺灣學界，這一劃分以羅文輝的研究最具代

〔註27〕楊孝濚：《傳播研究在臺灣的發展》，《東吳政治學報》1977 年第 1 期，第 92～117 頁。

表性。1995 年羅文輝使用內容分析法分析 1951 年至 1995 年的《報學》與 1966 年至 1995 年的《新聞學研究》中所刊載的論文。根據研究結果，他將臺灣的傳播研究發展歷程分為四個時期，並分別描述每一時期傳播研究的發展、代表性學者及重要著作，整理成表格如下：〔註 28〕

臺灣新聞學研究發展階段

時間階段	新聞傳播研究的發展	代表性學者及重要著作
萌芽期：1951年至 1965 年	《報學》的發行、各校新聞系所的成立，是促動臺灣傳播研究萌芽發展的主要動力。這一時期傳播研究幾乎全是非實證性的。	貢獻最大的學者為朱謙，他將社會科學研究方法應用於傳播研究上，《國人收聽廣播習慣的研究》是當時的重要著作。
發展期：1966年至 1975 年	期刊中的學術論文仍以經驗性論文為主，但採用內容分析、抽樣調查及實驗法等實證性研究論文的比例已增至 38.7%。此時的實證性研究有兩個特色，分別為驗證美國發展的傳播理論在臺灣的適用性，與依據國外新聞傳播學理論觀念發展適合在臺灣應用的原理規則。	徐佳士與楊孝溁為貢獻最大的代表性學者。重要著作為徐佳士撰寫的《中文報紙版面改革的研究》、《我國報紙新聞「主觀性錯誤」研究》與楊孝溁撰寫的《中文可讀性公式》等。
成長期：1976年至 1985 年	實證性研究的比例仍低於經驗性研究，但抽樣調查方法在研究中的使用比例顯著增加。採用隨機抽樣來進行的大型傳播研究開始。許多重要的研究以專書或專題研究報告形式呈現，單純理論性研究的比例顯著下降。	重要學者有徐佳士、李瞻、陳世敏、鄭瑞城、汪琪及曠湘霞等人。當時主要著作有：《大眾傳播與社會變遷》、《組織傳播》、《電傳視訊》、《文化與傳播》等。
擴展期：1986年至 1995 年	各校新成立的傳播學院及傳播相關系所，聘請了大批在國外獲得博士學位者任教，使得傳播學的發展呈現出前所未有的專精與多元，傳播學術研討會的數目亦大量增加。	張錦華與陳光興致力於批判理論研究；鍾蔚文以認知心理學研究傳播行為；汪琪專注於新傳播科技研究；翁秀琪致力於社會運動研究；郭貞從事消費者研究；林靜伶則從事傳播語藝分析。

綜合以上梳理，本文擬採取第三種分期方式進行時間段的劃分，同時借鑒前兩種思考方式，原因如下：首先，對於新聞學術史的研究，不能脫離學術本

〔註 28〕 羅文輝：《臺灣傳播研究的回顧（1951～1995）》，載朱宏源編：《「分析社會的方法」論文集》，臺北：國立空中大學、國立花蓮師範學院、國立屏東大學，1995 年，第 D1～D40 頁。

身，對每一階段學術文本和學者思想的分析更是學術史研究的核心。以思想變遷凸顯學術發展，以學者成果作為學術轉向的依據更貼合本文主題，也是學術史研究分期的主流範式。同時學術研究作為社會發展的反映，其中也包含了社會政經結構發展對學術場域的影響，而每一階段學術的發展與思想的轉變也離不開各個世代學者的貢獻。

　　在選取劃分的時間節點方面，本書以政治分期劃定時間範圍，以學術思想轉變的標誌劃定具體的分期階段，即以 1945 年臺灣光復為起點，以 1987 年臺灣解嚴為終點，將這 40 餘年間的新聞學術面貌作為研究重點。選擇 1945 年為研究起點是因為在此之前臺灣處於殖民統治階段，雖然已經出現了具有學術色彩的新聞觀念，但由於殖民文化政策的影響，新聞事業與學術研究受到桎梏。選擇 1987 年為研究終點，則是因為臺灣解嚴標誌著臺灣社會的發展進入了新的階段，無論是新聞事業、新聞教育還是學術研究都急劇變化，與戒嚴時期的穩定局面產生了很大程度上的「斷裂」。中間以 1954 年政治大學新聞研究所成立和 1966 年徐佳士出版《大眾傳播理論》作為新聞學術研究進入建制化時期和傳播學研究在臺迅速發展的兩個標誌性節點，將臺灣新聞學術研究演進分為萌芽、起步、發展、轉向四個階段。由於 1895～1945 年的日本殖民統治是形塑臺灣社會面貌不可忽視力量，對於光復初期乃至當下臺灣新聞的學術關懷均有一定影響，因此本書將對臺灣新聞學研究的視野向上延展至日本殖民統治時期，對 1895～1945 臺灣新聞思想與新聞學術微光予以梳理關照，將之作為研究主體的背景與「前史」，以期形成更為完整的研究面貌。

第一章　抵抗統制：早期臺灣新聞觀念的萌芽（1895～1945）

　　關照臺灣地區新聞學術研究及其思想的發展，不能完全忽視早期新聞觀念在其中所扮演的角色與發揮的作用，尤其是在臺灣新聞事業從出現到發展成熟這一階段中所生發出的新聞觀念，亦是新聞學術思想的草灰蛇線。

　　早在日本殖民統治者來到臺灣之前，大陸的新聞事業便已經傳入島內，此時廣東、福建沿海的報刊已經散見於臺灣。如光緒年間發行的《甬報》和《述報》便在臺灣設有分銷所或通訊員。上海申報更是在臺灣「派通信一員，專駐臺北，辦理本島報務及發售報紙」。〔註1〕

　　1885年臺灣巡撫劉銘傳模仿《京報》創辦的《邸報》，以及英國長老會牧師巴克禮創辦的《臺灣府城教會報》標誌著臺灣地區新聞事業的開始，讓臺灣民眾對報刊與新聞有了初步的認識。此時的中文報刊仍舊延續著中國傳統邸報的辦報思路，內容有著較強的官文書色彩，所面向的受眾群體也基本侷限於官宦階層。而傳教士所創辦之報刊，一方面在內容上有濃厚的宗教色彩，另一方面在文字方面採用「白話字」，即用羅馬拼音標識閩南語語音的文字。這一文字雖是閩臺一帶教會流行的語文工具，但也給《臺灣府城教會報》擴大影響範圍帶來侷限。因此在這一時期，島內並未出現成熟的新聞思想。

　　伴隨著19世紀末日本殖民統治臺灣，臺灣近代新聞事業快速發展。統治者為了控制輿論，在臺實行新聞統制、思想控制與文化壓制相結合的文化暴力政策，臺灣社會的各個領域都處於政府的嚴密管控之下。臺灣同胞為抵禦惡劣

<hr>

〔註1〕《漢文日日新報》1905年7月5日，第6版。

的文化環境，形成了一個抵抗殖民統治與文化暴力的共同體，在文化抗爭中扮演了十分積極的角色。在抵抗文化暴力的過程中，這些臺灣精英積極借助報刊展開民族自立和精神抗爭，力圖建構島民「喉舌」。他們對於文明的汲取、現實的反抗與家國的情懷也集中呈現於這一時期的新聞思想與報業實踐之中，形塑了日據時期臺灣報人的集體形象，提出了包含輿論觀、教化觀和言論自由觀等新聞觀念。這些思想觀念立足民族立場，倡導文化抗爭；省思現代文明，追求文化革新；呼喚民族自決，促進文化覺醒，形成了臺灣同胞對於新聞最早的理解。日據時期的臺灣報人，雖然尚未形成體系化的新聞學，但是已經產生了對於新聞的認知，形成了較為明確的新聞觀念。在輿論層面，報人們視報刊為人民輿論的代表；在文教層面，報人們視新聞為文化傳承的紐帶；在權利層面，報人們視新聞為爭取自由的武器。這一觀念與日後的新聞學研究形成了緊密的聯繫，成為臺灣地區新聞學研究的起點，萌發了臺灣新聞學術思想的幼苗。

一、文化暴力背景下的臺灣報人群體及其新聞活動

1895 年，清廷在中日甲午戰爭中慘敗，李鴻章含恨簽訂了喪權辱國的《馬關條約》，臺灣被迫割讓成為日本殖民地。面對這一局面，光緒皇帝發出「臺灣割則天下人心皆去，朕何以為天下主！」的哀歎。在京臺籍官員與士子紛紛聲言「與其生為降虜，不如死為義民！」。在經歷了「臺灣民主國」以及日本殖民統治初期林少貓、簡大獅等人領導的此起彼伏的抗日運動失敗後，日本殖民者形成了對於臺灣地區政治、經濟、文化的全面控制，並逐步推行文化統制，新聞宣傳成為這一過程中不可或缺的一環。

在日本殖民統治期間，新聞基本淪為殖民政府的宣傳工具，臺灣人民的言論自由也被破壞殆盡。殖民政府依託一系列不公正的法令控制著話語權，通過數種御用報紙和雜誌將殖民者的思想傳遞到臺灣各處。但就客觀而言，正是在這一時期，現代意義上的新聞事業被引入臺灣，並在殖民統治者的支持下快速發展。臺灣同胞積極利用報刊這一新式媒介，站在中華民族的立場之上，展開反抗殖民統治的宣傳，在很大程度上打破了總督府的言論壟斷，為臺灣民眾開闢了言論空間，爭取被殖民者剝奪的權益。1920 年，留日臺灣學生創辦的《臺灣青年》揭開了臺灣同胞自辦報刊的帷幕，由其轉變而成的《臺灣民報》《臺灣新民報》艱難發展，成為日據時期臺灣人民最主要的言論機關。臺灣報人藉

此宣傳進步思想、抵抗文化暴力、實踐新聞理想，並在實踐中生發出了輿論、教化與新聞自由的觀念。

（一）殖民統治者推行文化暴力政策

日本殖民臺灣後，為了鞏固統治基礎、維持對於殖民地資源的掠奪與人民的剝削，在臺灣建立起了一套以總督府為核心的政治系統，對臺灣的政治、經濟、文化等各個方面進行管控。為了避免統治合法性受到質疑，因而對於言論的管控更為嚴苛。這樣的統治政策實質上是一種文化暴力，在此政策之下，臺灣的新聞事業為統治者所控制，在很長一段時間內只能聽到御用刊物歌功頌德的聲音。但這樣的壓迫並未澆滅臺灣報人創辦言論機關的信念，隨著 1920 年《臺灣青年》的誕生，臺灣精英所進行的非武裝抵抗也有了自己的輿論陣地。

1. 殖民統治的建立

1895 年 4 月 17 日，中方代表李經方與日方代表伊藤博文簽署《馬關條約》，約定自 5 月 8 日起，臺灣和澎湖列島正式割讓給日本，成為其殖民地。5 月 10 日，日本首相伊藤博文任命海軍大將樺山資紀為臺灣首任總督兼海陸軍司令官，並全權接收臺灣。同時，伊藤博文向樺山資紀發出《給臺灣總督府的訓令案》，要求：

> 交接手續不論出於強制執行或依協議進行，既然已歸我版圖，
> 應圖撫育人民，維持全島治安，使其安居，然亦須在軍令之下施行
> 諸般政治，不可令人民生侮狎之心。應恩威並行，詳察其情事，以
> 實施其行政組織。〔註2〕

從訓令的內容可見，臺灣總督被賦予「臨機專行」的權力，以應付臺灣瞬息萬變的情勢。雖然訓令中明確提出「須在軍令之下施行諸般政治」，且提出「使其安居」，但其實現方式是「恩威並行」，甚至可以「遇有不得已之情事，可用兵力強制執行」。〔註3〕且在訓令中並未明確統治臺灣的制度，因而賦予了總督很大的便宜行事的權力。在這一背景下，臺灣總督逐漸建立起了嚴苛的法律制度與警察政治系統。

為了應對殖民初期臺灣風起雲湧的武裝抵抗運動，從 1895 年至 1919 年，臺灣總督均由武官充任，處於軍人主政的「武官總督時代」，對臺灣社會運動

〔註2〕轉引自黃靜嘉：《春帆樓下晚濤急——日本對臺灣的殖民統治及其影響》，北京：商務印書館，2003 年，第 76 頁。

〔註3〕井出季和太：《南進臺灣史考》，東京：誠美閣，1943 年，第 4 頁。

進行暴力壓制。日本政府在法律上也給予臺灣總督相當大的自主權，「臺灣總督府在法制上，並不是依據日本帝國憲法而設立的正式國家法定機關，而是依日本首相伊藤博文的訓令，為應付軍事統治殖民地的需要而設立的事實機關。」〔註4〕1896 年 3 月，日本政府發布了對臺灣殖民統治產生深遠影響的第 63 號法律《關於施行於臺灣之法令之法律》，簡稱「六三法」。該法律第 1 條規定：「臺灣總督在其管轄區域內，得制定具有法律效力之命令。」第 3 條則規定在面對緊急情況時，臺灣總督可以免去行政手續的約束，「即時制定第一條之命令」，給予了臺灣總督相當的「律令權」，即立法權。此後很長一段時間內，臺灣總督於「六三法」的授權下，享有所謂「特別律令權」。加之臺灣軍事、司法、監督與行政權力均由臺灣總督一手掌控而毫無制衡，因此「六三法」的頒布實質以法律形式確立了總督的獨裁權力和專制統治，成為日本統治臺灣的基本法。

1906 年 12 月底，經過臺灣人民不懈的抗爭以及日本國內大正民主思潮影響，日本政府才以換湯不換藥的「三一法」取代，雖然使臺灣總督權力受到日本國內政黨政治的約束、轉移了臺灣總督在立法權上的絕對優勢，但仍維持以總督頒布律令作為統治的基礎的律令立法體制。一直到 1921 年底「法三號」的出臺，才將立法形態由總督律令中心轉向敕令中心，但「六三法」與「三一法」時期的律令仍有效力。這些嚴苛的法令不僅僅成為鉗制臺灣人民生活的工具，也成為管制新聞事業的武器。

除了嚴苛的法律，警察制度也是臺灣總督維持社會治安、管制民眾活動的暴力武器，以「協力者」的角色使殖民統治滲透到社會的各個角落。日本殖民臺灣後，為了維護社會穩定、鞏固統治基礎，維持統治機關警戒，便將日本國內已趨成熟的現代警察制度移植到臺灣，並根據島內社會情況的變化予以調整。1895 年 6 月 20 日，警保課長千千岩英一提出創立警察制度，並於日本國內緊急徵召警察分批到臺，以維持政府部門的警戒。1896 年，地方警察機關逐漸建立，參與應對臺灣島內方興未艾的抗日運動。除警察外，1895 年起出臺條例設置的，兼具「軍事警察、行政警察及司法警察」，行使「巡查、檢視、命令傳達、護送、警備及取締」職能的憲兵，亦是控制臺灣社會的暴力機關。

〔註4〕許介鱗：《殖民地法制的「不平等」本質》，《海峽評論》第 177 期，2005 年 9 月，第 30～39 頁。

　　1897 年，第 3 任總督乃木希典針對臺灣社會的情況，設計並實施「三段警備法」，將臺灣分為山澤地帶、村落、山澤和村落之間三個地段，分別由軍隊、憲兵、警察三種組織形態負責其治安。暴力機構體系的建立不但加強了對臺灣人民的控制，也壓制了原住民的抵抗行為。1898 年，第 4 任總督兒玉源太郎與時任民政長官後藤新平一同，進一步對臺灣的警察制度展開了革新，在各地大量增設派出所、增加地方警察數目、擴大警察權力。同時總督府逐步廢止三段警備制度，將維持治安的任務完全交給警察，並採用保甲制度作為其輔助機關，構建了遍布全島的警察網絡，形成了臺灣獨有的警察政治。〔註 5〕自此，臺灣的警察機構從原本「名不見經傳」的下屬機關，一躍而成為民政部的首要機構，實現了總督府的行政官廳與警察官廳的一體化。總督府還賦予警察參與一般行政管理的職能，並將警察制度與保甲制度密切結合起來，使之成為殖民政府的「眼目」與「爪牙」，形成了對社會的全面監控。此後僅僅四年間，總督府就借助警察系統殺害臺灣抗日人士 1.2 萬餘人，徹底扭轉了日本殖民當局在臺灣的被動局面，造就了臺灣殖民地統治史上警察政嚴密的統治制度，使得臺灣在經濟上被掠奪、在文化上被壓制、在言論上受管控。

　　經濟方面，日本殖民經濟統治的基本性質是以臺灣總督府威權專制為後盾，扶助日本資本漸次在臺灣建立起絕對性經濟壟斷。臺灣作為日本的殖民地，扮演的是原料產地的角色，受到資源掠奪和經濟剝削。殖民初期，日本對臺灣的統治尚未穩固，需要進口日本國內的貨品並依賴日本政府撥款維持。1896 年至 1904 年，日本政府對臺灣財政的補助金總額達 3000 多萬元，占該時期臺灣財政收入的 20%。為謀求殖民地財政獨立，確立殖民統治體系，總督府先後開展了土地與林野調查、統一幣制及度量衡、擴築港口與鐵路設施等一系列殖民地經濟「基礎工程」的工作。1895 年日本初據臺灣，便頒布了《官有林野及樟腦製造業處理規則》《官有林野及樟腦製造業處理規則處理辦法》等民政條例進行經濟與資源掠奪。殖民政府還通過核查土地所有權證明、改革土地所有制模式等方式掠奪了大量臺灣人民的土地，作為發展殖民地經濟的基礎。1896 年 10 月～11 月，臺灣總督府頒布《地租規則》《地租規則實施細則》以及《森林調查內規》，開始修正臺灣的地租徵收辦法並推進對臺灣所有森林資源的調查。1898 年 7 月，臺灣總督府頒布《臺灣地籍規則》和《臺灣土地

〔註 5〕李理：《日據臺灣時期警察制度研究》，北京：海峽學術出版社，2007 年，第 74 頁。

調查規則》，為實施土地調查提供了所謂的法律依據，控制了全臺土地，並將大部分林野劃歸「官有」。

　　在據臺之初，殖民政府便確立了「工業日本，農業臺灣」的政策，〔註6〕其中「米糖業」成為「農業臺灣」政策的首要選項。殖民政府在臺灣大力發展農業，修建水利設施與公路設施以利於農產品的灌溉和運輸，引入改良品種稻米和化肥，提高產量，將大量的稻米輸入日本，使臺灣成為日本農業的補充。面對豐收時富足的官糧倉，百姓仍然只能靠薯類充饑度日。種植經濟作物的農民也遭受著大公司的壓榨，蔗糖有蔗糖會社、樟腦有樟腦會社，政府統一定價收購。臺灣的礦業資源也完全壟斷在臺灣拓殖公司手中，臺灣礦工領著不到日籍礦工一半的工資艱難度日，並時常面臨生命危險。這樣的統治讓臺灣農民的生活苦不堪言，卻為殖民者創造了可觀的財富。1904 年後，臺灣不但實現了經濟的自給自足，還每年向日本國內出口大量的農貿產品，最多時臺灣對日本貿易出超達 15213.7 萬日元。〔註7〕

　　教育上，日本殖民者對臺灣同胞採取的是愚民政策，「對於臺灣本來的傳統文化，也不欲理解之。再則對於最近的新興思想，取了差不多很厭惡而且似乎很不耐煩的態度的事。」〔註8〕總督府學務課長隈本繁吉就曾直言其同化教育理念為：「只需在表面上虛應故事，給予臺灣人一個施政者正在重視這些教育問題的印象即可」。〔註9〕在 1919 年《臺灣教育令》頒布前，臺灣所實行的是嚴格的差別教育制度，即日本人、臺灣漢人、臺灣原住民分屬不同教育系統。在學校設置方面，由「國語傳習所」更名而成的公學校收臺灣漢人子弟，教育內容以日語為主。依照日本國內小學校令設置的小學校則專收日本兒童，其教育內容與日本國內無兩。此外專門設置教育處所接收原住民兒童。公學校雖然「與以教育日本人子弟為主的小學校同屬基礎教育，但二者形成明顯的區隔。」〔註10〕這一時期，由於制度的缺乏，中等以上學校教育極為不完善。

〔註 6〕張海鵬、陶文釗：《臺灣史稿》（上卷），南京：鳳凰出版社，2012 年，第 248 頁。

〔註 7〕臺灣省行政長官公署統計室編：《臺灣省五十一年來統計提要（民國前 17 年至民國 34 年）》，臺北：臺灣省行政長官公署統計室，1946 年，表 321。

〔註 8〕《論臺灣民報的使命》，《臺灣民報》第 67 號，1925 年 8 月 26 日，第 4 版。

〔註 9〕〔日〕隈本繁吉：《（秘）臺灣ニ於ケル教育ニ關スル卑見ノ一二並ニ疑問》。轉引自阿部洋：「朝鮮教育令」から「臺灣教育令」へ—學務官僚隈本繁吉の軌跡—，《アジア教育》創刊號，2007 年，第 3 頁。

〔註 10〕黃新憲：《臺灣教育：從日據到光復》，上海：上海人民出版社，2012 年，第 59 頁。

　　1919 年，以「同化教育」為理念的總督明石元二郎頒布《臺灣教育令》，從制度層面打破區隔，允許臺日學生共學，以加強「國語教育」及培養「國民道德」為普通教育的基本方針，但教育隔離的局面並未改變，臺灣人仍舊不能享有平等的受教育權力。在中學，「就算是成績很好的臺灣人，也不可能像日本人學生一樣進入好的學校就讀。」〔註11〕大學中的教育則更加不平等，在日本即將崩潰、日本學生大量徵調參軍的 1944 年，臺北帝國大學中日本人與臺灣人的比例是 30：1，1943 年的比例是 164：3，而當時在臺灣的日臺人口比例是 600 萬臺灣人和 32 萬日本人。〔註12〕林獻堂在和梁啟超的對話中，就曾談到這一問題：「當時日人佔據臺灣已十有六年，臺灣與祖國完全隔絕，所謂教育，僅舊式之書房，而日人所施之教育，目的只在養成便利其統治之工具，除教授日語之外，殆無內容可言。」〔註13〕

　　1937 年，隨著日本侵華戰爭的全面爆發，殖民當局的教育政策徹底轉向「皇民化」，不僅完全禁止了勉強保留的漢語課程，還要求學生在校園內只能講日語，試圖以此消滅臺灣民眾的民族性。1941 年，臺灣所有的小學校與公學校一律更名為「國民學校」，但是在課程設置方面仍然以一號、二號與三號課表區分日本學生、臺灣漢族學生與原住民學生，不僅剝奪了臺灣學子平等的受教育權，還試圖通過「皇民化」教育將其培養成為軍國主義之下的犧牲品。

　　通過對臺灣的經濟、文化與社會的控制，殖民政府逐漸建立起了相對穩固的統治政權，並以此進一步的對臺灣同胞進行壓榨與剝削。通過總督府律令及暴力機關推行文化暴力政策，殖民政府對於臺灣社會的控制愈發緊密，對於管制言論以期抹去中華文化在臺灣的印記是其中最突出的表現。

2. 文化暴力政策的推行

　　任何殖民統治都具有暴力的本質。政治學家約翰・加爾通將暴力分為「直接暴力」「結構性暴力」與「文化暴力」三種形式，將文化暴力視作其他暴力的源泉，「文化暴力起作用的一種方式是，改變暴力行動的道德色彩」，使得

〔註11〕本田善彥著，堯嘉寧譯：《臺灣人的牽絆》，臺北：聯經出版社，2015 年，第140 頁。

〔註12〕〔日〕本田善彥著、堯嘉寧譯：《臺灣人的牽絆》，臺北：聯經出版社，2015 年，第 142 頁。

〔註13〕嚴家淦等：《林獻堂先生紀念年譜・追思錄》，臺北：海峽學術出版社，2005年，第 31 頁。

「直接暴力和結構暴力不僅看起來而且也讓人感到是合法的。」〔註14〕日本殖民政府在據臺初期便建立起了嚴密的言論和思想管控體制，自始至終均無鬆懈。日後推行同化政策，令臺灣的媒介環境每況愈下。殖民統治者多管齊下，從言論管制、思想控制與文化壓制三方面對臺灣文化進行控制，使文化暴力滲透到各個領域。

　　首先，頒布嚴苛的新聞法令加強言論管制。日本殖民臺灣伊始，便引用日本國內的《新聞紙條例》，要求島內報刊創辦必須獲得許可，且繳納保證金。1900 年，總督府頒布《臺灣新聞紙條例》《新聞紙發行保證金制度》《臺灣出版規則》等法條對新聞出版事業予以規訓。《臺灣出版規則》中規定，「（一）一切出版物得呈送總督府兩份，並在發刊前三天送到地方官廳以備審查；（二）凡觸犯皇室尊嚴、破壞國體、紊亂國政、妨害安寧秩序及破壞風俗的出版物，均禁止發行並予沒收；（三）在日本國內可以公開出版的一切刊物進入島內，亦須接受嚴格檢查。」1917 年再次頒布律令《臺灣新聞紙令》，對臺灣的新聞事業予以規制。〔註15〕

　　1941 年 1 月 24 日，總督府公布《新聞紙等揭載制限令》，對新聞報導的限制範圍及懲處做出規定。〔註16〕這些法令成為總督府鉗制臺灣新聞自由的重要工具，「殖民地人民應享有之新聞自由，遂為殖民統治者所壓縮或剝奪。」〔註17〕日本人也認為，「臺灣採取不同於內地新聞紙法的特殊法令，直接且露骨地查禁言論，發揮著詛咒文明的野蠻精神。」〔註18〕總督府肆意踐踏言論出版自由，在臺灣架構了與日本國內不同的發行許可制、保證金制和檢查制，以此維持對報刊雜誌的全面掌控，無論日本人還是臺灣人發行的報刊，內容只要不符合殖民政府的利益或牴觸殖民統治的控制，均予以沒收、取締或禁止發行，即使是在日本備案的報刊輸入到臺灣也必須接受重新認定，使

〔註14〕〔挪〕約翰・加爾通著，陳祖淵等譯：《和平論》，南京：南京出版社，2006 年，第 285～286 頁。

〔註15〕臺灣總督府：《臺灣二施行スヘキ法令二関スル法律其沿革並現行律令》，臺北：臺灣總督府刊行，1921 年。

〔註16〕〔日〕《昭和年間法令全書》（第 16 卷～2），東京：內閣官報局，2001，第 29～30 頁；《官報》第 4097 號，臺灣總督府，1942 年 1 月 24 日。

〔註17〕黃靜嘉：《春帆樓下晚濤急——日本對臺灣的殖民統治及其影響》，北京：商務印書館，2003 年，第 251 頁。

〔註18〕《例外なる新聞紙法》，載《新聞總覽・明治 44 年》，東京：日本電報通信社，1911 年，第 449～45 頁。

得臺灣島內輿論環境難有喘息的機會。

其次，設立霸權的高等警察強化思想控制。警察制度是臺灣總督專制獨裁統治的支柱之一，也是控制言論出版自由的重要行政機關。第四任總督兒玉源太郎在臺灣推行「警察政治」，構建了遍布全島的警察網絡，其中設有專門對思想文化進行檢查的高等警察。1895 年 6 月 28 日，樺山總督制定的臺灣《地方官假官制》中規定：「警察部掌理高等警察、行政警察、監獄衛生及相關刑事案件司法審判之事務」，成為「高等警察」的肇始。1896 年 3 月，臺灣總督府頒布《民政局內務部處務細則》，在民政部警保課下設高等警察掛，執掌包括報紙、雜誌與其他圖書出版物在內的諸多事項。〔註19〕由於初期臺灣警察事務主要由憲兵主持，是故高等警察並沒有受到一定的重視。1901 年廢除警保課改設警察本署後，高等警察才開始有了發展。根據《臺灣總督府民政局各部分課規程》，內務部下設警保課，除掌管戶口戶籍等事項外，還擁有掌管「集會、結社、言論、新聞紙出版物，以及著作事項之權力」〔註20〕。

1919 年臺灣總督府體制的改組，成立警務局作為臺灣最高的警察主管機關，下設置高等掛、特別高等掛、保安掛、司法掛四個單位。1920 年 9 月頒布的訓令《官房暨各局部事務分掌管規程》明確規定，特別高等掛執掌保安課主管事項增包含「報紙、雜誌及其他出版物及著作權事項」，以及「取締危險思想及其他機密事項」。〔註21〕1923 年和 1925 年，日本政府又先後頒布《治安警察法》和《治安維持法》強化言論控制。〔註22〕隨著臺灣中文出版物增加，1928 年 8 月，臺灣總督府公布了《警務局章程細則》，將原先保安課的四掛簡化成為高等警察掛、特別高等警察掛和圖書警察掛三掛。圖書警察掛執掌事項：一、關於電影、影片檢閱相關事項；二、關於管理御紋章、御肖像、勳章及記章等相關事項；三、關於報紙、雜誌及其他出版物及著作權相關事項。圖書警察掛的設立，使廣義出版物取締管理成為高等警察分內的事情，標誌著

〔註19〕臺灣總督府警務局編，徐國章譯注：《臺灣總督府警察沿革志（第一篇）中譯本Ⅰ》，臺北：臺灣國史館臺灣文獻館，2005 年，第 76 頁。

〔註20〕《訓第 354 號臺灣總督府官房並民政部警察本署及各局分課規程左の通相定む》，《府報》第 1054 號，臺灣總督府，1901 年 11 月 11 日，第 1～22 頁。

〔註21〕臺灣總督府警務局編，徐國章譯注：《臺灣總督府警察沿革志（第一篇）中譯本Ⅰ》，臺北：臺灣國史館臺灣文獻館，2005 年，第 429～430 頁。

〔註22〕《治安維持法ヲ朝鮮、臺灣及樺太二施行スルノ件》（電報揭載），《府報》第 3516 號，臺灣總督府，1925 年 5 月 12 日；《治安警察法中改正法律施行期日ノ件》，《府報》第 3840 號，臺灣總督府，1926 年 7 月 2 日。

高等警察檢閱機能更加全面專業化，也標誌著臺灣治安的重點由以前的行政援助，轉向思想控制與壓制。1941 年，進一步增設了「膠片檢閱掛」，將圖片的印刷也納入管控範圍。在這樣的管制之下，臺灣「各報大樣，未付梓前，應送警察局檢查，名曰『檢閱』。開天窗平均二三日一見；暫時停刊及延遲印行者，月必數起；報人被罰逮捕放逐失蹤，時有所聞；記者一有反日嫌疑，便衣警察到處追蹤。」〔註 23〕這些法令不斷強化警察政治，賦予了管制思想和社會運動更高的法理依據。

再次，推行全面的同化政策進行文化壓制。同化政策的核心是強制推行日本文化，從語言、思想和日常生活等方面抹去中華文化在臺灣地區的印記。總督府第一任學務部長伊澤修二強調，要「在臺灣人的心靈深處實現日本化」〔註 24〕。殖民初期，統治者便在臺灣設置所謂的「國語講習所」強行推行日語教育。時任臺灣民政長官的後藤新平曾指出，「吾等母國人若不求文字的統一，則將無統治殖民地的力量，將缺乏統治殖民地的威信。」〔註 25〕第一次世界大戰後，世界範圍內的民族自決運動興起以及日本國內「大正民主」思潮的影響，日本開始調整統治臺灣的方針，以強化對殖民地的控制。1918 年明石元二郎總督赴任，明言以同化為施政方針，聲稱「要把臺灣人教化為純粹的日本人」。〔註 26〕1919 年田健治郎擔任臺灣首任文官總督，進一步推行同化政策和內地延長主義，通過強迫日本化抹殺臺灣人在文化上的中華民族印記。臺灣同胞斥責這一政策是「滅種亡族」，其目的「不是要教他學問，啟發他的知識，僅僅是要使他變種，變成日本人種。」〔註 27〕基於殖民統治的利益，這種強行馴化臺灣人民和壓制中華文化的文化暴力一直持續至臺灣光復才告落幕。

3. 御用宣傳機構的創辦

1896 年 6 月 17 日，即日本在臺「始政紀念日」當日，原大阪警部長山下秀實在臺北創辦第一份現代意義上的報刊《臺灣新報》，主筆由日本《郵便報知新聞》記者田川大吉郎擔任。該報每期 4 版，其中一版為中文版，其餘三版

〔註 23〕 葉華女士：《臺灣記者亡國恨》（下），《申報》1931 年 12 月 2 日，第 3 張第 11 版。

〔註 24〕 〔日〕伊澤修二：《國家教育社第六其定期演說》，載《依澤修二選集》，東京：信農教育會，1958 年，第 593 頁。

〔註 25〕 〔日〕後藤新平：《日本殖民政策一斑》，東京：拓植新報社，1921 年，第 18 頁。

〔註 26〕 井出季和太：《臺灣治績志》，東京：青史社，1939 年版，第 599～600 頁。

〔註 27〕 唯漢：《駁臺日社說的謬論》，《臺灣時報》，1927 年 4 月 24 日，第 1 版。

均為日文版。《臺灣新報》起初為週報，11 月 1 日改為日報。1896 年 7 月，第二任臺灣總督桂太郎下令將該報作為臺灣總督府公報，每期刊載命令、文告等，經費由臺灣總督府津貼，每年資助 4800 日元。8 月 20 日，《臺灣新報》第 13 號即以附錄方式印發首期《臺灣總督府報》，當期內容有勅令《臺灣總督府所屬稅關監吏補巡查看守ヲシテ銃器ヲ攜帶セシム儿件》、律令《臺灣地租規則》、訓令《臺灣總督府巡查看守夜勤食料支給規則》《臺灣內地間及臺灣沿岸航行汽船曳船取締ノ件》等，〔註 28〕成為殖民政府言論喉舌構建的肇始。

1896 年，臺中縣雲林發生了陸軍虐殺當地居民的事件。流血事件激起當地民憤，也促使剛走馬上任的第二任總督桂太郎計劃發行一份新的報紙以充當自己的輿論喉舌。由於桂太郎在總督任上僅 4 個月便離去，報刊創辦的任務便落在了繼任總督乃木希典身上。1897 年 5 月 8 日，另一份《臺灣日報》於臺北發行，5 月 17 日獲日本郵政省許可，成為日本殖民當局的官方報紙。《臺灣日報》內容以日文版為主，同時設置有中文、英文欄，最初不定期出版，後來改為日報。〔註 29〕雖然《臺灣新報》與《臺灣日報》均有官方色彩，但在實際發行時卻「各自為政」。

《臺灣新報》創辦者山下秀實與首任臺灣總督樺山資紀總督有同鄉之情，因此《臺灣新報》屬於薩摩派在臺灣的言論機關。而《臺灣日報》創辦者川村隆實與第二、三任總督桂太郎、乃木希典為同鄉，因此成為長州派在臺灣的言論機關。兩份報刊實質成為日本藩派之爭在臺灣言論場域的延續。此外，由於《臺灣日報》每年接收總督府 25000 日元的資助，大大超出《臺灣新報》的資助費用，加之市場競爭等問題，雙方不但展開激烈筆戰，各自的員工在街頭相遇甚至還引起鬥毆。〔註 30〕兩份報紙劍拔弩張的關係嚴重影響到殖民政府的輿論宣傳，第 4 任總督兒玉源太郎到任後著手整合雙方的輿論力量，加強總督府政策的宣傳力度。在民政局長後藤新平及其舊友守屋善兵衛的調停下，《臺灣新報》與《臺灣日報》於 1898 年 5 月 1 日合併為《臺灣日日新報》，5 月 6 日正式發行第 1 號。通過行政力量的介入與整合，殖民政府的宣傳力量得以加強，對輿論的控制也更為得心應手。

〔註 28〕臺灣總督府：《總督府報》，《臺灣新報》第 13 號，1896 年 8 月 20 日。

〔註 29〕辛廣偉：《臺灣出版史》，石家莊：河北教育出版社，2000 年，第 5 頁；郭衛東主編：《近代外國在華文化機構綜錄》，上海：上海人民出版社，1993 年，第 154 頁。

〔註 30〕王天濱：《臺灣報業史》，臺北：亞太圖書出版社，2003 年，第 38 頁。

《臺灣日日新報》以擔當「開發臺灣的先驅，帝國南進的嚮導」為宗旨。由於臺灣民眾大多不識日文，該報自創刊之時便設有漢文欄，以便於總督府有效地宣揚殖民思想，推行殖民地行政工作：

> 參酌大多數新附島民文化程度，通過漢文欄，以資涵養國體觀
> 念、善導思想乃至正確認識內外情勢、督府施政。〔註31〕

漢文欄的宣傳對象除了臺灣同胞，還包括向中國南部及南洋的華人宣傳日本的「政績」。〔註32〕依託總督府的大力扶持，《臺灣日日新報》成為「日本官方在臺最重要的言論工具」，〔註33〕被稱為「御用報紙」。〔註34〕日後成為臺灣日據時期規模與銷量最大的報紙，在島內與《臺南新報》《臺灣新聞》合稱為臺灣的「新聞界三傑」；〔註35〕在外則與朝鮮的《京城日報》、大連的《滿洲日日新聞》並駕齊驅，成為日本殖民當局的三大報紙。該報「作為日本殖民地新聞之嚆矢」〔註36〕，向以「模範的殖民地報紙自許」，還不定期發行「內地號」向日本國內作宣傳臺灣的「治績」。

面對殖民者施行的形式多樣、程度嚴重的文化暴力，以及美化宣傳殖民統治的機關喉舌，滿懷民族認同的島內知識精英積極構建輿論陣地，號召青年人奮起抵抗，在非武裝抗日的實踐中，推動民族運動的開展，以報刊為紐帶形構了臺灣抗日民族運動的非武裝抗爭共同體。

（二）臺灣報人群體建立民族新聞事業

日本殖民臺灣之後，引入了現代新聞事業，雖然其初衷是為了進行輿論壓制，但在客觀上推動了包括漢文報刊在內的新聞事業的發展。在統治者施行的新聞統制、思想控制與文化壓制政策下，臺灣報業的發展完全由日本人主導，總督府喉舌《臺灣日日新報》一枝獨秀，臺灣同胞無處發聲。在這樣的背景下，臺灣湧現了一批充滿抗爭精神的報人，他們在辦報實踐中孕育思想，於文化運動中奮力抗爭，建構了供島人言說與反抗的輿論場域，促進了臺灣文化運動的

〔註31〕《島內許可新聞紙漢文欄廢止二關スル件》，臺灣總督府警務局長報告，1937年3月29日。

〔註32〕郭衛東主編：《近代外國在華文化機構綜錄》，上海：上海人民出版社，1993年，第157頁。

〔註33〕王天濱：《臺灣報業史》，臺北：亞太圖書出版社，2003年，第39頁。

〔註34〕辛廣偉：《臺灣出版史》，石家莊：河北教育出版社，2000年，第5頁。

〔註35〕袁克吾編纂：《臺灣》，上海：商務印書館，1927年，第148頁。

〔註36〕田原禎次郎：《祝詞》，《臺灣日日新報》，1918年5月1日。

發展，並在這一過程中萌生出了對於新聞的思考，並主動將新聞學的引介到臺灣。

1. 報人群體形成與言論機關初興

《臺灣日日新報》創辦後，為了更好的發揮宣傳工具的作用，因此開設有漢文欄，因此少量臺灣文人進入該報社擔任記者編輯。直至 1905 年 7 月，《臺灣日日新報》將漢文欄擴充為四開一張的漢文版，並聘用臺灣傳統文人連橫、巫永福、羅秀實等知名人士任職，〔註37〕由此誕生了臺灣最早的一批報人。他們與《申報》的早期報人一樣，大多視報社為暫時的謀生之所，所從事的主要是文學作品的編輯工作，與「新聞」的關聯性較弱，尚缺乏新聞專業的主體性與自主性。

真正意義的臺灣報人群體脫胎於留日臺灣學生。由於日本殖民政府在臺施行不平等的教育政策，臺灣青年在臺接受高等教育的機會很少。1919 年以前，國語學校與臺灣總督府醫學校是臺灣人能夠考取的最高學府，能夠就讀其中已是臺人子弟中的優異者。但由於考取難度、教育質量等因素，越來越多家境較為殷實且求知若渴的青年，選擇前往日本留學，自 20 世紀初起掀起了一股旅日求學風潮。據統計，1907 年計有 63 人赴日，1917 年達到 482 人，十年間翻了數倍。〔註38〕另一項數據顯示 1908 年在東京府管轄內的臺灣留學生有 60 人，1915 年達到 300 餘人，1922 年更是激增至 2400 餘人。〔註39〕在臺灣學生紛紛負笈東瀛之時，適逢第一次世界大戰結束，世界局勢面臨著前所未有的大變動，自由民主的空氣彌漫全球，許多殖民地紛紛要求獨立。此時日本國內的「大正民主運動」如火如荼地推行，參與者們提出了「民本主義」思想作為運動的理念。而與臺灣同為殖民地的朝鮮人此刻也在積極推動「民族自決運動，乃至民族獨立運動，以及以它為目標的啟蒙文化運動。」〔註40〕這些重大事件對身在日本國內的留學生而言造成了巨大的衝

〔註37〕王天濱：《臺灣報業史》，臺北：亞太圖書出版社，2003 年，第 41 頁。

〔註38〕臺灣總督府民政部總務局學務課編：《臺灣總督府學事年報》（明治 39 年～昭和 12 年度），臺北：臺灣總督府民政部總務局學務課、臺灣總督府文教局；臺灣總督府文教局：《臺灣學事一覽》（昭和 13 年～18 年度），臺北：臺灣總督府文教局。

〔註39〕臺灣總督府警務局：《臺灣社會運動史》，東京：原書房重刊，1973 年，第 24 頁。

〔註40〕王乃信等翻譯：《臺灣總督府警察沿革志 臺灣社會運動史》（1913 年～1936 年）第 1 冊，臺北：海峽學術出版社 2006 年版，第 20 頁。

擊，加之其在異鄉求學之時所看到的日臺落差，引發了他們對於現代性的思考與實踐。對殖民政府在臺施行的以同化為核心的文化暴力政策產生不滿，這些青年開始以我手寫我口，並通過結社與社會實踐的方式，反抗日本統治者在民族文化與身份上的「同化」。

留日學生的增加與世界民族自決思潮的湧動，使留日青年文化共同體漸成，助推了報刊的發行。1915 年，林茂生、蔡式谷等人在東京成立了「高砂青年會」（後更名為「東京臺灣青年會」），目的在於促進同鄉之間的和睦，宗旨雖為「涵養愛鄉情結，發揮自覺精神，促進臺灣文化的開發」，但實際活動開始轉向推動民族自決的政治實踐運動。[註41] 1920 年由「啟發會」發展來的「臺灣新民會」更是與「青年會」緊密聯繫，宗旨中明確提出「為廣泛宣傳新民會的主張並啟發島民及爭取統治，發行機關雜誌」。[註42] 此時，創辦言論機關成為臺灣知識分子展開民族運動的重要方式。當時，新民會還曾派蔡惠如、林呈祿等人到大陸，學習孫中山領導的國民黨改革社會的經驗，其中蔡惠如參加在北京、上海等地的臺灣青年會，投身於各種反日運動。這樣的聯結，將臺灣的抗日運動融入祖國的抗日運動中，使之成為中華民族抗日的重要組成部分。

隨著一戰勝利而來的民族運動浪潮，將臺灣捲入了非武裝抵抗的近代民族運動之中。隨著辦報主張的實現，知識精英們「改換了形式，以文化運動的名義」繼續與殖民統治者的鬥爭，[註43] 讓臺灣報人群體應運而生。1920 年 7 月 16 日，傚仿清末留日學生以省名命名所辦報刊，臺灣留日學生在東京正式創刊《臺灣青年》，中日文各半，成為臺灣同胞文化啟蒙與民族抗爭的園地。該刊創刊號為 24 開本，日文 62 頁，中文 52 頁，每本售價 4 角，並有臺灣總督、蔡元培、楊度三人的題字。在創刊詞中寫到：「本刊創立的目的在介紹內外文明，詳論臺灣政治應改善之事，兼謀日華之親善」[註44]。可見，此時臺灣報人對於新聞媒體角色的思考，是為臺灣引入現代化思想，改善臺灣人的現實處境。

〔註41〕張海鵬，陶文釗主編：《臺灣史稿》（上），南京：鳳凰出版社，2012 年，第 206 頁。

〔註42〕吳三連、蔡培火、葉榮鐘、陳逢源、林伯壽：《臺灣民族運動史》，臺北：自立晚報，1993 年，第 81～82 頁。啟發會是 1918 年由留學東京的臺灣學生蔡培火等人組建的政治團體，主要成員包括羅萬俥、王敏川、黃呈聰、吳三連、莊垂勝、林攀龍等人。

〔註43〕吳濁流：《無花果》，臺北：草根出版事業有限公司，2001 年，第 191 頁。

〔註44〕《創刊詞》，《臺灣青年》創刊號，1920 年 7 月 16 日，第 1 頁。

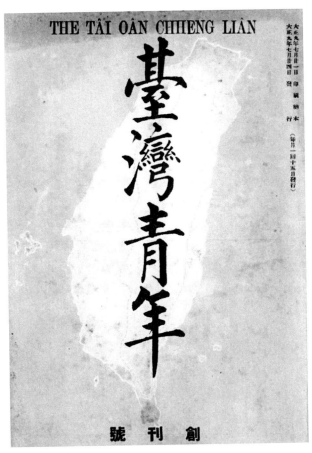

　　《臺灣青年》的編輯與經營主要由蔡培火、林呈祿、彭華英等留日學生主導並掌握了言論的主動權，參與編輯和撰稿的還有林獻堂、王敏川、羅萬俥、蔡惠如、陳逢源、郭國基等臺灣士紳與精英。[註45] 該刊建構起首個臺灣同胞文化啟蒙與民族抗爭的重要園地，「可稱為臺灣人資本開始獨立經營近代式新聞媒體的濫觴」[註46]，宣告了臺灣同胞自辦報刊的正式起步。這些初出茅廬的報人與殖民政府進行了不屈不撓的鬥爭，在辦報實踐中通過輿論抗爭打破了殖民政府的文化壟斷，加強了刊物與島內民眾的聯繫，使得《臺灣青年》及日後的《臺灣民報》逐漸發展成為「臺灣人民的喉舌」[註47]。這些報人依託

〔註45〕蔡培火為編輯兼發行人、林呈祿為司庫兼主筆、彭懷英總管庶務。
〔註46〕李承機：《殖民地臺灣「輿論戰線」之變遷——「輿論」兩義性的矛盾與「臺灣人唯一之言論機關」的困境》，載李承機主編、尚暐印刷事業有限公司製作：《六然居存日刊臺灣新民報社說輯錄（1932～35）》（電子資源），臺南：國立臺灣歷史博物館，2009 年，第 2-10～2-11 頁。
〔註47〕蔡培火等：《臺灣近代民族運動史》，臺北：學海出版社，1979 年，第 39 頁。

報刊，展開對於現代性的追求與對殖民性的反抗，也在新聞活動之中，逐漸摸索出了言論抗爭與社會運動結合的道路，不但推動了臺灣輿論的發展，也促進了社會運動的繁榮。

在刊物創辦之初，臺灣的士人階層扮演了報刊資助者和撰稿人的角色。臺灣士紳辜顯榮、林獻堂均是刊物的主要贊助人，為雜誌撰稿的包括林獻堂、連雅堂、郭國基等臺灣各方社會精英。這些傳統士紳為《臺灣青年》提供了資金保障及大量優質的稿件，成為推動《臺灣青年》發展成為「臺灣人唯一言論喉舌」的動力，加強了雜誌與島內的聯繫，通過文字與言論揭露殖民統治平靜表面下的混亂，打破殖民政府的文化壟斷，積極為臺灣同胞爭取權利。他們接受了新式教育，看到了殖民地下臺灣同胞的苦悶，因而更加積極地利用言論展開與殖民者的鬥爭，並將輿論與社會文化運動相結合。此時的報刊經營者多是留日的臺灣青年學生，懷有強烈的對於祖國的嚮往與中華民族認同，一些報人還有在祖國工作生活的經歷，讓他們對兩岸的社會運動與輿論環境有了切身體驗與深入思考。隨著該刊物影響力的擴大，越來越多的青年受到感召不斷加入，壯大了臺灣的報人群體，最終形成以留日學生為主的基於民族自決理想所進行報刊活動的共同體。

《臺灣青年》創刊的現實環境並沒有想像中輕鬆，臺灣總督府在臺灣全島實施報刊許可制度，嚴格管制漢文刊物的發行，「《臺灣青年》不只經內務省檢閱，欲發送給臺灣讀者諸賢，更必須經總督府當局的嚴格檢閱，關門多重，發刊誠不自由」，〔註48〕對於《臺灣青年》的刪稿現象更是時常發生。面對毫無根據的言論自由打壓，報人們據理力爭，在做好本職工作的基礎上毫不諱言地抨擊統治者言論壓迫的政策：

> 在可能範圍內儘量做到赤誠與最善，雖然如此，當局欲是更加嚴格取締，如第四號、第五號……但意外地，臺灣當局欲對本社表示，《就臺灣文化協會而言》不可刊載，而被命割捨。其後，該論曾投稿《臺南新報》與《臺灣新聞》，兩報紙俱見揭載。如此看來總督當局的取締，可謂為前後矛盾，自家撞著太甚，對本社的態度又豈非太過感情化？吾人篤求當局的反省。〔註49〕

〔註48〕《卷頭詞》，《臺灣青年》第 3 卷第 6 號，1921 年 12 月 15 日。
〔註49〕《卷頭詞》，《臺灣青年》第 3 卷第 6 號，1921 年 12 月 15 日。

　　《臺灣青年》以近乎質問的語氣刊發社論，控訴臺灣總督當局隨意的刪稿行為，其抗爭的勇氣和實踐可見一斑，也在輿論場中形成了與殖民統治者的直接對抗。曾任《臺灣民報》創辦人和撰稿人的楊肇嘉在其回憶錄中稱，「在異族鐵蹄下的日據初期，本土同胞要想發行一張報紙，藉以伸張正義、爭取自由，不是件容易的事！迂迴曲折，經歷過多少日子的奮鬥，終於實現。」〔註50〕這不是危言聳聽的故意誇大，也不是無病呻吟的隨口一辭，而是生動的描述出當時臺人辦報的艱辛。但這些困難並沒有難倒報人們，《臺灣青年》的創刊象徵著留日臺灣學生的民族意識已經「自發的覺醒了」〔註51〕，並形成了衝擊臺灣新聞界的力量，讓臺灣人有了發聲的陣地，讓臺灣的民族運動有了輿論的支撐。

2. 結合文化運動拓展輿論陣地

　　臺灣報人積極推動文化宣傳與抗爭，試圖通過報刊實現輿論引領與文化革新的融合。1921 年 10 月 17 日，林獻堂、蔣渭水等人在臺北成立「臺灣文化協會」，以組織化的方式宣傳文學、歷史、新聞學等方面的知識，力圖「借文化啟蒙來喚醒臺灣同胞的民族自覺，促使臺灣同胞對於被異族統治下種種政治壓迫、經濟剝削、文化消滅、社會同化及民族沉淪的覺悟，要造成民族自決的氣運。」〔註52〕「文協」的成立加強了報刊與島內的聯繫，打通了先進文化思想進入島內的渠道。若言文化團體的成立促進了輿論與實踐的契合，那麼報刊內容與形態的轉變，則彰顯了報人們對於民族運動理解的進步。在「文協」的工作中，報刊的運營與發展是核心工作之一，隨著報人身份的變化促進刊物不斷的發展，報人群體也隨之壯大。與此同時，創辦《臺灣青年》的留學生逐漸離開學校步入社會，身份的變化與對社會更為深刻的體認，讓報人們意識到刊物的受眾面向應當更加廣闊。1922 年 4 月 1 日，《臺灣青年》「應時勢之推移與我島之要求，沒有幼、少、青、壯、老之差別……」更名為《臺灣》月刊，「茲更新本社之經營，期立言公正、勇往邁進、貫徹文化開發之理想」〔註53〕，以輿論鼓吹呼應臺灣島內的文化運動和抗日民族運動。《臺灣》月刊在人員上

〔註50〕楊肇嘉：《臺灣新民報小史》，載楊肇嘉：《楊肇嘉回憶錄》（下），臺北：三民書局，1968 年版，第 407 頁。

〔註51〕洪世昌：《〈臺灣民報〉與日治時期臺灣新文化運動（1920～1932）》，臺北：臺灣師範大學碩士論文，1997 年。

〔註52〕林伯維：《臺灣文化協會滄桑》，臺北：臺原出版社，1993 年，第 64 頁。

〔註53〕卷頭詞：《臺灣の新使命》，《臺灣》第 3 年第 1 號，1922 年 4 月 1 日，第 1 頁。

彙集了東京本社主筆兼編輯林呈祿、日文編輯主任劉明朝、中文編輯王敏川、庶務主任黃呈聰、臺灣支局主任蔡培火，以及蔡伯琳、王江漢、吳三連、黃朝琴、羅萬俥、謝春木、林攀龍、陳逢源等一眾民族精英。內容上，政論逐漸成為核心，令該刊成為殖民地臺灣「漢民族奮鬥的寶貴文獻」。〔註54〕組織上也逐步從依託學緣、地緣與趣緣的同人刊物邁向專業化、系統化運營。1923 年 6 月 24 日，報人們通過募款在東京成立了「臺灣雜誌株式會社」，形成了專業的企業架構。該社資本金 25000 元，分為 1230 股，每股票面額 20 元，全數繳足，於臺中市舉行成立大會，選出董事長林幼春，常務董事林呈祿，同時選舉士紳林獻堂擔任顧問。〔註55〕新創刊的《臺灣》雜誌在繼承《臺灣青年》風格的同時，更為強調臺灣文化的提升：

> 臺灣多年來習於因襲的、保守的、限制的物質生活，缺乏吸收創造的進取的、自由的、文化思想之情景，而不免令人甚感不安。且臺灣身為地球之一部分，當然不能隔離於世界，宜急起直追，必須啟發適新時代之精神的、物質的文化，對世界改造做出貢獻。〔註56〕

如果說將報刊定位在「介紹東西文明」這樣一個文化中介的位置仍舊是在殖民話語體系中討論文化的進步，那麼此時《臺灣》的主持者們已經選擇繞開殖民話語，直接將臺灣嵌入文明世界，使之為「地球之一部分」的推動力，提升報刊之於文化傳播合法性的同時，構建起能夠與殖民政府文化暴力政策相抗衡的話語體系。

《臺灣》雜誌的創辦，在出版週期、面向群體、內容核心上都有了很大進步，但是報人們依然對這一言論機關充滿憂慮。日據時期臺灣的輿論場域，完全由御用媒體主導，這些刊物對於臺灣民族運動的消息大都不予報導，或是故意歪曲事實。而《臺灣》雜誌由於時效、定位等原因，以評論性文章為主，在新聞性上有了很大的欠缺。而且即使是評論，也受到日本當局的嚴格管制，一

〔註54〕 楊肇嘉：《臺灣新民報小史》，載楊肇嘉：《楊肇嘉回憶錄》（下），臺北：三民書局，1968 年，第 414 頁。

〔註55〕 臺灣雜誌社董監事暨顧問如下：董事林獻堂、蔡惠如、黃呈聰、蔣渭水、蔡年亨、蔡培火。監察人邱德金、洪元煌、鄭松筠、林篤勳、陳逢源。顧問林獻堂、林資彬、林梅堂、楊肇嘉、葉清耀、渡部彌億（日人律師）、蔡式谷、劉蘭亭、王敏川、王鍾麟、許嘉種、楊振福、洪獻章、吳三連。見蔡培火：《臺灣民族運動史》，臺北市：自立晚報社，1971 年，第 205 頁。

〔註56〕 《臺灣の新使命》，《臺灣》第 3 年第 1 號，1922 年 4 月 10 日，和文之部第 1 頁。

些期卷更是遭到禁售。〔註57〕這樣的情況，使得《臺灣》雜誌無法起到興論引導的功能，所以需要一個類似於報紙的宣傳刊物，乃籌劃發刊《臺灣民報》以充實報導及批評時事。〔註58〕加之五四白話文運動的發展，臺灣留學生有意創辦純白話文的報紙，想藉以啟發臺灣民智。〔註59〕

　　1923年4月15日，《臺灣民報》半月刊在東京發行，社長林獻堂，主筆兼編輯人林呈祿，幹事王敏川、黃朝琴、吳三連、王江漢、林攀龍、謝新樓等，蔡培火、石煥長任臺灣支局主任。《臺灣民報》「最大的特色就是以中國白話文

〔註57〕被禁者有：第1卷第4期、第2卷第3期、第3卷第6期、第4卷第2期。
　　　　日本當局認為文章不妥處如：吳三連的《對酒專賣之私見》、張粵三《言論自由之批判》、王詩琅《霧峰林家與臺灣的文化教育》等。
〔註58〕林獻堂先生紀念集編纂委員會：《林獻堂先生紀念集（卷一）》，臺北：文海出版社，1974，第67頁。
〔註59〕楊肇嘉：《臺灣新民報小史》，載楊肇嘉：《楊肇嘉回憶錄（下）》，臺北：三民書局，1968年版，第415頁。

創刊」〔註60〕，內容上以臺灣相關時事或論說為主，意味著言說空間與對象的
轉換；漢文的運用則體現出報人的民族立場。《臺灣民報》發行之後便成為臺
灣文化協會的機關刊物，依託文本的複製與擴散，和文化協會所組織的活動相
互配合，在實踐中完成了輿論與行動的統一。具有留學背景的新式精英也正式
登上民族運動的舞臺，成為社會新的領導階層，積極參與到島內政治文化活動
之中，推動臺灣抵抗文化暴力行動的展開。〔註61〕漢文刊物的籌備、發行與發
展標識了言說空間與對象的轉換，島內漢人的讀者定位與取消日文版面的行
為更具有抵抗文化暴力的民族意涵，報人群體也在新聞實踐的過程中不斷成
長。除了蔡培火、林呈祿等報人在新聞領域的深耕，還湧現了諸如「民報的保
姆」的蔣渭水、〔註62〕「臺灣民族運動的鋪路人」蔡惠如等精英報人，共同為
推動臺灣民族運動與報刊發展貢獻力量。

　　《臺灣民報》創刊後，報人們始終希望能夠在島內發行以提高報刊的影
響力，並為此做出了一定的妥協與讓步，但仍堅持文化抗爭的本色。1927 年
8 月 1 日，《臺灣民報》以增加日文版的條件獲准在臺發行，遷臺首刊的社論
明確提出了擔當「臺灣人的言論機關」的目標，〔註63〕此後屢屢受到總督府
的鉗制，「其取締之廣，跡近瘋狂，對礙目之記事，恣意剪除塗銷姑勿論，扣
留禁止之頻繁，幾乎令人難以置信。」〔註64〕林獻堂、蔣渭水、陳逢源、蔡
培火等人更是因為提出「以期集會結社言論出版自由，要求臺灣人在島內新
聞雜誌發行之即時許可」的主張，而被日本當局列入「要注意臺灣人」或「要
視察臺灣人」名單，處處受到嚴密監控。〔註65〕面對政治空間與輿論空間的雙
重壓力，報人們仍舊堅持抗爭，謀求報刊的進一步發展。在報人們不斷地爭取
之下，1930 年 3 月 29 日，《臺灣民報》自 306 號起改為週刊並更名為《臺灣
新民報》，工作人員的數量與結構也隨之產生變化，「週刊社員特別多，且全部

〔註60〕　何義麟：《跨越國境線：近代臺灣去殖民化之歷程》，臺北：稻鄉出版社，2007
　　　　　年，第 163 頁。
〔註61〕　吳文星：《日據時期臺灣的教育與社會領導階層之塑造》，《歷史學報》第 10
　　　　　期，1982 年 6 月，第 367～404 頁。
〔註62〕　蔣渭水：《五個年中的我》，《臺灣民報》1925 年 8 月 26 日第 43 版。
〔註63〕　社論：《「大人」廢稱論》，《臺灣民報》1927 年 8 月 1 日，總 167 號，第 2 版。
〔註64〕　林獻堂先生紀念集編纂委員會：《林獻堂先生紀念集》，臺北：文海出版社，
　　　　　1974 年，第 67 頁。
〔註65〕　〔日〕中川矩方：《內地‧鮮‧臺‧滿洲國思想犯罪搜查提要》，東京：新光閣，
　　　　　1934 年，第 446～447 頁。

都是記者」〔註66〕。1932 年 4 月 9 日正式發行日刊時，報社組織結構更為完善，編撰隊伍也日益強大，匯聚了林呈祿、羅萬俥、蔡培火、楊肇嘉、吳三連、黃周、黃呈聰、陳逢源、李金鐘、黃登洲、黃旺成（陳旺成）、林雲龍、陳萬、何景寮、鄭貴松、鍾添福等一大批本土社會精英。「那時候的《新民報》記者，個個經過嚴格的考選，彙集臺灣知識分子的精銳，百分之九十都是大學畢業生。他們不僅是做一個記者遊刃有餘，極能發揮筆桿的威力，就是做一個社會人士的品德學識的修養也是高尚的。」〔註67〕仔細審視這些報人不難發現，他們不僅是臺灣地方的文化與社會精英，並且不少人還具有參訪或任職於祖國大陸的經驗。《申報》曾記載「臺灣新民報總經理羅萬俥氏、及該島領袖林獻堂、楊肇嘉氏等一行十三人，組織考察團，業於二月二十八日，由臺起程赴廈，轉道廣州、經由香港，約在本月十日左右，由港候輪來滬，從事考察。查羅氏等於四年前創辦新民報，一紙風行，僑胞爭誦，在華南一帶頗具相當勢力。」〔註68〕還有如黃呈聰（1923 年新聞學會修畢）、黃登洲（1924 年任東京日日新聞社社員）、吳三連（1925 年任職大阪每日新聞社經濟部）等具有新聞學習或從業經歷。〔註69〕這些精英的文化積澱與社會身份不僅保證了報刊的內容質量，也將民族運動與輿論發展更好的結合在一起。在各方的助推之下，《臺灣新民報》事業蒸蒸日上，發行量迅速擴大，1937 年超過 5 萬份，成為臺灣與《臺灣日日新報》並列的大報之一。

在《臺灣民報》系列的發展過程中，報人群體在新聞實踐過程中不斷壯大，成為「有民族意識從事社會運動同志的大結合」〔註70〕。這些報人既是文化運動中的積極分子、政治活動中的活躍分子，也成為當時民族報業的中流砥柱。他們在輿論舞臺上嶄露頭腳，在抗日民族運動中大展身手，也將他們的認識與反思投射於報刊之中，構建起一個具有共同體意涵的言論空間，在實踐活動中孕育了獨特的對於新聞的理解，成為臺灣地區最早的具有新聞學術性質的思想。

〔註66〕〔日〕神田正雄：《動きゆく臺灣》，東京：海外社，1930 年，第 57 頁。

〔註67〕楊肇嘉：《臺灣新民報小史》，載《楊肇嘉回憶錄》（下），臺北：三民書局，1968年，第 436 頁。

〔註68〕《臺灣新民報考察團將於本月中旬來滬》，《申報》1936 年 3 月 11 日，第 3 張第 10 版。

〔註69〕《臺灣士人鑑（1937 年版）》，臺北：臺灣新民報社，1937 年，第 102、134、135 頁。

〔註70〕楊肇嘉：《臺灣新民報小史》，載楊肇嘉《楊肇嘉回憶錄》（下），臺北：三民書局，1968 年，第 423 頁。

3. 臺灣報人角色與思想孕育

臺灣報人兼具日本與臺灣的雙重經驗，對臺灣殖民地現況與世界民族自決潮流有清醒認識，並在認清了殖民統治壓迫事實後發展出了強烈的民族認同與民族自覺：「漢民族是保有五千年光榮文化的先進文明人，不應屈服在異民族的統治下。日本的統治方針欲抹煞民族的所有文化與傳統，以我們為經濟榨取的對象，而成為完全隸屬於日本的民族，或當做被壓迫的民族予以拘束。我們要喚起漢民族的民族自覺……」〔註71〕民族認同凝聚起了臺灣報人共同體，他們通過報刊這一平臺積極發聲，扮演了殖民統治時期代表漢民族話語的特殊角色。

首先，是民族自決的倡導者。報人們利用報刊言論對殖民統治的不公發出詰難，認為現在總督府的統治是十足的「惡政」，呼籲臺灣人民作為「弱小民族」應勇於反抗，將腐朽統治的「寄生蟲」趕出臺灣，〔註72〕以獲得民族自治。在輿論鼓吹的同時，報人們還積極響應社會運動，與文化協會所開展的文化、社會活動相互配合，在輿論上、組織上和行動上協同推進臺灣社會中民族自決運動的開展，「期早實現完全的自治制。」〔註73〕

其次，是文化運動的先行者。臺灣報人們同時具有傳統士人濃厚的民族情懷，因而強烈要求統治者重視漢文教育，維護民族主體性。在維護本民族文化的同時，臺灣報人還以報刊為媒介，積極的向臺灣民眾介紹世界新知。蔡培火便稱《臺灣民報》「除做臺灣人民的喉舌，呼籲訴苦，對總督府的惡政加以指責批難，對民間日人的歧視曲解予以糾正外，對臺灣人的思想、文化的啟蒙也有甚大的幫助。」〔註74〕對現代文明的追求為臺灣精英發起民族運動提供了原始動力，為其開展文化與社會運動提供了合法性，也成為臺灣精英反抗殖民者壓制的有力武器。

最後，是精神抗爭的實踐者。此時的臺灣報人身兼文化運動、政治運動與社會運動者的身份，能夠通過具體的實踐運動將其思想從輿論空間延展到社會空間，活化下沉到基層民眾之中。1923年，林呈祿、蔡培火、陳逢春、林又

〔註71〕臺灣總督府警務局編：《臺灣社會運動史》，東京：龍溪書社，1973年，第194頁。

〔註72〕社說：《弱者的特權》，《臺灣民報》第24號，1924年5月11日，第1版。

〔註73〕《主張施行完全的自治制於臺灣》，《臺灣民報》第3卷第9號，1925年3月21日，第2版。

〔註74〕蔡培火等：《臺灣近代民族運動史》，臺北：學海出版社，1979年，第39頁。

春、王敏川等《臺灣》雜誌的記者編輯，因為鼓吹設置臺灣議會給予臺灣民眾
自治權利而被捕入獄。同年記者吳三連，則因反對米穀統制，觸怒臺灣總督府，
先遭拘押二十一天，然後總督府強迫報社將他解職，使他離開從事十五年的新
聞工作。〔註75〕此種抗爭與打壓的博弈在臺灣報人群體中屢見不鮮，但這並未
磨滅報人們的鬥志，反而促使他們更為積極地投入到了反抗運動之中，並在很
大程度上維持了臺灣社會中反抗殖民統治的民族意識。

　　社會結構性的推動與個體認識論的延展讓臺灣精英將對現代性的理解與
反思投射於輿論場域之中，構建起一個具有共同體意涵的言論空間以抵抗文
化暴力。這些臺灣精英既是政治活動中的活躍分子，文化運動中的積極分子，
也成為當時民族報業的中流砥柱，在實踐活動中形成了獨特的新聞觀念。

二、臺灣報人新聞觀念的主要意涵

　　現代報刊隨著殖民統治引入臺灣之後，臺灣同胞便已經在與媒體的直接
接觸中發展出了對於新聞的體認。20 世紀初加入《臺灣日日新報》的臺灣同
胞在報社中大多充當舞文弄墨、編寫詩文的邊緣角色，但已經通過初步的實踐
意識到報紙「不出戶牖，而知天下」的信息傳播功能，先後發表了《論臺人宜
急讀報》《新聞之餘實業》《新聞紙之發源》等文章，向臺灣民眾系統推介報刊
這一尚陌生的新鮮事物。〔註76〕20 世紀 20 年代起，臺灣同胞在認識到報刊強
大的輿論影響力之後，主動從邊緣走向中心，從日人報社中工具化的附庸走向
自主的辦報的現實實踐。在這一位置轉換的過程中，報人們對臺灣「恒有顧忌，
不敢放言高論，恐招當局注意」的言論環境體悟漸深，〔註77〕對辦報理念、報
刊功能和價值觀念的闡述愈加系統。他們視媒介為「公眾輿論真正的手段，是
一切善於利用它、必須利用它的人手中的一種武器和工具」，〔註78〕為媒體賦

〔註75〕朱傳譽：《臺灣革命報人林呈祿和他所辦的革命報刊》，《報學》第 3 卷第 5 期，
　　　　1965 年，第 129～138 頁。

〔註76〕木鐸：《論臺人宜急讀報》，《臺灣日日新報》1910 年 7 月 3 日，第 2 版；《新
　　　　聞の余實業》，《臺灣日日新報》1911 年 7 月 13 日，第 3 版；《新聞紙の發
　　　　源》，《臺灣日日新報》1907 年 3 月 16 日，第 5 版；謝汝銓：《記者論》，《漢
　　　　文臺灣日日新報》1908 年 2 月 2 日，第 4 版。

〔註77〕王敏川：《論先覺者之天職》，《臺灣青年》第 2 卷第 4 號，1921 年 5 月 15 日
　　　　漢文之部第 13 版。

〔註78〕〔德〕斐迪南·滕尼斯著，林榮遠譯：《共同體與社會：純粹社會學的基本概
　　　　念》，北京：商務印書館，1999 年，第 326 頁。

予了了鮮明的意識形態色彩。在殖民者新聞統制、文化壓制與思想控制的文化暴力政策下，報人們結合新聞實踐，漸漸形成了包括輿論觀、教化觀與言論自由觀在內的對於新聞的理解，形成了早期的新聞觀念，成為臺灣新聞學術發展的「史前史」。

（一）輿論觀：「人民輿論的代表」

日本殖民臺灣初期，殖民政府便頒布了《臺灣新聞紙令》等新聞法規控制輿論話語權，並利用御用報刊左右言論。面對殖民者對於輿論的嚴格管控，遊走在傳統與現代之間的臺灣精英已然意識到缺少輿論機關對於社會塑造的弊端：

> 島內沒有言論機關，所以不能迅速敏捷地發揮輿論，以資當局的參考，以為民眾的指導。……我們敢決然說一句道：「創設臺灣人的言論機關是刻不容緩的了！」〔註79〕

面對殖民者的暴力統治，臺灣報人們在新聞實踐中逐漸生發出對於輿論的理解，認為辦報的目的就是要扮演「人民輿論的代表」。他們從輿論的內涵、立場與規範三個方面闡述了獨特的報刊輿論觀，蘊含著一定的新聞理論性。

首先，恪盡言論使命，把握輿論內涵。由於殖民者對於新聞的統制，使得殖民地臺灣輿論的構成不可單純以「民眾意見之集合體」認識，而是一種處在宣稱「代表輿論」的新聞媒體和強力進行輿論控制的政治權力之間的角力。〔註80〕報人們在新聞實踐與文化運動中，對輿論的內涵有了清晰的研判，形構出「人民輿論」的概念核心：

> 輿論就是群眾心理之表現。群眾心理若是盲目的，這個輿論就容易打破，但是群眾心理是覺醒自發的表現，這個輿論就有社會力……現在臺灣的輿論不是盲目的，欲謀對抗這個輿論，必為一般社會所排斥。〔註81〕

在這一表述中，臺灣報人從群眾角度對輿論概念進行了分析：一方面，輿論是群眾心理的反映，即輿論源自於群眾；另一方面，輿論能否產生影響力與

〔註79〕社說：《豈有不許言論自由的善政嗎？》，《臺灣民報》第 43 號，1925 年 1 月 21 日，第 1 版。

〔註80〕李承機：《殖民地臺灣「輿論戰線」之變遷──輿論兩義性的矛盾與「臺灣人唯一之言論機關」的困境》，載於李承機：《六然居存日刊臺灣新民報社說輯錄（1932～1935）》（電子資源），臺南：臺灣歷史博物館，2009 年，第 2～2 頁。

〔註81〕時事短評：《輿論是什麼》，《臺灣民報》第 5 號，1923 年 8 月 1 日，第 12 版。

群眾心理的行為特徵直接相關，民眾的輿論會影響社會的政治方向，即「民眾之輿論乃政治改革之前驅，有力民眾之輿論乃從統一之民心所發之綜合意思」〔註82〕。報人們以臺灣人民為出發點，以輿論的喚起，謀求島人之幸福：

> 故從今而後，新民報的重要使命，是在乎表現全島四百萬民眾的言論、堅持公平無偏的主張，本於正義人道，立在大同地點，以期評論的公平妥當，報導的確實敏速，這是本報定要更新努力的地方。所以無論官民與左右，不偏一件、不曲一解，正視直行，勇往猛進，唯有追求島民的最高幸福而已。〔註83〕

為了更好地揭露殖民統治的不公，搭建一個為臺灣民眾伸張正義的輿論出口，報人們還在報刊之中設置地方新聞欄目，報導島內各方面的最新動態，並專門留出版面刊載臺灣同胞受到警察欺侮、壓迫事件的來信，替無力的民眾發出聲音，彰顯輿論的「群眾性」，讓報人、報刊與民眾融成一個共同體。正如黃朝琴在臺南參加演講時所振臂呼喊的：

> 《臺灣民報》的機器，是臺灣人的骨頭做的！油墨是臺灣人的血製的！紙是臺灣人的皮做的！〔註84〕

這樣具有煽動性的呼號，看似是臺灣精英在社會運動中的策略性技巧，但其內在的邏輯理路是臺灣報人對於報刊群眾性的理解，進而構成其以「公正輿論」擔負言論表達的新聞實踐。

其次，揭露言論腐敗，維護輿論立場。臺灣報人自進行新聞實踐之始，便彰顯了鮮明的輿論立場，認識到源於民眾的輿論必須用於指導民眾，兩者是一體兩面的。但是當時臺灣的輿論場為殖民者所佔據，身為「二等公民」的臺灣民眾「不問其事理之正否，絕對被鉗其口」，而在社會中充斥的則是「惟虛偽者之謳歌善政，阿諛徒輩歌功頌德爾。」〔註85〕因此報人們堅持認為《臺灣民報》要做「臺灣人唯一自主的言論機關」，這一機關所發揮的作

〔註82〕卷頭詞：《實際運動と思想》，《臺灣》第5年第2號，1924年5月10日，第1頁。

〔註83〕社說：《民報題號更新，期盡言論使命》，《臺灣新民報》，1930年3月29日，第2版。

〔註84〕黃朝琴：《朝琴回憶錄之臺灣政商耆宿》，新北：龍文出版股份有限公司，2001年，第19頁。

〔註85〕林呈祿：《地方自治概論》，《臺灣青年》第1卷第3號，1920年9月15日，漢文之部第4版。

用「一面是為臺灣民眾代言，一面是為臺灣民眾的指導者。」﹝註86﹞因此，臺灣報人對於殖民者喉舌所製造的奴化宣傳性質的話語抱持消極態度，「島內各種的御用報紙雜誌的言論，盡是征服者對於被征服者的教示、嘲罵、侮辱以及宣傳一切有利於幾個野心家和於政府方便的事情」﹝註87﹞，甚至嗤之以鼻的稱此類內容為「臺灣言論的腐敗」﹝註88﹞，應當「滾出臺灣的言論界去」﹝註89﹞。

臺灣報人對於臺灣言論環境的關注還體現在其面對社會運動中的不公懲戒時，對殖民政府輿論政策的指正。1923 年 12 月 16 日，總督府為阻撓臺灣抗日社會運動的開展，以違反《治安警察法》為由展開全臺大檢舉，蔡培火、蔣渭水、林呈祿、蔡惠如等報人被捕入獄。﹝註90﹞總督府利用御用報刊控制島內輿論，對外封鎖消息。《臺灣民報》編輯陳逢源在法庭上指出：

> 臺灣現在可以說沒有真正的報紙，譬如日前檢察官的論告，報紙大書特書，但對我們的辯論便一字不提了。如此偏見，如何能聽到臺灣民眾的聲音，僅靠警察的報告，或是御用紳士的謊言來判斷，則在臺灣發表公正言論的人皆是反叛逆者。﹝註91﹞

為了引起社會的關注，葉榮鐘冒險將消息帶到日本，《朝日新聞》等各大報刊紛紛刊載，引起日本朝野對於臺灣殖民政府統治方式的議論，方才「舉世為之側目，於是臺灣總督府也不敢過分實行恐怖行為。」﹝註92﹞

臺灣精英借助輿論與殖民政府形成正面對抗的標誌，是日據時期無法迴避的標誌性事件——「治警事件」，這是臺灣民族運動者與殖民統治者的首次非武裝交鋒，正是報人們充分利用了《臺灣民報》這一輿論工具展開攻勢，才能發出臺灣社會真實的聲音。面對殖民統治者的政治壓力，《臺灣民報》以專

﹝註86﹞社論：《本報的使命》，《臺灣民報》第 141 號，1927 年 1 月 23 日，第 1 版。
﹝註87﹞社說：《報紙的中毒》，《臺灣民報》第 99 號，1926 年 4 月 4 日，第 1 版。
﹝註88﹞何景寮：《設立臺灣人報紙的意見》，《臺灣民報》第 84 號，1925 年 12 月 20 日，第 9 版。
﹝註89﹞一郎：《滾出臺灣的言論界去》，《臺灣民報》第 43 號，1925 年 1 月 21 日第 7 版。
﹝註90﹞葉榮鐘：《日據下臺灣政治社會運動史》（上），臺中：晨星出版社，2000 年，第 231～317 頁。
﹝註91﹞葉榮鐘：《日據下臺灣政治社會運動史》（上），臺中：晨星出版社，2000 年，第 265 頁。
﹝註92﹞丘秀芷：《民族正氣：蔣渭水傳》，臺北：近代中國雜誌社，1985 年，第 61 頁。

號的形式，整版刊登法院的審理經過和當事人的慷慨陳詞以反擊官方宣傳愚弄，以事實的呈現、分析與論爭維持輿論陣地。在第一審宣判後的 1924 年 8 月中旬，《臺灣民報》推出刊登法庭辯論全文的「治警事件第一審公判特別號」，將販賣發行份數推至八千份，〔註93〕10 月中旬推出「治警事件第二審公判號」，發行量一舉突破一萬份。〔註94〕「治警事件」官方輿論場與民間輿論場的抗衡不但沒有給統治者的喉舌樹立權威，反而造成「官憲普遍宣傳」《臺灣民報》，「御用紙」也正好提供了「免費廣告」〔註95〕。《臺灣民報》在重大事件中履行其喉舌的責任，將輿論與實踐結合以抵抗殖民暴力統治，形成了與官方話語對抗的意識形態，讓這份報刊聲譽漸隆。這也正是報人們積極維護的輿論立場，即視報刊為人民輿論的代表，擔當維護人民輿論的義務。

最後，確立價值導向，規範輿論傳播。報紙作為近現代以來最為重要的媒體，肩負著重要的公共責任，應當是「社會公共的機關」與「人民輿論的代表」，必須樹立新聞權威、引領社會價值。在殖民地臺灣，報人們也在輿論的實踐與思考中形成了言論機關維護、評判與定位的準則：

> 報紙的好壞何以別之？第一，要報導公平確實；第二，要有啟發的精神；第三，要代表大多數民眾的意見。大約有了這三種要素的，就可以說是好報，反是即其價值可想而知了。〔註96〕

在此基礎上，報人們逐漸發展出了權威新聞的基本標準，即「議論公正、報導確實、不偏不黨、不為人利用、不怕威勢、獨自超然、以增進人類的幸福」。〔註97〕記者作為輿論的傳播者，應當「恪守公正中庸的金科玉律的職業規範」〔註98〕，其中「確實、公平、迅速」更是新聞報導的核心「要件」：

> 新聞記者，世人譬喻為無冕之帝王，則其價值不難知焉。然非有慎其及時之要件、抱精密之注意，則亦難著名譽於世焉，今請敘其記事之要件：（一）新聞紙最重要者，即確實之報導也。所出之事實，須有明瞭事實之真相，為一般研論之材料，使讀者不必親自探

〔註93〕《編輯餘話》，《臺灣民報》第 2 卷第 20 號，1924 年 10 月 11 日，第 16 版。
〔註94〕《編輯餘話》，《臺灣民報》第 2 卷第 26 號，1924 年 12 月 11 日，第 16 版。
〔註95〕林呈祿：《懷舊譚》，《臺灣民報》第 67 號，1925 年 8 月 26 日，第 49 版。
〔註96〕社說：《報紙的中毒》，《臺灣民報》第 99 號，1926 年 4 月 4 日，第 1 版。
〔註97〕時事短評：《有權威的新聞是什麼》，《臺灣民報》第 5 號，1923 年 8 月 1 日，第 12 版。
〔註98〕社說：《本報的使命》，《臺灣民報》第 141 號，1927 年 1 月 23 日，第 1 版。

尋，可坐悉事⋯⋯（二）其次求乎議論之公平。新聞對於全社會之貢獻，而非僅對於特別階級之貢獻；在增進大多數人之幸福，非在乎供少數人之享樂而已。故極平等，極公平者，實為新聞之要件⋯⋯（三）其他貴乎報導之迅速。新聞將每日新出事實，報於社會讀眾，非速不可⋯⋯〔註99〕

此時臺灣報人關於新聞報導真實性、客觀性與時效性的理解已經具一定的學理性，並與彼時包括祖國大陸在內的新聞界所通行的觀點相一致。但如果將這一看似普遍的思想放置於遭受日本殖民統治已達 30 年，漢文媒體屈指可數並且言論空間被不斷壓縮的臺灣社會環境之中，便可理解其發展與實踐之不易。在臺灣報人的新聞思想中，最值得關注的是以讀者為中心，以「大多數人之幸福」為目標的新聞追求。這一具有左翼色彩的新聞觀念已經具有社會責任論的影子，並將這一責任與新聞職業規範相聯繫。在這些難能可貴的新聞思想影響下，臺灣報人所呵護的《臺灣民報》在兩岸社會中均產生了一定影響，被當時大陸學者譽為「臺人喜讀之報紙」。〔註100〕

（二）教化觀：「為社會啟發文化」

若被統治者想抵抗占統治地位的外來文化，首先必須實現「文化的復興和重新確定」。〔註101〕在殖民政府強力推行日本文化以期實現「同化」的過程中，臺灣報人選擇通過報刊教化民眾，實現文化身份的確認，以抵抗外來文化對臺灣社會的侵略。臺灣報人從啟發民智、保衛語言、發展文化三個維度強調了報刊的教化觀，通過報刊啟發民眾，保存漢文化主體性，實現民族身份確認，是當時臺灣報人從文化角度提出的對於新聞的理解。

首先，呼喚教育普及，啟發島民智識。相對閉塞的地理環境加上總督府施行的區隔化教育制度，讓臺灣同胞的教育境況雪上加霜。截止 1926 年末，島內日本學齡兒童就學率達到98.2%，而臺灣本土學齡兒童就學率僅有 28.4%。〔註 102〕懸殊數字背後體現的是總督府的文化侵略與別有用心的教育制度設

〔註99〕 王敏川：《新聞與社會之關係》，《臺灣民報》創刊號，1923 年 4 月 15 日，第8 版。

〔註100〕 陳民耿：《臺灣概述》，臺北：正中書局，1945 年，第 77 頁。

〔註101〕 〔英〕厄內斯特・蓋爾納著，韓紅譯：《民族與民族主義》，北京：中央編譯出版社，2002 年，第 76 頁。

〔註102〕 葉榮鐘：《日據下臺灣政治社會運動史》（上），臺中：晨星出版社，2000 年，第 60 頁。

計，實質是「有效的能力榨取教育，露骨的愚民教育」〔註103〕。這樣不公的制度和對漢文教育的壓制引起了臺灣精英的警惕，成為「挑起了民族意識」的催化劑〔註104〕。作為臺灣精英的報人們在發表的言論中彰顯了自己「堂堂的炎黃子孫」的民族認同，〔註105〕或隱晦的影射「吾人雖附為大國國民，不足為榮，而文化程度之低下，實為吾人之大辱，嗚呼！吾輩青年其可不止所以自奮乎？」〔註106〕或直截了當地抨擊「由日本政府來討論廢止漢文甚為僭越之事」。〔註107〕基於漢文化延續的急迫與殖民政府文化政策的嚴苛，報人們視報刊為啟發民智、實施文化教育的重要手段，「竭力以圖我臺教育之普及，養成國家有用之人才。」〔註108〕《臺灣青年》和《臺灣民報》均明確融入時代潮流、啟發島民智識作為辦刊宗旨：

> 本社係由在京青年之倡起，荷內臺先輩之贊助，始告成立。創刊本志，思集內外，文兼和漢，期應世界之時勢，順現代之潮流，以促我臺民智，傳播東西文明。雖非敢自謂為我臺社會之耳目，竊願做島民言論之先聲焉。只恐在京同人，力薄不足以資發展，才疏弗克以全使命。〔註109〕

> 時勢已經進步，只有一種雜誌，實在不足以應付社會各方面的要求；所以這回新刊本報，專用平易的漢文，滿載民眾的智識，宗旨不外欲啟發我島的文化，振起同胞的元氣，以謀臺灣的幸福，求東洋的和平而已。〔註110〕

兩份發刊詞對啟發民智的論述，傳達了報人們對於現代性的思考、對島內文化情況的體認與啟發文化的使命感，報人們也將其新聞理念落實於實踐

〔註103〕 蔡培火：《告日本國民書》，載張漢裕編：《蔡培火全集三‧政治關係——日本時代（下）》，臺北：吳三連臺灣史料基金會，2000年，第40～50頁。
〔註104〕 王詩琅編著：《日本殖民地體制下的臺灣》，臺北：眾文圖書公司，1980年，第65頁。
〔註105〕 《發刊詞》，《臺灣民報》創刊號，1923年4月15日，第1版。
〔註106〕 王敏川：《〈臺灣青年〉發刊之旨趣》，《臺灣青年》創刊號，1920年7月15日，漢文之部第40版。
〔註107〕 蔡培火：《吾人の同化觀》，《臺灣青年》第1卷第2期，1920年8月15日，和文之部第67～82版。
〔註108〕 立峰、施至善：《臺灣之教育論》，《臺灣民報》第67號，1925年8月26日，第31版。
〔註109〕 臺灣青年雜誌社同人：《社告》，《臺灣青年》創刊號，1920年7月15日，扉頁。
〔註110〕 林呈祿：《發刊詞》，《臺灣民報》創刊號，1923年4月15日，第1版。

之中。創刊伊始，《臺灣青年》便與清末各省留學生所辦同人刊物一樣，時常刊載文章介紹世界上的新知識、新思想，甘地、拿破崙等偉人事蹟也時常見諸報端，讓臺灣人能有機會「開眼看世界」。〔註111〕如果說早期的《臺灣青年》還兼容日文和漢文，到了《臺灣民報》時期則已經特別強調漢文的重要性。雖然這幾份報刊在總督府諸多限制之下傳播範圍有限，但是在臺灣報人的積極活動下，《臺灣民報》等報刊為廣大民眾尤其是沒有機會接受良好教育的讀者搭建了知識交流的平臺，啟發島民智識、涵養同胞文化思想，更有讀者將這些漢文報刊視為文化生活的必需品：「在我們文化生活中，新聞雜誌好比我們日常生活的米糧，一日沒有他的供給滋養維持，我們的文化生命就會枯死了。」〔註112〕其教育文化的普及價值獲得認可。

其次，倡導語言革命，維繫民族紐帶。語言是文化的載體與核心，漢文是聚合中華民族最重要的文化紐帶。《臺灣青年》創刊之初，報人們便注意到了白話文啟迪民智之效，「臺灣因承襲中華之教，言文各異，但今日之中國已豁然覺醒，改倡白話文，臺灣之文人墨士亦當奮勇提倡，改革文學，以啟民智。」〔註113〕在彼時的臺灣，民眾教育程度普遍不高，加之嚴苛的教育政策更阻礙了臺人子弟的受教育通道。為了提升臺灣民眾的文化水平，報人們積極投入文化啟蒙活動。此時，中國大陸白話文運動的影響逐漸波及到臺灣，為臺灣文化精英提供了一條文化發展與思想解放的通路。在兩岸文化場域互動的之中，臺灣報人借助媒體開展了面向社會的白話文推廣，報刊中還時常刊載中國新文化運動的成果，與臺灣發起的新文化運動遙相呼應。〔註114〕

〔註111〕 如《臺灣青年》曾在第 1 卷第 3、4 號連載主筆蔡培火所撰寫的《述空氣之概要》，用化學知識介紹空氣為何物。報人們在《臺灣青年》中還時常刊登文章介紹分析政治制度方面的知識，如關於日本對臺政策的解釋，除了經常提到的對於臺灣地方自治的討論之外，在第 1 卷第 5 號對於「六三法」的沿革也進行了較為詳細的梳理，向民眾普及生活中基本政治制度與法律的情況等。《臺灣民報》則在第 58 號、59 號、62 號、63 號、65 號、68 號、69 號、70 號、71號、72 號中的《學藝》欄目連載《宗教的革命家甘地》，向民眾介紹這一偉人。

〔註112〕 蔡惠如：《五週年紀念的感想》，《臺灣民報》第 67 號，1925 年 8 月 26 日，第 38 版。

〔註113〕 陳端明：《日用文鼓吹論》，《臺灣青年》第 3 卷第 6 期，1921 年 12 月 15 日，漢文之部第 33 版。

〔註114〕 1924 年 11 月 1 日，《臺灣民報》第 2 卷第 22 號第 14 版曾刊載《臺灣民報怎樣不用文言文呢》一文，闡述了使用白話文的優點。《狂人日記》、《阿 Q 正傳》等大陸新文化運動的代表性小說也在此連載。

　　《臺灣》雜誌創刊後，發表了一系列普及白話文、設立講習會的文章，令島內使用白話文漸成一時之風。〔註115〕及至《臺灣民報》創刊，白話文已成為報人們的通用語言，在社會中發揮了很強的工具性角色：「本報所用這樣淺白的字，切不可舊式的漢文來多費生徒的腦力才是有益的。」〔註116〕不過更值得注意的是，此時臺灣島內的白話文風潮不僅僅侷限於文化革新的標誌，或是新知引入的載體，更承載了民族認同的符號意涵。報人黃呈聰曾強調：

> 我們臺灣不是一個獨立的國家，背後沒有一個大勢力的文字來
> 幫助保存我們的文字，不久便受他方面有勢力的文字來打消我們的
> 文字了……所以不如再加多少工夫，研究中國的白話文，漸漸接近
> 它，將來就會變做一樣，那就不但我們的範圍擴大到中國的地方，
> 就是有心到中國不論做什麼事也是很方便。……漸漸研究，讀過了
> 中國的白話書，就會變做完全的中國白話文，才能達到我們最後的
> 理想，就可以永久聯絡大陸的文化了。〔註117〕

　　在黃呈聰的論述中，不僅從政治與文化層面排除了臺灣獨立建國的可能性，還提出研究白話文的目的是「永久聯絡大陸的文化」，將白話為視為故國思緒與文化認同的寄託。

　　這種具有民族情感維繫與文化身份認同的意涵也為同行所關注，天津《大公報》記者參觀新民報館時得知，「臺灣雖然已被割讓，但是我們為要臺灣的人民不忘了我們固有的文字，而直接灌輸知識給他們，只好忍，這些限制的苦痛，淫威下的屈服，不是永久的，而期望祖國的光明」〔註118〕。另一方面日本年刊《新聞總覽》對《臺灣新民報》的介紹則是「生於多年之宿望，本島人本位之新聞；指導全島文化，內地人必讀之新聞」。〔註119〕無

〔註115〕《臺灣》雜誌在 1923 年 1 月 1 日出版的第 4 卷第 1 號漢文第 12 版中刊載《論普及白話文的新使命》一文，呼籲在臺灣普及白話文以代替文言文。1923 年 2 月 1 日出版的第 4 卷第 2 號於漢文第 21 版刊載《續漢文改革論，唱設臺灣白話文講習會》一文，更直接的提出設立白話文講習會，推動白話文的普及。

〔註116〕黃呈聰：《漢文增設的運動》，《臺灣民報》第 3 卷第 1 號，1925 年 1 月 1 日，第 4 版。

〔註117〕黃呈聰：《論普及白話文的新使命》，《臺灣》第 4 年第 1 號，1923 年 1 月 1 日，漢文第 22 版。

〔註118〕淦三：《臺灣印象記》（續），《大公報》（天津），1932 年 9 月 16 日，第 4 版。

〔註119〕《新聞總覽（昭和 11 年版）》，東京：日本電報通信社，1936 年，第 440 頁。

論是大陸記者的觀察，還是日本報刊的評價，都反映了當時島內民族報刊對於漢文教育的重視及其對文化的傳承，進而使語言運用上升到民族認同的層面。

最後，創設言論機關，實現文化向上。為了突出「島民先聲」的定位，報人們將思想、言論與文化三者緊密地勾連起來，提出「本來思想與言論是不可分離的，有思想便有言論」〔註120〕他們充分意識到，報刊除了普及文化、維繫認同以外，還具有提升文化的功能。「因為文化程度高，言論機關才會發達，同時言論機關發達，自然就會促進提高文化程度，所以文化的向上與言論機關之發達是有因果關係的。我們同因鑒及欲促進臺灣文化向上，非創設言論機關不可。」〔註121〕這樣的論證強調了「創設言論機關」在「啟發我島文化」中的必要性，讓民族報刊在臺灣文化場域中的定位更加明確。言論機關促進文化向上的目的並非推動文化發展這麼簡單，而是在殖民統治體系之中反抗的宣洩口。報人們認為，只有教育的普及和文化的繁榮，才能促進社會的覺醒，進而抵抗殖民壓迫統治，從根本上改變自身的命運：

> 但是我同人只曉得正誼公理勇往邁進，不怕權威、不知妥協，一意專心為社會啟發文化，為三百六十萬的同胞謀幸福而已。這樣奮鬥，我同人還不敢自安，兩年前又加副刊《臺灣民報》，用極淺顯的白話文字去普遍的宣傳，使之一般民眾容易覺醒，日多一日，社會的文化，也逐漸漸漸向上。〔註122〕

日據時期的臺灣報人從文化教育出發，以民族認同為立場，以文化向上為依歸，持守著漢民族意識，言說著漢語文化，對外尋求臺灣文明的改良與開化，對內進行自身問題的反省與革新。既蘊含著對現代性的追求，又反映出對殖民性的反抗和主體性的堅守。無怪乎人們在祝賀民報發行破萬時會稱讚其「漢文振興之促進，不能辭其責矣。」〔註123〕

〔註120〕社論：《臺灣的思想言論比朝鮮壓迫得很》，《臺灣民報》第 211 號，1928 年 6 月 3 日，第 2 版。

〔註121〕社論：《週刊〈新民報〉最後的一號》，《臺灣新民報》第 410 號，1932 年 4 月 9 日，第 2 版。

〔註122〕蔡惠如：《五週年紀念的感想》，《臺灣民報》第 67 號，1925 年 8 月 26 日，第 38 版。

〔註123〕紫髯翁：《祝創立五週年民報週刊萬部並陳管見六則》，《臺灣民報》第 67 號，1925 年 8 月 26 日，第 6 版。

（三）自由觀：「島民言論之先聲」

如果說「人民輿論的代表」是抵抗文化暴力的基礎，「為社會啟發文化」是凝聚共同體、提升抵抗力的路徑，那麼通過創設臺灣同胞的言論機關來爭取言論自由則是報人們文化抗爭的目的與手段，也是日據時期臺灣報人新聞思想的主要旨歸。報人們從言論統制、島民權利、言論機關三個方面系統闡述了言論自由觀。

首先，揭露殖民本質，批判言論統制。一部近代臺灣新聞史，就是一部臺灣同胞的言論抗爭史。日據時期臺灣的言論空間逼仄，臺灣同胞所辦報刊和在臺日本人所辦報刊的待遇大相徑庭。1921 年 9 月，《臺灣青年》因刊登蔡培火的《關於臺灣教育的根本主張》一文而受到「臺灣發賣頒布禁止」的處分。〔註124〕12 月 4 日，東京臺灣青年會成員在東京召開臨時大會，反對臺灣總督府對於《臺灣青年》雜誌的彈壓。與會人員通過了「反對臺灣當局苛酷的輿論壓迫，要求島民立憲的言論自由」與「認最近數次臺灣當局對《臺灣青年》之處置為不當」兩項決議。〔註125〕面對報人們的言論譴責，總督府以禁止發售刊載這次決議的《臺灣青年》第 3 卷第 6 號作為回應，日後對《臺灣》雜誌、《臺灣民報》的限制發售、內容查禁更是屢見不鮮。《臺灣青年》共發行 18 期，其中 4 期遭到禁止，《臺灣民報》因內容檢查而開天窗竟達 30 餘次。「在臺灣要等當局檢閱通過，才敢發送給讀者，豈料當局不但不能相諒察，竟敢濫用檢閱程序，無理拖延我民報的發送，每號民報檢閱至少也要費了數日」〔註126〕「試看近來島內的言論壓迫的實例，實在不可勝數，如對新聞記事揭載禁止的頻繁、對民報的記事不斷的抹消禁止，又如對於各地各團體的演講會的壓迫等，無一不是蹂躪言論的自由。」〔註127〕面對島內惡劣的言論環境，臺灣青年只好投書大陸報刊，控訴日本統治的殘暴，訴說對言論自由的渴望。〔註128〕

〔註124〕蔡培火：《臺灣教育に関する根本主張》，《臺灣青年》第 3 卷第 3 號，1921 年 9 月 15 日，和文之部第 40～60 頁。

〔註125〕葉榮鐘：《日據下臺灣政治社會運動史（上）》，臺中：晨星出版社，2000 年，第 112～113 頁。

〔註126〕社論：《古今未聞的言論壓迫政策》，《臺灣民報》第 88 號，1926 年 1 月 17 日，第 1 版。

〔註127〕社論：《臺灣的思想言論比朝鮮壓迫得很》，《臺灣民報》第 211 號，1928 年 6 月 3 日，第 2 版。

〔註128〕《臺灣通信（一）島內一青年投》，《臺灣議會期成同盟會宣伝ビラニ関スル件》，在廈門領事井上庚二郎，1924 年 12 月 6 日。

　　臺灣總督府對於言論自由的壓制也為在大陸求學的台灣青年與日本政客所訴病。在廈門學習的臺灣學生李思禎於 1923 年 6 月組織了「廈門臺灣尚志會」，該會在 1924 年 1 月 30 日的大會上發表宣言，稱總督府「行獨裁政治」「掠奪人民應有之權利、束縛公眾言論之自由」，並決議「反對臺灣總督歷代之壓迫政策。」〔註 129〕日本憲政會員代議士藏原氏也指出，「言論沒有自由的人就是精神沒有自由的人，精神沒有自由的人就是和死屍一樣，既然像死屍一般的那麼不如死好，換一句話說沒有言論的自由，毋寧死吧。」〔註 130〕在 1922 年 1 月 26 日的眾議院會議中，眾議員安藤正純質詢總督府的「言論統制」，對此田僅答辯稱內地與臺灣對所謂「治安妨害」的檢閱標準並不一定相同，甚至強調臺灣的「新聞發行許可主義」是因為其「文化程度」與內地相異所致。田健治郎在同一天的日記裏，道出了身為殖民地臺灣最高權力者「治安妨害」背後對輿論影響的思慮：

　　　　到青年志，近年頗為過激，而臺灣以為新附民之故，苟言之涉
　　　　惡離叛本國，離間內地人與臺灣人急激使動搖臺灣民心之意趣者，
　　　　斷不許移入之於臺灣也……其擾亂民心、破壞秩序之虞、頗大矣。
　　　　於斷然不可不採其防禦手段也。〔註 131〕

　　面對總督府對島民言論自由的壓制政策，報人們將其稱為「曠世奇聞的言論壓迫」〔註 132〕，進而從治理的角度理解言論政策，將「言論束縛」視為惡政中的惡政：

　　　　言論的自由和束縛，是善政與惡政的分歧點。行善政的，必先
　　　　允許民眾自由言論，行惡政的，必先束縛民眾的言論。直捷（接）
　　　　說一句束縛言論自由便是惡政的證據。所以我敢大叫疾呼說：「豈有
　　　　不許言論自由的善政嗎？」對於三百六十萬的臺灣人，到此日還絕
　　　　不准許其存立一個民眾的言論機關於島內。這一層，我敢大書特寫
　　　　說是臺灣惡政中的第一惡政。〔註 133〕

〔註 129〕 葉榮鐘：《日據下臺灣政治社會運動史（上）》，臺中：晨星出版社，2000 年，第 125 頁。

〔註 130〕 《不自由毋寧死》，《臺灣民報》第 55 號，1925 年 5 月 21 日，第 6 版。

〔註 131〕 吳文星、廣瀨順浩、黃紹恒、鍾淑敏主編：《臺灣總督田健治郎日記》（中），臺北：中央研究院臺灣史研究所，2006 年，第 459 頁。

〔註 132〕 林書揚等編，王乃信等譯：《臺灣社會運動史（1913～1936）》（第二冊‧政治運動），臺北：海峽學術出版社，2006 年，第 118～119 頁。

〔註 133〕 社說：《豈有不許言論自由的善政嗎？》，《臺灣民報》第 43 號，1925 年 1 月 21 日，第 1 版。

　　其次，倡導言論自由，保障島民權利。報人們在批判總督府言論統制實質基礎上，清醒地指出言論自由「是每個公民所應有的權利」。政府如不容許這個自由，「我們只可以推測有兩個理由：不是政府自認為全能全知，便是政府所謀的不是人民的利益。」〔註134〕對於島內的言論自由，報人們認為應當日臺民一視同仁，賦予臺灣與日本言論界同等權利。在論證這一思想過程中，報人們以憲法為依據，稱臺灣雖然受日本殖民統治，但並沒有享受日本憲法所保護的言論權，「日本既然採用立憲政體，矗立在文明國家裏頭，屬日本領土之一部的臺灣，自然要用著立憲的精神。」〔註135〕「四百萬島民早沾一視同仁之名，惟未享立憲法治之實，……以期達到平等自由的目標，完成人民同權的使命」。〔註136〕為此，臺灣士紳林獻堂曾撰文分析稱「日本憲法亦載有言論自由之條文，究竟日本國民，果能獲得言論自由真正之權利乎」，日本對於臺灣的言論壓制「雖不及『偶語詩書者棄市』之暴，而亦可謂至矣，雖然若以臺灣較之其過去，又和霄壤之差焉。」〔註137〕但就是這篇有理有據，措辭相對溫和的文章，還是不免被報刊審查者刮去部分內容，留下了大面積的空白，像是洞開的無聲之口，恰與該文章所抨擊之事形成鮮明呼應，更是對總督府言論壓制的諷刺。可以說「臺灣言論界的狀況，簡直說一句，就是臺灣沒有真正的輿論，這是人人都知道的。」〔註138〕就連當時日本學者將臺灣與同為殖民地的朝鮮相比較，也慨歎此種不公：

　　　　臺灣人有保甲制度，朝鮮沒有，朝鮮有數家朝鮮人發行的朝鮮語報紙，臺灣沒有一家臺灣人發行的日報。不論是統治制度，原住民的官吏任用，言論自由，顯然都是臺灣的政治情形比較朝鮮尤為專制。臺灣完全沒有政治自由，甚至其萌芽的胚種都難發現。〔註139〕

〔註134〕陳弗邪：《論言論自由》，《臺灣民報》第 85 號，1925 年 12 月 27 日，第 11版。

〔註135〕社說：《御用黨的輿論怎可當做民意？》，《臺灣民報》第 187 號，1927 年 12月 18 日，第 2 版。

〔註136〕社說：《慶祝佳節》，《臺灣新民報》第 310 號，1930 年 4 月 29 日，第 2 版。

〔註137〕林獻堂：《言論自由》，《臺灣民報》第 294 號，1930 年 1 月 1 日，第 3 版。

〔註138〕論評：《臺灣人機關報紙的必要》，《臺灣民報》第 70 號，1925 年 9 月 13 日，第 2 版。

〔註139〕〔日〕矢內原忠雄：《日本帝國主義下之臺灣》，臺北：吳三連臺灣史料基金會，2014 年，第 186 頁。

在防民之口勝於防川的環境下，報刊成為替民眾言說的「代理人」，成為一個「民有呼籲，則大書特書，為之請命」的喉舌，〔註140〕報人士紳社會民眾藉此「與惡劣的環境苦鬥，與偏見的言論力爭」〔註141〕。通過對殖民統治者言論統制的批判與對殖民者文化政策的質疑，報人們抨擊了總督府對於漢文報刊的戕害，為創設臺灣同胞的言論機關營造了輿論氛圍，奠定了合法性基礎。

最後，打破言論壟斷，設立言論機關。臺灣的輿論場為殖民者所主導，從日文報刊到中文報刊，完全由日本人壟斷，其中多數淪為殖民者的宣傳喉舌。面對被動的輿論環境，臺灣報人意識到建立臺灣同胞言論喉舌的必要性，在惡劣的輿論環境下，報人們創辦了「擁有純潔的精神所結晶的熱血」的《臺灣民報》，成為臺灣同胞的言論機關，「不屈威武、不媚權勢，專以擁護同胞福祉為使命，圖謀鄉土發達為天職」，為臺灣同胞發出「天籟人聲」。〔註142〕以期喚起臺灣社會的輿論，對抗殖民政權的支配力量，發揮報刊的抵禦作用：

> 讀者諸君，我們從前沒有民報時，豈不是大家「有冤無處訴、有苦無處說」嗎？今日居然也得到一個喊冤叫苦的機關。讀者諸君，我們沒有民報時，豈不是眼睜睜的盼著暴害污吏劣紳土棍橫行沒有法子去進一忠告、發一警告嗎？今日居然也得到一個忠告警告的機關。讀者諸君，我們沒有民報時，豈不是找不到交換智識的地方和發表意見的機會嗎？今日居然也可以「登高而呼，四山皆應」了。
> 〔註143〕

報人們賦予了言論自由以清晰內涵和實質內容，即報紙是「喊冤叫苦」「忠告警告」和「發表意見」的機關，分別呈現出了底層民眾的訴說、對統治者的諫言以及知識分子與大眾的溝通，形象地揭示了報刊的表達權、監督權與參與權。

創設臺灣人的言論機關不僅僅是為了爭取臺灣同胞言論自由的權利，更與啟發文化、代表輿論一同形構出了臺灣報人反抗殖民統治的新聞觀念框架。

〔註140〕 林伯廷：《祝臺灣民報發行一萬部》，《臺灣民報》第 67 號，1925 年 8 月 26 日，第 3 版。
〔註141〕 社論：《中正的言論》，《臺灣新民報》第 398 號，1932 年 1 月 16 日，第 1 版。
〔註142〕 社說：《言論的評價》，《臺灣民報》第 119 號，1926 年 8 月 22 日，第 1 版。
〔註143〕 《本報的自祝並對一萬讀者的祝辭》，《臺灣民報》第 67 號，1925 年 8 月 26 日，第 3 版。

三者緊密交錯、互為支撐，以民族精神為指引，為臺灣同胞謀求幸福，抵抗殖民統治的文化暴力。日據時期臺灣報人的新聞觀念，其實是以追求現代性與主體性為目的，以擺脫殖民統治、追求島民幸福為旨歸的近代民族運動的反映，更是中國抗日運動的重要組成部分。這些思想，共同組成了報人們對於新聞的理解。這一理解生發於新聞實踐之中，具有一定的學術色彩。

三、臺灣報人新聞觀念的成因及其影響

臺灣報人立足於同胞利益，站在追求島民幸福的立場上，揭露了殖民統治者的文化暴力本質，在實踐中建立起對新聞輿論的清晰認知與價值判斷，借助輿論謀求同胞文化知識的提升，維繫臺人民族認同，以客觀理性的言論構建了帶有民族主義色彩的輿論場域，凸顯出自辦報刊的「喉舌」定位，也為代表人民、教化人民和引領人民發揮了積極作用。這些新聞觀念在今日看來已具有朦朧的學術色彩，既是臺灣報人們新聞實踐經驗的直接反映，也對日據時期臺灣地區的報刊發展、輿論生成、社會變革與文化認同產生了深遠影響。

（一）立足民族立場，擔當言論先鋒

從抵抗政權暴力轉向抵抗文化暴力是臺灣民族運動的一個重要轉折，也是臺灣報人新聞觀念生成的社會條件。報人們在民族主義的框架之下，利用報刊輿論將臺灣地區的文化暴力抵抗運動接入近代中國民族運動與文化運動之中，形塑了海峽兩岸的民族共同體。1946 年 9 月 1 日，《民報》刊載的《本報同人記者節感言》中指出，以《臺灣民報》為代表的「臺灣報界的歷史就是臺灣解放運動的一部側面史」。〔註144〕報人們的不懈追求和新聞思想直接影響了臺灣漢文報刊的發展走向。

非武裝抗爭是臺灣報人新聞思想生成的社會條件。臺灣武裝抗日鬥爭自1895 年以後接連不斷，而以「西來庵事件」為終點。1915 年臺灣愛國者余清芳、羅俊、江定三人為首，以臺南西來庵為根據地舉行反日起義，與日本人奮戰 40 多天後失敗。「西來庵事件」是日本統治臺灣期間規模最大的一次武裝抗爭事件，慘烈的犧牲讓臺灣精英放棄了自割臺以來持續進行的武裝鬥爭，轉而尋求非武裝抗日的道路。1914 年日本自由民權運動領袖板垣退助與臺灣士紳林獻堂合作，在臺灣設立同化會，其最初目的是為了借助民間的力量，推動臺

〔註144〕《本報同人記者節感言》，《民報》1946 年 9 月 1 日，第 1 版。

灣社會民眾的同化。林獻堂等臺灣士紳則從臺灣同胞的視角重新定義這一組織的初衷，視該會為一種「解懸拯溺的運動，同化不同化在其次」。〔註145〕這是臺灣精英非武裝抗爭的第一次嘗試，被視為臺灣民族運動的濫觴。在同化會遭到統治者解散後，臺灣島內的政治運動在壓力之下趨於平靜，而留學日本的臺灣學生則在相對寬鬆的環境與現代性的接觸中逐漸成為臺灣民族運動的中堅力量，他們所創辦發行的漢文報刊則成為文化運動的指引。

《臺灣青年》創刊伊始，便以世界趨勢為旗，鼓勵臺灣青年覺醒奮起：「你看！國際聯盟的成立、民族自決的尊重，男女同權的實現，勞資協調的運動等，沒有一項不是大覺醒所賜予的結果。臺灣的青年呀！還可以不奮起嗎？」〔註146〕在日趨成熟的新聞思想推動下，留學日本的臺灣青年嘗試將輿論彰顯與社會運動實踐相配合，在日本國內與臺灣島內推動了如「六三法撤廢運動」「臺灣議會設置請願運動」等一系列非武裝抵抗運動的開展。

正是在輿論發表與抗爭運動的遊走間，臺灣青年逐漸成長，推動著自辦刊物的不斷發展。其言論空間與社會影響也由日本國內拓展到臺灣島內，成為非武裝抗爭的骨幹力量，有力地抵制了殖民者的文化暴力。《臺灣民報》系列被日本人定位為「左傾報」，《臺灣民報》及其報人也在堅定的彰顯其「左傾」的特質，使得《臺灣民報》不僅僅是臺灣同胞的喉舌，更通過政治運動和輿論的配合來抗衡殖民政府：

> 臺灣議會設置運動、臺灣文化協會與《臺灣青年》雜誌是臺灣非武力抗日的三大主力。若用戰爭的形式來譬喻，臺灣議會設置運動是外交攻勢，《臺灣青年》雜誌（包括以後的《臺灣》雜誌、《臺灣民報》，以至於日刊《臺灣新民報》）是宣傳戰，而文化協會則是短兵相接的陣地戰。〔註147〕

與在臺日本報人積極主動融入日本新聞界不同，〔註148〕臺灣報人始終和日本新聞界保持相對的獨立性，通過報刊輿論形成「宣傳戰」，與「外交攻勢」「陣

〔註145〕 葉榮鐘：《日據下臺灣政治社會運動史》（上），臺中：晨星出版社，2000年，第41頁。

〔註146〕 《卷頭之辭》，《臺灣青年》創刊號，1920年7月16日，第1頁。

〔註147〕 葉榮鐘：《日據下臺灣政治社會運動史》（下），臺中：晨星出版社，2000年，第327頁。

〔註148〕 〔日〕迫太平編：《日本新聞協會二十年史》，東京：日本新聞協會，1932年，附錄第8～9頁。

地戰」組成了一條完整的文化防線，成為臺灣同胞抵抗殖民統治和文化暴力的思想陣線。《臺灣民報》所發揮的作用連當時的日本人都感歎：「《臺灣民報》的存在，對於臺灣的社會運動而言，肯定佔據有力的地位」。〔註149〕

　　臺灣報人民族立場的形成並非一簇而就，是基於臺灣士紳精英的民族認同形成了文化思想的傳承。黃得時於1937年應聘《臺灣新民報》副刊主編時，向賴和請教辦報的經驗。賴和明確指出「現在雖然是在日本統治下，我們絕對不要忘記我們是中國人」「對於中國優美的傳統文化，不但要保存，還要發揚光大」「對於日人的暴政，儘量發表，尤其是日警壓迫欺負老百姓的實例，極力暴露出來」「對於同胞在封建下所殘留的陋習、迷信，應予徹底的打破，提高文化素質和水準」四點建議。〔註150〕報人們對於新聞事業的理解，充分說明了報人們立足民族立場，進行抗日運動的情感，讓此時的新聞思想，融入了濃厚的民族色彩。

　　報人們的新聞觀念推動了漢文報刊成為供臺人發聲的言論平臺，並逐漸成為社會風潮的引領者。這些報刊在御用報刊所建構起的輿論場中開闢了獨立空間，影響了一批仁人志士加入抵抗殖民統治的陣營之中。以被譽為「臺灣殖民解放運動的先鋒」的謝南光為例，〔註151〕謝早年在臺北師範學習時就經常閱讀流入島內的《臺灣青年》。1921年留學東京高等師範學校後加入「臺灣文化協會」並時常向《臺灣》投稿。1925年接替因「治警事件」入獄的林呈祿擔任《臺灣民報》編輯人，積極發表批判日本殖民體制的言論。〔註152〕1927年，謝南光與蔡培火、蔣渭水等籌組成立臺灣民眾黨，不斷擴大抗日戰線。1931年12月移居上海後，謝南光仍擔任《臺灣新民報》通訊員。〔註153〕

　　臺灣報人的努力，讓大陸人民看到了臺灣同胞從事民族運動的勇氣與不屈不撓的鬥爭精神。〔註154〕《申報》對臺灣報人的民族節氣予以肯定，稱「臺

〔註149〕〔日〕宮川次郎：《臺灣の社會運動》，臺北：臺灣實業界社營業所，1929年，第376～377頁。

〔註150〕劉紅林：《臺灣新文學之父──賴和》，北京：作家出版社，2006年，第244頁。

〔註151〕何義麟：《跨越國境線──近代臺灣去殖民化之歷程》，臺北：稻鄉出版社，2007年再版，第11頁。

〔註152〕柳書琴：《荊棘之道：臺灣旅日青年的文學活動與文化抗爭》，臺北：聯經出版社，2009年，第29～30頁。

〔註153〕戴國輝：《霧社蜂起と中國革命》，《境界人の獨白》，東京：龍溪書舍，1976年，第213頁。

〔註154〕海東：《臺灣文化協會的運動狀況》，連載於《中央日報》特刊《國際事情》，1928年第18～20號。

人憤同胞之入水火，言論之不自由，乃聚紳民志士，組織臺灣新民株式會社，視中國為祖國……編輯臺灣新民報，暗中鼓吹民族革命，喚醒民族意識。該報遂為日人眼中釘，蹂躪摧殘，不遺餘力。然該報不屈不撓，苦心孤詣，維持十稔。」〔註155〕近代臺灣報人的思想與實踐構築了與殖民統治全然對立的抵抗書寫方式，點燃了臺灣社會抗爭的火種，推動了文化抗爭在臺灣的普及，奠定了臺灣抗日民族運動的重要基調。

（二）推進文化啟蒙，追求文化革新

日本殖民政府在臺灣施行的文化政策帶有殖民主義的侵佔與壓迫性質，不但視臺灣人為二等公民，還建立了區隔的教育制度，在文化上試圖抹殺臺灣原本的漢民族印記。與之相對的是臺灣精英在側身於日本境內時，經歷了對於現代民主制度與科技文明的體認，進而將其對現代性的理解投射到臺灣社會之上產生新的凝視，形成了兼具批判與內省的思考。黃呈聰對於日本落後的殖民統治觀念頗為不滿：「若夫唯母國人得專有參政權，而殖民地之民永久不可使之參與的陳腐高壓政策論，於極唱（倡）民眾政治之內地，早無此主張者矣。」〔註156〕張棟樑則對於臺灣民眾的麻木心態哀其不幸，怒氣不爭：「間嘗聞我臺民曰，吾非有官守與參事區長，何有關心慮政之必要云云。噫出斯言者，真堪謂自暴自棄之極矣。獨不知天下興亡，匹夫有責，島政優劣，盡人有關。」〔註157〕出於這樣的省思與凝視，報人們視報刊為民眾的教化者，促進臺灣教育的革新與文化的進步。

中國現代報刊是在「新知」中進入人們視野的，〔註158〕臺灣報刊也不例外。在促進「臺灣島民的知識進步」「要謀臺灣文化的健全發達」的目標下，〔註159〕臺灣報人積極傳播「新知」，其內容既有世界各國的新知識、新思潮，

〔註155〕 葉華女士：《臺灣記者亡國恨》（上），《申報》1931 年 12 月 1 日，第 3 張第 11 版。

〔註156〕 黃呈聰：《改變臺灣統治基本法與殖民地統治方針》，《臺灣青年》第 3 卷第 1 號，1921 年 7 月 15 日，漢文之部第 1 版。

〔註157〕 張棟樑：《對臺灣官制改革希望及自覺》，《臺灣青年》第 1 卷第 3 號，1920 年 9 月 15 日，漢文之部第 1 版。

〔註158〕 黃旦：《媒介就是知識：中國現代報刊思想的源起》，《學術月刊》2011 年第 12 期，第 139 頁。

〔註159〕 社論：《論臺灣民報的使命》，《臺灣民報》第 67 號，1925 年 8 月 26 日，第 4 版；社論：《本報的使命》，《臺灣民報》第 141 號，1927 年 1 月 23 日，第 1 版。

也有祖國大陸的新動向、新觀念。他們以報刊為媒介強化民族認同，推動文化革新。《臺灣》雜誌「用春秋的筆法以公理戰勝強權，適合現代的思潮藉以激勵同胞們的奮鬥，網羅世界的新聞材料，藉以啟發臺灣同胞的智識。」「《臺灣民報》利用白話文來改革文化上、政治上、道德上、經濟上、科學上的新觀念。樹立新時代的精神，適應新的時代環境，指導民眾從黑暗裏面直向光明的一條路猛進。」〔註 160〕

　　文化協會的成立使島內文化運動有了組織者，臺灣精英通過發行報刊、舉辦講演會、設置讀報社等方法進行文化傳承與科學啟蒙。讀報社中陳列包括來自日本、臺灣以及祖國大陸的進步書刊，並常用紅筆圈點出有關殖民地解放的內容，以喚起注意。〔註 161〕臺灣文化運動先驅蔣渭水於 1926 年在《臺灣民報》臺北支局原址成立文化書局，「借由銷售中文辭典、中文教科書，孫文、胡適、梁啟超、章太炎等人的著作，中國雜誌的經銷，販賣有關日本國內社會問題、農民問題、勞務問題的書籍和各種簡介、參考資料，謀求臺灣文化的提升與進步。」〔註 162〕

　　在臺灣文化協會的各項活動中，夏季學校的開辦無疑是重要的活動之一，為具有一定教育基礎的民眾提供了瞭解世界先進文化的窗口，也是借助這一渠道，新聞學被正式介紹到臺灣，成為臺灣新聞學研究的源頭。1926 年8 月，文化協會舉辦為期十天的第三次夏季學校，參與人數達 79 人。在這次夏季學校的課程安排中，資深報人、具有兩岸新聞經驗的謝春木開設新聞學課程，〔註 163〕這是現有文獻中所見到的臺灣最早有關於新聞學引介的記載，對臺灣同胞認識瞭解新聞學起到了重要的啟蒙作用。這些實際行動，推動了臺灣人民智識的增長，也與殖民統治者愚民的文化暴力政策正面交鋒。

　　精英報人們在帝國的摩登中意識到現代文明之於文化革新的重要，因而積極推動科學知識在臺傳播，努力讓臺灣邁入現代文明。報刊本身也是具有現

〔註160〕郭敦曜：《祝臺灣雜誌社五週年和民報發刊萬號的紀念》，《臺灣民報》第 67號，1925 年 8 月 26 日，第 8 版。

〔註161〕臺灣總督府編，王詩琅譯：《臺灣社會運動史──文化運動》，臺北：稻鄉出版社，1988 年，第 266～267 頁。

〔註162〕〔日〕河功原作，黃英哲譯：《戰前臺灣的日本書籍流通──以三省堂為中心》，《文學臺灣》第 27 期，1998 年 7 月，第 253～264 頁。

〔註163〕林書揚等編、王乃信等譯：《臺灣社會運動史：一九一三年～一九三六年》，臺北：海峽學術出版社，2006 年，第 204 頁。

代性意涵的「文化事件」，扮演著傳播者與指導者的角色，塑造臺灣同胞心中的現代文明觀，促進臺灣社會文化的向上。

（三）維繫文化認同，促進精神傳承

報紙為「重現」民族這一想像的共同體提供了技術手段。〔註164〕作為華人報刊的重要一脈，臺灣報人的新聞思想雖然受到殖民地宗主國的影響，但仍努力汲取祖國文化的精華。他們對抗殖民者的文化暴力，實質上是找尋文化身份、喚起民族自決、擺脫思想控制的嘗試，蘊含著報人對臺灣民族自決的期許。《臺灣民報》中對於拿破崙的介紹，體現的是臺灣精英對於「民族主義的偉大時代」（the Great Age of Nationalism）的想像。〔註165〕而對於甘地的頌揚以及對其不抵抗主義的闡釋，則代表了報人們心中對民族運動、民族解放與民族自決的追求。如果說登載偉人事蹟，只是構建了精神上的象徵符號，那麼報刊對於文化啟蒙與革新的推動，則直接形塑了民族共同體。臺灣報人王詩琅曾指出，此時的文化啟蒙、政治運動以及反抗意識：「可以說都是出自對日人統治及日民族的反感，然後再挑起民族意識發展起來的。」〔註166〕報人們通過「漢民族」的話語策略與白話文的書寫方式，幫助臺灣人找尋民族文化身份、擺脫殖民思想控制。這一民族認同體現在兩個方面：

第一是呼應大陸的新文化運動，維繫與大陸的情感與精神紐帶。「因為《臺灣民報》的努力，臺灣知識分子和祖國五四以後的民族精神與思想文化才能夠接上線，……精神上與祖國發生交流可以說是臺灣對祖國的『文化的歸宗』，於臺灣民族運動上的意義是非常重大的。」〔註167〕這樣的聯繫不僅在於文化革新的共振，也寄託在民族人物的情感之中。在孫中山先生逝世時，《臺灣民報》發出了悲痛的聲音：「西望中原，我們也禁不住淚泉怒湧了！」〔註168〕這樣充滿民族情感的話語被置於報刊卷首，具有強烈的文化認同意涵。

〔註164〕〔美〕本尼迪克特·安德森著，吳叡人譯：《想像的共同體：民族主義的起源與散佈》，上海：上海世紀出版集團，2013年，第8～9頁。

〔註165〕〔美〕Leon P. Barada 著，陳坤森、廖揆祥、李培元譯：《政治意識型態與近代思潮》，臺北：韋伯文化國際出版有限公司，2004年，第78頁。

〔註166〕王詩琅編著：《日本殖民地體制下的臺灣》，臺北：眾文圖書公司，1980年，第65頁。

〔註167〕葉榮鐘：《日據下臺灣政治社會運動史》（下），臺中：晨星出版社，2000年，第612頁。

〔註168〕《哭望天涯吊偉人》，《臺灣民報》第3卷第10號，1925年4月1日，第1版。

　　除此之外，語言文字的使用，更是形塑出了臺灣同胞的文化身份。1922 年暑假，留學日本的黃朝琴和黃呈聰一同到祖國大陸進行考察，感受到了白話文普及的氛圍，返日後二人在《臺灣青年》上發表了《漢文改革論》和《論普及白話文的新使命》〔註169〕，明確提出以語言文字為載體，維繫民族身份認同的思考。臺灣知識分子中的精英報人「引進五四以來的中國新文化，使臺灣能夠和祖國保持文化上的聯繫。」〔註170〕反映了報人們試圖以共同的語言文字為媒介，讓臺灣同胞得以用「中國民族主義共振的精神」來與祖國統合。〔註171〕

　　當時，「言論活動較積極的臺灣人，大多是具有祖國經驗與白話文寫作能力者。」〔註172〕這種直接經驗帶來的民族情感，像珍貴的火種，一直延續到殖民統治結束。楊肇嘉在臺灣光復時感慨道，「臺灣人民永遠不會忘記祖國，也永遠不會丟棄民族文化！在日本人強暴的統治下度過了艱辛苦難的五十年之後，我們全體臺灣人民終以純潔的中華血統歸還給祖國，以純潔的愛國心奉獻給祖國。」〔註173〕郭秋生在投書《臺灣新民報》時，亦稱「我極愛中國的白話文，其實我何嘗一日離卻中國的白話文？但是我不能滿足中國的白話文，也其實是時代不許滿足的中國白話文使我用啦！」〔註174〕指出文化延續區域斷裂的直接原因，表達對殖民政府文化壓迫的不滿與反抗。這些文化上的聯結，讓臺灣始終與祖國大陸保持著聯繫，出現了「帝國主義加諸中國最大的傷害在於臺灣，中國文學中反應帝國主義之抗爭最為動人的作品也在臺灣」這感人一幕。〔註175〕這種民族情感的維繫，離不開報人們借助報刊媒介傳達的精神力量，也成為鼓舞兩岸民眾共同抵抗侵略者的力量之源。

〔註169〕黃朝琴：《漢文改革論》，《臺灣》第 4 年第 1 號，1923 年 1 月 1 日，漢文之部第 25～31 版；第 4 年第 2 號，1923 年 2 月 1 日，漢文之部第 21～27 版；黃呈聰：《論普及白話文的新使命》，《臺灣》第 4 年第 1 號，1923 年 1 月 1 日，漢文之部第 12～24 版。

〔註170〕吳叡人：《福爾摩沙意識形態──試論日本殖民統治下臺灣民族運動「民族文化」論述的形成（1919～1937）》，《新史學》2006 年第 2 期。

〔註171〕〔日〕若林正丈：《黃呈聰におけ「待機」の意味──日本統治下臺灣知識人の抗日民族思想》，載臺灣近現代史研究會編：《臺灣近現代史研究》（第 2 號），東京：龍溪書舍，1979 年。

〔註172〕何義麟：《跨越國境線──近代臺灣去殖民化之歷程》，臺北：稻鄉出版社，2007 年，第 11 頁。

〔註173〕楊肇嘉：《楊肇嘉回憶錄》，臺北：三民書局，1979 年，第 4 頁。

〔註174〕郭秋生：《建設「臺灣話文」一提案（下）》，《臺灣新民報》第 380 號，1931 年 9 月 7 日，第 11 版。

〔註175〕陳昭瑛：《臺灣文學與本土化運動》，臺北：正中書局，1998 年，第 8 頁。

　　第二則是光復以後《臺灣民報》系列的成員與精神得以傳承。隨著侵華戰爭的全面爆發，《臺灣新民報》於 1937 年 6 月被迫廢止漢文欄，至 1941 年 2 月 12 日改名《興南新聞》。1944 年 3 月 26 日在戰時新聞統制政策下，勉勵經營的《興南新聞》與全島其他五家主要報社共同被合併至《臺灣新報》，〔註176〕強弩之末的殖民統治下幾無言論空間。日本投降以後，國民政府接收臺灣，《臺灣新報》被行政長官公署改組為《臺灣新生報》。但在國民政府接收大員來臺之前，原屬臺灣民報社的部分新聞人員便自立門戶，於 1945 年 10 月 10 日創辦了《民報》，成為當時一度繁榮的臺灣民營報刊中最具影響力的報紙。發行人吳春霖、社長林茂生、總主筆（主編）黃旺成、總編輯許乃昌、經理部長林佛樹，〔註177〕他們大都在日據時期的《臺灣新民報》服務過。吳春霖曾任臺灣新民報社花蓮港、基隆分社社長，林佛樹曾任《臺灣新民報》經濟版編輯、《興南新聞》論說委員、社會部長以及被合併前的社長，黃旺成則先後任《臺灣民報》記者、《臺灣新民報》記者與新竹分社社長，許乃昌亦曾在興南新聞社工作過。從這些成員我們可以看出戰後《民報》與日治時期《臺灣民報》之間有著深厚的聯繫。而真正反映此種淵源的則是《臺灣民報》精神的傳承，《民報》社成員相當堅定地主張，自己才是「民報精神」的繼承者。〔註178〕1947 年 1 月 10 日，《民報》發表社論《民報精神》，指出由《臺灣民報》系列演變至今的過程中，「民報精神可以簡直說就是革命精神，亦即是中國精神。」同時強調，「同人等雖不敏，敢以民報精神繼任者自任，願與同胞們來昂揚光大此民報精神。」〔註179〕繼續從事新聞工作的《臺灣民報》系列成員，將臺灣人反抗殖民統治的鬥爭的「民報精神」發揚光大，成為戰後臺灣新聞界的一股清流。

　　伴隨著抗日民族運動的勃興，留日臺灣青年成長為日據時期重要的社會運動骨幹。他們目睹了「明治維新」以後日本的發展，那欣欣向榮的場景「扣住了我們這班在異族統治下的知識青年的心坎……就在這新思潮的洗禮下覺醒起來。」〔註180〕面對殖民統治者施行的文化暴力政策，他們在堅守漢民族

〔註176〕洪桂己：《臺灣報業史的研究》，臺北：臺北市文獻委員會，1968 年，第 57～91 頁。

〔註177〕王天濱：《臺灣報業史》，臺北：亞太圖書出版社，2003 年，第 85 頁。

〔註178〕何義麟：《〈民報〉——臺灣戰後初期最珍貴的史料》，《臺灣風物》，2003 年 9 月，第 176 頁。

〔註179〕社論：《民報精神》，《民報》1947 年 1 月 10 日，第 1 版。

〔註180〕黃富三、陳俐甫主編：《林呈祿先生訪問記》，《近代臺灣口述歷史》，臺北：林本源中華文化教育基金會，1991 年，第 27 頁。

主體性的同時開始思考臺灣社會的革新之路，以報刊這一現代性媒介為舞臺，從東京到臺北，從日文到漢文，建立並逐步拓展傳播空間和思想陣地，形成了令人矚目的報人群體。

這些報人身兼三種角色：在政治上是民族自決的倡導者、在文化上是文化運動的先行者、在反抗運動中是精神抗爭的實踐者：「那時候的臺灣新民報記者，基本上都是社會運動家，不然就是有民族思想的人。」〔註181〕名噪一時的《臺灣民報》系列努力打破御用報刊的輿論壟斷，促進臺灣同胞的文化啟蒙；積極喚醒民眾被殖民主義壓抑的主體性，促進民族共同體的形成；廣泛動員社會力量參與抗日運動，瓦解統治者的文化壓制，在近代中國新聞史上留下了不可磨滅的印記。他們立於民族立場，在汲取多元先進文化之後，建立起屬於民眾的言論平臺。這些臺灣精英以報刊為輿論陣地，呼喚民族覺醒與文化革新，推進民族自決、地方自治與文化運動的開展，並將臺灣的抵抗運動與近代中國的民族運動相接續，成為維繫兩岸文化血脈相通的紐帶。在抵抗文化暴力的社會運動實踐中，形成了包含輿論觀、教化觀與自由觀的新聞觀念。

在這一思想體系的指導下，報人的報刊實踐極大的改變了臺灣新聞界的面貌。首先，言論陣地的建立打破了日本殖民者的新聞統制，擊碎了御用報刊的輿論壟斷，使媒體立場與觀點表達呈現多元化的形態。其次，漢文報刊的印刷和在各地設置讀報所的舉動大大提升了民眾接觸報刊的便捷程度與意願，讓報刊進入民眾之間，激發了民眾參與社會運動的熱情，瓦解了統治者的文化壓制。同時，文字與語言上的親近，自然地形成了一個以《臺灣民報》系列刊物為中心的場域。以漢字為載體表達出的民族情感，對於喚醒民眾被殖民主義壓抑的主體性、促進民族共同體形成有推動的作用，並以此抵禦殖民政府的思想控制。他們通過刊物聯合民眾，形成合力攪動了殖民統治下沉悶的空氣，推動了社會運動的發展。

此時臺灣報人所表達出的新聞觀念雖然與同時期的日本、祖國大陸產生的新聞思想相比不能算得上先進，也尚未形成體系化的「新聞學」，但這是臺灣同胞最早產生的對於新聞的思考，讓臺灣同胞對於新聞有了直觀清晰的認

〔註181〕《記憶中的吳三連先生──劉捷訪談記錄》，轉引自蕭柏暐：《臺灣的報業傳承與政治社會運動──以臺灣民報社員人際網絡為中心》，臺北：臺北教育大學人文藝術學院臺灣文化研究所碩士論文，第144頁。

識，並在日常的媒介接觸中提升對報刊的認知。這些新聞觀念成為臺灣新聞學術思想的起點，並延續至光復之後，在相對寬鬆的新聞環境中繼續發展，對臺灣的社會與新聞界產生了不小的影響。

第二章 落地生根：臺灣新聞學術領域 的形成（1945～1954）

　　「告別淒風苦雨景，喜迎青天白日旗」。隨著 1945 年日本無條件投降，太平洋戰爭畫上休止符，臺灣重新回到祖國的懷抱。在臺灣歸屬地位變化的同時，兩岸民眾無不以嶄新的心境迎接時代的變革，島內的新聞事業也在一夜之間擺脫了殖民統治壓制，邁入新的發展階段。光復之初，日據時期便活躍在興論場域中的臺灣民族報人在寬鬆的言論環境之中，通過新聞實踐延續近代以來的新聞觀念，成為此時臺灣新聞界中一股重要的本土力量。然而光復初期的自由氛圍並未持續太久，新聞興論被當局視為導致「二二八事件」發生的原因之一而受到整肅，大量臺灣籍報人被迫離開新聞業，自殖民時期延續下來的臺灣新聞思想火種尚未成燎原之勢便歸於沈寂，直到解嚴之後才逐漸為人們所發掘。「二二八」事件之後，臺灣地區新聞場域逐漸由大陸來臺人士全面掌控，並開始了對於新聞規律的系統性探討。

　　從臺灣光復到「二二八事件」、從國民黨政府倉皇辭廟到威權體制建立穩固的過程中，臺灣編譯館、臺灣大學等具有學術研究性質的機構成立，島內學界在國民黨政府主導下，開始了對大陸學術「傳統的移植」，並在 1949 年前後達到高峰，大量學者、學生與學術機構遷至臺灣，其中也包括為數不少的國民黨新聞人士。在動盪的社會氛圍中，跟隨國民黨來到臺灣的新聞業者與學者自發組成學術團體、發行學術刊物，並嘗試探索建立新聞教育機構的可能。他們在新聞學研究建制化之前，扮演著接續大陸新聞學研究脈絡的角色，將在大陸時已小荷初露的新聞學術思想移植到臺灣繼續培育，使之在新的土壤中生

發出不同的新芽。在這一階段中，來到臺灣的新聞學者已經開始嘗試將新聞經驗理論化，對於新聞學的理解也從原有的「新聞事業之學」轉向「研究新聞之學」。面對學術研究中實務與理論並重的發展規律，學者們一方面著手制定新聞業務的基本規範；另一方面主張形成新聞學的理論體系。此時在臺灣的新聞學者還延續大陸時期對於新聞自由的思考，發展出對新聞自由與社會責任論的辨析，並由此展開了對於記者法存廢的討論。面對新聞人才培養問題，學者們提出了「政治化」與「社會化」兩種不同的新聞教育思想，為臺灣新聞教育發展提供了一個可供參考的思想座標。戰後十年間的臺灣新聞學界，在經歷了初期的眾聲喧嘩後，大陸新聞學研究在此落地生根，並形成了單一而清晰的發展主線與系統的學術研究。

一、近代臺灣報人新聞思想的傳承與轉變

　　1945 年 8 月 15 日，日本戰敗投降，臺灣民眾無不歡欣鼓舞，喜迎王師。中國政府於 10 月 25 日在臺北市公會堂（今中山堂）舉行「中國戰區臺灣省投降典禮」，正式接收臺灣。臺灣的光復代表著其政治地位的丕變，在風雲際會之中，大量大陸新聞界人士來到臺灣「開疆拓土」。殖民時期便具有辦報經驗的臺灣知識分子更是躍躍欲試，在光復後第一個「雙十節」便重張民族言論大旗。加之光復初期行政體系尚未完善，島內言論環境十分寬鬆，臺灣的新聞事業迎來一個快速發展的高潮。除了業界人士的實踐熱情，近代以來臺灣報人的新聞觀念與同時期大陸傳入的新聞理念也共同形塑了這一時期臺灣新聞事業的面貌。然而在經歷「二二八事件」後，臺灣地區的新聞事業在整肅之下失去了光復初期的活力。1949 年大批政治人物隨國民政府來到臺灣，形成了由親國民黨大陸人士主導的權力格局。媒體逐漸淪為政治控制下的輿論機器，臺灣本土報人及其新聞觀念的影響，也在權力更迭中不斷式微。此後的新聞言論、體制與思想，與政治發展亦步亦趨，形成了「侍從報業體制」〔註1〕。雖然社會中對於輿論的管制中偶有微詞，但少有激烈的反對聲音出現，這樣的發展環境為未來三十餘年的新聞事業定下了基調。

（一）光復初期臺灣新聞事業的發展

　　早在二戰結束之前，國民政府便預見了日本的戰敗，並著手規劃臺灣接

〔註1〕林麗雲：《臺灣威權政體下「侍從報業」的矛盾與轉型：1949～1999》，《臺灣產業研究》2000 年第 3 期，第 89～148 頁。

收問題。1944 年 4 月 17 日，蔣中正於中央設計局之下設置「臺灣調查委員會」，負責籌備戰後臺灣接收事宜，委員會成員安排考慮到了兩岸人士的結合。〔註 2〕許多居留大陸的臺籍人士也為了國府順利接收臺灣而盡力搜集各項資料或提供意見，善盡幕僚和備詢的角色，〔註 3〕在很大程度上減少了國府接收臺灣的阻力。

　　1945 年 9 月 28 日，作為接收臺灣先遣部隊的「前進指揮所」在重慶國府路 140 號成立，並於 10 月 5 日飛抵臺北，展開對臺接收前的調查。〔註 4〕在這一先遣隊中，有不少新聞人士參加，對臺灣社會進行採訪報導，並宣傳中央政府的光復政策，成為光復後最早來臺的大陸新聞業者。〔註 5〕這批赴臺調查的大陸新聞界人士不但成為臺灣光復後新聞事業發展的推動力，還意味著臺灣輿論環境與文化場域權力的重構。

　　10 月 25 日，國民政府正式接收臺灣，臺灣同胞的身份在一夜之間由「二等日本人」變為「堂堂正正的中國人」。在身份快速的轉變中，久受壓迫的臺灣同胞對回歸祖國表達出了強烈的憧憬：「這種自尊心的血液膨脹起來，而想到唯有熱血必定能夠建設三民主義的模範省。」〔註 6〕國民政府也構想了一個充滿理想色彩兼具實現可能性的建設藍圖，主要以根除日據時期的集權統治痕跡、廢除不合理法令、實行民主憲政、施行公平教育、肅清殖民勢力以讓臺灣社會運轉盡快步入正軌等。〔註 7〕在文化方面則推動「文化再構築計劃」推

〔註 2〕該委員會設主任委員一人，委員七至十一人，每兩個月舉行委員會議一次。主要任務有：1. 搜集有關臺灣之資料；2. 調查臺灣之實際狀況；3. 研究有關臺灣問題之意見及方案；4. 編輯有關臺灣之資料刊物，成員基本上以臺籍人士和大陸人士各半。蔣中正指派陳儀為主任委員，委員包括大陸人士王芃生、沈仲九、錢宗起、夏濤聲、周一鶚以及在大陸的臺灣人丘念臺、謝南光、黃朝琴、游彌堅、李友邦等。參見陳鳴鐘、陳興唐：《臺灣光復和光復後五年省情》（上冊），南京：南京出版社，1989 年，第 4～11 頁。

〔註 3〕鄭梓：《戰後臺灣的接收與重建——臺灣現代史研究論集》，臺北：新化圖書出版社，1994 年，第 135～139 頁。

〔註 4〕臺灣省警備總司令部接收委員會編：《臺灣省警備總司令部軍事接收總報告書》（第 1 卷第 1 期），臺北：臺灣省警備總司令部接收委員會印，1945 年 12 月 1 日，第 1 頁。

〔註 5〕參見臺灣省警備總司令部接收委員會編：《臺灣省警備總司令部軍事接收總報告書》，臺北：臺灣省警備總司令部接收委員會，1945 年，第 3～6 頁。

〔註 6〕吳濁流：《無花果》，臺北：草根出版事業有限公司，1995 年，第 136 頁。

〔註 7〕鄭梓：《戰後臺灣的接受與重建——臺灣現代史研究論集》，臺北：新化圖書出版社，1994 年，第 148～166 頁。

行臺文化重建工作，極力「去日本化」以消除日本殖民統治的文化影響，並以「再中國化」思路加強臺灣民眾對中國文化的認同。政權更迭為民間輿論發展提供了一個相對寬鬆的氛圍，令臺灣出現了一波辦報熱潮。

引起這一熱潮的原因大致有三：第一是新聞政策的寬鬆。國民政府接收臺灣之初，對於報業採取「發行不必登記申請，內容不必接受檢查」的政策，〔註8〕陳儀也對言論內容管控持寬容態度，〔註9〕讓臺灣出現了短暫的言論自由化。臺灣行政長官公署直到1945年11月才開始依照《出版法》對新聞出版施行登記制度，〔註10〕但管理仍不十分嚴格。在寬鬆的環境中，臺灣新聞業發展迅速，截至1946年1月底，僅臺北市申請登記的報刊雜誌便有39家。〔註11〕截止1946年底，全臺新聞雜誌申請登記的，共99家，其中持續發行的達一半以上，還有13家已辦理手續，準備出刊。〔註12〕另有統計，從1945年11月底到1946年11月底，臺灣短短一年時間內新登記的報紙、雜誌、通訊社多達28家（日刊晚刊19家、通訊社5家，三日刊3家，五日刊1家）。〔註13〕

第二是政治資本的薄弱。日據時期臺灣的公職為日本人所壟斷，臺灣同胞想參與政治而不能。光復之後，臺灣知識分子迫切希望進入政治場域，但是此時的公職多為大陸到臺人士所充任，他們在日據時期所積累的文化與政治資本在新政權中無法施展拳腳。在政治參與受阻的環境下，不少臺灣精英轉而選擇辦報為服務國家社會的志業。

第三是文化發達的渴望。在臺灣報人眼中，辦報辦刊的是「影響思想知識和社會變遷的重要因素」〔註14〕，這一觀念源自其日據時期的實踐經驗。光復

〔註8〕王天濱：《臺灣報業史》，臺北：亞太圖書，2003年，第69頁。

〔註9〕楊秀菁：《臺灣戒嚴時期的新聞管制政策》，臺北：稻鄉出版社，2005年，第42頁。

〔註10〕臺灣行政長官公署秘書處編輯室編：《臺灣省行政長官公署公報》第1卷第6期，臺北：臺灣行政長官公署秘書處編輯室印，1945年12月19日，第6～7頁。

〔註11〕臺灣行政長官公署秘書處編輯室編：《臺灣省行政長官公署公報》第1卷第6期，臺北：臺灣行政長官公署秘書處編輯室印，1945年12月19日，第104頁。

〔註12〕臺灣行政長官公署秘書處編輯室編：《臺灣行政長官公署施政報告》，1946年秋字第25期，臺北：臺灣行政長官公署秘書處編輯室印，1946年7月29日，第275頁。

〔註13〕臺灣行政長官公署宣傳委員會編：《臺灣一年來之宣傳》，臺北：臺灣省行政長官公署宣傳委員會，1946年，第25～33頁。

〔註14〕黃旦：《媒介變革視野中的近代中國知識轉型》，《中國社會科學》2019年第1期，第137頁。

之初，臺灣報人們希望通過新聞事業「啟發過去的閉塞、發揚固有的祖國文化、溝通國內外的消息與論說，宣揚法令、報導民間隱情」〔註15〕。這一觀念直接促成了臺灣報人在光復後積極投身於新聞事業之中，將近代以來臺灣報人的新聞觀念延續到戰後。

（二）近代臺灣報人的新聞實踐與思想延續

臺灣光復之後，島內知識分子基於臺灣歷史進程的認知，對於光復後島內文化發展前景有共同且開放的思考，認為臺灣文化面貌應該是在「由內而外、由上而下、蜂擁而來的『中國化』」與「前代繼承而來的『世界化』」之間，尋求其平衡點。〔註16〕可見此時臺灣精英既希望接收祖國文化來重建臺灣社會，又希望保留近代以來的自身特色。這一思考在新聞領域的投射，便是與官方輿論場並立的民間輿論場的形成。光復之初，《臺灣新生報》《中華日報》《和平日報》等報刊紛紛創立，它們或代表政府、或代表軍方，共同組成了臺灣社會的官方輿論場域，肩負著政令宣導、教化民眾、「再中國化」的任務。而以《民報》為代表的民間報刊則形成了以臺灣民眾利益為出發點、以近代以來臺灣報人新聞思想為指導的民間輿論空間。這些民間報刊不僅在人員上繼承了殖民時期的人員編制與組織架構，在理念上也保留了日據時期臺灣報人的民族精神，在協助行政長官公署進行文化重建的同時，替民眾發出聲音。

在國民政府正式接收之前，臺灣社會經歷了長達 50 天的「歷史真空期」，〔註17〕此時臺灣社會由精英人士自發管理，被殖民統治者奪去的言論機關因而得以恢復。1945 年 10 月 10 日《民報》在臺北創刊，社長為林茂生，其餘人員包括發行人吳春霖、總主筆陳旺成、總編輯許乃昌、編輯吳濁流、經理部

〔註15〕《發刊詞》，《人民導報》1946 年 1 月 1 日，第 1 版。

〔註16〕黃英哲：《戰後初期臺灣的文化重編（1945～1947）——臺灣人「奴化」了嗎？》，收入「行政院」文化建設委員會：《何謂臺灣？近代美術與文化認同論文集》，臺北：「行政院」文化建設委員會，1997 年，第 339 頁。

〔註17〕從 1945 年 8 月 15 日日本宣布投降，到 10 月 5 日臺灣前進指揮所首批國民政府官員及軍隊登陸接收，期間有長達 50 天的空窗期。並且即使在 10 月 5 日之後，國府在臺灣的政治統治仍未完全確立，直到 10 月 25 日陳儀來臺，政治運作才走上正軌。這兩個多月的臺灣社會，完全由日據時期的民族解放運動領導人及臺灣精英士紳所管理，民間此時掀起了歡迎國民政府、學習祖國語言文化的熱潮，這都對光復之初臺灣新聞思想的發展產生了影響。參見葉榮鐘：《日據下臺灣政治社會運動史（下）》，臺中：晨星出版社，2000 年，第 441 頁；徐秀慧：《戰後初期（1945～1949）臺灣的文化場域與文學思潮》，臺北：稻鄉出版社，2007 年，第 51 頁。

長林佛樹等。從這一人員組成便不難看出《民報》與日本殖民時期《臺灣民報》《臺灣新民報》的聯繫：許乃昌自日本大學畢業後，任《興南新聞》支局長；陳旺成則是臺灣文化協會會員、臺灣民眾黨常委，曾因反抗日本殖民統治而身陷囹圄。二人都是 1920 年代臺灣社會運動的積極分子，報社中的其他成員也大多是《臺灣新民報》的報人。〔註18〕在辦報理念上，這一傳承性更是昭然若揭。1946 年，《民報》報人在增發晚刊的感言中用略顯生澀但擲地有聲的漢文明確表達了對「日人統制時代」臺灣報人精神的繼承：

> 本於傳統的民族精神，繼承著日人統制時代堅持不肯放鬆的民
> 族正氣，站在全體民眾的立場，不偏於黨派，不為各帶別有使命的
> 團體所利用，唯對於協力建設三民主義新臺灣的一路邁進。〔註19〕

《民報》報人將報刊視為民眾的輿論場，從發揚民族精神、爭取言論自由、堅守民眾立場與關心文化教育四個方面來踐行臺灣報人對於新聞的理解。

首先，發揚民族精神。《民報》作為臺灣光復後最早發行的民營報紙，字裏行間流露出了對祖國的嚮往與對中華文化的認同。該報《創刊詞》明確揭載了充滿民族意涵的辦報宗旨：

> 復興我國五千年來的民族精神，完成地方自治以便實現民權的
> 行使，企圖實業獎勵生產以便衣食住行的民生，這是國父孫總理遺
> 下三民主義的宗旨，也是建設新臺灣的準繩。〔註20〕

報人們以「三民主義」的意識形態闡釋辦報理念，並將之嵌入「建設新臺灣」的政治框架之中，一方面表達了臺灣報人的身份認同與對民族精神的發揚，另一方面也展示出臺灣精英對於臺灣未來的期許與想像。《民報》還宣稱自己繼承了孫中山創辦《民報》的民族精神，並「願與同胞們來昂揚光大此民報精神，掃除一切姦邪促使臺灣明朗化，進而為民族正氣的原動力，協力建設新憲法下的民主國家」，〔註21〕把殖民時期的中華民族認同過渡銜接在光復後祖國統一之上，形成了日據時期臺灣新聞思想的傳承。除了對於民族精神的重新闡釋，《民報》在內容方面也呈現出濃厚的民族主義色彩。在光復之初，由於很多臺灣同胞不諳中文，因此大多數報刊均同時出刊中日文，直到 1946 年 10 月 25

〔註18〕 李筱峰：《從〈民報〉看戰後初期臺灣的政經與社會》，《臺灣史料研究》第 8 期，1996 年 8 月，第 98～99 頁。
〔註19〕 《增發晚刊的感言》，《民報》1946 年 6 月 1 日，第 1 版。
〔註20〕 《創刊詞》，《民報》1945 年 10 月 10 日，第 1 版。
〔註21〕 《民報精神》，《民報》1947 年 1 月 10 日，第 1 版。

日後，才依行政長官公署命令統一廢除。但《民報》自創刊伊始，便完全由中文出版，不附設日文版，即使文章用語樸拙，也不改初衷，這與日據時期《臺灣民報》以中文出版的魄力前後相繼。

其次，爭取言論自由。爭取言論自由是近代以來臺灣報人不懈努力的方向。在光復之初，臺灣島內經歷了短暫的寬鬆輿論環境，各類報刊紛紛創辦，頗有百花齊放、百家爭鳴之勢。但隨著以行政長官公署為中心的政治統治結構漸趨完善，以及陳儀政府政治統治理念與臺灣社會治理期許的衝突，臺灣社會的言論自由被不斷侵蝕乃至於戕害。對此臺灣報人也拿出了輿論武器進行反擊，毫不留情的予以揭露。1946 年，《民報》以《言論自由與報紙》為題，對行政長官公署對待「言論」的態度與行為間的矛盾進行了批駁：

> 陳儀長官曾在「紀念周」的訓詞，引著古人的「有則改之，無則加冕」句，用以訓示部下的對於接受「言論」的態度。不幸的是，最近發生一件事件，就是花蓮港市的《東臺快報》，因為 1 月 7 日的關於糧食問題的社論，觸了縣當局的忌諱，被命即時停止刊行。〔註22〕

對於當局言行不一的批駁不僅針對具體的現象，政策的反思也成為抨擊的對象：

> 我中央當局，竟特別通知全國各下級機關，要誠意尊重『言論自由』的『行動』。至於本省陳長官的尊重言論自由，重視輿論的貢獻，這是我們深知而首肯的。既是如此，那麼，言論一定是很『自由』了，可是，近來的事實卻大有不是然者！〔註23〕

這些文章用犀利的言辭與確鑿的事實，對陳儀當局的行為表達了不滿。報人們認為如果沒有言論自由，則「為政者的所為，有益於民或不利於民，無從而知。而人民之痛苦及抑鬱不平之氣，又無處發洩。民意不暢，即意味政治不明朗。」〔註24〕頗有梁任公「上有所措置，不能喻之民，下有所苦患，不能告之君，則有喉舌而無喉舌。其有助耳目、喉舌之用，而起天下之廢疾者，則報館之為也」之風範。通過事實的揭露、政策的批判與理念的昭示，臺灣報人延續了近代以來對於表達權利的爭取，此時對於政治的抨擊與殖民時期相比，雖然言語和態度有了極大緩和，但其鬥爭性核心沒有削減分毫。

〔註22〕社論：《言論自由與報紙》，《民報》1946 年 2 月 14 日，第 1 版。

〔註23〕社論：《本省言論有無自由》，《民報》1946 年 9 月 14 日，第 1 版。

〔註24〕社論：《司法獨立與言論自由》，《民報》1946 年 11 月 3 日，第 1 版。

第三，堅守民眾立場。近代以來，臺灣報人在新聞實踐中，始終立足於民眾立場，積極構建臺灣同胞的言論喉舌，發出民間的聲音。在日本殖民時期，這一立場的堅守表現在爭取創設臺灣同胞言論機關、批判殖民統治文化暴力政策等方面。光復之後，民眾喉舌的建立似乎已然實現，但細細觀之，統治者執政與施政方面的偏差卻並未終止，臺灣報人因而繼續堅守輿論陣地以期推動社會文化進步與政治環境改善。在國民政府軍隊來臺接收之時，「臺北市民歡呼若狂，萬人空巷，人山人海，熱烈情況，空前未有。」〔註25〕這樣的熱情很快被國民黨的「劫收」澆滅，對於陳儀政府接收日產的亂象，《民報》等報刊紛紛予以揭露，以維護臺灣同胞的合法利益。同為民間報刊的《人民導報》面對政府以「接受處理敵產」為名行巧取豪奪之實的行徑提出嚴厲的質疑：

> 政府的第一件復員大事也就是接收忙，接收的封條一貼，接著就忙著五子登科，交際應酬。至於接收後的下文，某些工廠的原料無人保管，上焉者在封條的權威下，讓它生蟲腐蝕，下焉者偷竊倒賣，事發則一把火燒掉，省了報銷手續。〔註26〕

對於不動產的接管也是亂象叢生，不僅有暴力接收的情況，還經常強行將臺灣民眾的私有房產據為己有。對於這些臺灣社會發生的侵犯民眾個人利益的情況，《民報》等報刊均予以大膽的揭露。此外，臺灣同胞在社會地位上所受到的區別對待、官員的貪污腐敗、警察的貪贓枉法等現象，《民報》《人民導報》《大明報》等臺灣民間報刊都敢於直言不諱地「以下犯上」。

最後，關心文化教育。臺灣報人對於民眾的文化教育始終予以關心，日據時期的臺灣精英，對殖民者壓制中華文化、施行奴化教育表達不滿。光復之後，臺灣同胞接受良好教育的期望被打破。在光復一週年之際，《民報》直陳政府教育文化政策中的種種問題導致了兒童就學率從光復前的九成以上降至五成以下，並對行政長官公署提倡職業教育、變相阻塞臺灣民眾提升社會地位渠道的政策表達不滿。〔註27〕臺灣報人一面抨擊行政長官公署的文化政策，另一面則展現出對祖國文化的主動融入。報人們稱語言文字「帶有民族進展的歷史性」「民族主義是寄存在語言文字當中」，將民族文化與民族精神相關聯，〔註28〕

〔註25〕社論：《歡迎陳儀長官同時述些希望》，《民報》1945年10月25日，第1版。
〔註26〕社論：《敵產處理問題》，《人民導報》1946年2月1日，第1版。
〔註27〕社論：《本省教育面臨危機》，《民報》1946年10月5日，第1版；來論：《提倡職業教育》，《民報》1946年11月24日，第1版。
〔註28〕社論：《須推行廢用日文運動》，《民報》1946年1月22日，第1版。

故而呼籲臺灣同胞加強國語學習。報人們還認為，「容許日文的存在，的確會阻礙國文的普及。我們要在好的意義上，把整個臺灣中國化。日人禁止中文，是反動的暴虐政策；我們禁止日文，這是進步的當然措置。」〔註29〕這樣的二元論述，雖然消解了陳儀政府不當文化政策的合理性，但並未影響報人們對祖國文化的認同。他們通過維護民眾文化教育權利、提倡學習祖國語言文字等行動，體現他們對祖國的拳拳赤子之心。

自近代以來，臺灣報人們在社會運動與新聞實踐中所形成的新聞觀念，雖不能稱得上是具有嚴謹性的體系化學術思想，但已經包含了彼時人們對於新聞的理解，可稱得上是臺灣新聞學術思想的萌芽。臺灣報人在光復後，以主人翁的姿態重新投入久受壓抑的新聞實踐之中，期望在光復祖國後能夠繼續通過輿論宣揚民族精神、助推臺灣社會與文化重建。報人們也主動恢復了臺灣民間的言論空間，積極關心臺灣同胞的利益、批判不公的政治政策，傳承、延續並發揚了近代以來島內所形成的爭取民主自由的新聞觀念。光復後臺灣報人的輿論活動不再是民族利益的抗爭，而是對社會改良進步的期許，但是這樣的思想實踐並不見容於陳儀政府，隨著行政長官公署政治腐敗的日益顯露，社會輿論與政治權力間的矛盾也在不斷累積，民間報刊對於政府行為的揭露讓臺灣當局愈發難以忍受，這一矛盾隨著「二二八事件」的爆發而遭到清算。

（三）近代臺灣報人新聞觀念影響的消退

國民政府接收臺灣之後，為了鞏固統治、實現臺灣社會與民眾的「再中國化」，在島內施行有異於全國其他省份的行政長官公署制度。由於被賦予了極大的行政自由權，此時本應代表母國政府的行政長官公署反而成為殖民時期總督府的翻版，甚至貪污腐化、目無法紀更甚。大陸來臺官員仍舊積習難改，並未因「故土復歸」而振奮自勉，這引起了臺灣民眾普遍的不滿，一些民眾戲稱大陸官員只知把持權力以撈取房子、票子、車子、位子、女子，可謂「五子登科」。〔註30〕

在權力分配上，渴望回歸祖國後在政壇施展拳腳的臺灣精英並未如願以償地獲得倚重，讓臺灣同胞難以體認自身在政治上的自由與解放。〔註31〕經

〔註29〕社論：《關於禁止日文版》，《民報》1946年8月27日，第1版。

〔註30〕吳三連：《吳三連回憶錄》，臺北：自立晚報社，1991年，第107頁。

〔註31〕蔣石欽曾言「光復與真正解放是兩回事，我們須與全國民主戰線相應。」見蔣石欽：《憲政運動與地方自治》，《政經報》第2卷第5期，1946年7月25日，第6頁。

濟方面，臺灣經歷了戰火的洗禮，工農業陷於停滯，難以迅速恢復，國共內戰也引發了島內嚴重的通貨膨脹，讓人民生活難以為繼。面對社會對經濟復蘇的期望，行政長官公署仍以「避免壟斷」為由維持專營制度，使政府與民爭利，導致官民矛盾日益加深。言論方面光復之初寬鬆的輿論環境雖然讓臺灣社會享受了短暫的言論自由，但也讓新聞業的發展亂象叢生。由於臺灣社會中有新聞經驗者寥寥，政府也未有良好的引導干預，因而報業在經營、制度、人事、設備、觀念等各方面都沒有走上正軌，報紙的發行更是「有的出對開一張，有的只出四開一張，印刷內容都不夠理想，發行數量也很有限，……幾家因故停刊外，其餘也大多如曇花一現，都只維持一年半載，就宣告關門。」〔註32〕

　　綜合來看，光復之初臺灣社會蘊含著由文化衝突、社會融入、治理方式等問題引起的結構性矛盾。這不僅僅是島內的問題，而是中國在國民黨統治下的一個切面，〔註33〕但在臺灣國際地位轉換的敏感時期，這一系列矛盾在臺灣社會不斷發酵而終被引燃，直接導致了臺灣文化思想的轉折。

　　1947年2月27日，警察在臺北圓環稽查私煙時手段粗暴，將煙販林江邁打傷，並在與民眾的衝突中槍機圍觀群眾造成傷亡。次日，人們集結遊行隊伍抗議警察的暴力，並逐漸發展成為對光復以來陳儀政府統治不滿的宣洩。後續的發展蔓延全臺並逐漸失控，最終釀成了為世人震驚的「二二八」事件。當我們聚焦事件中的新聞業會發現，在事件期間出刊的報紙扮演了社會溝通者與調停者的角色：一方面呼籲民眾克制冷靜，另一方面也希望政府傾聽民間聲音，施行改革。但此時暴力衝突已經掩蓋了理性呼喚，新聞事業本身也遭受了很大的衝擊，不僅報社遭到威脅，〔註34〕記者也受到軟禁〔註35〕，《民報》《大

〔註32〕 葉明勳：《光復初期的臺灣報業》，《中央日報》1947年3月12日，第16版。
〔註33〕 徐秀慧：《戰後初期（1945～1949）臺灣的文化場域與文學思潮》，臺北：稻鄉出版社，2007年，第37頁。
〔註34〕 2月27日晚，參與事件的民眾來到《臺灣新生報》報社，要求刊登事件新聞。當時的代總編輯吳金煉以宣傳委員會要求不得刊登加以拒絕，引起民眾不滿，揚言燒掉報社。李萬居接到通知後趕回報社，承諾第二天一定報導，並於翌日刊登一則360字的新聞方才過關。參見王文裕：《李萬居傳》，臺中：臺灣省文獻委員會，1997年，第65頁；戴國輝、葉云云：《愛憎二二八——神話與史實：揭開歷史之謎》，臺北：莘莘出版公司，1970年，第138頁。
〔註35〕 如《和平日報》記者便遭到抗議民眾的軟禁，參見王天濱：《臺灣報業史》，臺北：亞太圖書，2003年，第111頁。

明報》《中外日報》等報刊只能零星出刊，《人民導報》甚至決定停刊。〔註36〕
「二二八事件」最終以軍隊全臺清鄉綏靖告終。在這一事件後，大量自殖民時
期便活躍在社會中的臺灣精英士紳與知識分子被捕甚至槍決，臺灣光復後新
聞事業的蓬勃發展進程也就此中斷，自日據時期延續下來的新聞思想實踐也
至此止息。

　　政府在追究責任時，新聞言論的自由被視為引起官民對立的主要原因之
一。福建臺灣監察使楊亮功在「二二八事件」後來臺視察時便指責陳儀政府對
負面輿論的縱容導致了民眾對於政府信任感的降低：

> 光復以後，陳長官在輿論上採取放任主義。一年以來，行政當
> 局未能注意應付環境，各方面開罪過多，是以全臺十餘家報紙之輿
> 論，幾無日不有批評政府、誹謗政府，甚至不依事實，任情謾罵，
> 惡意醜詆。長官公署以言論自由，均置之不理，臺胞初級教育甚為
> 普及，能閱報者占大多數，此等攻擊政府之輿論，為其從來未所見，
> 繼則信為正確，而漸啟輕視政府、不信任政府之心理矣。〔註37〕

在「輿論之不當影響」觀點影響之下，臺灣的新聞業受到大規模整肅，輿
論空間大大壓縮，僅臺北地區便有 10 家新聞機關遭到查封。〔註38〕有記載被
槍決、起訴、入獄、通緝的記者達 50 餘人，其中包括《民報》社長林茂生、
主筆陳旺成、編輯許乃昌，《人民導報》兩任社長宋斐如、王添燈，《中外日報》
董事長林忠賢，《大明報》社長艾璐生、總編輯馬銳、主筆王孚國、編輯陳遜
桂、文野，《重建日報》社長蘇泰楷等臺灣知名報人，以及蔣渭川、蘇新等日
據時期的民族運動者。1947 年 3 月 19 日，警備司令部發布公告稱，在綏靖期
內所有新聞雜誌書報均應送當地最高軍事機關檢查後才準發行，〔註39〕這一
言論審查直到臺灣省政府成立方才取消。「二二八事件」後控制新聞輿論、處
置新聞人士的政策，讓「這一時期對執政者的反對聲音基本被壓制，臺灣同胞

〔註36〕二二八事件期間臺北市報紙的出版情況統計可參見林德龍輯注：《二二八官方
　　　　機密史料》，臺北：自立晚報社，1992 年。
〔註37〕《大溪檔案——臺灣二二八事件》，載中央研究院近代史研究所編：《二二八
　　　　事件資料選輯（二）》，臺北：中研院近史所，1992 年，第 305～306 頁。
〔註38〕臺北地區被查封的報社包括《民報》《人民導報》《大明報》《中外日報》《重建日
　　　　報》《青年自由報》《大公報》臺北辦事處、《自強日報》《工商日報》《和平日報》。
　　　　參見《臺北綏靖區司令部綏靖報告》，載中央研究院近代史研究所編：《二二八事
　　　　件資料選輯（四）》，臺北：中央研究院近代史研究所，1999 年，第 189 頁。
〔註39〕《公告》，《臺灣新生報》1947 年 3 月 22 日，第 1 版。

的政治運動與文化思想都只能藏於地下」〔註40〕。雖然有諸如吳三連、葉榮鐘等臺籍精英被籠絡入政界以安撫人心，但臺灣士紳精英的聲音已十分微弱，自日據時期延續下來的抗爭精神也很難再形成有力的號召，直到解嚴之後才有復萌的機會。

1947 年 5 月 14 日，臺灣行政長官公署發布公告：「臺灣省行政長官公署制度，應予撤銷，照各省製成立省政府」，〔註41〕臺灣差異化的行政體制終於與中國各地的政治體制並軌。隨著行政機構的調整，負責新聞事業登記審查以及各項宣傳工作的機關也由行政長官公署新聞室改為附設於省政府的新聞處。1947 年 8 月 1 日發布的《臺灣省新聞處組織規程》第二條「本處之執掌」明確規定新聞處的功能，包括新聞發布與聯繫、政令傳佈、新聞記載、圖書雜誌分析以及電影、廣播、戲劇等方面的文化宣傳事項。〔註42〕新聞處於 1948 年 5 月 17 日進一步聲明：「關於新聞紙雜誌之審查登記，顧名思義，應由新聞處主辦」〔註43〕，明確了新聞處的職責。其後頒布的一系列法令讓臺灣省政府對於宣傳事項的管控更為制度化、系統化、全面化。

隨著國軍在內戰中由勝轉負而至節節敗退，國民黨政府的統治地位岌岌可危。1949 年 1 月 21 日，蔣中正宣布下野離開南京，返回浙江溪口以總裁身份遙控指揮國民黨的黨政軍事，同時在臺灣進行人事、金融等各方面的布局，以謀失敗後的東山再起。在存亡際會之時，臺灣省主席兼警備總司令陳誠於 5 月 19 日宣布全臺戒嚴。6 月，蔣中正到臺北建立總裁辦公室，坐鎮指揮大陸局勢行動，並展開外交與軍事的籌劃佈防。12 月 8 日，「國民政府」遷臺辦公，臺灣進入新的歷史階段。

為了穩定統治基礎，國民黨一方面進行黨內的改造與整頓，另一方面透過龐大組織體系對社會成員進行監視與控制。〔註44〕在這一非常體制之下，言論

〔註40〕 張玉法：《中華民國史稿》，臺北：聯經出版社，2001 年，第 617 頁。

〔註41〕 臺灣行政長官公署秘書處編輯室編：《臺灣省行政長官公署公報》1947 年夏字第 36 期，臺北：臺灣行政長官公署秘書處編輯室印，1947 年 5 月 14 日，第 664 頁。

〔註42〕 臺灣行政長官公署秘書處編輯室編：《臺灣省行政長官公署公報》1947 年秋字第 38 期，臺北：臺灣行政長官公署秘書處編輯室印，1947 年 8 月 12 日，第 594 頁。

〔註43〕 臺灣省政府秘書處編：《臺灣省政府公報》1947 年夏字第 38 期，臺北：臺灣省政府秘書處編輯室印，1948 年 8 月 18 日，第 488 頁。

〔註44〕 龔宜君：《「外來政權」與本土社會——改造後國民黨政權社會基礎的形成》，臺北：稻鄉出版社，1998 年，第 39 頁。

和出版是蔣政權重點管制的對象。1951 年 4 月 16 日，「行政院」頒布了《從嚴限制登記》的訓令，通過限證、限張與限印控制民間新聞事業的發展。臺灣省警備司令部制定《臺灣省戒嚴期間新聞雜誌圖書管理辦法》，規定「凡詆毀政府或首長，記載違背三民主義、挑撥政府與人民感情，散佈失敗投機之言論及失實之報導，意圖惑亂人民視聽，妨害戡亂軍事進行，及影響社會人心秩序者，均在查禁之列。」〔註 45〕這一系列新聞法令讓民間輿論界「鴉雀無聲」。與此同時，隨著國民黨赴臺的大量軍民中，包含不少專業報人或是對新聞事業有濃厚興趣的知識分子，以及在日據時期回到祖國從事抗日運動的臺籍人士。〔註 46〕他們把祖國大陸的辦報理念、技術手法、印刷器材帶到臺灣，讓臺灣地區的新聞事業出現了質的飛躍。〔註 47〕這些新聞人在臺灣從事新聞工作的同時，也將大陸時期新聞學術範式與研究關懷移植到臺灣，讓祖國的新聞學術研究在臺灣落地生根。

二、大陸新聞學術範式在臺的移植與發展

　　1940 年代末至 1950 年代初，國民黨政權經歷了大陸解放軍威脅、外交孤立無援、島內經濟政治秩序混亂、美國政治搖擺以及島內「臺獨」勢力活動等

〔註 45〕《戒嚴期間防止非法行為　警備總部訂定兩項辦法》，《臺灣新生報》1949 年 5 月 28 日第 5 版；臺灣行政長官公署秘書處編輯室編：《臺灣省行政長官公署公報》1949 年夏字第 67 期，臺北：臺灣行政長官公署秘書處編輯室印，1949 年 6 月 23 日，第 835 頁。

〔註 46〕日據時期，不少臺灣知識分子回到祖國，組織抗日團體。據統計，1921 至 1937 年，臺灣人在大陸設立的抗日團體達四十餘處，分布在上海、廈門、重慶及華南地區的一些城市。這些抗日的活動者在戰後回到臺灣，對臺灣的文化思想界產生了很大的影響。在新聞業中，以李萬居為代表的「半山」新聞人，便在戰後新聞場域中積極活動，做出了不小的貢獻。參見若林正丈：《臺灣抗日運動中的「中國座標」與「臺灣座標」》，《當代》第 17 期，1987 年 9 月，第 40～51；若林正丈撰、陳怡宏譯：《追尋遙遠的連帶──中國國民革命與臺灣青年》（上），《臺灣風物》，第 53 卷第 2 期，2003 年 6 月；若林正丈撰、陳怡宏譯：《尋找遙遠的連帶──中國國民革命與臺灣青年》（下），《臺灣風物》，第 53 卷第 3 期，2003 年 9 月，第 131～166 頁；呂芳上：《臺灣革命同盟會與臺灣光復運動（一九四〇～一九四五）》，載「中華民國」史料研究中心：《中國現代史專題研究報告》（第三輯），臺北：「中華民國」史料研究中心，1973 年，第 262 頁；曾建民：《日據末期（抗戰末期）的臺灣光復運動》，臺灣殖民地史學術研討會會議論文，臺北：夏潮聯合會、臺灣大學東亞文明研究中心，2003 年 3 月 29～30 日等。

〔註 47〕陳致中：《臺灣報業歷史：歷史、現狀和展望》，臺北：風雲時代出版社，2016 年，第 22～23 頁。

多方壓力而自身難保的階段後，於 1950 年代中期逐漸在臺灣地區建立起相對穩固的政治統治。此時，由於朝鮮戰爭爆發，美國對臺灣地區的戰略評估發生了轉變，並向國民黨政府提供大量經濟、軍事方面的援助，為臺灣撐起經濟與軍事上的「保護傘」。在美國的幫助下，臺灣社會的發展逐漸走上正軌，文化教育事業隨之發展，形成了由大陸到臺人士主導的政治文化結構。

在隨國民黨來到臺灣的新聞人士中，不乏對於新聞學有深入研究與思考的學者，一些新聞業界人士也在此時參與到新聞學科的知識生產之中。他們所組成的臺灣新聞學術研究社群，將大陸所進行的新聞學術研究移植到臺灣，在學術脈絡上形成了清晰的接續，並於新的政治與社會環境中進行開拓。這一時期，臺灣地區的新聞學術思想與 1940 年代大陸新聞學界的思想類似，呈現出業務與理論並重、關注新聞責任的特點，也有不少學者以當時的社會環境與新聞界狀況為參照，思考臺灣地區新聞教育建立、健全與發展的問題。

（一）建立基本規範：新聞實務研究的承襲

新聞學作為一門由實踐發展而來的學科，與業界緊密聯繫，因此探討新聞事業自身發展規律的研究一直以來為學界所重視，並成為新聞學建立時期新聞理論研究的一個重要特徵。〔註48〕1949 年後的臺灣，也延續了大陸時期新聞學研究這一特點，形成了「傳統新聞學研究階段」〔註49〕。在這一階段中，新聞採訪、編輯與實踐成為學者們最關注的領域。從對此時新聞學研究內容進行分析可以看出，學者們在新聞學研究尚未在臺建制化時，主要關注業務中基本規範的討論，如對記者業務能力與素養的要求、新聞採寫的要義與規則、報紙編輯應當注意的問題等等。在此時的新聞業務研究領域中，劉光炎、孫如陵與陳石安三位學者的成果與思想最具代表性。

1. 精神與實踐並重——對新聞記者要求的討論

新聞生產的核心是新聞機構及從業者對信息選擇、加工、傳播的過程，〔註50〕因此對於記者及其工作的關注，是新聞業務研究中最為重要的部分。劉光炎作為一名始終站在國民黨立場從事新聞思想宣傳的「典型的國民黨官員，

〔註48〕 李秀雲：《中國新聞學術史（1834～1949）》，北京：新華出版社，2004 年，第 143 頁。

〔註49〕 徐培汀：《中國新聞傳播學說史（1949～2005）》，重慶：重慶出版社，2006 年，第 53 頁。

〔註50〕 劉義昆、趙振宇：《新媒體時代的新聞生產：理念變革、產品創新與流程再造》，《南京社會科學》2015 年第 2 期，第 104 頁。

一個老資格的新聞時評家、政論家」〔註51〕，早在 1940 年便以國家民族的角度，從精神層面與業務層面對新聞記者與編輯提出了要求，〔註52〕並撰寫《戰時新聞記者的基本訓練》《新聞寫作研究》等著作，記錄、闡述自己的新聞思想。〔註53〕到臺之後，劉光炎總結多年來的學術思考出版專著《新聞學》，其在書中專門開闢一章，從培養記者的人生觀、充實記者的精神生活、訓練記者的工作能力三個方面，討論培養健全新聞記者的方式。〔註54〕這一討論不同於新聞學研究慣有的以對新聞記者職業的描述與權責的劃分來進行教科書式的撰寫，而是精神涵養與業務實踐並重，強調培養記者「緊張」「堅定」「積極」人生觀的重要性。

〔註51〕 眉睫：《朗山筆記：現當代文壇掠影》，臺北：秀威信息科技，2009 年，第 79 頁。
〔註52〕 劉光炎：《戰時新聞記者的基本訓練》，上海：獨立出版社，1940 年，第 1～4 頁。
〔註53〕 劉光炎：《新聞寫作研究》，出版者不詳，1931 年；劉光炎：《戰時新聞記者的基本訓練》，上海：獨立出版社，1940 年。
〔註54〕 劉光炎：《新聞學》，臺北：聯合出版社，1951 年，第 32～42 頁。

記者的人生觀一定是緊張的。記者站在時代的尖端，他的感覺，比一般人都敏銳。他秉筆記事，關心大局，真是「先天下之憂而憂，後天下之樂而樂。」當一位新聞記者，尤其苦難中國的新聞記者，假使沒有征服人生的勇氣，是不足以勝任的。……新聞記者的人生觀是堅定的，是積極的。他們不怕環境的艱困，更不怕惡勢力的壓迫，尤其不怕問題的繁擾。反過來說，他們卻正歡迎這些。一位優良的新聞記者，正如一位英勇的鬥士，他們不怕戰火猛狂，只怕平風靜浪，無事可做。〔註55〕

對於新聞記者在具體工作中的能力，劉光炎在也提出了「自反的精神」「負責的態度」「清高的人格與堅貞的操守」「強健的體魄」「好學的精神」「敏捷的寫作能力」的必備要件。〔註56〕

作為當初以第一志願進入國民黨中央政治學校新聞系學習的孫如陵，則通過學術研究與實踐的結合，來體現其對新聞學的關注。孫如陵在1947年便提出「記者對報學的素養是否充分」，是「報紙辦的好不好的前提」，因此合格的記者應當「目明，耳聰，心智」，這與黃遠生所提出的「四能說」有異曲同工之妙：

在民主國家，最理想的公民，就是最合格的記者……民主國家的公民，要目明，耳聰，心智。先要能視，能聽，能應。而能視，能聽，能應三者，合格的新聞記者皆兼有之，且優為之。記者應具的這些條件，如能滲透到公民的意識裏，則豈止中國的新聞事業前途無量，中國的民主政治實基於此，所以，我們可以說：記者談自己的問題，就是談大家的問題，我們希望讀者也多少帶點記者味，關心這個問題。〔註57〕

作為大陸新聞學術刊物《報學雜誌》的編輯，孫如陵1949年來臺後不但勉力維繫學術刊物的生命，還將其在大陸時期的新聞學術關懷在臺灣延續，把「目明，耳聰，心智」進一步提煉為記者「新聞感」這一概念：

辨別新聞，要有新聞感，或云新聞頭腦，亦稱新聞鼻子。這是

〔註55〕劉光炎：《新聞學》，臺北：聯合出版社，1951年，第33～34頁。

〔註56〕劉光炎：《新聞學講話》，臺北：中華文化出版事業社，1952年，第104～107頁。

〔註57〕孫如陵：《新生一年 創造百年——報學雙周週年紀念》，《中央日報》1947年6月14日，第7版。

從新聞工作上生出來的第六感，可以由工作得到，也可以藉學習得到。……有新聞頭腦，才辨得出什麼是新聞，估得定新聞價值（News Value）；找得出新聞線索，才有一定的路線，去探新聞的源頭，而把新聞掏出來。這些本領，要靠學識，也靠經驗。〔註58〕

　　1950 年代之初，劉光炎與孫如陵兩位學者在接續大陸時期新聞學術研究的基礎上不斷發展，從精神與業務兩個角度闡釋了對於新聞記者職業的要求，豐富了業務研究思想的內涵，奠定了臺灣學界對於新聞工作討論的基礎。此外，還有不少學者通過學術文章，表達對於記者這個職業的思考，描繪出心目中理想記者的形象。何名忠從現代新聞事業 12 個特性入手，提出記者應具備「高尚的德性」「犧牲的精神」「判斷的能力」「健全的體魄」「豐富的知識」「優美的文筆」六個分屬於「哲學知識」與「科學領域」的基本素養。〔註59〕陳梅香認為新聞記者「不但要手腳靈活，善於周轉，還要有清醒而靈活的頭腦，辨是非，明曲直，以不偏不倚的公正態度來為千萬讀者做公正地報導。」〔註60〕老報人趙效沂也對政治新聞記者提出：「要有豐富的修養、足夠的常識，和藹熱忱的態度，百折不回的精神，及冷靜的頭腦」等要求，同時指出臺灣的環境對於政治新聞的質量造成了負面的影響：「第一，人才未盡用；第二，環境阻力多，不能配合發展。」〔註61〕

　　這些有關記者業務能力與專業精神的研究，同時觀照了精神與實踐兩個層面，塑造出更為完整的記者形象，對記者的培養提出了指導性的意見。此外，不少新聞人通過回憶自己在大陸時期的新聞工作經歷，從實踐經驗的角度提出對於記者工作的反思，形成更具經驗性與可操作性的思想。這些觀點大多延續了研究者在大陸時期的新聞經歷或學術思考，形成了兩岸間新聞學研究良好的延續，也讓這些思想在臺灣島內社會變化中得到了發展。

〔註58〕孫如陵：《新聞與新聞感》，收入孫如陵：《報學研究》，臺北：學生書局，1976年，第 96～99 頁。（原於 1952 年由西窗出版社出版的第一版《報學研究》印數較少，未能查找到原本，故本文引用於 1976 年學生書局的版本，兩版本內容相同，下同。）

〔註59〕12 個特性為公告性、報導性、社會性、時宜性、攻擊性、防衛性、企業性、技術性、組織性、整全性、指導性、批判性。何名忠認為，對於新聞記者的六點要求，前兩者屬於哲學知識範疇，後四者屬於科學領域，因此好的新聞記者應是哲學家與科學家。何名忠：《現代記者宜有科學哲學修養》，《報學》第 2 期，1952 年 1 月，第 41～44 頁。

〔註60〕陳香梅：《採訪五年》，《報學》創刊號，1951 年 6 月，第 120～123 頁。

〔註61〕趙效沂：《採訪政治新聞感言》，《報學》創刊號，1951 年 6 月，第 115 頁。

2.「真實客觀」與「服務『國家』」──新聞採寫的核心要義

1876 年，申報首次提出了「有聞必錄」這一觀念，並於 1880 年代開始在我國新聞界流行。〔註62〕「凡有所聞，必有所記，全面翔實」成為此時報紙的「圭臬」。1920 年代至抗戰爆發之間，我國新聞界在「有聞必錄」的觀念之上形成了客觀主義的新聞採寫思想。〔註63〕這一思想雖然隨著戰時新聞學的興起而退居幕後，但是在 1945 年後的臺灣開始了新的發展。與此同時，由於國民黨對於臺灣社會輿論的控制在 1950 年代日趨嚴格，島內主流新聞界對於輿論功能的理解與實踐，也逐漸從傳統的「文人論政」轉向了「服務『國家』」的黨報思想。這兩種思想構成了 1950 年代前後臺灣新聞學界對於「新聞」的理解。

1949 年初，隨著《中央日報》在臺出版，一系列原有副刊也逐步恢復，其中以《報學週刊》為代表。在這一份討論新聞學術的專刊中，多數文章專注於探討新聞實踐規律，而非簡單的介紹實踐經驗與方法論。例如署名為「大波」的作者所發表的《最大的與最好的報》，提出了「公正」與「確實」兩個新聞採寫的要件，成為光復後臺灣新聞界較早提出並闡釋新聞觀念的文章：

> （一）公正──公正的會意並不是不偏不倚，處處採取中立的
> 態度……所謂公正應該是向真理看齊，真理是和最大多數的人站在
> 一起的……公正的報紙是應該憑著人類的理性與□□，一直伴守著
> 真理，為最大多數人說話，不管這最大多數的人是處於優勢，還是
> 居於劣勢。……（二）確實──確實並不是指「新聞都是真的」而
> 言，其主要的含義還是在不要把虛偽的新聞來欺騙最大多數的人。
> 即使這條不確實的新聞，是對最大多數的人為有利的，也寧可犧牲
> 這條有利的消息，而不讓讀者受到欺騙，以致影響信心。〔註64〕

此處對於「公正」「確實」兩個概念的討論，體現了新聞界在戰後對於重新回歸新聞客觀性與真實性規律的普遍思潮。如學者劉光炎對新聞寫作提出了「準確而非籠統」「實際而不空洞」「客觀而非主觀」等要求。〔註65〕作為中

〔註62〕操瑞青：《「有聞必錄」的流行與現代新聞觀念的萌生──以〈申報〉為中心的考察（1872～1912 年)》，《新聞界》2016 年第 9 期，第 13 頁。

〔註63〕李秀雲：《中國現代新聞思想史》，北京：中國社會科學出版社，2007 年，第 56 頁。

〔註64〕大波：《最大的報與最好的報》，《中央日報》1949 年 5 月 3 日，第 6 版，《報學週刊》第 8 期。

〔註65〕劉光炎：《新聞學》，臺北：聯合出版社，1951 年，第 108～110 頁。

央社的第一任女記者的陳香梅，在回顧抗戰時期昆明採訪經歷的基礎上，對於新聞報導提出了確實、生動、簡潔的觀點：

> 寫新聞報導自有其一定的格式，不像寫小說那樣可以隨便抒情寫景，也不可以像作呈文那樣刻板。我覺得新聞報導的要點有三：內容要確實，敘事要生動，行文要簡潔，這樣讀者看來才不會感到枯燥和吃力。〔註66〕

學者宋越倫便也認為客觀、真實與自由是「健全輿論」的標準：

> 至於健全之輿論，至少必須具有下列四項（原文訛誤，應為三項）條件，始能成立：第一，必須有正確之事實認識。第二，必須有慎重精密之判斷。第三，必須有發表討論之自由。〔註67〕

經歷了戰爭時期的讓渡客觀、放棄自由，此時新聞界開始重新審視戰前提出的客觀主義，使其重新成為報導寫作在內容層面的基本準則。在 1940 年代末出刊的《報學週刊》中，一些學者還嘗試站在大眾視角重新審視新聞內容，認為「單是盡了報導，實在是不夠的」，還要「深入民間」「深入先進文明」：

> 如果單憑一些熟識的門路與記憶，常易寫出來的是類似八股，淡而無味的東西。一條好的電訊，總不能視其為無關宏旨，單是盡了報導，實在是不夠的，我們如須使讀者亦如身歷其境，心聲共鳴，這就非在文字上用工夫不可了。……我們需要的是擺脫舊有的牽絆，一條新的道路，有的是新姿態，新的骨幹，而使其更現實地、廣大地深入民間，深入諸先進文明。〔註68〕

一些報人們還認為「記者除報導新聞之外，還有對社會的責任」，〔註69〕應代表「最貧苦無靠的人」，而不應該只是對於權貴的錦上添花而已。〔註70〕這些擺脫精英主義的新聞思想雖然只是停留在經驗總結與個人體悟之上，但是已經具有左翼思想的特徵。在第二次世界大戰結束後，左翼思潮在全球普遍出現，其中新聞界與文藝界本就是左翼思潮萌發的重要陣地。此時這些具有理想

〔註66〕陳香梅：《採訪五年》，《報學》創刊號，1951 年 6 月，第 120～123 頁。

〔註67〕宋越倫：《新聞學新義》，《報學》創刊號，1951 年 6 月，第 10～21 頁。

〔註68〕李爾康：《論新聞寫作》，《中央日報》1949 年 4 月 19 日，第 6 版，《報學週刊》第 6 期。

〔註69〕六成：《報紙的社會責任》，《中央日報》1949 年 5 月 10 日，第 6 版，《報學週刊》第 9 期。

〔註70〕庸人：《「服務」二三事》，《中央日報》1949 年 3 月 22 日，第 6 版，《報學週刊》第 2 期。

主義與進步主義的新聞思想由大陸傳入臺灣雖說理所應當，但其體現出的對於國際思潮的接引與民眾立場的堅守可以說是臺灣新聞界自日據時期以來努力與實踐的方向，因而顯得難能可貴。可見在 1950 年代前，臺灣新聞界對於新聞的理解尚未進入政治話語框架，能夠有更大的空間討論新聞理念，新聞人士也能夠從更為多元的角度思考新聞本身的規律，以及媒體與社會之間的聯結。

隨著國民黨威權體制的建立，新聞業被納入統治工具的序列，媒體開始將政治置於優先服從的序列。方國希此時在探討新聞業未來的發展時，不再從客觀、真實、公正等具象化的新聞理念出發展開討論，而是將抽象的「真理」與政治性的「國策」相併置，提出「報紙只有一個應該服從的對象，那就是真理；報紙只有一個應該尊奉的原則，那就是國策」〔註71〕，將「國策」視為「真理」來尊奉服從，政治權力對新聞業的規訓昭然若揭。無獨有偶，秉持「客觀公正」理念的學者劉光炎，在討論社論寫作時也發出了「國家利益高於一切」的感歎，〔註72〕讓原應中立的新聞觀點，蒙上了意識形態的陰翳。在梳理了法國十家報紙對於社論撰寫的原則之後，劉光炎認為抗戰時期所形成的「黨報社論委員會」在社論寫作中發揮了積極作用，故而主張將這一制度在臺恢復：

> 黨報社論制度實行以後，效果大著，各邊緣地區向無社評的黨報，固然因此有了精妙的社評；其他大後方各地，文化水準低落者，亦因此提高不少。……對於新聞文化，這個制度是有其重大貢獻的。……因為今天需要已精簡，所以未曾恢復；但在將來，我們相信這個委員會一定要立即擔負其責任的。〔註73〕

通過以上兩種對於報紙內容書寫的思考可以看出，學者們將報刊的內容分為事實與觀點兩部分。事實主要指的是新聞報導的內容，這一部分強調書寫者對於新聞事實的認知應當清晰，並通過對事件的客觀呈現來達成新聞記錄性的任務。而在具有宣傳性質的文章尤其是社論中，「現實性」至關重要。〔註74〕這裡的「現實性」指涉的是社會中的現實需要，在 1950 年臺灣的社會環境之中具體特指新聞業應當為國民黨政府地位正統性與統治合法性背書。

〔註71〕方國希：《開創報業的新天地》，《報學》創刊號，1951 年 6 月，第 40 頁。
〔註72〕劉光炎：《新聞學》，臺北：聯合出版社，1951 年，第 74 頁。
〔註73〕劉光炎：《新聞學》，臺北：聯合出版社，1951 年，第 82 頁。
〔註74〕劉光炎：《談談社論與專欄》，《報學》第 6 期，1954 年 7 月，第 27～28 頁。

在當時臺灣言論環境之下，這樣的新聞書寫還要依賴專門的委員會進行監督，成為業務研究的一大特點。

3. 經驗性與理論性結合──新聞編輯學的發展

新聞編輯是新聞工作中「最基本，最重要，也是最具表現性的工作」「是報紙外形的塑造者」〔註75〕，因此對於新聞編輯的探討也是臺灣新聞業務研究最為集中的領域之一。出於新聞學所具有的實踐性，新聞編輯工作的研究自新聞學誕生以來便是研究者所關注的核心領域。早在新聞學誕生之初，我國著名新聞學者徐寶璜在其撰寫的《新聞學》一書中便專章探討了新聞的編輯工作，提出了「詳實」「明瞭」「簡單」「材料適當安排」的觀點，〔註76〕同時強調了社論編輯在一份報紙中的重要地位。這一研究旨趣也為1950年代的臺灣新聞學界所延續繼承。

1954年，新聞學者陳石安出版《新聞編輯學》一書，是臺灣地區最早討論新聞編輯的專著。書中對報紙編輯的基本概念、編輯風格與原則、內容設計、新聞選擇、版面編排、稿件處理、標題擬定、發稿時間、組稿規律、更正以及權責等均作了全面而詳細的介紹。在該書一開篇，陳石安便跳脫經驗技巧的固有路徑，提出新聞編輯工作背後所需要的學理支撐：

> 新聞學雖是一門歷史很短的學科，它的發展，卻是十分快速。到現在為止，新聞學所建立的理論基礎，不能算是完備，卻也已粗具規模。新聞編輯學只是新聞學中的一部分。過去討論到新聞編輯這一門時，多只把它視為實用技術的部門。事實上，新聞編輯的工作，雖然必須具有熟練的經驗和技巧，一切也都要以新聞學理為根據。〔註77〕

進而陳石安對新聞編輯作出了具有理論意涵的定義：「新聞編輯學是以新聞學和報學的學理原則，報紙的需要，實際工作的經驗，讀者閱讀心理，作為依據，研討新聞編輯的學理與方法」〔註78〕，讓原本僅具有經驗性質的新聞編輯具有更強的工具理性。該書在日後多次增訂出版，成為1950年代臺灣新聞界研究新聞編輯最具代表性的成果。

〔註75〕陳石安：《新聞編輯學》，臺北：長風出版社，1954年，第1～2頁。
〔註76〕徐寶璜：《新聞學》，北京：國立北京大學新聞學研究會，1919年，第56～60頁。
〔註77〕陳石安：《新聞編輯學》，臺北：長風出版社，1954年，第2頁。
〔註78〕陳石安：《新聞編輯學》，臺北：長風出版社，1954年，第3頁。

　　如果說陳石安從方法論的角度全面的討論新聞編輯理論，那麼劉光炎則選擇更為具體的操作路徑討論如何完整地編輯一張報紙，並提出建立「一個健全的資料室」的倡議，為報紙編輯提供了一個可資借鑒的模式。〔註79〕劉光炎在《新聞學》一書中還將新聞編輯工作的要點概括為「慎重」「敏銳」「中立」「客觀」「負責」與「寬容」六項，〔註80〕進一步豐富了他對新聞業務的理解。這些學者的研究讓新聞編輯在經驗基礎之上發展出了理論支撐，豐富了新聞學理論體系。

　　除了劉光炎、陳石安等學者對新聞編輯進行綜合性討論之外，不少學者從版面、副刊、標題等具體方面入手，更為細緻地展現新聞編輯的不同面向。如唐際清提出一個好的標題應當是「簡練正確、啟示性、一慣性、生動活潑」的。〔註81〕沈仲豪、大方、紀言、田舍等則著力於探討如何編輯好副刊，〔註82〕讓副刊從「報屁股」變成「報紙的香料」「報紙情趣的表現」以及「一切智慧與思想薈萃的園地」。〔註83〕這些研究者，多是從自身經驗出發，結合新聞學研究的理論進行闡發，雖然有主題的重複，但是卻提供了新聞編輯的不同面向。綜合而言，這一階段新聞學者對新聞編輯研究的思考開始注意經驗與理論的結合，試圖從經驗性實踐中總結出理論性規律，以確立新聞編輯基本規範，為新聞理論建構作出了一定基礎性的貢獻。

　　除了對於新聞記者職業、新聞採寫與新聞編輯的討論之外，一些學者還間或撰文探討新聞生產工具的發展與改良。著名報人、出版家王雲五便借《報學》半年刊的版面，將其在大陸時期便形成的對中文排字的改進方法發表出來，以供方家探討。〔註84〕在報學第四期中，還有研究者針對排字技術的改良問題提出了改革字盤的方案。除了文字的描繪與介紹，作者還借用繪圖來輔助說明，《報學》則拿出9頁來介紹這一方法，可見編輯者對於報刊排版的重視。這些技術性的研究雖然並非新聞學研究的主流，其所產生的社會影響也相對有限，

〔註79〕劉光炎：《新聞學》，臺北：聯合出版社，1951年，第66～69頁；劉光炎：《怎樣編一張完整的報紙》，《報學》創刊號，1951年6月，第52頁。
〔註80〕劉光炎：《新聞學》，臺北：聯合出版社，1951年，第83～87頁。
〔註81〕唐際清：《新聞標題之研究》，《報學》創刊號，1951年6月，第57～60頁。
〔註82〕紀言：《副刊編輯與作家》，《報學》第5期，1953年10月，第113～114頁；田舍：《副刊編輯的甘苦談》，《報學》第5期，1953年10月，第115頁；沈仲豪：《副刊自由談》，《報學》創刊號，1951年6月，第76頁。
〔註83〕田舍：《副刊編輯的甘苦談》，《報學》第5期，1953年10月，第115頁。
〔註84〕王雲五：《改革排字問題》，《報學》第5期，1953年10月，第56～57、59頁。

但這一方面體現出技術改良的延續性，另一方面也折射出臺灣新聞市場進步對於技術要求的提升，新聞學者有責任也有義務回應社會的問題、推動行業的進步發展。

上述關於新聞業務的研究，在主體、問題與範式方面，都傳承延續了我國自 1920 年代以來所形成的研究脈絡，將傳統報學的思考移植到臺灣，並結合實踐經驗與社會需求進行拓展。學者們的研究在記者職業上融入對其精神的考量，在新聞編輯中提倡理論與實踐的結合，在新聞採寫中將事實與觀點分離，客觀與責任並重。這些思想逐漸開始區別於傳統的「報學」概念，呈現出了理論化與普遍化的趨勢。

（二）「研究新聞之學」：新聞學理解的深化

光復後臺灣新聞學的研究主流，雖然仍停留在以新聞實務研究為主的階段，但已經有越來越多的學者意識到新聞理論化的重要性。一些學者在延續大陸新聞學理論研究的基礎之上進行進一步探討，釐清「新聞」與「新聞學」的含義，並思考新聞學理論體系的建立。1946～1949 年間，我國新聞學研究出現了大眾新聞學與純粹新聞學的分野。〔註85〕雖然二者審視新聞學的視角不同，但實質都是對於新聞學理論化的思考。尤其是「純粹新聞學」的提出，區分了「報館學」與「新聞學」，認為新聞學的研究範圍是有關新聞本身的理論和工作技術，在研究中尤其應當重視理論研究，而不應只侷限於採編技術。〔註86〕這種思考為新聞學研究劃定了邊界，並注意到了理論研究對於提升學科地位的重要性，希望通過邊界明晰化與內容理論化，將新聞學研究融入社會科學的範疇中，建立起自己的原則、理論與方法。一些學者也在此基礎上辨析了「理論新聞學」與「實用新聞學」的異同，提出了建構新聞理論的思考。〔註87〕當大陸新聞學者隨著國民黨政府播遷臺灣後，這一而研究脈絡轉而在島內發展，助推著新聞學的學理化與建制化。

1. 釐清「新聞」的內涵

新聞學核心問題的形成離不開對「新聞」概念作出清晰的界定，這也是新

〔註85〕李秀雲：《中國新聞學術史（1834～1949）》，北京：新華出版社，2004 年，第
　　　　212 頁。
〔註86〕胡博明：《「純粹新聞學」的任務》，《大眾新聞》第 1 卷第 2 期，1948 年 6
　　　　月 16 日。
〔註87〕馮列山：《什麼是新聞學？》，《報學雜誌》第 1 卷第 5 期，1948 年 11 月 1 日；
　　　　杜紹文：《新聞學之新理論的新體系》，《大眾新聞》創刊號，1948 年 6 月 1 日。

聞學者一直討論的問題，亦由此劃分不同的學術取徑。大陸時期，學者們對於新聞定義以及新聞價值展開了廣泛而持續的爭論，形成了百家之言，〔註88〕對這一新聞學核心問題的討論也延續至臺灣學界。

不同於徐寶璜「新聞者，乃多數閱者所注意之最近事實」的觀點，〔註89〕劉光炎選擇從新聞學研究對象的差異入手，對新聞與言論二者進行了區分：「新聞是社會上所發生的事實，而言論乃對於這種事實的批判及意見」。〔註90〕學者宋越倫在「新聞為心靈交通的手段」這一認知基礎上提出「所謂新聞者，即必須基於其社會心靈交通工具之使命，從事於現實的報導與批判，並在最短的連續的時間內做迅速普遍之傳達，所謂新聞學者，即為研究上述項目之學問」〔註91〕，同時對新聞和新聞學下了定義，且具有了模糊的傳播學色彩。胡秋原則認為，「所謂新聞，無非是人類的行動和言論。」〔註92〕此時，學者們對於新聞的理解集中於其時效性與記錄性之上，注意到新聞與言論等其他概念的區分，明確了新聞學研究的範疇。

對於新聞的屬性，此時的學者秉持「非商品」的態度，並從新聞價值的角度進行了闡釋。曾虛白在斥責抗戰時期為了自身利益而出賣國家的「市儈記者」時，對新聞的屬性予以闡釋：

> 新聞絕對不應該當做商品出賣，新聞有它主觀的價值（Value），卻很容易給人錯認做它是客觀的價格（Price）。有不少新聞記者，在觀念上都犯了這個錯誤。什麼叫新聞的價值呢？這是憑著新聞本身已發生的作用說的。持此論者原則上承認新聞本身有一種主觀獨立的潛在力量，它可以發啟真理，可以暴露黑暗，可以做社會的耳目，可以激發社會的智慧。〔註93〕

這一闡釋，與大陸時期學者們對於新聞價值的理解一樣，從新聞的社會性與人文價值出發，對新聞的商品屬性予以否認。此時學者們對於新聞商品性的否定，還處於對於新聞行業在臺灣社會的意識形態工具屬性有關，因而新聞是

〔註88〕李秀雲：《中國新聞學術史（1834～1949）》，北京：新華出版社，2004年，第97～126頁。

〔註89〕徐寶璜：《新聞學》，北京：國立北京大學新聞學研究會，1919年，第7頁。

〔註90〕劉光炎：《新聞學》，臺北：聯合出版社，1951年，第2頁。

〔註91〕宋岳倫：《新聞學新義》，《報學》創刊號，1951年6月，第11頁。

〔註92〕胡秋原：《教育——民主新聞之方法》，《報學》第2期，1952年1月，第1頁。

〔註93〕曾虛白：《出賣中國的市儈記者》，《報學》第2期，1952年1月，第75～78頁。

「耳目」而非「商品」。通過曾虛白的觀點可以發現，此時大陸到臺新聞學者在進行學術研究的過程中，仍舊以自身在大陸時的經驗為基礎，形成學術脈絡的延續。學者們在前期的積累上進一步展開探索，對於新聞理解的程度也不斷加深。

對於新聞特性與功能的討論，也是新聞理論研究的重要取徑。有學者將新聞的特性概括為「現實性」「公表性」「關心之一般性」「定期性」「內容之廣泛性」「記錄性」「機械的複製」「企業之經營」八個方面，涵蓋了新聞所具有的時間、傳播範圍、內容選擇以及商業屬性等，對於新聞特性有了較為全面的總結。〔註94〕對於新聞的功能與責任，沈仲豪在討論副刊內容時便提出，報紙具有三種功能：「一是供給知識；二是反映輿論；三是滿足讀者娛樂性的需求。」〔註95〕劉光炎則提出了報人要以「追求真善美」為最高原則，〔註96〕為新聞作用的理解定下了基調，也體現了對報紙功能積極的理解。方國希則將新聞與歷史、社會相互勾連，形成了具有跨學科色彩的思考：「報紙是人類歷史的一篇流水帳，但它又肩負著矯正歷史使近乎真理一面的重任。它是一個最具煽動力的宣傳者；也是一個以現社會為教材，以現世界為課室的大教育者。」〔註97〕一些學者則從教育論的角度提出「報紙在人類文化上的最高功能便是教育性的，新聞的原則是真理，新聞的責任是教育。」〔註98〕也有學者以工具論的視角，將視報紙為「一個服務的工具」，強調了新聞與公共關係的聯繫，提出了「新聞報紙的言論也應當以群眾為基礎」的論述。〔註99〕

這些對於新聞學定義的討論，基本形構出了較為完整的「新聞」面貌。這一定義與大陸時期報人們對新聞的理解有一定相似之處，但在理論深度與邏輯性上有了進一步的提升，讓新聞學研究逐漸脫離了形而下的經驗分享，顯現出較為明晰的理論色彩。

2. 從「新聞事業之學」到「研究新聞之學」

大陸時期，我國新聞學界便有「新聞紙學」「階級鬥爭的工具」「新聞事業

〔註94〕宋岳倫：《新聞學新義》，《報學》創刊號，1951年6月，第10～21頁。

〔註95〕沈仲豪：《副刊自由談》，《報學》創刊號，1951年6月，第76頁。

〔註96〕劉光炎：《怎樣編一張完整的報紙》，《報學》創刊號，1951年6月，第52頁。

〔註97〕方國希：《開創報業的新天地》，《報學》創刊號，1951年6月，第30頁。

〔註98〕胡秋原：《教育──民主新聞之方法》，《報學》第2期，1952年1月，第1頁。

〔註99〕羅敦偉：《新聞事業與「公共關係」》，《報學》第3期，1952年8月，第16～18頁。

之學」「研究新聞之學」四種對新聞學的理解，〔註100〕這些觀點也在學者們來
到臺灣後被繼續檢視。經過學術思想交流，學界對於新聞學的認識逐步從「新
聞事業之學」轉向「研究新聞之學」，成為展開新聞理論研究的基礎。

　　1951年至1952年，大陸到臺新聞學者劉光炎分別出版了《新聞學》與《新
聞學講話》兩部著作，對新聞理論進行了較為系統的研究。《新聞學》一書是
臺灣最早出版的新聞理論著作，劉光炎在開篇就對新聞學的定義進行了闡釋：

　　　　新聞學的英文原名是 Journalism 涵義是「報紙雜誌」和「新聞
　　　記者職業」兩種，德文是 Zeitungswirssens chaft 涵義是「研究報紙的
　　　科學」，或者簡直稱為「報學」。由此看來，新聞學與報紙，有不可
　　　分離的關係。若依其發展次序而論，我們可以說：先有報紙，然後
　　　有新聞學。我們要研究新聞學，不能憑空立論，必須與報紙發生密
　　　切的聯鎖，自為一定不移的事理。〔註101〕

在明確了新聞學的定義之後，劉光炎進一步解釋了新聞學的性質：

　　　　新聞學既（即）是一個以研究新聞事業為中心任務，並將其本
　　　身相互關係，新聞事業與其他學術之間的關係，切實研究，隨時調
　　　整配合，定出適當的規律，以供各有關部門之參考的學科。〔註102〕

　　綜合劉著對於新聞學的定義與性質闡述，此時他對於新聞學的認知雖然
仍具有清晰的「新聞學是新聞事業之學」的影子，但也已經意識到新聞學研究
的中心任務是「研究新聞事業」，嘗試從理論高度構建新聞學研究問題。同時，
劉光炎也對新聞學研究的範圍與內涵進行了釐定，將報紙、廣播、電視在內的
新聞事業納入新聞學的理論視域之中，注意新聞事業與政治、社會、文化各方
面的相互關係：「新聞學除研究新聞事業本身外，尚有一個更積極的課題，就
是闡明新聞事業與社會政治文化各方面的相互關係；再從這種關係中，指出新
聞事業理想境界之所在」。〔註103〕與此同時，劉氏還從新聞事業與學術研究之
間關係的角度對新聞學研究取向予以類型化，將新聞學分為理論新聞學與實
用新聞學兩類進行探討。〔註104〕在日後的《新聞學講話》中，劉光炎更指出

〔註100〕李秀雲：《中國現代新聞思想史》，北京：中國社會科學出版社，2007年，第
　　　　212頁。
〔註101〕劉光炎：《新聞學》，臺北：聯合出版社，1951年，第1頁。
〔註102〕劉光炎：《新聞學》，臺北：聯合出版社，1951年，第3頁。
〔註103〕劉光炎：《新聞學》，臺北：聯合出版社，1951年，第2頁。
〔註104〕劉光炎：《新聞學講話》，臺北：中華文化出版事業社，1952年，第7頁；劉
　　　　光炎：《新聞學》，臺北：聯合出版社，1951年，第3～4頁。

「宣傳與報紙的功效即明，再進而研究新聞學，其領悟的境界，定有不同。」〔註105〕在此一階段，學者們對於新聞學的認識，已逐漸從「新聞事業之學」發展到「研究新聞之學」，形成了理論與實踐了兩條不同的研究路徑。

學者宋岳倫還對如何形成更為完整的新聞學研究提出了自己的見解：

> 新聞學的直接對象，毫無疑問的應為新聞紙，但新聞紙之為物，絕非單純的物質，而為一種精神的複合體，故新聞學的研究，固可從新聞之側面，作種種考察，但在基本原則上，實非從新聞的內涵，精神的、經濟的、技術的多種因素的相互作用，加以研究考察不可。因為如果將新聞的多種技能以及形態加以分離處置，則新聞的綜合性以及全貌，必將喪失無遺。〔註106〕

這一觀點將報刊視為具有新聞哲學意涵的「精神複合體」，將新聞學視為對這一「精神複合體」全面、綜合的研究。這樣的觀點提升了對新聞學理解的深度，跳脫「新聞學是新聞事業之學」的簡單認識，拓寬了新聞學研究所涉及的面向。

在新聞學內涵釐清的基礎上，學者們開始從學科比較的角度思考新聞學的定位。此時臺灣學者普遍認為新聞學與歷史學有較強的關聯性與相似性，其一是因為報紙自身記錄性的特徵：「報紙是人類歷史的一篇流水帳，但它又肩負著矯正歷史使近乎真理一面的重任」〔註107〕；其二是新聞和歷史之間的關聯性：「歷史和新聞的本質相同，歷史工作和新聞工作的性質相同，歷史工作和新聞工作的任務相同。」〔註108〕通過學科關聯性的討論，學者們將新聞學納入人文社會學科的領域之中，為日後學科的建制化打下了基礎。

通過此時學者們對於新聞學的理解可以看出，學界在繼承大陸時期新聞學研究的「遺產」之後，學術觀點上突顯出學術的精神性意涵，並發展了對於新聞學的理解，擺脫了原有的實用主義色彩，將這一學科視為「研究新聞之學」，奠定了1945～1954十年間臺灣學者對於新聞學的認知基礎，為新聞學理論體系的建立提供了有力支撐。

3.「建立新聞學的理論體系」——新聞學術思想的理論化發展

在學者們討論新聞學術研究的定義、對象及性質時，一些研究者表達了對

〔註105〕劉光炎：《新聞學講話》，臺北：中華文化出版事業社，1952年，第2頁。
〔註106〕宋岳倫：《新聞學新義》，《報學》創刊號，1951年6月，第10頁。
〔註107〕方國希：《開創報業的新天地》，《報學》創刊號，1951年6月，第30頁。
〔註108〕胡傳厚：《建立新聞學的理論體系》，《報學》創刊號，1951年6月，第9頁。

新聞學科的反思與焦慮。時任《中華日報》總編輯的胡傳厚從學科基礎的角度，提出了對於新聞學術研究地位的擔憂：

> 「新聞學」是新聞事業創立後一種新興的社會學科，現代歐美各國的新聞事業，雖都有突飛猛進的發展，但新聞學的學術價值及其在學術上的地位卻顯然還在極幼稚的階段，遠不能和其他社會科學相比。……由於新聞學創立的歷史過短，完整的理論體系尚未建立，其學術地位自不能和其他具有悠久歷史的社會學科等量齊觀。……由於新聞學是適應新聞事業──報業──發展的需要而產生，其研究的對象和範圍，不免偏重於辦報編報的方法和技術，如：報館的組織管理、報業的經營、新聞採訪、寫作和編輯的技術等；比較屬於原則性的，也不過是關於新聞的定義，新聞價值的衡量標準，新聞事業和新聞記者應行遵守的信條（Creed）等項。所謂新聞學，實際等於「報學」或「報業實務」，偏重業務實踐，而缺乏較高的理論基礎，範圍過狹，目標不遠，其學術價值和地位，只能和經濟學範疇中的「銀行學」，教育學範疇中的「教授法」、「學校行政」等學術相比而不能列入主要的社會科學之林。〔註109〕

這一觀點表達出的是自新聞學誕生以來，學界普遍存在的缺乏理論自信的現象，對於新聞學學科地位的憂慮一直持續到1954年政大新聞研究所成立才稍有緩解。理論自信的建立更是要到1960年代中期大眾傳播的引入，才漸漸消失。學科地位的擔憂與理論自信的缺乏源於學者們對於基礎理論與研究取向的反思，學界意識到新聞學研究自建立起便過於依賴新聞事業的發展，缺少真正的理論關懷，並未形成自己的核心問題與理論域，極大地阻礙了新聞學在學術領域中的地位與發展。學者宋越倫雖然認為報學研究仍是新聞學研究的核心，但是「迨至近代，則新聞紙的範圍日趨廣泛複雜，故治學之方向，亦逐漸由單純之資料學而進入至比較新聞學 Vergleichende Zeitungskunde 的領域。」〔註110〕因此，若要提高新聞學的學術價值和地位，必須將對新聞學的理解，由經驗上升到理論：

> 本來一切社會科學的產生和發展，都是先有某一種實際的業務存在，而後為了適應需要，才有研討這種業務的學術產生；最初必

〔註109〕 胡傳厚：《建立新聞學的理論體系》，《報學》創刊號，1951年6月，第9頁。
〔註110〕 宋岳倫：《新聞學新義》，《報學》創刊號，1951年6月，第19～21頁。

然是實踐性方法技術的研究，逐漸發展到理論的探討；當理論探討發展到較高層，較深入的階段時，便進入哲學的領域了。……新聞學是繼新聞事業的創立而產生，她在學術範疇中發展的過程和趨勢，自然亦不能例外。因此我們要提高新聞學的學術價值和地位，必須擴大新聞學的研究對象與範圍，從業務實踐的技術性研究，進而從事理論性的探討和理論體系的建立，引導新聞學進入科學和哲學的領域。〔註111〕

如何讓「新聞學與報學脫離，讓新聞學成為更加宏觀，更具理論性，更加全面的學術研究」？輿論成為學者們嘗試突破的方向：

就其實際而言，新聞學之研究對象及其概念，直至目前，確難獲得一致之見解，且其方法論亦迄未成立，在理論方面，新聞學之成為一內容充實，條理整齊之學科，在時間上實尚有待。故在目前，吾人必須先從新聞的各種機能以及構造，加以概括的體驗與認識，然後始可望其成立一種組織完整之體系。至於新聞學究應以何種項目為其研究之核心，則自有新聞學理論研究以來，多數學者均認為必須以輿論為主體，因此舉凡足以表示輿論的項目，均需羅列研究，在此場合，新聞與報導實可混為一談。而新聞學體認之目的，亦必須因此擴展，凡足以成為社會意識表現手段的一切輿論資料，均有綿密分析與綜合研究之必要。〔註112〕

這些對於新聞學理論體系建立的探討，在延續大陸時期「新聞學是新聞事業之學」的基礎上進行了反思，提出了新聞學理論化的必要性與急迫性。

1950 年代初期，雖然新聞學研究仍舊以報學範式為主，但是由於對學科合法性問題的焦慮，臺灣新聞學者已經開始自覺地思考新聞學術化的問題，並嘗試建立新聞學的理論體系，推動新聞學科體系發展與理論意涵深入，讓新聞學能夠在整個學術場域中形成自己的核心問題與學科壁壘。這樣的努力雖然停留在理論探討的初步階段，在大量的業務類研究中顯得勢單力薄，但是這些學術觀點萌發於大陸時期學者們對於新聞的思考，並在臺灣得到了進一步的發展，推動著中國新聞理論前進的步伐，並在與意識形態日益緊密的捆綁之中，形成了相對清晰的問題關懷與理論話語。

〔註111〕胡傳厚：《建立新聞學的理論體系》，《報學》創刊號，1951 年 6 月，第 9 頁。
〔註112〕宋岳倫：《新聞學新義》，《報學》創刊號，1951 年 6 月，第 19 頁。

（三）「善用新聞自由」：新聞自由與社會責任的辨析

　　中國新聞學者最遲於 1930 年代便已經開始對「新聞自由」這一概念進行討論，〔註 113〕二戰結束後世界新聞的發展趨勢使得「新聞自由」成為戰後新聞學上「最時髦的名詞」，〔註 114〕《中央日報》和《大公報》還曾圍繞新聞自由的話題展開過一系列的討論。〔註 115〕在戰後臺灣新聞學界，新聞自由也成為最常討論的話題之一。此時對於新聞自由的探討，以 1948 年聯合國新聞自由會議中中國代表提出的「新聞自由是民主基石」「提高新聞界責任感」的觀點為起點，結合臺灣戒嚴體制的政治要求與社會特徵，部分回歸了 1930 年代戰時新聞學中新聞界讓渡新聞自由的觀點，賦予新聞自由新的內涵，為日後對社會責任論的有條件引介與「三民主義新聞制度」的確立埋下了伏筆。

　　這一時期學界對於新聞自由的熱烈討論看起來與臺灣在軍事戒嚴體制下的白色恐怖氛圍有些格格不入，但若以政治邏輯來看，則顯得順理成章。臺灣地區在 20 世紀 50 年代至解嚴前，處於一種「列寧式之黨國（party-state）為核心的威權體制」之下。〔註 116〕任何新聞主體，無論是組織還是個人，都很難稱得上享有真正的自由。特別是在「限證、限張、限印」等政策之下，媒體只能依附於政黨或接受其管控以尋求生存，新聞自主性相對較低。但是由於國民黨政權在內政外交上完全仰賴美國的支持，只能通過迎合其「民主自由」的意識形態來換取援助。在輿論中的表現則是宣揚「自由中國」的治理理念，在政策上賦予民眾言論自由的權力以構建「民主櫥窗」，但在實踐中則嚴格框限社會輿論的討論範圍。在這樣的語境之下，民眾出於自身權力的期許而議論新聞自由，學界則出於對現行體制的維護而重構新聞自由的含義，因而新聞自由成為新聞學研究，乃至媒體議程中的熱門話題便顯得順理成章了。不過此時對於新聞自由的研究，並非真正意義上對於言論出版自由的探討，其實質是從政治利益的角度出發，協助政府建立起一個「居支配地位的官方意識形態作為政

〔註 113〕 1938 年，在任畢明撰寫的《戰時新聞學》一書中提及新聞自由，並提出「『言論自由』和『新聞自由』也有區別」，但未多加說明。見任畢明：《戰時新聞學》，漢口：光明書局，1938 年，第 67 頁。

〔註 114〕 儲玉坤：《現代新聞學概論（增訂本）》，上海：世界書局，1948 年，第 367 頁。

〔註 115〕 參見李秀雲、劉怡：《聯合國新聞自由會議的中國媒介鏡像及其學術意義——以〈大公報〉〈中央日報〉為例》，中國新聞史學會年會論文，杭州：之江飯店，2018 年。

〔註 116〕 龔宜君：《「外來政權」與本土社會》，臺北：稻香出版社，1998，第 20 頁。

權的合法性基礎」，同時維持民主自由的外貌。〔註117〕在這一研究框架的束縛之下，新聞學界產生了「善用新聞自由」的新聞責任論調，並由此引出了對於《新聞記者法》與《出版法》存廢的爭論。

1. 自由與責任──對新聞自由的理解

　　爭取新聞自由在日據時期便已經成為臺灣報人們努力的目標，同一時期的祖國大陸，學者們也十分關注新聞自由的發展，對這一議題的探討經歷了從「犧牲新聞自由」到「新聞自由運動」的過程。〔註118〕1948 年，中央日報社出版了馬星野所著《新聞自由論》一書，收錄了其 1944 年後陸續撰寫的一系列討論國際新聞自由運動以及其他有關新聞自由問題的文章。書中較為完整地梳理了新聞自由在中外新聞界的觀念流變，並介紹了新聞自由的發展趨勢與世界各國對待新聞自由的態度，〔註119〕這一著作也成為臺灣新聞學界與業界日後討論新聞自由的重要文本。

　　臺灣光復後，隨著《民報》轉載中央社有關於聯合國人權委員會關注新聞自由的文章，〔註120〕新聞自由議題開始在臺灣被反覆探討，並在大陸新聞學者與業者陸續到臺之後進一步發酵。1950 年代，美國的新聞自由思潮成為臺灣新聞學界最常提及的對象，1955 年謝然之將「新聞自由的本質」稱為新聞學研究最主要的課題之一，〔註121〕標誌著有關於這一概念的討論正式進入到臺灣官方學術話語體系之中。在美國自由思想與臺灣戒嚴體制的夾縫中，新聞學者們發展出了一套獨有的新聞自由論述。

　　在臺灣尚未進入戒嚴體制之時，輿論界尚有空間討論新聞自由的本質以及對壓制新聞自由的政策提出質疑，如 1949 年在臺灣出版的《中央日報·報學週刊》之中，學者章瑞卿便提出「言論的自由可以淨化思想」，而壓制思想則「百害而無一利」的觀點。〔註122〕但是這樣的空間很快隨著威權體制的建立而被不斷壓縮，有關新聞自由的討論也逐漸進入到官方所塑造的話語框架

〔註117〕姜南揚：《臺灣政治轉型與兩岸關係》，武漢：武漢出版社，1999 年，第 25 頁。

〔註118〕李秀雲：《中國新聞學術史（1834～1949）》，北京：新華出版社，2004 年，第 200～212 頁。

〔註119〕馬星野：《新聞自由論》，南京：中央日報社，1948 年。

〔註120〕《民報》1946 年 2 月 1 日，第 1 版。

〔註121〕謝然之：《新聞學的發展與新聞教育之改革》，《報學》第 8 期，1955 年 12 月，第 12 頁。

〔註122〕章瑞卿：《泛論思想法制》，《中央日報》1949 年 4 月 26 日，第 6 版，《報學週刊》第 7 期。

之中。時至 1951 年《報學》雜誌創刊，學者們雖將「建立新聞自由的理論中心」作為創刊宗旨之一，但他們所希望討論的是新聞工作者「善用新聞自由」而「勿誤用新聞自由」：

> 我們現在是在全世界反共鬥爭的前哨，我們為要堅強我們反共的陣容，必須高舉自由民主的大旗，新聞自由是民主政治最基本的自由，亦唯有在民主政治下才有新聞自由的存在。我們應該從各種角度來闡明新聞自由的真諦。一方面我們認為：惟有我們自己珍惜這個新聞自由，才能使社會一般尊重我們的新聞自由。因此我們應該如何善用新聞自由，如何約束自己勿誤用新聞自由，凡此種種都非三言兩語可以道盡，真理是愈辯而愈明的，所以我們歡迎關於新聞自由的理論的探討，以建立我們共同努力的指標。〔註 123〕

在這一篇發刊詞中，依附於體制的新聞學者清晰表達了他們此刻對於新聞自由的理解，即配合蔣政權在臺建立起「反共」話語體系與威權軍事體制，形成對新聞輿論的約束。在相關論述中，研究者強調新聞自由是「民主政治最基本的自由」，是「民主政治下才有的新聞自由」，將「新聞自由」捆綁於「中華民國民主政治」之上，凸顯與「共產中國」形成區隔的「自由中國」的優越，進而強調自身統治的合法性。此外，學者們還提出「如何善用新聞自由」「如何約束自己」的問題，並呼籲新聞界積極討論以建立「新聞自由的理論」。與之類似，中央通訊社社長蕭同茲也表達了「善用新聞自由的觀點」：

> 固然，中華民國憲法明白規定保障言論出版的自由，為了國家的尊嚴，政府和社會對於新聞記者，要善盡其保障與維護的責任，不應隨意去干涉或侵害新聞記者應享的自由。但就記者本身立場說，我個人始終認為自由的觀念和責任的觀念是分不開的，要自由就要負責任，要對法律負責任，要對國家民族的利益和社會大眾的福利負責任。打一個譬喻說，新聞自由好比一件武器，國家很鄭重的把這武器交給了我們，用之得當便能善盡我們教育社會的責任，用之不當則便只能製造罪惡，賊害國家和社會。〔註 124〕

這樣的論述雖然以「憲法」保障新聞自由的「法理」為依託，但論述的核心觀點卻集中於新聞業應當自覺善用新聞自由這一武器，對「國家」、民族與

〔註 123〕 《創刊詞》，《報學》創刊號，1951 年 6 月，第 1 頁。
〔註 124〕 蕭同茲：《運用自由 善盡責任》，《報學》創刊號，1951 年 6 月，第 31～32 頁。

社會負責，並且強調保障新聞自由的目的是「為了國家的尊嚴」，而非出於對自由觀念的認可與對個人權力的尊重。類似的論述還有將新聞自由視為「民主政治的根基」，並稱「新聞之自由，正和其他各種自由一樣的可貴，不過『自由』的觀念，始終和責任是分不開的，也就是說要自由就要負責任。」〔註125〕此時學者們對於新聞自由的闡述為這一階段相關議題的討論定下基調，也為1960年代社會責任論引入臺灣新聞學界並進行修正打開了方便之門。

　　國際社會對於新聞自由的探討也為臺灣學者選擇性地引用，以論證國民黨政府干預自由的合理性。1948年，聯合國於日內瓦舉行國際新聞自由會議，就聯合國人權宣言、人權公約有關新聞自由部分的條文進行討論，並通過了《世界人權宣言》。〔註126〕在此次會議所討論的各項草案中，不少都涉及新聞責任與義務的關係，成為學者們時常引用以說明「善用新聞自由」的論據。在《中央日報》任職、日後赴密蘇里大學求學、被譽為「新聞界教父」的王洪鈞，〔註127〕在1952年時便稱《人權公約》草案第17條「已為新聞自由提供最正確的解釋」。〔註128〕學者張靜影則同樣以上述草案來解釋伴隨新聞自由而來的義務與責任。〔註129〕李秋生也提出新聞記者自重的觀點。〔註130〕此外，學者們還時常翻譯西方報刊中的文章，向民眾介紹域外新聞自由的情況以及各國新聞檢查制度，來襯托臺灣地區新聞檢查的正當性。〔註131〕

〔註125〕張彼德：《新聞自由與民主政治》，《報學》第2期，1952年1月，第20～21頁。

〔註126〕會議討論議題及成果詳見楊秀菁：《新聞自由論述在臺灣》，臺北：政治大學歷史學系博士論文，2012年，第59～97頁。

〔註127〕政治大學傳播學院新聞系：《提燈照路的人：政大新聞系75年典範人物》，臺北：政治大學傳播學院新聞系，2010年，第33～42頁。

〔註128〕該條款稱「表現自由伴隨著義務與責任，因此，在明確的法律規定下，得以處罰、科以責任或加以限制」，並羅列8條可以限制新聞自由的條件。參見臺灣中央研究院近代史研究所檔案館藏，「外交部」檔案：《新聞自由宣言、國際人權盟約草案（1960/10/8～1960/12/17）》，檔案號：633.13/91001；臺灣中央研究院近代史研究所檔案館藏，「外交部」檔案：《聯合國新聞自由會議（1948/3～1948～9）》，檔案號：633/0004。王洪鈞：《新聞自由的八大威脅》，《報學》第3期，1952年8月，第27頁。

〔註129〕張靜影：《比較憲法》，臺北：黎明文化，1983年，第128頁。據楊秀菁考證，該書雖於1983年出版，但其內容完成於1950年代，故引，特此說明。

〔註130〕李秋生：《新聞自由與自重》，《報學》第2期，1952年1月，第19頁。

〔註131〕唐際清：《世界各國新聞檢查實況》，《報學》第3期，1952年8月，第32～33頁。

　　對這一階段學者們有關新聞自由的論述進行梳理可以看到三個明顯的特點：首先是對「民主」的強調。學者們在論述新聞自由時，都強調它是民主的根基，新聞自由只有在民主社會中才能存在。這樣的表述雖然從觀點來看並無不妥，但多是空洞的口號式表達，除「憲法」條文外缺少實質性的支撐。尤其是將這一觀點嵌入臺灣社會的歷史背景以及新聞與政治錯綜複雜的關係之中，則能夠認識到此時學者們對於新聞自由的討論已經脫離了學術場域本身，更多的是出於政治目的突出臺灣地區「反共基地」「自由中國」的形象，為國民黨政權在臺灣統治的合法性背書。

　　其次是對新聞界責任的強調，這是 1950 年代臺灣學界探討新聞自由時最為鮮明的特點。這一時期，社會責任論尚未引入臺灣，但是學者們已經開始討論新聞業的責任問題。此時的討論不同於西方經歷自由主義報刊理論後轉向的社會責任論，而是從宏觀的中國傳統道德體系出發，主張新聞界應當對「國家」、民族、社會負責。這樣的思想與自清末萌動，至 1930 年代發展的新聞思想一脈相承。但在國民黨政府離開大陸之後，臺灣新聞學者對民族責任的強調便顯得空洞，僅僅是以宏大的話語符號來掩飾新聞言論服務政治機器的現實，「一方面求能對當前報業的開展與進步，有所裨助；同時，更希望能配合著將來軍事政治的反攻，而對大陸上新聞業的重建與復興，提供若干可資實踐的計劃與草圖。」〔註132〕

　　最後是鮮明的冷戰色彩。無論是對於民主社會的強調，還是對於世界範圍內新聞自由的探討，學者們的學術話語無法脫開這一時期的冷戰環境。李秋生在介紹世界各國對於新聞自由之態度時，清晰地區分了兩個對立的陣營：

> 　　所以在英美等國人士，每視新聞自由為天經地義，只恨自由的尺度不夠，而絕對反對由政府加以任何統制或限制。只有蘇俄一類極權國家才會對新聞施以絕對統制，使人民都在閉明塞聰之中，只能聽到當局所允許他們知曉的事情，只能講當局所要他們說的話。〔註133〕

王洪鈞也將「共產國家毀滅新聞自由」視為新聞自由的威脅之一。〔註134〕

〔註132〕《編者的話》，《報學》第 4 期，1953 年 3 月，第 1 頁。
〔註133〕李秋生：《新聞自由與自重》，《報學》第 2 期，1952 年 1 月，第 19 頁。
〔註134〕王洪鈞：《新聞自由的八大威脅》，《報學》第 3 期，1952 年 8 月，第 28 頁。

　　這三個特點顯示出臺灣新聞學者對於新聞自由的討論既延續了大陸時期的思想核心，也在臺灣地區特殊的社會氛圍中沾染了時代色彩，形成了新聞自由與責任並舉的思想特點。

2.「法律約束」還是「自制自勉」——《出版法》《新聞記者法》的爭論

　　在有關新聞自由概念、內涵與實踐的探討中，有關記者法的討論最為引人注目，也是業界與學界共同關注的焦點。1929年，在新聞行業的發展以及業者的呼籲之下，記者開始被政府視為自由職業者，有了更為清晰的身份界定。〔註135〕為了對新聞記者加以管理，國民政府於1943年2月頒布了《新聞記者法》，成為中國近代史上第一部完整意義上的記者法。由於這一法案內容多為限制性、懲罰性條款，缺少保障性條款，因此遭到新聞界的強烈反對故暫緩施行。但國府並未放棄訂立新聞出版相關法案限制言論的計劃，有關於記者法訂立的聲音時常出現在輿論空間中。當國民黨政府播遷臺灣並建立起威權統治之後，對於新聞出版法案的探討也在1950年代達到高潮，直到《出版法》於1952年和1958年完成兩次修訂方告終止，政治對新聞的干預最終以法律的形式確定下來。在這一時期的討論中，學者們從法律精神和對自由的理解等方面展開探討，這些言論也對法案的修訂產生了積極的影響。

　　在《中央日報》1949年恢復的副刊《報學週刊》中便出現了對於新聞記者法修訂的討論，認為現行法案不能適應時代的需要，影響文化發展，並提出在修訂時應當傾聽社會的聲音：

> 現行出版法、著作權法及新聞記者法是民國廿六年七月八日公布的，至今十二年，其間因我國發生變遷而發生的缺陷及弊害，自不能完全適應時代的需要。其中尤以出版法為甚，因出版法乃是介紹新思想之物，站在文化的尖端，如果在各方面發生時代錯誤，便有隔靴搔癢之感。要做修正，除政府當局而外，還要網羅民間賢達，本新時代的精神而立法。如無視我國國情，或違反公秩良俗的出版品，應做嚴厲的取締。他方面，本於言論的自由可以淨化思想的根本原理，得依憲法保障言論的自由。惟在現在思想混亂的情勢下，

〔註135〕田中初、劉少文：《民國記者的職業收入與職業意識——以20世紀30年代為中心》，《新聞與傳播研究》2015年第7期，第72頁。

如以抑壓為手段，而想統制思想，卻有百害而無一利；不如以思想
克服思想的方法，慢慢地善導思想向上之為有利。除無視國體的過
激思想外，盡可放寬尺度。〔註136〕

在這篇文章中，新聞學界人士對政府所出臺的《出版法》《新聞記者法》等限
制新聞自由的法律法規持戒慎的態度，認為對言論的疏導與管理應當依靠自
由本身的邏輯，而非政府的干預。在文章的討論中，學者們還針對法案修訂的
主體與路徑提出了意見，將「民間賢達」等納入法案修訂主體之中，主張以「放
寬尺度」「善導思想向上」的方式展開修訂工作。

臺北市編輯人協會成立後，利用定期舉辦學術活動的機會，對出版法的訂
立進行了討論，部分學者認為出版法沒有訂立的必要，並將這一建議提交「立
法院」，以實際行動介入立法進程、影響立法結果：

第三次於四月廿八日假省新聞處禮堂舉行，為純粹會員座談會，
以當時立法院審議中的修正出版法草案為討論主題，經熱烈發言後，
多數認為出版法根本無訂立必要，退一步的主張，即令政府認為非
要出版法不可，亦應脫去現行出版法之舊案，而另根據憲法和新聞
自由的精神，從事新的出版法草案之擬定，當決定，根據此意，由
本會名義，向立法院提出書面意見。〔註137〕

1952 年呂光與潘賢模合作出版《中國新聞法概論》一書，是「中國第一
本研究新聞法的專著，允宜獲得社會上普遍重視。」〔註138〕該書對出版法的
數次討論、訂立與實施進行了梳理，針對包括報紙、廣播、廣告、電影在內的
新聞立法事宜進行了研究，「告訴了政府及新聞界應該如何在法律範圍內保障
及尊重言論自由，使我國新聞事業能夠步入正軌。」〔註139〕該著作的出版標
誌著我國新聞法研究逐漸走向系統化，書中對於新聞立法事宜的梳理與反思
也體現出學界對於這一現實問題的關注。在「立法院」對《出版法》《新聞記
者法》進行討論的時候，臺北市編輯人協會研究組專門舉行了「新聞記者法筆

〔註136〕 章瑞卿：《泛論思想法制》，《中央日報》1949 年 4 月 26 日，第 6 版，《報學
週刊》第 7 期。

〔註137〕 第一屆理監事會：《臺北市編輯人協會會務報告》，《報學》創刊號，1951 年
6 月，第 173 頁。

〔註138〕 田言：《讀〈中國新聞法概論〉再版書後》，《自由中國》第 15 卷第 12 期，
1956 年 12 月，第 29 頁。

〔註139〕 田言：《讀〈中國新聞法概論〉再版書後》，《自由中國》第 15 卷第 12 期，
1956 年 12 月，第 29 頁。

談會」，邀請學界與業界人士對這一問題進一步展開研討，並將討論的文章集中發表在《報學》第 3 期中，給我們提供了一個可以窺探新聞界對這一專門法案態度的窗口。

　　對於記者法表示支持的人士，大多從職業性質和社會現狀這兩個角度出發，進行探討。有學者從社會地位的角度，提出「新聞記者自然是自由職業之一，應該領取證書後再執行職務，因為這樣才會提高新聞記者在社會的地位」，故而贊成訂立專法以保障新聞記者的權利與自由。〔註140〕李萬居則從社會責任的角度出發審視記者職責，提出「在新聞紙對於社會的重要性日益顯著的今日，新聞記者的責任更加重大，因此有一項專為新聞記者而制定的法律自然很好。」〔註141〕也有學者認為新聞記者法存在的合理性是基於臺灣的現實環境，需要設立行業准入制度：

> 　　但就今日我國的現狀來看，新聞事業無論客觀的環境和主觀的條件，都是很不健全的。新聞記者一方面沒有得到適當的獎勵和保障，一方面對於新聞記者違反新聞道德的言論和行動，又沒有法律上相當的限制。如果說不需要任何的條件，人人可以為新聞記者，那麼試問曾經犯過貪污或詐欺的罪行的人，是不是可以為新聞記者？又禁治產者和褫奪的人，是不是也可以為新聞記者？不遵守新聞道德，專門製造不負責任的謠言，以新聞記者名義招搖撞騙的人，是不是也可以為新聞記者？但是這些都不是現行的出版法和其他法律所完全約束的行為，如果沒有新聞記者法加以補救，則今後新聞界的奇形怪相，豈可想像。〔註142〕

一些學者沒有直接闡釋新聞記者法存在的意義，而是直接對《新聞記者法》中存在的問題提出了修訂建議。〔註143〕

　　如果說上述學者與業者從行業實踐的角度提出支持意見，那麼以沈宗琳、馬星野等為代表的有名望的新聞學者，則從精神觀念的高度對於修訂頒布這一法案提出了質疑。身為國民黨宣傳大員但始終抱有新聞自由理想的馬星野

〔註140〕於衡：《我贊成要有記者法》，《報學》第 3 期，1952 年 8 月，第 38 頁。
〔註141〕李萬居：《兩項修正，五點增加》，《報學》第 3 期，1952 年 8 月，第 39 頁。
〔註142〕辛暉：《我們所需要的記者法》，《報學》第 3 期，1952 年 8 月，第 40 頁。
〔註143〕李萬居：《兩項修正，五點增加》，《報學》第 3 期，1952 年 8 月，第 39 頁；辛暉：《我們所需要的記者法》，《報學》第 3 期，1952 年 8 月，第 41 頁；范鶴言：《九點修正意見》，《報學》第 3 期，1952 年 8 月，第 44 頁。

便認為，依靠記者法來約束記者，不如依靠行業內部規範來促成記者的「自勉」
與「自制」：

> 惟鄙吾業水準之提高，僅賴法律之約束，效果恐不易如理想。
> 即就記者法而論，即使付諸實施，執行亦多困難……根本之方法，
> 在於同業間之互相砥礪與互相約束。故一個共同議定之《記者守則》
> 《記者信條》為不可少。五十年來美國新聞記者水準提高，依賴於
> 共同信條之確定。民主先進國家亦多賴此種自制自勉之方法，以維
> 護報業之榮譽與信用。如能參考報業進步國家之先例，由各記者團
> 體訂定公約，實行自我約束，自我檢討，自我制裁（西方有些國家
> 有記者法庭，是由記者團體自行組成的），其效或較記者法為更大。
> 〔註144〕

通過這一段文字，馬星野委婉地提出了對制定記者法必要性的懷疑，他所
提出的新聞記者自制自勉的思考與這一階段將新聞自由與道德掛鉤的思想相
契合。還有新聞從業者站在行業發展的角度直言不諱地質疑了立法的動機，揭
示記者法的實質，反對《新聞記者法》的制定：

> 作為一個新聞從業員，我是反對記者法的。第一，因為記者法
> 並沒有客觀的需要；第二，我們有足夠的理由相信，主管官署制定
> 記者法的動機，不在發展和保障新聞自由，而且相反的卻是為了便
> 於管理新聞記者，更進而限制新聞自由，藉以達到控制輿論的目的。
> 〔註145〕

新聞法研究專家姚朋與新聞學者荊溪人等則針對法條內容，從立法觀念、
動機、可操作性等方面進行了檢視，從側面表達了自己的態度：「第一，關於
新聞記者法內容的重心放在形式主義的錯誤。」「第二，統觀整個辦法根本沒
有保障新聞事業和新聞記者的條文。」「第三，關於新聞記者的資格未免過分
理想化，而忽略了現實的實際情形。」「第四，關於記者工會的規定，概念上
也頗多混淆。」由此，幾位學者認為「實在無需乎要甚麼記者法，即使說應該
有的話，也絕不應該是這樣子一部空洞無物的『新聞記者法』！」〔註146〕

〔註144〕 馬星野：《自治自勉優於法律約束》，《報學》第 3 期，1952 年 8 月，第 46 頁。
〔註145〕 齊振一：《我反對記者法》，《報學》第 3 期，1952 年 8 月，第 46 頁。
〔註146〕 劉成幹、姚朋、單建周、荊溪人：《我們共同的信念和意見》，《報學》第 3 期，
1952 年 8 月，第 47 頁。

　　顯然，即便經過了反覆的討論，學界對於新聞管制法律法規訂立與否，仍未達成一致的意見。結合前一小節學者們對新自由與社會責任的探討以及對於新聞法律法規的觀點可以看出，新聞記者法訂立與否的論爭看似是自由與責任的辯論，而實質是政治介入輿論程度的博弈。無論是否贊同《新聞記者法》的訂立，干預新聞自由的法令都不完全受到歡迎，即使贊同者，也或多或少提出了修訂意見，而非完全屈從於國民黨政府的規訓。反對者則主張以具有自主性的行業自律代替剛性的法律藩籬，減少政治權力對新聞輿論的干預，「以避免新聞業受人指謫的境況」〔註147〕。這些觀點的出現一方面與彼時國民黨政府在臺統治尚未完全穩固，需要顧及「自由中國」形象的現實需求有關，另一方面也與新聞人士的過往經歷息息相關。此時參與新聞記者法討論的學者及業者大多來自大陸，在來臺前經歷了抗戰時期對於新聞自由的壓制、二戰後輿論界對自由的追求與對政府《出版法》修正案的抗爭，也見證了二戰末期起於美國而擴散至全球新聞界的新聞自由運動以及1948年聯合國「國際新聞自由會議」的召開。〔註148〕以馬星野為代表的具有留美經歷的學者更是對新聞自由有直觀的體認，並在遷臺後繼續吸取歐美社會有關新聞自由的新觀念，積極參與新聞自由的大討論，即維護新聞界的自由，也讓新聞自由的思想在島內落地生根。

　　出於構建民主櫥窗以爭取美援的需要，以及學界和業界的共同努力，1952年《出版法》在「立法院」完成修訂之時，刪除了政府干涉媒體的權力、縮減了報刊聲請登記的核准時間，並加強對「出版之獎勵及保障」，為臺灣新聞界營造了有限度的自由環境，讓這一時期的媒體行業與輿論表達尚能夠喘息。但這一小小的進步在1958年時被打回原形，甚至進一步惡化。在蔣中正的授意下，《出版法》修正草案被秘密送交「立法院」審查，並添加「撤銷登記」的行政處分等加強新聞管制的條款，從根本上鉗制新聞業的健康發展，為控制輿論提供了依據。這一法案雖然引起業界的強烈反對，但仍在國民黨「立委」的操控下得以通過，讓新聞界的努力付之東流。政府對於輿論的管控貫穿整個戒嚴時期，成為塑造正統話語、維繫思想管控的工具，直到1980年代隨著社會思潮的鬆動才開始有所改善。

〔註147〕沈宗琳：《新聞界的自省與自衛》，《報學》創刊號，1951年6月，第33頁。
〔註148〕楊秀菁：《新聞自由論述在臺灣（1945～1987）》，臺北：政治大學歷史系博士論文，2002年，第4頁。

（四）「政治化」與「社會化」：臺灣地區新聞教育研究的分野

學科是大學承載教學、科研和社會服務三大功能的基本單元，目前學者普遍認為一般學科大致包含教學科目、學問分支和學術組織三層基本含義。〔註149〕一個學科之所以形成，在於其自身獨特範式在社會建制與運作兩個層面的建立，進而發展出知識思想傳統和學科建制，以形塑研究共同體、培育學術繼承者。1950年代臺灣地區的新聞教育與遷臺前大陸地區的新聞教育有諸多共性，其教育興起與辦學理念同出一源，但是在政治背景、意識形態、經濟狀況以及對於高等教育發展的計劃上，自1949年之後發生了截然不同的轉向，新聞學界對新聞教育的研究也因而呈現出「政治化」與「社會化」兩條路徑，組成這一階段新聞教育研究的面貌。

1. 以「反攻大陸」為前提的新聞教育

在播遷臺灣後，國民黨「痛感過去新聞宣傳的失敗」，對於「從頭訓練青年新聞人才」十分重視。〔註150〕為了配合1950年啟動的國軍政工改制，「國防部」總政治部在時任主任蔣經國的推動下，於同年秋籌設政工幹部學校以培訓基層政工人員。1951年7月1日政工幹部學校正式奉令成立後，內設研究班、本科班與業科班，蔣經國親自督促在業科班下設置新聞組以培養專門人才。對於這一時期的新聞教育，國民黨當局有清晰的思考與明確的定位，在1952年改造委員會教育機構通過的《本黨當前宣傳指導（草案）》中指出：「為輔導新聞事業並運用新聞宣傳力量，以貫徹反共復國之國策，完成建設臺灣，反攻大陸之任務……政府應注意新聞人才之培養，開設新聞學系或新聞專修科以造就新聞人才……設立新聞學獎金對新聞學術有貢獻之機構或個人，給予獎助以促進新聞學術之進步。」〔註151〕正是在「反攻大陸」的軍事話語下，臺灣新聞學界生發出了以政治意識為核心的新聞教育思想，為國民黨政府的軍事目標服務。

〔註149〕 鮑嶸：《學科制度的源起及走向初探》，《高等教育研究》2002年第4期，第102頁。

〔註150〕 謝然之：《臺灣新聞教育之開始》，載「中華民國」大眾傳播教育協會：《新聞教育與我》，臺北：「中華民國」大眾傳播教育協會，1982年，第17頁。

〔註151〕 中國國民黨黨史委員會：《中國國民黨黨史會資料》，未出版。轉引自林麗雲：《臺灣傳播研究史──學院內的傳播學知識生產》，臺北：巨流出版社，2004年，第77頁。

　　1950 年代初的臺灣尚無以社會適齡學生為教育對象的高等新聞院校，只有政工幹校新聞組面向「專科畢業、大學肄業或具有同等學力，年在廿八歲以下者」招生，學制一年半。〔註152〕這樣的教育結構折射出臺灣地區新聞界與政治之間曖昧的聯繫。此時有學者提出「新聞教育在政治意義上說，是執行新聞政策的準備」，是為「光復大陸」培養人才的觀點：

　　　　新聞教育在政治意義上說，是執行新聞政策的準備……我國在反攻抗俄的今日，當前新聞政策無疑是基於三民主義的崇高理想而發布正確的新聞，以真理來揭破蘇俄帝國主義和中共匪徒的虛偽宣傳。新聞政策決定之後，首重執行。但是，如要執行已定的新聞政策，我們就不能忽視人才的問題，而人才又有賴於新聞教育的培養……關於收復大陸後新聞人才缺乏，的確是一種異常嚴重的問題。我們在準備反攻的前夕，對於新聞人才的儲備，實是刻不容緩的事情。為了適應將來的需要，我們應該在臺灣設立新聞教育機構，從事訓練新聞人才，以免重返大陸之後，因缺乏人才而阻礙新聞事業的恢復和發展。〔註153〕

　　朱虛白此時對於臺灣地區新聞教育的闡釋，完全站在國民黨政府的立場，強調新聞教育的「政治化」，令其成為培養蔣政府「反攻大陸」後備宣傳力量的機構。學者黃天鵬也在梳理中國新聞教育發展的歷史之後強調復興新聞教育對於「反攻勝利」的重要：

　　　　二十五年以來，我們的國家在內憂外患交迫中，在大陸剛長成中的新聞教育，已遭共匪的劫奪和摧殘，我們為維護新聞自由，為光揚正義真理，本著我們對新聞教育的共同信念，我們要在這反攻復興基地的臺灣，培養新聞教育的種子，將來隨著反攻勝利，重建新中國新聞教育的基礎。〔註154〕

　　持此觀點的還有《中央日報》副社長姚朋：「現在來大規模舉辦新聞教育，其目的顯然不是在為解決目前在臺灣的需要，第一個目標，是為了配合

〔註152〕「國防部」史政編譯室：《國軍檔案：政工幹校招生與召訓案——為核定該校招生辦法由》，檔案號：0600/1814。

〔註153〕朱虛白：《當前新聞教育的重要性》，《報學》創刊號，1951 年 6 月，第 45～46 頁。

〔註154〕黃天鵬：《二十五年新聞教育的回顧》，《報學》第 5 期，1953 年 10 月，第 5～12 頁。

未來反攻後新聞事業的重建與發展。」〔註155〕學者們在這一階段不僅對新聞教育發展與人才培養進行了思考，還針對培養「反攻的新聞人才」的方法提出了意見。有學者對新聞教育和人才儲備提出了「掌握現有新聞人才」「培育光復大陸需要的新聞人才」和「銓定新聞記者資格，保障新聞從業人員工作」三點建議，進而培養出「不僅是能擔當某一種的職務，而要他能夠『領導』一個局面」「使新聞系學生一畢業就確確實實是一個專家，就能夠辦報」的新聞人才。〔註156〕

　　通過這些觀點可以看出，此時的新聞學者都意識到發展新聞教育的必要性，但對於人才的培養與教育的擴張都是建立在實現「反攻大陸」的政治目標基礎之上，而非發展建設臺灣的新聞事業。依附於政治體系的新聞教育是這一階段新聞教育研究的重要特點之一，體現了是時臺灣的社會氛圍，以及新聞學術思想與政治之間的關係。

2. 新聞教育社會化

　　除了以政治需求為歸依搭建新聞教育框架，學界也根據新聞行業需求展開了新聞教育「社會化」的思考。面對新聞教育開辦的種種限制，一些學者基於對新聞教育「是技術教育，也是職業教育」的理解，〔註157〕不再將思維侷限於設立專門的新聞學校或科系，而是從實踐的角度將報社視為最重要的新聞教育場所：

> 報社為學用兼具的場所，實在是最好培育人才的地方，可惜一般主持人都沒有好好利用。現成的人才既然不足，就只好設法造就。「臨淵羨魚，不如退而結網」。我們理想的是：每個報社都有獎助深造的制度，凡社內員工，有稟賦特佳而上進心切者，由報社出資供其升學。報社目前雖付出若干金錢，但等他學成歸來，對報社的貢獻，必超乎今日所付的代價……有些報社限於經濟能力不能辦到這一步，那麼，利用報社本身訓練各種人才，應該不難辦到。下面，筆者提供兩點意見，借供參考。1. 養成學習與研究風氣……2. 化報社為學校……自然，假如能以每一縣市為單位，集合同業的力量，

〔註155〕姚朋：《將帥之學的新聞教育》，《報學》第5期，1953年10月，第18頁。

〔註156〕馮文質：《試論養士制的新聞教育》，《報學》第5期，1953年10月，第15～17頁。

〔註157〕朱虛白：《當前新聞教育的重要性》，《報學》創刊號，1951年6月，第45～46頁。

有報業公會或記者公會主辦一公餘進修班，自更為美善。〔註158〕

學者黃仁也持相同的觀點，提出應當「建立起報社學校化的新風氣」：

> 我們人才缺乏素質低落，自應該更著重於後進新聞人才的培
> 養……因此筆者認為新聞教育運動目前迫切的課題是如何先建立起
> 「報社學校化」的新風氣，使每一個新聞工作者在工作中學習，以
> 學習增進工作的秩序，發展工作的能力。〔註159〕

學者劉偉森不僅對中外新聞教育制度進行了梳理，還對中美兩國的教育制度進行了反思，構想出理想的臺灣新聞教育制度，甚至編列出了課表。〔註160〕此時臺灣新聞學者仍秉持1950年代前以培養通才為目標的新聞教育思想：

> 新聞記者的學問，博比精重要，不特是政治、經濟、法律、史
> 地、社會、哲學、文學、教育、統計、心理要有基本的認識，就是各
> 地方的風俗、民情、社會形態，各級機關團體工作動向、人事問題、
> 都應當一一洞察。〔註161〕

通過前文分析可以看到，這一時期學者們對新聞教育雖然沒有形成系統性的研究，但始終保持著對這一領域的持續性關注，並分化出「政治化」與「社會化」兩種截然不同卻互為補充的思想路徑，前者從政治需求的角度出發強調新聞教育的思想內涵，後者則主張以實用主義的視角滿足新聞行業的發展需要。這兩種思想都根植於彼時島內複雜不安的社會環境，國民黨政府將臺灣視為「光復基地」，建構起「反攻大陸」的動員話語，將新聞視為輔助國民黨進行意識形態宣傳的工具，因此新聞教育政治化成為依附體制的學者們首選的道路。雖然新聞教育政治化符合政治話語需要，但卻無法滿足趨於穩定的新聞業在謀求進一步發展時對於人才的需求。加之此時臺灣新聞教育體系尚未完全建立，因此一些學者在呼籲加快建立、擴充新聞教育的同時，提出將「報社學校化」的倡議，滿足業界的現實需要。新聞教育「政治化」與「社會化」兩種思想成為臺灣新聞教育的一體兩面，也成為日後臺灣新聞教育發展的兩條不同道路。

〔註158〕林蔭：《報紙與人才》，《報學》第2期，1952年1月，第32〜33頁。

〔註159〕黃仁：《報社學校化》，《報學》第5期，1953年10月，第33〜37頁。

〔註160〕劉偉森：《新聞教育的史實與制度》，《報學》第5期，1953年10月，第25〜32頁。

〔註161〕馮文質：《試論養士制的新聞教育》，《報學》第5期，1953年10月，第15〜17頁。

三、臺灣新聞學術領域形成的動因

　　大陸到臺新聞人士，將 1950 年代之前大陸地區新聞學術研究在臺移植並發展，形成了既與過往新聞學研究相接續，又具有鮮明時代特色的研究領域。這一研究領域的形成與發展，在很大程度上依託臺灣光復後新聞團體的形成、新聞刊物的創辦以及新聞教育的開辦。新聞團體的形成，將有意於從事新聞學術研究的人員組織化，形成一個相對集中的共同體，並依託組織機構發行學術刊物，形成了較為穩定的編輯模式。新聞刊物的創辦為研究者提供了一個可以交流學術思想的平臺，讓研究者的學術成果得以公開呈現，接受持不同觀點研究者的審視與討論，減少距離產生的交流障礙，促進學術的發展。嘗試開辦新聞教育則讓具有一定新聞知識資本的研究者進入教育場域，將其對於新聞的理解與經驗在課程講授中傳承，培養出日後能夠投身於學術研究的人才，形成學術脈絡延續。在三者之間，新聞教育機構與新聞學術組織間的良好合作關係，形成了人員與思想的往來互動，而二者又共同借助學術刊物發表交流最新學術觀點。三者形成合力，推動新聞學術研究領域逐漸在臺形成，並為日後發展奠定基礎。

（一）學術平臺提供思想溝通場域

　　學術刊物對於一個學科的發展，有兩個重要作用，其一是「學術的傳播作用及評價作用」，也就是及時呈現該學科最新的、具有價值與創新性的研究，使之進入學術交流的網絡之中並實現學術成果的公共化。其二則在很大程度上支配了該學科的發展方向。〔註 162〕臺灣光復後，大陸新聞學者來到臺灣，恢復或建立起了以《報學》半年刊為代表的新聞學術思想交流平臺，對學科發展與學術研究進步起到了支撐性的作用。在臺灣新聞學術研究尚未建制化之前，這一平臺形式從社論到專欄再到專刊，建立起了研究者之間的思想網絡，為學術研究建制化與科學化鋪平道路。

1.《報學週刊》——臺灣地區最早的新聞學術交流平臺

　　1948 年 10 月 25 日，《中央日報》社長馬星野夫婦應臺灣省政府主席魏道明的邀請，參觀臺灣光復博覽會中的《中央日報》照片展覽，而此行的真正目的是秘密考察《中央日報》遷臺發展的可能性。10 月 30 日，馬星野回到南京

〔註 162〕鄧正來：《中國學術刊物的發展與學術為本》，《吉林大學社會科學學報》2005
　　　　年第 7 期，第 8 頁。

後便立即召開會議商討相關事宜，後在陳立夫、陳布雷、黃少谷的支持下，派黎世芬赴臺籌備《中央日報》遷臺工作。為了避免影響時局，馬星野對外宣稱此行是創辦《中央日報》太平洋版。〔註163〕1949 年 3 月 12 日《中央日報》在臺正式出刊。

　　馬星野在南京執掌《中央日報》時，就主張報紙雜誌化，在言論、新聞、資料及業務上多用「專刊」的方式呈現，作系列的深入報導與探討。〔註164〕因

〔註163〕劉本炎：《費盡移山心力，盡付芳草斜陽：中央日報滄桑七十八年》，《僑協雜誌》第 99 期，2006 年 7 月，第 18 頁；馬星野：《中央日報遷臺之經過》，載胡有瑞主編：《六十年來的中央日報》，臺北：中央日報社，1988 年，第 41 頁。

〔註164〕馬星野：《報紙之雜誌化問題》，《中外月刊》第 1 卷第 1 期，1935 年，第 97～98 頁；馬之驌：《新聞界三老兵：曾虛白、成舍我、馬星野奮鬥歷程》，臺北：經世書局，1986 年，第 392～395 頁。

此，當《中央日報》在臺發行之初，馬星野便有意將大陸時期原有的各類專刊在臺恢復，其中包括《報學週刊》。據負責《中央日報‧報學週刊》編輯的孫如陵回憶，《中央日報》在臺即將出版之時，馬星野便找到他，要求其負責在臺灣恢復《報學週刊》的編輯，並在一周後出版。〔註165〕經過短暫而緊張的籌備，《中央日報》在臺正式出版後的第三天（1949 年 3 月 15 日），《報學週刊》便「隨著時移勢轉負起新的任務的需要」而恢復，〔註166〕成為臺灣地區第一個專供討論新聞學術的園地，其編輯理念、思路、精神、人員乃至欄目設置均「仍一舊貫」，形成了兩岸間良好的學術傳承。遺憾的是，《報學週刊》在出版 9 期之後，因為《中央日報》專刊太多而在同年 5 月 10 日停刊。〔註167〕

《報學週刊》雖然出版時間不長，但卻為兩岸新聞學術研究的聯絡立下汗馬功勞。在第一期中，孫如陵以《〈報學〉進入新時代以前》為題，撰寫了一篇發刊詞性質的文章，回顧了《報學月刊》《報學雙週刊》《報學雜誌》在大陸波折的發展歷程，稱《報學週刊》在臺灣出版是「我們的願心得償，信心實現的最好說明」：

> 本刊在臺灣版中出現，就其過去說，乃係復刊，就其未來說，乃係創刊。因是復刊他的精神固然要仍一舊貫。因是創刊，他要隨著時移勢轉負起新的任務的需要，所以今天實在是它進入新時代的起頭。〔註168〕

在《報學週刊》短暫的生命中，共刊載了 40 餘篇文章，分為多個欄目，其中以《報壇清議》這一欄目登載文章最多，內容皆短小精悍，既有對於官員干涉新聞的批判，〔註169〕也有各地報業、報人的介紹，〔註170〕還包含了對於

〔註165〕 孫如陵：《在〈報學〉崗位上》，載孫如陵：《報學研究》，臺北：學生書局，1976 年，第 33～34 頁。

〔註166〕 孫如陵：《〈報學〉進入新時代以前》，《中央日報》，1949 年 3 月 15 日第 6 版。

〔註167〕 孫如陵：《自由中國的報學刊物》，載於孫如陵：《報學研究》，臺北：學生書局，1976 年，第 170～172 頁。

〔註168〕 孫如陵：《〈報學〉進入新時代以前》，《中央日報》，1949 年 3 月 15 日，第 6 版，《報學週刊》第 1 期。

〔註169〕 孫如陵：《好神氣的市長》，《中央日報》1949 年 4 月 5 日，第 6 版，《報學週刊》第 4 期。

〔註170〕 馬星野：《臺灣報業危機》，《中央日報》1949 年 4 月 12 日，第 6 版，《報學週刊》第 5 期；馬星野：《英國鏡報訴訟》，《中央日報》1949 年 4 月 12 日，第 6 版，《報學週刊》第 5 期；馬星野：《哀胡政之先生》，《中央日報》1949 年 4 月 19 日，第 6 版，《報學週刊》第 6 期。

新聞業的反思，孫如陵、馬星野均曾在此發表文章。〔註171〕

　　除了刊載國內學者與業者討論新聞的來稿，《報學週刊》還時常翻譯文章介紹英美新聞業的發展情況和先進報業技術。在出版的 9 期副刊中，共登載了 8 篇譯文，其中值得注意的是兩篇帶有技術性質的文章，一篇是由金顯誠翻譯的《天然色製版技術 ABC》，用了近半個版面的篇幅，圖文並茂地介紹了印刷彩色圖表的製版技術，是這一時期少有的對於報業技術的引介，其中所插入的手繪圖，更是直觀地反映了顏色呈現與製版技術之間的關係。〔註172〕第 9 期則用近半的篇幅刊登了一篇未署名譯者的文章《現代報業的演進及其因果》，其中對於現代報業發展與科學進步、社會發展的聯繫進行了闡釋，提出報業是社會道德復興的重要力量。〔註173〕與其他短小文章相比，用如此多的篇幅刊載翻譯文章，其用意顯然在於提升臺灣新聞界對於新聞的認識以及報業編輯發行的技術，也反映出這一專刊主要面向新聞業界，對於理論探討的重視程度有限。

　　作為《中央日報》在臺恢復的副刊，《報學週刊》雖然出版時間短，且每期只有一個版面，所刊登的文章就數量、篇幅與內容深度而言，很難稱得上豐厚，但無論是學者、官員還是報人，都樂意在此發表自己對於新聞學的思考，其具有的開創意義，更是不可小覷。

　　首先，《報學週刊》的創刊讓臺灣新聞學研究有了專門的交流空間。這一方園地的開闢，讓臺灣新聞學術交流從零散的專論發展到聚合的專版。這一次重要的轉型建立了供臺灣新聞界交流學術成果的獨立空間，擴大了新聞學術思想的交流範圍，能夠讓新聞學術的討論更加深入，為日後交流平臺進一步發展提供了可能。

　　其次，《報學週刊》的出現標誌著 1950 年代之前大陸新聞學研究範式在臺灣的接續。《報學週刊》作為《中央日報》的副刊，其編輯理念與思路均是自大陸移植，編輯人員也來自祖國大陸。內容選擇與風格同《中央日報》的《報學雙週刊》類似。孫如陵也在發刊詞中將這一份副刊接續到大陸時期的《報學雜誌》發展脈絡之後，形成了清晰的傳承。

〔註171〕孫如陵：《文字的中毒與消毒》，《中央日報》1949 年 4 月 26 日，第 6 版，《報學週刊》第 7 期。

〔註172〕J.A.CLIO 著，金顯誠譯：《天然色製版技術 ABC》，《中央日報》1949 年 5 月 3 日，第 6 版，《報學週刊》第 8 期。

〔註173〕Ciarles Emory Smith：《現代報業的演進及其因果》，《中央日報》1949 年 5 月 10 日，第 6 版，《報學週刊》第 9 期。

最後，《報學週刊》在臺灣新聞學術界起到了承上啟下的作用。孫如陵在《報學週刊》在臺創刊之時便表示：「《報學週刊》就是《報學雜誌》的前身，《報學週刊》露了面，《報學雜誌》離我們也不在（再）遠！」〔註174〕表達了對日後新聞學術交流平臺不斷發展的希冀。雖然《報學週刊》未能像孫如陵所希望的那樣持續出刊，但在它停刊兩年後，臺灣地區出版了第一份完整的學術刊物《報學》半年刊，似乎印證了孫如陵的願景。

2.《報學》——臺灣地區首份新聞學術刊物

在《報學週刊》停刊後，臺灣的新聞界暫時失去了思想交流的空間。經歷了一年多的空窗後，孫如陵對於《報學雜誌》的預言終得實現。1951 年 7 月，臺灣最具代表性的學術刊物《報學》半年刊出版。該刊由臺北市編輯人協會出版發行，直至 1994 年 8 月方停止出刊，43 年間出刊 8 卷 8 期，包含文章 2000 餘篇，是臺灣新聞學研究歷史上最為重要的刊物之一。

1951 年 2 月 12 日臺北市編輯人協會第三次理監事聯席會議提議，刊行一種定名為《編協半年刊》的小冊子，刊載該會會員個人或集體的研究心得與發現，並可利用這一刊物發布該會半年的工作報告。幾經討論後，這一提議獲得時任《新生報》社長謝然之及《中央日報》社長馬星野的支持與贊助，允諾協助印刷並提供紙張，定名《報學》，每半年發刊一期，經費完全來自於廣告。該刊編輯委員會擬定計劃，每期以 20 萬字為限，其中理論及研究占五成至六成，中外新聞史料占二成、報業掌故以及相關雜談內容約占一成，其餘一成為廣告。編輯部從 1951 年 4 月開始徵稿，但來稿頗為踊躍，逾 50 萬字，因此創刊號中內容較多。自第二期起，因為「經費無法寬籌」，決定較第一期縮小五分之一的篇幅，其後每期字數約為 20 萬字左右，回歸最初的計劃。〔註175〕《報學》半年刊的創辦宗旨主要包括「建立新聞自由的理論」「充實新聞實務的知識」「珍視中國報業過去的成就」等，〔註176〕內容完整地涵蓋了新聞理論、新聞實務與新聞歷史這三類主要研究方向，成為學術研究交流匯通的空間。此外，在《報學》創刊之時，編者計劃理論研究內容占半數以上，已經顯示出一定的理論自覺，理論文章的發表也成為日後《報學》半年刊最值得關注的內容。

〔註174〕 孫如陵：《〈報學〉進入新時代以前》，《中央日報》，1949 年 3 月 15 日，第 6 版，《報學週刊》第 1 期。

〔註175〕 參見《報學》創刊號、第二期臺北市編輯人協會之《會務報告》。

〔註176〕 《創刊詞》，《報學》創刊號，1951 年 6 月，第 1 頁。

　　《報學》半年刊的一大特點是其編務工作由臺北市各報社輪流負責，發行人由中央通訊社總編輯擔任。自第 8 卷第 7 期開始，該刊將廣播電臺納入編輯單位範圍。這一制度有利於各家新聞單位參與推動新聞學術發展，加深會員單位對於新聞事業的理解，也讓刊物的內容更為多元化。《報學》半年刊雖然是輪流負責制，主編人員不一，編輯政策也隨編輯單位輪轉而有細微變化，但內容取向大體一致，並在這一框架下呈現出不同的編輯人員的風格。《報學》半年刊的作者包括新聞官員、新聞學者與記者編輯，〔註177〕內容以實務研究為主，同時注重理論的探討與譯介。〔註178〕

　　《報學》半年刊的創辦，對於臺灣新聞學研究有重要的意義。首先為新聞研究者溝通思想提供了更為廣闊的園地。這一刊物是臺灣地區第一份專門交流新聞學術思想的刊物，完成了臺灣地區新聞思想交流從專文到專版再到專刊的轉型，讓學術交流平臺更為完善，內容量也大大擴充，對這一階段新聞學術的發展具有極大的推動意義。

　　其次記錄了不同時代新聞學者的學術研究成果。《報學》從文章數量與出版時間上看，是臺灣新聞學界刊載文章最多、連續出版時間最長的刊物。自 1951 年創辦至 1994 年停刊，該刊經歷了臺灣新聞學研究興起、新聞教育建立、大眾傳播學引入、新聞體制變化的全過程，較為完整地記錄並呈現了臺灣新聞學研究的變遷軌跡，其本身也成為日後學者重要的研究對象。

　　最後促進了臺灣新聞學研究社群形成。早在日據時期，臺灣本土報人便嘗試引入並闡釋新聞學，光復之後也有不少業者對新聞學進行了探討，形成了臺灣地區早期的新聞學術社群。《報學》半年刊的出版，讓新聞學研究的成果更為集中、規範，推動學術研究走向自覺。越來越多的學者開始利用這一平臺互相交流思想，形成了意見的交鋒，也有不少學者成為《報學》半年刊中的常客。在這一過程中，這些學者逐漸形成了臺灣地區較早專注於新聞學研究與討論的共同體。

　　除《報學》半年刊外，臺北市新聞記者公會出版的《記者通訊》也是重要的學術刊物之一。《記者通訊》於1951 年 1 月 1 日在臺北正式創刊，主編包括

〔註177〕在《報學》中發文的新聞官員包括次年改任中央通訊社總社管理委員會主任委員、國民黨中央評議委員蕭同茲、國民黨中央委員會第四組主任馬星野等；新聞學者包括政治大學曾虛白、李瞻等。

〔註178〕董益慶：《〈報學〉雜誌的內容分析》，臺北：中國文化大學新聞研究所碩士論文，1993。

鄭炳森、孫如陵、耿修業、林家琦等。〔註179〕該刊物以登載業界人士對於新聞學術研究的內容為主，每月逢 1 日出版。〔註180〕《記者通訊》每期四開一張，內容約 2 萬字，由《中央日報》《臺灣新生報》《中華日報》三家報館義務印刷，每期 2100 份。該刊編輯方式與《報學》不同，每期內容均由編者確定題目後約稿，或依託某一主題舉辦筆談會。《記者通訊》不對外發行而沒有發行和廣告收入，雖然編者與撰稿人均不取任何費用，但經費始終捉襟見肘，約稿制度雖然使作者身份與稿件質量有一定保障，但時常出現稿件短缺。自《報學》雜誌成立後，《記者通訊》徹底成為記者公會的公報，版面由四開改為十六開，出刊頻率也由旬刊變月刊後終告停刊。

（二）學術組織促進研究人員交流

當某一職業發展到一定階段，便會產生相應的團體與組織，為同業交流之便，學術研究組織的形成也在這一邏輯之中。學術組織就廣義而言是「以從事科研與教學和推動科學技術發展為主要職能的組織，是以知識的繼承與創新為目標進行管理與協調的具有高度自主性的社會實體。」〔註181〕臺灣光復之後，新聞事業快速發展，有志於探討新聞事業及其發展規律的人員也薈萃而成了完整的新聞學術組織。這些組織雖然並不專門從事科學研究，但在創辦宗旨中大多提出了推動新聞學術發展與知識創新的願景。如臺北市新聞記者公會、編輯人協會等組織均以學術研究為歸旨，並通過創辦刊物、出版書籍、舉行座談會等具體行動促進新聞學術的交流與發展。其他以新聞記者為成員的新聞團體也有不少在宗旨中明確提出「促進新聞學術發展」的目標，推動學術思想的交流。這些組織通過將相同志業或身份的人員聚集在一起，以學術集體活動促進成員間的交往，促進臺灣地區新聞學研究共同體的形成，對新聞學術研究的發展產生了很大的影響。

1. 臺北市新聞記者公會

1946 年 9 月 1 日記者節，臺北市新聞從業人員發起成立了臺北市新聞記者公會。由於當時臺灣的新聞工作人員大都集中於臺北，其他縣市新聞記者數量

〔註179〕 孫如陵：《自由中國的報學刊物》，載於孫如陵：《報學研究》，臺北：學生書局，1976 年，第 171 頁。
〔註180〕 即每月 1 日、11 日和 21 日出版。
〔註181〕 陳良：《大科研背景下跨學科學術組織發展建議》，《中國高校科技》2018 年第 12 期，第 4 頁。

較少，因此各地記者都表示希望加入此公會，因而在正式成立時定名「臺灣省新聞記者公會」，由時任中央通訊社臺北分社的葉明勳擔任首屆理事長。國民黨政府播遷臺灣後，大量新聞機構及從業人員隨之來臺，島內各地方新聞事業也得以發展，因此記者會中除臺北市新聞從業人員之外，其他縣市成員紛紛轉入各地設立的新聞記者公會。隨著成員組成的單一化，該會改制為「臺北市新聞記者公會」。〔註182〕改制後的記者公會沿用原章程，每年舉行常年大會。第一屆理事長由中央通訊社社長蕭同茲擔任，第二屆至第七屆（1956年）理事長由曾虛白擔任。1966年，臺北市由臺灣省首府升格為「行政院」直轄市，該公會再次改組，名稱如舊，並推選徵信新聞（今中國時報）發行人余紀忠為首任理事長。

臺灣省新聞記者公會成立之初，須有在新聞事業單位工作的證明，且直接從事與新聞有關工作的人員，才有入會資格。吸納會員也基本限定在日報、晚報、通訊社、廣播電臺、拍攝新聞影片的電影製片廠，以及符合以上標準的各地新聞機構。此時公會會員以擔任新聞採訪外勤人員為主，且其服務單位多在大陸各大城市，1949年後會員的所在地才逐漸集中於臺灣。〔註183〕

該會是臺灣地區最早成立的新聞團體，也是最早提出新聞學術研究構想的團體，在公會成立時就提出包含「研究新聞學術、發展新聞事業」的宗旨，〔註184〕並與臺北市報業公會聯合創刊新聞研究刊物《記者通訊》旬刊，以供新聞業者在此交流新聞業務的經驗以及新聞學的觀點。不僅如此，從臺北市新聞記者公會負責人的人事安排也能看出其與學界的聯繫（表2-1）：

表2-1　歷屆理事長名單

臺灣省新聞記者公會時期	第1至第7屆	葉明勳	中央通訊社臺北分社主任
臺北市新聞記者公會時期	第1屆	蕭同茲	中央通訊社社長
	第2至第7屆	曾虛白	中央通訊社社長（後任政治大學新聞研究所所長）

〔註182〕臺北市新聞記者公會：《「中華民國」新聞年鑑》，臺北：臺北市新聞記者公會，1961年，組織篇第3頁。

〔註183〕臺北市文獻委員會編：《臺北市志・卷八文化志》，臺北：臺北市文獻委員會，1988年，第56頁；臺北市新聞記者公會：《「中華民國」新聞年鑑》，臺北：臺北市新聞記者公會，1961年，組織篇第3頁。

〔註184〕臺北市文獻委員會編：《臺北市志・卷八文化志》，臺北：臺北市文獻委員會，1988年，第57頁。

	第 8 屆	曹聖芬	中華日報社社長 （曾任教於中國文化大學等高校）
	第 9 屆	魏景蒙	中國廣播公司總經理 （常在政治大學、世新大學授課）
	第 10 屆	曾虛白	中央通訊社社長
	第 11 屆	王惕吾	聯合報社社長
	第 12 屆	黎世芬	《中央日報》總經理 （曾在政治大學、文化大學授課）
	第 13 屆	漆高儒	軍事新聞社社長
	第 14 屆	王民	新生報社社長
	第 15 屆	魏景蒙	中國廣播公司總經理
	第 16 屆	馬星野	中央日報社社長 （在政治大學新聞系及研究所授課）
院轄市時期 記者公會	第 1 屆	余紀忠	徵信新聞報發行人
	第 2 屆	李荊蓀	中國廣播公司總經理
	第 3 屆	曾虛白	中央通訊社社長
	第 4 屆	耿修業	大華晚報社社長
	第 5 屆	李廉	正聲廣播公司總經理
	第 6 屆	曾虛白	中央通訊社社長
	第 7 屆	曹聖芬	中央日報社社長
	第 8 屆	周天翔	臺灣電視公司總經理
	第 9 屆	魏景蒙	中央通訊社社長 （常至政治大學等校講座）
	第 10 屆	錢震	中華日報社社長
	第 11 屆	黎世芬	中國廣播公司總經理
	第 12 屆	魏景蒙	中央通訊社社長
	第 13 屆〔註185〕	潘煥昆	中央日報社社長
	第 14 屆	吳寶華	中華電視臺總經理
	第 15 屆	潘煥昆	中央日報社社長
	第 16 屆	王必成	聯合報發行人

〔註185〕院轄市新聞記者公會時期，從第 13 屆理事開始，任期調整為兩年，常年大會仍為每年召開。

　　在初期學界、業界的邊界不甚明確的情況下，新聞記者公會的成員時常參與學術的活動，與學界聯繫緊密。擔任該會負責人時間最長的，便是日後政治大學新聞研究所創辦者曾虛白，此外，黎世芬、魏景蒙也是日後同時活躍在業界、學界的人士，時常受邀在政治大學、世新大學與文化大學開設課程或進行講座。該會在日後還負責出版整理《「中華民國」新聞年鑑》，[註186]對 1920 年代起大陸地區以及 1949 年後臺灣地區新聞教育與研究的發展進行了完整記錄，成為寶貴的歷史資料。

2. 臺北市編輯人協會

　　1950 年 8 月，由臺北市 14 位新聞同業發起組織臺北市編輯人協會，推舉《中央日報》林家琦、《臺灣新生報》劉成幹、臺灣新聞社周冀成、《中華日報》冷楓、《民族報》關節民、中央社周培敬、《經濟時報》胡傳厚、《全民日報》蔣冠莊、《公論報》蔡少伯等 9 人為籌備委員會。1951 年 1 月 20 日，在臺北市延平路空軍之友社舉行成立大會，參加新聞單位 18 個，會員共 122 人。[註187]

　　該協會定位為研究新聞學術的團體，其章程以「研究新聞學術、增進會員智慧、砥礪品德、聯絡感情」為宗旨。現任或曾任報社、通訊社、廣播電臺的編輯、編譯、評論、資料、校對工作的人，經過兩名以上會員的介紹可以申請入會，由理事會審查通過便成為該會會員。根據協會章程，每半年召開會員大會一次，理監事任期均為半年，在會員大會中加以改選，可以連選連任。編輯人協會內設有出版委員會，最主要的任務便是負責該會創辦的《報學》半年刊出版工作，這一刊物也成為臺北市編輯人協會在學術事業上最重要的貢獻之一。除上述機構外，編輯人協會還設有譯名統一委員會，將新出現的外國地名和人名，統一譯發各報社採用。這樣的做法一方面提升了國際新聞報導內容的規範性，另一方面也為學術成果交流提供了便利。

　　臺北市編輯人協會會務包括：舉行專題演講、舉辦時事問題座談會，討論國內外發生的重大事件、分組研究新聞學理論實務、出版定期刊物、開展其他有益身心健康的活動等，充分體現了該會的學術性質。在每次會員大會中，編

[註186]　該年鑑以十年為期出刊一本，1961、1971、1981 三年所出版的新聞年鑑，均由臺北市新聞記者公會負責編纂，1991 年後改由中國新聞學會編纂。
[註187]　臺北市新聞記者公會編：《「中華民國」新聞年鑑》（1961 年），臺北：臺北市新聞記者公會，1951 年，組織篇第 6 頁。

輯人協會均邀請政府首長、專家學者為會員進行專題演講。在分組研究部分，該協會下設新聞法令研究小組、國際新聞公約研究小組、編輯技術研究小組、編譯研究小組、副刊文藝研究小組、經濟新聞研究小組以及體育新聞研究小組，由會員按自己的興趣選擇參加。在歷次討論會中，會員們對諸如修正出版法草案、報紙擴版、副刊編輯、廣告發行、經理與公務等議題展開討論，還經常邀請各報有關人士加入研討之中，並將成果刊載於《報學》半年刊之上。〔註188〕據統計，編輯人協會在成立半年內，便舉行了三場學術活動，以講座、研討的形式交流思想：

> 為研究學術，增進智慧，本會半年來曾主辦座談會三次，第一次於三月五日假新生報大廈舉行，請湯恩伯、侯騰兩位將軍講美蘇戰略問題。第二次於四月四日假省新聞處禮堂舉行，請當時返國述職之我國出席聯合國代表蔣廷黻博士主講《聯合國的組織及其運用》。第三次於四月廿八日假省新聞處禮堂舉行，為純粹會員座談會，以當時立法院審議中的修正出版法草案為討論主題。〔註189〕

通過開展學術活動，參與其中的會員得以加強聯繫、交流思想、開拓視野，形成鬆散的學術研究的共同體。這些行動踐行了編輯人協會作為學術團體的宗旨，推動了臺灣新聞學研究科學化的發展，也促進了學術思想的發揚。

3. 其他新聞團體的成立

除臺北市新聞記者公會外，臺灣光復後還成立了與新聞事業相關的各類團體，其中不少都在宗旨中提出了包含學術研究或舉辦學術活動的構想，如臺北市外勤記者聯誼會、臺北市報業公會、臺北市記者之家社等。

臺北市外勤記者聯誼會成立於1948年，會員均是在報社、通訊社以及廣播電臺等媒體中從事新聞採訪報導的外勤記者。其宗旨包括「以研究新聞學術增進會員知識」等。〔註190〕臺北市外勤記者聯誼會的會務包括：舉辦專題演講及時事問題座談會、出版刊物及研究新聞採訪的理論與實際、舉辦有益身心健康的聯誼活動等，讓會員有了一個可以互相交流的空間與接受新聞知識的場所。

〔註188〕臺北市新聞記者公會編：《「中華民國」新聞年鑒》（1961年），臺北：臺北市新聞記者公會，1951年，組織篇第7頁。

〔註189〕第一屆監理事會：《臺北市編輯人協會會務報告》，《報學》創刊號，1951年6月，第173頁。

〔註190〕臺北市新聞記者公會編：《「中華民國」新聞年鑒》（1961年），臺北：臺北市新聞記者公會，1951年，組織篇第5頁。

　　臺北市報業公會是 1949 年由臺北市各報聯合發起的組織，同年 12 月 10 日正式成立，以報社為參加單位。1950 年 1 月 25 日假臺北市省議會大禮堂舉行成立大會，正式宣告成立。在大會中，不僅通過了協會的宣言、接受馬星野提出的《報人信條》為新聞行業準則，還決定籌備設立「臺灣省新聞專科學校」，用來儲備新聞從業人才。〔註 191〕這是臺灣地區最早關於創辦新聞教育的提議，雖然這一計劃並未實現，但卻間接地促進當局著手恢復政治大學新聞研究所。〔註 192〕

　　臺北市記者之家社於 1952 年 12 月 23 日正式成立，並自建三層大廈，為臺北的新聞同業提供了一個進行聚會、學習的場所。該社還出版《大眾傳播》季刊，免費贈送社員及有關機構，雖然不能完全稱得上是學術刊物，但也是一個新聞知識傳播的載體。該社每年撥出專款，舉辦社員子女獎學金，以鼓勵社員子女努力求學，在新聞業界形成了良好的向學風氣。

　　除了上述較為典型的新聞團體之外，臺灣在 1954 年之前，還分別成立了18 家地方新聞團體，其中近半數（7 家）新聞團體都明確提出了研究新聞學術的宗旨及目標（表 2-2）〔註 193〕：

表 2-2　各縣市記者公會

	團體名稱	成立時間	簡　介
1	臺北縣新聞記者公會	1953.09.01	《中央日報》《民族報》《臺灣新生報》三家報社記者發起，1953 年 9 月 1 日記者節在板橋鎮成立，宗旨為：「聯絡會員感情、砥礪新聞學術、發展新聞事業、促進文化建設，宣揚政令，服務國家」。
2	苗栗縣新聞記者公會	1950.12.25	《中華日報》駐苗栗記者謝樹新、《臺灣新生報》記者吳伯華以及《苗栗民生報》社長謝增德等籌組苗栗縣新聞記者公會。該會宗旨為：「闡揚三民主義，推進國策，協助政府宣揚證明，促進社會經濟文化發展，改良地方風俗習慣，聯絡各報同業情感，增進記者共同利益，研究新聞學術，發展新聞事業，砥礪記者品德，整飭記者紀律與維護新聞自由。

〔註 191〕臺北市新聞記者公會編：《「中華民國」新聞年鑒》（1961 年），臺北：臺北市新聞記者公會，1951 年，組織篇第 6 頁。

〔註 192〕臺北市報業公會提出建立新聞教育後，先提出籌備「臺灣省新聞專科學校」，後提出在臺灣大學設立新聞系。但是國民黨當局考慮到臺灣大學的教育研究不利於國民黨控制，因此開始籌劃復校政治大學，以建立由國民黨控制的教育。

〔註 193〕整理自臺北市新聞記者公會編：《「中華民國」新聞年鑒》（1961 年），臺北：臺北市新聞記者公會，1951 年，組織篇第 10～19 頁。

3	臺中縣新聞記者公會	1958.07.12	該會宗旨為「聯絡感情、砥礪品德、**研究學術**、增進智慧」，目標包括研究新聞學術，發展新聞事業，促進社會文化，改良地方風俗，維護新聞同業的共同利益等。
4	彰化縣新聞記者公會	1956.04.10	彰化縣新聞記者公會由之前的彰化縣外勤記者聯誼會改組成立，發起人為各日報駐彰化的外勤記者。該會組織以聯絡感情、砥礪品德、**研究學術**、增進智慧、發展新聞事業等為宗旨。
5	臺東縣新聞記者公會	1948.05.21	由屏東縣新聞從業人員共同發起成立，下設總務、**研究**、組織、福利、採訪五組。
6	臺中縣新聞記者公會	1946.05.16	該會以聯絡感情、砥礪品德、**研究學術**、增進智慧為宗旨。目標包括研究新聞學術、發展新聞事業，促進社會文化，改良地方風俗習慣，維護新聞同業的共同利益並整飭風紀等。
7	臺南市新聞記者公會	1946.05.20	盧冠群為首任理事長。該會以宣揚三民主義，**研究新聞學術砥礪學行**、交換經驗，促進文化建設，服務國家社會為宗旨。

這些新聞團體，或直接或間接地推動了臺灣新聞學術的發展，雖然大多是停留在口號的階段，但說明此時新聞業界對於學術研究給予了不小的關注，並發展出了一定的研究自覺性。

通過關照戰後臺灣新聞組織成立對學術發展產生的影響，可以發現以下三個特點。首先，是地域的集聚性。這些新聞團體主要集中於臺北，在臺灣各處零散設有地方性新聞組織。從這一分布密度可以看出，臺北自光復之初便是島內新聞事業與學術研究聚集的場所，具有濃厚學術性質的臺北市編輯人協會、臺北市新聞記者公會等組織均在此成立，為日後政治大學、世新大學、中國文化大學等新聞學術研究重鎮在臺北的創辦營造了學術氛圍。這些新聞組織依託地域上的便利以及成員所具有的專業素養，形成了與新聞教育良好的互動與交流，組織間常互派人員進行授課或講座，推動新聞教育的發展。

其次，是產學聯繫的緊密性。這一時期的新聞團體，在創辦宗旨中，大多提出了新聞學術研究的思考。雖然此時多數新聞組織對於學術研究的概念較為模糊，且缺少實質性的貢獻，但在宗旨中提出學術研究的倡導已經表達了業界對於學術研究的認可與需求。提出創辦新聞教育機構的建議，更成為推動學科發展的重要力量，為日後新聞學研究中產學結合的特點做了鋪墊。

　　最後，是學術研究的自覺性。此時臺灣的新聞團體，不僅舉辦各類學術活動，還創辦了如《報學》《記者通訊》之類的學術刊物，供研究者發表學術成果、交流思想，其成員也主動為這些刊物撰稿，讓學術研究逐漸制度化，推動臺灣新聞學研究逐漸從自發走向自覺。

（三）新聞教育培養學術研究人才

　　除了發行學術期刊與成立新聞學術組織，1950 年代臺灣的新聞教育也在臺灣高等教育逐漸恢復的背景下開始起步。此時的新聞教育雖然以培養軍隊業務人才為目標，但為日後臺灣新聞教育與研究的發展提供了經驗、培養了師資，成為日後高等新聞教育開辦的起點。不少畢業於此的學生或任職於此的教師，成為日後臺灣新聞學界的中堅力量，形成了一個身份鮮明的共同體。

1. 戰後臺灣地區高等教育的發展

　　1945 年臺灣省行政長官公署根據《臺灣接管計劃綱要》中教育文化專案，革新行政組織、調整各級學校的學制與課程並甄選師資。在制定相關教育目標與方針之時，皆以黨的規定來施行，包括「闡揚三民主義」「培育民族文化」等，同時也吸取日據時期教育政策不平等的教訓，強調「實施教育機會均等」，〔註 194〕給予臺灣同胞公平的教育機會。在這一政策主導下，臺灣高等教育開始了調整。在光復之初，臺灣僅有一所大學院校及三所專科學校，〔註 195〕且仍延續日據時期所遺留的學制。隨著教育體制的不斷改造完善，時至 1949 年，島內共建立四所大學院校、兩所專科院校，〔註 196〕學制也依照國民政府 1948 年頒布的《大學法》進行了改革。這時臺灣的高等教育，基本是在接管日據時期高等教育的基礎上進行資源整合與院系調整，新成立的院校數量少，且多是

〔註 194〕臺灣行政長官公署教育處：《臺灣一年來之教育》，載臺灣行政長官公署教育處：《新臺灣建設叢書之五》，臺北：臺灣行政長官公署教育處，1946 年，第 11 頁。

〔註 195〕一所大學院校為國立臺灣大學（原臺北帝國大學）；三所專科學校為省立臺南工業專科學校（原臺南工業專門學校）、省立農林專科學校（原臺中農林專門學校）、省立臺北商業專科學校（原臺北經濟專門學校）。

〔註 196〕四所大學院校為國立臺灣大學、臺灣省立工學院（即光復初期的臺南工業專科學校，1956 年升格為成功大學）、臺灣省立農學院（即光復初期的省立農林專科學校）、臺灣省立師範學院（1946 年於日據時期高等學校舊址之上成立，後升格為臺灣師範大學）；兩所專科學校為省立臺北工業專科學校（1946 年成立）以及臺灣省立地方專科行政學校（1949 年成立，今中興大學法商學院前身）。

為服務於經濟建設而設立的專科學校。形成如此格局的原因主要是由於臺灣此時的社會發展對於高等教育的需求並不高，僅滿足臺灣島內同胞的升學需求即可。〔註197〕在最初成立的高等院校中，均未開設與新聞相關的科系。

　　1949 年國共內戰勝負已分，隨著國民黨政府實施退守臺灣戰略，許多文化精英隨之來到臺灣。國民黨政府為了滿足臺灣人口快速增長、人口結構急劇變化帶來的日益增長的教育需求，並解決隨政府來臺知識分子的吸納問題，開始著力發展高等教育。此時高等教育發展的思路是結合島內經濟建設與社會發展需要，側重「建教合作」的生產教育與通才教育。在 1950～1955 年間，臺灣的高校從 7 所增加到 15 所，在校學生人數自 5374 人增長到 13460 人。但因為此時臺灣經濟環境尚不發達，人才培養與儲備機制也未臻成熟，高等教育培養目標多是為了補充經濟建設所缺的人才。〔註198〕但除了配合經濟建設培養亟需人才外，國民黨政府對於統治合法性、地位正統性的意識形態話語生產與宣傳也十分重視，因此相關科系的設立也被納入文教計劃之中，這使得新聞教育的重要性得以凸顯，讓新聞專業教育得以發展。

2. 政工幹部學校的成立

　　國民黨政工幹部制度脫胎於黃埔軍校黨代表制度，後演化成為國軍政治訓練部，中間經歷起伏，於 1945 年抗戰勝利後歸國防部新聞局管理。國民黨退守臺灣之後，蔣中正將內戰失敗的內在原因歸結為將領的思想和精神問題：「各高級將領不但缺乏學術修養，並且喪失了革命的精神，更不知有軍人的氣節。」〔註199〕為了重建軍隊政工制度，革除這一弊病，國民黨於 1950 年開始了「國軍政工改制案」，臺灣地區「國防部」總政治部隨即於同年秋天籌設政工幹部學校（即今天台灣地區的「國防」大學），以制度化地培養基層政工人員，〔註200〕而中上級軍官則於 1949 年便在陽明山開設的革命實踐研究院受訓。政工幹部學校的創設由 1950 年上任的「國防部」總政治部主任蔣經國一

〔註197〕「教育部」教育年鑒編纂委員會編纂：《第三次「中華民國」教育年鑒》，臺北：正中書局，1957 年，第 551 頁。

〔註198〕曲士培：《臺灣高等教育》，長沙：湖南教育出版社，1990 年，第 23 頁。

〔註199〕蔣中正：《對於匪軍戰術的研究與軍隊作戰的要領》，載蔣「總統」思想言論集編輯委員會編：《蔣「總統」思想言論集》（卷 22），臺北：蔣「總統」思想言論集編輯委員會，1966 年，第 118～126 頁。

〔註200〕國軍政工史編纂委員會編：《國軍政工史稿》（下），臺北：「國防部」總政治部，1960 年，第 1561～1564 頁。

手包辦，行政系統上為國防部直屬單位，另受參謀總長指揮與總政治部主任督導。〔註201〕時任「國防部」總政治部第一組副組長，負責政工人員訓練的王升受蔣經國委派，提出具體的籌設方案。因為預算等問題，該校的員額、經費、營舍、場地、裝備等均繼承原設於新竹、後為籌建政工幹校而取消的「國防部」東南訓練團政治幹部訓練班，才得以形成完整的建校方案。〔註202〕政工幹校計劃在蔣經國同意後，於1950年12月的「全國」政工年度會議上通過，次年二月成立建校委員會。

　　1951年7月，政工幹部學校奉「國防部」核准正式成立，開始招生工作，同年11月1日正式開學，〔註203〕辦學地點位於北投跑馬場。此時的跑馬場已更名為復興崗，這也是日後人們稱政工幹校為復興崗的原因。政工幹校的教育依照其性質可以分為養成教育與召集教育兩類，前者以招考大專畢業學生為主，以此培養新鮮血液、提升政工人員素質。後者則調訓現職部隊政工人員進行培訓，以訓練專門人才。〔註204〕第一期註冊人數共1037人，包括研究班284人、本科班385人、業科班368人，其中現役軍人853人、普通青年184人。〔註205〕因為學校的性質原因，政工幹部學校的教育內容與培養方式採用的是文武合一的模式，即軍事訓練與文化教育相結合。在當時臺灣地區高等教育缺乏的環境下，這一人才培養顯得十分重要。〔註206〕蔣經國在大陸時便有充足的培養青年幹部的經驗，這一方面源自其在莫斯科求學時所瞭解到的蘇聯共產黨思想政治工作理論，另一方面則源自其在贛縣（今贛州市章貢區水西鄉）赤珠嶺與重慶復興關的實踐經驗。臺灣政工幹校的教育

〔註201〕 劉宏祥：《政工幹部學校之研究（1950～1970）》，桃園：中央大學歷史研究所碩士論文，2006年，第77頁。

〔註202〕 武治自：《最難忘的一件事——協辦政工幹校建校的曲折經過》，載專集編輯小組編：《政工幹部學校第一期畢業五十週年專集》，臺北：政工幹部學校第一期畢業五十週年紀念活動籌備委員會，2003年。

〔註203〕 臺北市新聞記者公會：《「中華民國」新聞年鑒》，臺北：臺北市新聞記者公會，1961年，教育篇第23頁。

〔註204〕 尼洛：《王升——險夷原不滯胸中》，臺北：世界文物出版社，1995年，第179頁。

〔註205〕 政治作戰學校校史編纂委員會編，《政治作戰學校校史》（第一冊），臺北：政治作戰學校，1980年，第18~31頁；國軍政工史編纂委員會編：《國軍政工史稿》下冊，臺北：「國防部」總政治部，1960年，第1565~1566頁。

〔註206〕 漆高儒：《蔣經國評傳——我是臺灣人》，臺北：正中書局，1997年，第104頁。

也基本延續其在重慶復興關所辦中央幹校時的模式，由跑馬場更名而來的復興崗也和曾經的復興關遙相呼應。在教育精神方面，依照「以三民主義為教育中心思想，以領袖言行為教育指導原則，以政治作戰為教育基本內容，以反共復國為教育最大使命」的辦學宗旨，〔註207〕衍生出了「絕對信仰主義」「無條件服從領袖」「不保留自我犧牲」「極嚴格執行命令」四條極具政黨色彩的「復興崗精神」。〔註208〕

3. 臺灣地區最早的新聞教育

政工幹校在建立之初，便設立了研究班、本科班、業科班三種不同類型的教育模式，其中業科班的辦學目的是為部隊培養專業人才，學制一年半。政工幹校業科班設有音樂、美術、戲劇、新聞四組，專科畢業、大學肄業或具有同等學力，年齡在28歲以下者可以報考。〔註209〕其中新聞組僅面向部隊招生，名額100人，〔註210〕首批錄取的學員成為臺灣地區最早接受新聞教育的學生。

1950年代初的臺灣社會各方面仍有待恢復，政工幹校新聞組面臨著師資延攬、教材編寫、設備購置等問題。為了新聞教育能夠獲得更多社會資源、提升教育質量，讓學生「於畢業後即能實際從事新聞工作」，政工幹校新聞組決定聘請《臺灣新生報》社長謝然之擔任新聞組主任，希望藉此為新聞組引來更多的資源，也讓學生有更多的實習機會。〔註211〕謝然之到任後，利用自己的關係網絡延攬了新聞界知名人士如徐詠平、黃天鵬、朱虛白、唐際清、潘邵昂、陳恩成等來校擔任教授，新聞界權威人士如陶希聖、曾虛白、馬星野、魏景蒙、陳訓念、潘公弼等學者也經常來校做專題演講。此時的受聘者不但擔綱教育工作，還時常帶領學生到臺北各大報社、通訊社、印刷廠等機關參觀學習，強化了學界與業界的聯繫。在實習方面，新聞組師生剋服經費困難，油印出版《海

〔註207〕 政治作戰學校校史編纂委員會編：《政治作戰學校校史》（第二冊），臺北：政治作戰學校，1980年，第105頁。

〔註208〕 蔣經國：《本校的革命任務》，載政治作戰學校訓導處編：《復興崗講詞》第一輯，臺北：政治作戰學校訓導處，1959年，第5頁。

〔註209〕 「國防部」史政編譯室，《國軍檔案》《政工幹校招生與召訓案》《為核定該校招生辦法由》，檔號0600/1814。

〔註210〕 楊秀菁：《新聞自由論述在臺灣（1945～1987）》，臺北：政治大學歷史系博士論文，2002年，第19頁。

〔註211〕 臺北市新聞記者公會：《「中華民國」新聞年鑒》，臺北：臺北市新聞記者公會，1961年，教育篇第23頁。

獅報》，每週出刊一次，作為學生日常實習的園地。三年級後，則安排學生進入《中央日報》《臺灣新生報》與《中華日報》實習。〔註212〕

　　政工幹校業科班的教育目的為「要有基層政工的一般常識」「要有軍中藝術工作的專門技能。」「要有排連級軍官的軍事素養。」「要有冒險犯難刻苦耐勞的健全體格。」〔註213〕新聞組的教育也依照這一目的，在入學之初進行為期四個月的入伍訓練，著重軍事基本技能及精神教育，並派駐到部隊進行實地訓練。而後進行分科教育，第一學期注重基礎教育，所修課程包括國文、英文、中國近代史、社會學等。第二學期開始，重點學習新聞學的專門課程，包括新聞學概論、新聞採訪、新聞編輯、新聞寫作、新聞文學、英文報刊選讀、新聞事業史等，並參與《海獅報》的實習。第三學期則側重於實際操作的學習，如速記、報務電訊練習、軍中新聞研究等，並參與報社實習。〔註214〕該校新聞組的設立，改變了臺灣地區缺少新聞正規教育的局面，為臺灣新聞行業輸送了大量人才，推動了臺灣新聞事業的發展。政工幹校新聞組還為日後臺灣地區新聞高等教育培育了優良的師資、積累了豐富的辦學經驗。謝然之利用政工幹校新聞組的組織管理經驗，日後陸續參與創辦了政治大學新聞系、中國文化大學新聞系等新聞高等教育機構，讓臺灣地區新聞高等教育茁壯成長。政工幹校新聞組不少畢業生日後也進入各大新聞院校及新聞機構擔任要職，形成了一個以「復興崗」為標識的共同體，在日後臺灣的新聞學術研究與新聞業務中發揮著重要的作用。

　　此時的新聞教育雖然僅是為了培養軍事新聞人才而設置，並且偏重實務訓練，其教育內容也類似於職業學校，難以稱得上是體系化的新聞高等教育。但是政工幹部學校新聞組的出現在臺灣新聞教育與學術研究發展中，有著重要的地位。第一，政工幹校新聞組的創辦標誌著臺灣新聞教育的開始。第二，新聞組的師生形成了一個具有明確身份標識的共同體，為臺灣地區新聞高等教育積累了寶貴經驗，為新聞學術研究發展提供了初始動力。1960年3月，政工幹校正式奉令改制為四年制的大學教育，設有政治、新聞、藝術、音樂、

〔註212〕臺北市新聞記者公會：《「中華民國」新聞年鑑》，臺北：臺北市新聞記者公會，1961年，教育篇第23頁。

〔註213〕「國防部」史政編譯室，《國軍檔案》《政工幹校訓練計劃案（一）》〈政工幹部學校教育標準草案〉，檔號0601/1814。

〔註214〕臺北市新聞記者公會：《「中華民國」新聞年鑑》，臺北：臺北市新聞記者公會，1961年，教育篇第24頁。

影劇、體育等六個學系，畢業生獲「教育部」認可的學士學位，進入了新的發展階段。

　　經過十年的發展，臺灣地區新聞學教育與研究逐漸完善，形成了具有時代特色的學術關懷與研究問題。雖然此時的學術研究仍舊未脫開報學研究的影子，理論化程度也不高，但與前一階段相比，已經具有了一定的學術自覺。與此同時，新聞學術刊物的創辦、新聞學術組織的形成以及新聞教育機構的成立，為新聞學術研究提供了溝通平臺、促進了人員交流並培育了研究人才，推動著新聞學的發展、擴散與傳承。由於這一時期國民黨政治力量掌控著臺灣文化場域中的話語權，因此參與學術組織、從事新聞教育的人員也大多為國民黨政治體制內的大陸到臺新聞人士，如馬星野、謝然之、曹聖芬、魏景蒙、孫如陵等，新聞教育機構的生源也全部來自大陸籍官兵占絕對多數的部隊。在權力結構的主導下，新聞學術書寫與教育理念延續了大陸國民黨執政時期的範式，並依照臺灣地區現實情況進行修正，讓源自大陸的新聞學術研究得以在臺落地生根，開枝散葉，並將在日後形成更具政治色彩的學術研究面向。

　　1945～1954 年，臺灣地區的政治、經濟、文化、社會都發生了天翻地覆的變化。殖民統治結束使臺灣人的身份與政治地位發生了轉變，新聞業也拋卻了往日的禁錮而自由發展，形成了由臺灣報人主導的民間輿論場與大陸到臺國民黨報人主導的官方輿論場並立的局面，對光復初期的新聞事業與社會思想產生了極大影響。「二二八事件」發生後，臺灣地區的新聞事業受到重創，國民黨政府對於言論思想的控制也更為嚴格，臺灣報人新聞觀念的影響逐漸式微。1949 年國民黨政府播遷臺灣，大量新聞機構與新聞人士也隨之來臺，並依託政治力量佔據臺灣輿論主導地位，這樣的權力消長奠定了戒嚴時期臺灣新聞學術研究的基本面貌。

　　在時代變動中，新聞組織、學術刊物與新聞教育紛紛建立，促進了新聞研究者之間的交流與學術思想的溝通、為新聞學研究的發展奠定人才與師資基礎。在三者的共同作用下，臺灣地區形成了初具規模的新聞學術共同體，提出了涵蓋新聞業務、新聞理論、新聞責任與新聞教育的研究內容。在新聞業務領域，學者們注重規範性的討論，對新聞記者、新聞編輯的工作提出了原則性構想；在新聞理論方面，學者們意識到理論研究對於提升新聞學合法性的重要，呼籲將理論與實踐分離，以利於新聞學理論體系的建立；在新聞責任方面，學者們站在政治立場之上，提出新聞工作者在享有新聞自由的同時，應當負起責

任，以利於「反攻建國大業」的完成；在新聞教育領域，學者們出現了「政治化」與「社會化」的分野，二者本質上都是為了促進新聞事業發展，不同的是前者從政權的角度出發，後者以新聞業本身為論述立場。

綜觀這一時期的新聞學術研究有以下幾個特點：其一是學術研究繼承並發展了大陸時期對新聞學的思考。從人員組成來看，此時臺灣地區的新聞學研究者大多是跟隨國民黨到臺的大陸人士，他們在臺灣繼續開展新聞學研究的相關工作。從刊物延續來看，以《中央日報‧報學週刊》與《報學》半年刊為代表的學術刊物，同大陸原有的《中央日報‧報學雙週刊》和《報學雜誌》在形態和理念上呈現出清晰的傳承關係，為新聞學的移植提供了土壤。從研究內容上看，學界業界的關注焦點，均是在以往新聞學研究的基礎上進行理論化發展，讓兩岸新聞學研究既有清晰傳承，又有新的發展進步。

其二是學科專業化程度加深，經驗研究占主導地位。這一時期，臺灣地區的新聞學研究尚處於形成與建立階段，仍舊延續著舊有的報學研究範式。由於專業研究機構尚未成立，從事學術研究的大多是業界人士，所發行的學術刊物也多由新聞團體所主持，因此這一階段的研究內容傾向於經驗的介紹，缺少理論闡發，罕有實證研究出現。1950 年之後，一些學者對新聞學的理解開始轉向強調理論研究，提出新聞學術不能僅僅侷限於業務探討，而應當建立起自身的理論體系，才能夠與其他社會學科比肩而立。在這樣的理念之上，更具理論性的學術觀點不斷提出，加深了新聞學科的專業化程度，為日後理論研究的開拓，提供了可以延展的路徑。

其三是與政治聯繫較為緊密，但仍保有一定的空間。臺灣光復後，出於刻板印象，陳儀政府通過政治力量重構臺灣文化，利用報刊塑造「奴化」「改造」的話語框架，讓臺灣的輿論充滿政治色彩。1949 年國民黨來臺之後，通過頒布法律法規進一步加強島內輿論控制，將臺灣的文化生產納入政治框架之中，新聞教育與研究成為國民黨政府「戰時動員」的一部分，開始呈現出鮮明的意識形態色彩。這十年間，學者們無論是爭辯新聞自由與新聞責任之間的關係，還是探索新聞教育的建立與發展，都將政治現實納入考量，但也試圖通過反對新聞記者法制定、要求政府避免干預新聞自由等方式，嘗試在學術場域中開闢出相對獨立的思想空間。學術研究與政治的關係在日後進一步強化，形成了以宣傳為中心的研究導向，並影響到新聞理論研究的發展。

　　隨著新聞學研究在臺逐步開展，新聞教育對於學術研究與事業發展的重要性開始凸顯。1951 年臺北市編輯人協會發起倡議，希望在臺灣大學設立新聞系以完善新聞教育結構。這一倡議雖然沒有得到政府積極的回應，但表明了新聞界對於人才的渴望，也讓國民黨政府意識到建立面向社會的新聞高等教育的重要性，因而加快推動由政黨主導的新聞高等教育機構的建立。1954 年「國立」政治大學新聞研究所成立，臺灣地區的新聞教育與研究進入建制化時期。作為由國民黨主導的新聞教育與研究場域，政治大學的成立讓臺灣新聞學術研究的黨化色彩加重，形成了宣傳本位的研究特徵。但不可否認的是，政治大學新聞研究所的成立為臺灣新聞業提供了大量優質人才，並成為臺灣新聞學術研究的中堅力量，揭開了新聞學研究發展新的篇章。

第三章 宣傳本位：臺灣新聞學術研究的發展（1954～1966）

　　1954 年「國立」政治大學在臺北復校，新聞研究所成為最早成立的研究所之一。次年，新聞學系正式招生開課。臺灣地區就此形成了包含專科、本科、研究生的相對完整的新聞教育制度。學科制度與研究人員培養體制的完善標誌著臺灣新聞學研究進入建制化階段並快速發展，新聞高等教育也不斷擴充。此時，國民黨的威權體制已經完全確立，對文化場域的控制也逐漸強化，形成了由國民黨大陸到臺人士所主導的侍從學者群體，因此學術研究不可避免的帶有較為鮮明的意識形態色彩，成為服務於國民黨意識形態宣傳的工具。在這樣的環境下，臺灣新聞學術研究呈現出宣傳本位的特點，形成了包括強調「國家安全」與新聞責任來干預新聞自由；配合國民黨意識形態宣傳，以構建國民黨統治合法性為中心展開新聞史研究；關注民意測驗與公共關係研究，為政策宣傳提供智力支持的思想特點。在這些充滿宣傳色彩的學術研究中，對於新聞教育的討論顯得相對客觀，並注意到了新聞教育對於學術理論的貢獻，為新聞教育的不斷完善與發展擘畫藍圖。

一、臺灣地區新聞高等教育與研究體系的完善

　　新聞學術研究體系的形成與發展離不開專業新聞學者群體形成及其知識生產。政治大學新聞研究所成立，令臺灣有了獨立、專業化的新聞研究機構。世界新聞職業學校、文化學院新聞系也在此後紛紛成立，推動著新聞高等教育不斷擴張，形成了包含職業教育、本科教育與研究生教育的高等教育體系。新

聞高等教育的發展也促進了研究體系的不斷完善，形成了由專職科研人員、研究生以及體制外研究者組成的新聞學術研究梯隊，形成較為緊密且傳承清晰的學術社群並進行知識生產，由此帶來了專著出版、學術論文發表與研究生學位論文產出，讓新聞學研究成果的形式與內容更為豐富多元，為臺灣新聞學研究日後的發展奠定良好的基礎。

（一）臺灣地區新聞高等教育的建立與發展

臺灣光復之初，國民政府接收臺北帝國大學，改制為國立臺灣大學，成為光復後臺灣地區第一所綜合性大學。其餘學校以「教授應用科學，養成技術人才」的目標改制為專科學校，〔註1〕揭開了臺灣高等教育發展的帷幕。1950年代前期，臺灣地區逐步設立了綜合性大學、師範學校、專科學校等公立教育機構，滿足人們對於教育的需求。此時，完整的新聞高等教育體系尚未建立，只有隸屬於「國防部」的政工幹校新聞組，為部隊培養新聞人才。1954年後，國民黨政府出於外部環境穩定與島內發展需要的考量調整高等教育發展政策，推動建立了包括新聞學科在內的高等教育與學術研究機構。在這一時期，「國立」政治大學等在大陸時期便有完整建制且與政府關係密切的高校陸續在臺恢復，成為臺灣新聞學研究進入新階段的標誌。同時出於節省經費與滿足社會需求的考量，國民黨政府鼓勵私人創辦大專院校，如今成為新聞教育兩大重鎮的世新大學與中國文化大學也在這一浪潮中建立，並得以快速發展。

1. 政治大學新聞教育的發展與在臺恢復

政治大學作為臺灣地區最早建立新聞教育的綜合類高等院校，在臺灣地區新聞教育與研究中扮演著極為重要的角色，至今仍是島內最為知名的新聞學府。該校的新聞教育可以追溯至1920年代，因此政治大學也充當了兩岸新聞學教育與研究傳承的紐帶。

政治大學的創辦肇始於國民革命時期。國民黨「因感急需創設組織完善的教育機關，為黨培育幹部人才，樹立革命的基礎」〔註2〕，於1927年5月5日第八十八次常務會議中決議設立中央黨務學校。5月20日，中國國民黨中央第九十二次常務會議，議決校長人選及籌備委員會人選，並籌劃該校的組織大

〔註1〕臺灣省文獻委員會：《重修臺灣省通志·卷六 文教志教育行政篇》，臺北：臺灣省文獻委員會，1994年，第499頁。

〔註2〕政治大學校史編印委員會：《政治大學校史史料彙編》（第一集），臺北：政治大學校史編印委員會，1973年，第12頁。

綱、校址等事宜。〔註3〕同年，中央黨務學校正式成立。1929年經中國國民黨
第九十九次常務會議審議，該校更名為中央政治學校，「期望本校的師生來擔
負本黨的黨務、政治等各方面的革命工作」。〔註4〕1934年，中央政治學校在
外交系內開設選修課「新聞學概論」，由密蘇里新聞學院畢業的馬星野主講，
成為中央政校新聞教育的開端。次年新聞學系正式成立，時任教育長的程天放
兼任系主任，實際工作由馬星野主持，而當時選修「新聞學概論」者成為新聞
系第一屆學生，該校因此而躋身中國「新聞教育的三大著名學府」，〔註5〕被
譽為「華人社會歷史最悠久、地位最重要的新聞傳播教育機構」。〔註6〕

今位於南京市建鄴路的原國立政治大學西南門

〔註3〕第八十八次常務會議中推舉葉楚傖、曾養甫等為籌備委員，本次會議追加派陳
　　　　果夫、丁惟汾、戴季陶等人為籌備委員，並議決蔣中正為中央黨務學校校長。
〔註4〕蔣中正：《中央政治學校創設的宗旨和教學的方針》，載政治大學校史編印委員
　　　　會：《「國立」政治大學校史史料彙編》（第一集），臺北：政治大學校史編印委
　　　　員會，1973年，第1頁。
〔註5〕謝然之：《中國新聞教育的沿革》，載臺北市編輯人協會：《「中華民國」新聞年
　　　　鑒》，臺北：臺北市編輯人協會，1961年，新聞教育部分第4頁。
〔註6〕王淑美，康庭瑜：《新聞學研究半世紀（1967～2015）》，臺北：「國立」政治大
　　　　學新聞系，2015年，第1頁。

　　政校新聞系創辦之初，課程安排以培養「通才」的思路設計。一般科目包括國文、歷史、財經、政治、法學等領域的課程，專門課程包括新聞學概論、新聞事業史、採訪學、報業管理及社論寫作等，同時開設英文課程。實習方面可分為兩種：一為校內實習，以編印《中外月刊》為主。該刊物由馬星野主編、新聞系學生助編，形式與美國的《時代雜誌》大致相似，主要內容有人物評述、社論、新聞學論著等。〔註7〕校外實習則是為期兩周的寒假參觀實習，地點主要在上海的《申報》與《新聞報》。抗戰爆發後，畢業的學生多按照個人志願，分發至各新聞機構或政府宣傳單位服務。

　　在抗戰期間，中央政治學校與中國其他高校一樣輾轉遷播，先後在江西牯嶺、湖南芷江、重慶南溫泉等地辦學，期間新聞教育始終未曾中斷。新聞學課程安排與戰前無兩，分別開設由馬星野主講的《新聞學概論》與《新聞史》、陳固亭講授的《報業管理》、俞頌華主講的《新聞寫作》等科目，學生實習刊物的創辦也從未間斷。〔註8〕除此之外，還創辦《新聞學季刊》以刊載學術性論文，成為政校主辦新聞學術刊物、交流新聞學術思想的肇始。為了快速培養人才、加強戰時新聞宣傳，政校新聞系自1939年改為「短期新聞專修科目」。同年，國民黨中宣部在政校設立新聞事業專修班，培養新聞人才。〔註9〕1940年，政校又設立了新聞專修科，以招收高中畢業生，由馬星野負責，但這樣的課程設置難以滿足實際需要。

　　1943年，時任教育長的程天放得到國民黨中央批准後，停止新聞專修科的招生，在大學部恢復新聞系，由詹文滸擔任系主任，讓新聞教育回到了大學教育體系之中。不久之後，經時任中國國民黨中央宣傳部副部長董顯光的努力，哥倫比亞大學與中央政治學校合辦的新聞學院，在重慶巴縣中學成立。〔註10〕該學院隸屬於中央政治學校，由董顯光主持，副院長為曾虛白，哥倫比亞大學教授克羅斯（Dr. Harold Cross）擔任新聞學院教務長。該院學制為兩年，

〔註7〕謝然之：《中國新聞教育的沿革》，載臺北市編輯人協會：《「中華民國」新聞年鑒》，臺北：臺北市編輯人協會，1961年，新聞教育部分第4～5頁。

〔註8〕在湖南芷江時，新聞系接辦《芷江日報》作為學生的實習報紙，在重慶時則出版《中外月刊》《南溫泉週刊》為實習刊物。

〔註9〕謝然之：《中國新聞教育的沿革》，載臺北市編輯人協會：《「中華民國」新聞年鑒》，臺北：臺北市編輯人協會，1961年，新聞教育部分第5頁。

〔註10〕曾虛白：《新聞學院》，載「國立」政治大學校史編印委員會：《「國立」政治大學校史史料彙編》（第一集），臺北：「國立」政治大學校史編印委員會，1973年，第277頁。

教授內容包括新聞採訪、寫作及編輯在內的新聞實務課程，都由哥倫比亞大學新聞學院指派教授前來中國授課。在教育模式上，中央政治學校新聞學院也以哥大新聞學院為師。該學院建立的目的在於專門訓練國際宣傳人才，以期能夠領導及主持戰時宣傳及報導工作，博得國際的同情與支持、鼓舞國人抗戰精神。〔註11〕中央政治學校新聞學院成為中國「第一所研究新聞學的高級學府」，〔註12〕時任中央政治學校校長的蔣中正，每逢開學典禮必定與學生見面勉勵一番，〔註13〕這所新聞學院即是日後在臺灣地區恢復的政大新聞研究所的前身。雖然新聞學院在抗戰勝利遷回南京後因無法開課而終止，但在短短兩年內引發了「青年們爭先恐後以得考入這學院為一盛事」的場面，〔註14〕足見其吸引力之強。

　　抗戰勝利後，中央政治學校於 1946 年遷回南京，1948 年 4 月 7 日與中央幹部學校合併，改制為國立政治大學，其中新聞系由馬星野主持，全系學生人數約 200 人。政治大學的教育雖然與國民黨政治體系保持著極為密切的聯繫，但其重視通才教育、理論與實踐兼修、注重實際應用能力等教育理念，與其他高校中的新聞教育無異，「若究其實，政治大學學生實和普通大學一樣，所念的是社會科學，並不是黨義」〔註15〕。在課程方面分普通課程與新聞學專門課程，普通課程有三民主義、國文、英文、中國通史、政治學、經濟學、民法概論、西洋近代史、哲學概論、人文地理、刑法、人生哲學、國際法、亞洲近代史等。專門課程自第二學年開始講授，共九門（見表3-1）。〔註16〕

〔註11〕張金鑑：《本校教育的發展》，載政治大學校史編印委員會：《「國立」政治大學校史史料彙編》，（第一集），臺北：政治大學校史編印委員會，1973 年，第 59～78 頁。

〔註12〕謝然之：《中國新聞教育的沿革》，收入臺北市編輯人協會：《「中華民國」新聞年鑒》，臺北：臺北市編輯人協會，1961 年，新聞教育部分第 5 頁。

〔註13〕楊倩蓉：《董顯光老師——提燈照亮新聞路的革命報人》，載政治大學新聞系：《提燈照路的人：政大新聞系 75 年典範人物》，臺北：政治大學新聞系，2010 年，第 18 頁。

〔註14〕楊倩蓉：《董顯光老師——提燈照亮新聞路的革命報人》，載政治大學新聞系：《提燈照路的人：政大新聞系 75 年典範人物》，臺北：政治大學新聞系，2010 年，第 17 頁。

〔註15〕薩孟武：《我所記得的政治大學》，載政治大學校史編印委員會：《國立政治大學校史史料彙編》（第二集），臺北：政治大學校史編印委員會，1977 年，第 244 頁。

〔註16〕整理自謝然之：《中國新聞教育的沿革》，載臺北市編輯人協會：《「中華民國」新聞年鑒》，臺北：臺北市編輯人協會，1961 年，新聞教育部分第 7 頁。

表 3-1　國立政治大學新聞系專門課程及授課教師

序　號	課程名稱	任課教師
1	新聞學	馬星野
2	新聞英語	陳欽仁、沈琦
3	編輯採訪	謝然之
4	新聞文學	盧冀野
5	社論寫作	方豪
6	新聞事業史	馬星野
7	出版法	劉光炎
8	報業管理	詹文滸
9	編輯實務	（待考）

　　中央政治學校是中國較早開辦新聞教育的高等院校，雖然經歷波折但幾乎未曾中斷，尤其是與哥倫比亞大學聯合辦學的經歷，更形成了政治大學新聞教育重視對外交流的傳統，為其在臺辦學時聘請美國學者授課開創先例。隨著國民黨在內戰中的失敗，國立政治大學也停止辦學，新聞教育就此中斷。

　　1949 年國民黨政府播遷臺灣，而大陸時期國立政治大學的部分師生也隨國民黨來到臺灣，開始推動政治大學在臺北恢復辦學。1950 年 4 月 9 日，政治大學在臺校友五百餘人在圓山飯店舉行聚會，通過了籌組校友會及在臺復校案兩項決議，並推舉余井塘、張道藩、羅家倫、馬星野等 35 人為籌備委員，以張其昀為召集人。〔註17〕雖然陳果夫表示政大的復校「在目前非必要之圖」〔註18〕，但是這並沒有阻擋政大復校的腳步。與此同時，隨著社會發展與政權統治穩固，國民黨漸漸感到新聞宣傳人才的匱乏，蔣中正也時常強調新聞事業必須擔負政治宣傳責任。〔註19〕在外部環境與客觀需求的共同推動下，在臺設

〔註17〕　張金鑒：《本校教育的發展》，載政治大學校史編印委員會：《「國立」政治大學校史史料彙編》（第一集），臺北：政治大學校史編印委員會，1973 年，第 59～78 頁。

〔註18〕　陳果夫：《致同學書》，收錄於政治大學校史編印委員會：《「國立」政治大學校史史料彙編》（第二集），臺北：政治大學校史編印委員會，1977 年，第 200 頁。

〔註19〕　蔣中正在 1940 年對中央政治學校新聞專修班一期畢業生訓詞《今日新聞界之責任》中表示，報業應擔負五種責任，「普及宣傳」為其中之一。其後，蔣中正在 1964 年第二次新聞工作會談中發表《發揮大眾傳播力量》的講話，以及在 1974 年第四次新聞工作會談所發表的《任主義先鋒，作國民喉舌》的講話

立培養新聞人才機構的計劃逐漸提上日程，政治大學因其新聞學的辦學歷史較長、經驗豐富且與國民黨淵源頗深而成為國民黨培養宣傳人才的最佳選擇。

在民間鼓吹與官方授意下，1954 年臺灣地區教育部門以「建設臺灣，光復大陸，必須儲備各項專才」為由，籌劃「國立」政治大學在臺復校。〔註20〕時任「教育部長」張其昀以「配合國策及培養高級通才」為據，提請「行政院」院會通過恢復政治大學的提案。〔註21〕1954 年 7 月，臺灣地區「行政院」通過由「教育部」提交的復校提案，任陳大齊為校長。籌備委員會商議決定「先辦研究部，再發展本科生教育」的方針，力圖以較少的經費取得更好的效果。最初計劃設公民教育、行政及新聞三個研究所，後增設國際關係研究所，並盡快招生上課。1954 年 10 月 28 日，「國立」政治大學新聞研究所開始招收研究生，首批招收 12 人，保留一個名額供日韓保送留學生。〔註22〕1955 年秋，大學部恢復招生，分設教育、政治、外交、新聞、邊政五個學系，11 月開始上課。「國立」政治大學成為臺灣地區第一所設立完整新聞教育與研究機構的高等院校，是臺灣新聞教育與研究的「最高學府」，成為國民黨政府培養宣傳人才的重要基地。〔註23〕

政治大學復校之初即設立新聞研究所，由國民黨宣傳幹將曾虛白擔任首任所長，這一人事任命顯然並非隨意為之。作為政大新聞研究所所長的曾虛白同時具有國民黨政府宣傳部門主管的身份，管理中央通訊社對外宣傳工作，並在「國民黨改造委員會」中任職。這樣的人事安排雖然將政治大學新聞教育與研究置於國民黨的控制之下，讓學術研究服務於政黨宣傳，但也打通了政治、宣傳、教育之間的關係，讓政大新聞教育與研究能夠借助最豐富的資源而得以快速發展。

在接受陳大齊先生邀請創辦新聞研究所之時，曾虛白針對學術研究與人

中，均強調新聞事業的宣傳責任。參見李瞻：《「總統」蔣公的大眾傳播思想》，《報學》第 6 卷第 1 期，1978 年 12 月，第 7～8 頁。

〔註20〕盧元駿：《本校在臺復校史》，收錄於《「國立」政治大學校史史料彙編（第二集）》，臺北：政治大學校史編印委員會，1977 年，第 342 頁。

〔註21〕謝然之：《中國新聞教育的沿革》，收入臺北市編輯人協會：《「中華民國」新聞年鑒》（1961 年），臺北：臺北市編輯人協會，1961 年，新聞教育部分第 8 頁。

〔註22〕盧元駿：《本校在臺復校史》，收錄於《「國立」政治大學校史史料彙編》（第二集），臺北：政治大學校史編印委員會，1977 年，第 342 頁。

〔註23〕時任「教育部長」的張其昀在政大演講時表示，「新聞研究所應致力於宣傳事業」，可以視為官方對於政治大學新聞研究所的定位。政治大學校史編纂委員會：《「國立」政治大學校史稿》，臺北：政治大學，1989 年，第 224 頁。

才培養分別設定了目標，第一個是從新聞學術發展的角度提出研究所應「從事保持傳統美德，吸收現代精英的新聞學術研究。」第二個目標針對臺灣社會的需要提出「培養常識豐富，感應敏銳，有辨別是非的判斷力與大處著眼的前瞻力的新聞實務人才」。〔註24〕在此目標之下，政治大學在教育理念上模仿美國的通才教育，注重「建教合作」的模式，〔註25〕教師的聘請也延攬了此時臺灣知名新聞業者與學者來校授課，如成舍我講授新聞創業與發展、馬星野講新聞學概論、胡建中講新聞與社會關係之研究、陶希聖講社評寫作之研究、程滄波講新聞與政治、余夢燕講編輯與採訪、王洪鈞講報業經營管理等。〔註26〕政治大學新聞系還時常邀請美日學者來校開課，讓臺灣地區新聞教育在創辦之初，便具有良好的國際化學術視野。這樣的師資安排，一方面是出於對美國政治保護的依賴，在教育上也選擇吸收美國經驗並與臺灣社會相配合。另一方面則源於政治大學新聞教育自1930年代建立時便具有的對美國新聞教育的模仿，這一模式也在1950年代的臺灣延續。

從課程結構來看，新聞研究所的課程大致分為三類：實務部門注重對傳播事業所面對的問題進行專題研究；理論部門則傾向於將傳播事業與政治、社會、經濟各方面的關係與影響做綜合性的研究；而史法部門可以分為兩部分，第一部分進行中國與國際新聞史的研究，第二部分進行中國與國際新聞法的探討。〔註27〕通過理論、實務、歷史與法規這樣的結構規劃，政治大學的新聞學研究已經擺脫了經驗導向的報學研究，以更科學的架構進行理論層面的思考與規範性的探索。

2. 臺灣地區新聞高等教育的擴張

隨著政治大學新聞研究所成立，臺灣地區的新聞教育開始加速發展。1955年，政治大學成立新聞學系招收本科生，並不斷發展成「被公認為亞洲新聞教育發展之中心」〔註28〕，系主任先由新聞研究所主任曾虛白兼任，後聘請臺灣

〔註24〕 曾虛白：《曾虛白自傳》（下集），臺北：聯經出版社，1990年，第725頁。
〔註25〕 黃東英：《臺灣新聞傳播教育初探》，北京：社會科學文獻出版社，2014年，第58頁。
〔註26〕 曾虛白：《曾虛白自傳》（下集），臺北：聯經出版社，1990年，第726頁。
〔註27〕 臺北市新聞記者公會編：《「中華民國」新聞年鑒》（1971年），臺北：臺北市新聞記者公會編，1971年，第158頁。
〔註28〕 賴光臨：《本校現況報導》，載政治大學校史編印委員會：《「國立」政治大學校史史料彙編（第一集）》，臺北：政治大學校史編印委員會，1973年，第145～169頁。

新生報社長謝然之主持。謝然之畢業於密蘇里新聞學院，在業界學界均曾任職，對新聞事業與新聞教育有豐富經驗。到任後便著手規劃課程、選聘教授、增添設備，積極推動政治大學本科新聞教育的發展。

　　1952 年，在大陸時因世界報系而馳名新聞界的成舍我攜家眷自香港來到臺灣，希望恢復《世界日報》但卻因「報禁」而不得。新聞理想難以繼續的成舍我在朋友鼓勵與當局支持下選擇以新聞人才培養為志業，聯合于右任、王雲五、蕭同茲、黃少谷、端木愷、程滄波、陳訓悆、阮毅成、張明煒、辜振甫、葉明勳等 19 位新聞界、文化界人士發起籌備世界新聞職業學校。經過成舍我的奔走聯絡以及借貸抵押，終於籌集到一筆資金購得土地興建校舍。1956 年 10 月 15 日，世界新聞職業學校正式開學，定校訓為「德智兼修，手腦並用」。開學典禮上，成舍我面對第一屆 63 名學生說：「我以年將 60 歲的老人，敢向同學保證，我一定會將我未來的生命，全部貢獻給這個學校。」〔註29〕

　　世界新聞職業學校是臺灣地區第一所以新聞教育為主的高校，首年招收高級報業管理科 1 班，次年擴招高級編輯採訪、廣播電視及初級報業管理科目各 1 班。1957 年，成舍我將自己的新聞理想與經驗灌注在學生校內實踐活動之中，創辦了刊物《小世界》供學生實習，並於 1959 年正式登記對外發行。成舍我以當年辦《世界日報》的態度經營《小世界》，不但內容編輯十分規範，連組織設置都與正規大報社相同。〔註30〕1959 年該校改制為世界新聞專科學校，招考三年制及五年制專科，由蕭同茲任董事長，成舍我任校長。自 1961 年起，成舍我邀請學者在該校組織研究會，對新聞教育、新聞制度、新聞道德、新聞史、各國報紙等內容進行研究，同時也時常邀請知名人士來校演講，受邀嘉賓包括胡適、王雲五、董顯光、陶希聖、曾虛白、謝然之、王惕吾、許孝炎、唐際清、吳三連、辜振甫等人。〔註31〕1963 年，該校申請改制為世界新聞學院並於 1967 年獲准，辦學層次與教育質量又有了進一步的提升。〔註32〕

〔註29〕中國人民大學港澳臺新聞研究所編：《報海生涯——成舍我百年誕辰紀念文集》，北京：新華出版社，1998 年，第 173 頁。

〔註30〕陳建云：《向左右 向右走——一九四九年前後民間報人出路抉擇》，福州：福建教育出版社，2010 年，第 310 頁。

〔註31〕臺北市新聞記者公會：《「中華民國」新聞年鑒》（1961 年），臺北：臺北市新聞記者公會，1961 年，新聞教育部分第 29 頁。

〔註32〕臺北市新聞記者公會：《「中華民國」新聞年鑒》（1971 年），臺北：臺北市新聞記者公會，1971 年，第 176 頁。

　　私立中國文化學院新聞學系也於 1963 年 8 月成立，創辦人兼第一任系主任為謝然之，1969 年後改由鄭貞銘擔任。該系創辦之初，全系師生本著「堅毅創業，精誠親愛」與「以系作家」的精神篳路藍縷，令該系迅速成長。除了以上較為知名的新聞系所之外，1954～1966 年間，臺灣地區還相繼成立了師範大學社會教育系新聞組、中國新聞函授學校、新聞講習班等教育培訓機構，不斷為新聞業界輸送新鮮血液。新聞教育的發展為新聞學研究提供了更為充足的後備力量，讓臺灣新聞研究人才的質量得以穩步提升。

　　整體而言，此時臺灣地區的新聞教育具有以下特點：其一是注重國際交流。臺灣新聞高等教育自建立之初便注重國際交流，以此補足島內師資短板、吸收域外經驗、保持與學科前沿的接觸，提升教育與研究水準。政治大學新聞研究所在建立之時，所長曾虛白以「中外兼收，學術並重」為宗旨，〔註33〕借美國富布萊特基金的資助，聘請美日學者輪流來臺授課，拓寬學生的視野，增強教育研究水平。如第一位聘請來臺的學者為美國猶他州大學教務長孔慕斯（Prof. Carlton Culmsee），在研究所內教授公共關係、大眾傳播與民意學三門課程。此外，政治大學還利用美國亞洲基金會的資助，將本學院的教師、畢業生送去美國交流深造，這一舉措為 1960 年代中期傳播學引入臺灣打通了渠道。

　　其二是改革教育方式。在新聞教育開辦初期，各高校的課程開設大多以報紙新聞的採訪、編輯、排版印刷等內容為主，延續著傳統的報學教育。但隨著經濟發展與科技進步，廣播電視等傳播媒介逐步進入百姓家庭，廣告市場也隨著媒體受眾的增長而擴大。新聞學作為與業界結合十分緊密的學科，也在此時積極調整課程內容，各校紛紛增設廣播及電視、廣告、公共關係與研究方法等科目。為了給學生提供更為精準的教育與實習，各校此時也根據實際情況施行分組教學。如政大新聞學系在一至三年級進行課程教育，大四時將學生分為採編、廣播電視、廣告與公共關係及英文新聞四組。文化學院日間部新聞學系將學生分為採編、廣播電視、廣告與公共關係、英文新聞、報業行政五組，分組實習與教學。世界新聞專科學校自一年級開始便分為報業行政、採編、廣播電視、公共關係、圖書資料、電影、印刷七科。這一劃分方式讓新聞教育由「通才」漸漸轉向「專才」，更貼近行業需求，這一趨勢在 1966 年後愈發明顯。

〔註33〕曾虛白：《曾虛白自傳》（下集），臺北：聯經出版社，1990 年，第 725 頁。

　　其三是提升師資質量。1960 年代，戰後第一批赴美深造的學者歸臺，成為學界、教育界的新生力量。如知名新聞學者的李瞻，於 1963 年獲得美國在臺灣地區設立的教育基金會以及臺灣「國家長期科學發展委員會」的共同資助，赴美國斯坦福大學從事學習研究工作，〔註34〕歸臺後將對美國媒體制度的思考帶入臺灣，在 1960 年代後期倡導公共電視的建立，並投身於相關制度的研究之中。再如在大陸時期便開始記者生涯，參與報導揭發孔祥熙、宋子文貪污弊案的知名新聞業者漆敬堯，到臺後在《臺灣新聞報》任採訪部副主任。隨後赴美求學，獲得美國加州州立大學碩士學位後進入學界，在政治大學新聞系任教，開設評論寫作、新聞法規等課程，鑽研新聞業務研究的同時積極開拓新的研究領域。1963 年，漆敬堯與施拉姆的學生朱謙合作，在臺灣首倡量化研究，並展開本土化理論的探索。這些具有留學經歷的學者，將美國新聞學研究範式引入臺灣，對島內新聞學發展產生了巨大影響。

　　其四是重視學生實習。在大陸時期，已經有學者提出「最好各大學校新聞系均能自己辦一個報紙，使新聞系的本身就是一家完善的報紙」。〔註35〕朱沛人、王公亮、袁昶超等學者也提出「新聞教育應當有實驗報紙這一環」。〔註36〕這樣的倡議，在臺灣新聞教育中得到了較好地落實。為了培養學生的實踐能力，政治大學新聞系在辦學之初便建立了「經常實習」與「畢業實習」相結合的實踐體系。經常實習是新聞系的學生在本系所創辦的《學生新聞》中從事採訪、編輯、排版等工作。這一份學生報紙日後登記成為臺北的一份社區報《柵美報導》，頗受社會讀者歡迎。畢業實習則是至《新生報》《中央日報》等各大媒體參與具體工作，豐富實踐經驗。世新大學自辦學以來，更是把新聞實踐放在重要位置，其「德智兼修，手腦並用」的校訓便具有濃厚的實踐色彩。該校在建校時一併設立了印刷工廠，一方面印刷本校實習刊物，一方面酌情接受外界排版印刷工作，創收的同時增加學生的實習機會。該校還附設有「世新廣播電臺」，將廣播納入實踐教育之中。私立中國文化學院新聞系也同樣重視理論與實際的配合，邀請知名新聞業者到校任教，並在第四學年下學期，依照志願將學生分配至各新聞事業單位或政府機關公共關係室，進行畢業實習一月。

〔註34〕徐培汀：《中國新聞傳播學說史（1949～2005）》，重慶：重慶出版社，2006 年，第 494 頁。

〔註35〕儲玉坤：《論我國新聞教育》，《報學雜誌》第 1 卷第 2 期，1948 年 9 月 16 日。

〔註36〕李秀雲：《中國新聞學術史》，北京：新華出版社，2004 年，第 284 頁。

（二）新聞學術研究成果的豐富與多元

隨著臺灣新聞學研究的發展，由專業學者與接受完整學術訓練的研究生所組成的學術社群已然形成。這些研究者所產出學術成果的類型也較前一階段更為多元，形成了包含研究專著、學術論文、畢業論文在內的相對完整的成果體系。這些研究成果讓臺灣新聞學界的研究交流更為充分，豐富了新聞學研究的內涵、提升了學術研究質量，成為新聞學研究發展的不竭動力。

1. 專著出版完整呈現學術觀點

書籍的出版在知識傳播與學術研究推廣中，具有比專題研究、學術期刊論文更大的流通性、更強的傳播效果，及較長的生命力，〔註37〕所面向的受眾也更為廣博，獲取壁壘相對較低，〔註38〕因而更具保存性與傳播性。人文社會學科的專著更是因為彙集了充分的知識與內容，而與期刊論文比起來顯得重要。〔註39〕據不完全統計，1954～1966 的十餘年間，臺灣出版有關於新聞傳播學的專著 111 本，作者涵蓋了業界與學界的人群，內容也兼具理論性與實用性（表 3-2）〔註40〕。

表 3-2　1954～1966 年臺灣新聞傳播學科書目出版統計

年　份	1954	1955	1956	1957	1958	1959	1960
數　量	2	7	6	3	7	8	8
年　份	1961	1962	1963	1964	1965	1966	
數　量	10	5	6	17	15	17	

從這一統計數字不難看出，此階段學術專著出版在數量上呈現逐步遞增的趨勢，並在 1961 年首次突破了 10 本的數量。政治大學新聞研究所成立後，由學者撰寫的學術著作在新聞傳播類書籍總量中所佔比例逐漸上升。1954 年

〔註37〕Poindexter, P. M. & Folkers, J.(1999). Significant Journalism and Communication Books of the Twentieth Century. Journalism and Mass Communication Quarterly, 76(4): 627～630.

〔註38〕陳世敏：《半世紀臺灣傳播學的書籍出版》，《新聞學研究》第 67 期，2001 年，第 2 頁。

〔註39〕陳世敏：《臺灣傳播學的書籍出版》，臺北：中華傳播學年會論文，臺北：深坑鄉新埔內 11 號，2000 年。

〔註40〕許峻彬：《從書籍出版分析臺灣傳播學的發展》，臺北：政治大學新聞研究碩士論文，2000 年，第 44 頁。

至 1960 年，共有 7 位學者的著述出版，占這一階段新聞傳播學書目的 17%，而後基本穩定在 30%以上。〔註 41〕這些由學者所撰寫的研究專著涵蓋新聞理論、新聞史等研究領域，內容更具理論性與學術性，對於學術思想的闡釋與呈現也更為完整。

2. 論文產出帶來新研究視角

1954 年，政治大學新聞研究所成立，培養新生代學術研究人員被納入了發展規劃之中，使得研究生教育受到政府力量的推動。作為「訓練碩士生的高級新聞教育機構」〔註 42〕，政治大學新聞研究所最為重要的辦學目的便是「培養新聞理論人才與新聞教育師資」〔註 43〕。在這一培養體系中，碩士論文作為學術研究新興力量的能力證明，雖然不如學術專著的學術性強，但卻能清晰地反映出學術研究的傳承性，為新聞學研究的持續發展提供動力。

1954～1966 年，政治大學共招收碩士生 11 屆，產生了 77 篇碩士論文（見附錄 1）。從論文撰寫與選題規範的角度來看，此時的碩士論文與學科建制化之前同質化、經驗性的零散研究相比，不僅形式更為規範，呈現出經過規範學術訓練的優勢，在內容上也更加充實，理論化程度高。這一階段的碩士論文有以下四個特點：

第一是研究深度廣度均有所提升。研究生教育的建立讓這些有資格進入學界的新生代研究者得以受到完整且嚴謹的學術訓練，並有一個相對連續的時間專注於學術積累與論文寫作，這讓碩士研究生的畢業論文在研究規範性與理論深度上有其他論文難以比擬的優勢。以新聞史研究為例，雖然這一領域的碩士論文不多（共計 10 篇，占總數的 16.9%），但也湧現出了一些至今仍有較高學術價值的成果，其中以 1957 年洪桂己的《臺灣報業史研究》最具代表性。該文章將臺灣新聞事業發展的歷史自明清而至當下進行了完整的梳理，成為日後研究臺灣新聞發展無法繞開的文獻。張玉法的碩士論文以先秦的傳播活動為研究對象，在選題與史料上具有很高的學術價值，日後經過出版成為重要的學術著作。〔註 44〕其本人也憑藉研究生階段紮實的史學研究訓

〔註41〕 許峻彬：《從書籍出版分析臺灣傳播學的發展》，臺北：政治大學新聞研究所碩士論文，2000 年，第 57 頁。
〔註42〕 曾虛白：《曾虛白自傳》（下集），臺北：聯經出版社，1990 年，第 724 頁。
〔註43〕 李瞻：《政治大學新聞研究所增設博士班》，《新聞學研究》第 31 期，1983 年，第 112 頁。
〔註44〕 張玉法：《先秦的傳播活動及其影響》，臺北：臺灣商務印書館，1993 年。

練，於日後進入中央研究院近代史研究所，成為知名的歷史學者。此時的史學類研究不再停留於對史料的簡單整理，或對歷史報刊、報人的簡單介紹，而是在爬梳史料的基礎之上進行理論化分析，在時間跨度與理論視野上均顯廣闊。

第二是具有一定的跨學科視角。這一特點主要體現在新聞倫理與法規層面的探討。這些研究往往選取法律規範視角解讀傳播現象，而非僅僅依靠道德責任論述。如張宗棟將各類媒體涉及到的誹謗行為進行了分類，從「表達形態、犯罪有無、達意方法、誹謗人數、誹謗來源、傳播方式」等六個方面分別進行解釋，對新聞誹謗現象發生的原因及規避方式提出見解。再如栗顯龍的《報紙新聞報導及評論在法律上的責任》、王應機的《犯罪新聞之報導及其法律責任》、張伯敏的《新聞事業在法律上之責任》等研究，也都從法律專業的角度解釋新聞報導中出現的不規範現象，具有跨學科的思路。這些文章不再簡單的從道德角度進行感性的闡釋，而是具有專業理性的精神，讓新聞法規研究走上規範性的道路。

第三是比較研究受到青睞，尤其在業務研究中廣泛運用。1960 年代開始，政治大學新聞研究所碩士論文中單純的業務研究逐漸減少，對於新聞業的比較研究漸漸成為主流，如潘雪密的《路透社與國際合眾社之比較研究》、趙嬰的《瑠公圳案新聞報導之比較研究》以及袁良的《中美報紙編採制度之比較研究》等。這些研究將視野擴展到外國新聞事業，對新聞制度、新聞生產、新聞內容等不同面向進行了比較分析，讓新聞業務研究不再是縱向的自說自話，而是橫向的對比促進，並具有跨地域的視野與思維。

第四是注重理論視角的選取。此時新生代的研究者在進行學術研究時，已經明顯地呈現出理論化的視角，即使是進行業務類討論，也借助新聞生產、民意輿論、媒介效果等理論工具進行闡釋，而不再是簡單對業務技巧的經驗性討論。如於憲先的《新聞報紙可讀性之研究》、張慶生的《新聞誹謗的理論與實際》等，均有鮮明的理論關懷。這一面貌出現的原因有三，首先是由於新聞學與報學二者的分離趨勢，讓理論化研究得以在學界快速發展；其次，年輕學子所受到的新聞教育更為系統，接受的理論教育也更為紮實，讓學術研究的內容開始呈現區別於過往經驗闡述的面貌；最後，新聞理論的深化與發展反映出新聞學在學術建制化的背景下，呈現出體系化的面貌，形成了更具統攝性的理論研究範式。

3. 期刊論文緊跟世界學術前沿

期刊論文作為學界最新研究成果的表現形式，是學術研究思想重要的表徵。臺北市編輯人協會發行的《報學》半年刊雜誌，在很長時間裏成為臺灣地區唯一發表新聞學術文章的平臺，新聞業者與學者均在此交流思想。在政治大學成立之前，臺灣地區專門以新聞學研究為職業的學者很少，新聞業界人士發表文章的比例佔據絕對優勢。1950 年代下半葉，隨著新聞教育研究的建制化，專職從事新聞學研究的學者開始在該刊物上發表文章闡釋學術觀點，讓其新聞思想得以更為廣泛的傳播。據統計，1951～1970 年的 20 年間，《報學》雜誌共發表 1055 篇文章，對臺灣島內以及世界各國的新聞事業均有涉及。

在《報學》所刊載的諸多文章中，譯文在其中佔有不小的比例（10%左右）。自《報學》創刊起，對於翻譯外文新聞學文章便十分重視，每一期均有刊載。1950～1969 年的二十年間，共計有 197 篇譯文，以十年為劃分階段，則呈現出均勻的分布的狀態。除了翻譯世界最新研究成果之外，學者們對於各國新聞事業的關注度也較為密切。這一方面反映出臺灣新聞學研究內涵不足，急需要外部力量來充實自身。另一方面也拓寬了學界的理論與經驗視閾，使之得以借助國際化、全球化的理論與經驗材料來進行更為深入的研究。

社會穩定為教育發展奠定了基礎，而教育發展則促使臺灣地區建立起完整的高等教育體系與專業的研究場域。教育的傳承與學術研究的建制化，讓臺灣新聞學研究向著理論化、系統化發展。與之伴生的由學者主要參與的學術成果發表，讓學術思想的呈現更為專業，內容也更為廣泛深刻。不過在臺灣新聞高等教育與學術研究建制化之初，政治力量深刻地參與其中，這尤其體現在國立政治大學的學校屬性以及此時學者們的政治身份上，使得臺灣新聞學術研究體現出以宣傳為中心的面貌。

二、以宣傳為中心的新聞學術研究

隨著國民黨政權在臺統治逐漸穩固以及國際冷戰局勢的形成，臺灣的文化教育環境隨之轉變。在這一背景下，臺灣的新聞學研究也幾乎完全被納入政治的影響範圍之中，披上了更鮮明的意識形態外衣。國民黨政府在接受美國外援與內部政策調整的雙重動力下，更加需要持續性、系統性的話語生產，將意識形態灌輸給社會大眾，以維持戰時威權體制的存續，穩固國民黨執政的合法性與穩固性，本就被納入體制之內的學術研究自然而然成為這一系統性話語

生產的重要場域，因而此時學術社群身份及其研究內容生產呈現出軍事主義下政治控制的範式。〔註45〕以政治大學新聞研究所為代表的傳播研究機構，也被視為一種「國家發展與反共心戰的綜合機制」〔註46〕。在威權體制與意識形態強烈的影響下，臺灣新聞學者通過社會責任論的改造與強調、民意與公共關係的研究、新聞史的書寫，在構建國民黨在臺統治合法性基礎之上，為政治宣傳鋪路架橋，使這一時期的新聞學研究呈現出以國民黨為中心、為政治宣傳服務的特點。

（一）以「『國家』安全」與「社會責任」為依據指導新聞事業

對於新聞自由與社會責任二者輕重的論證，自抗戰時期便在我國新聞學術研究中出現，並延續到臺灣，在「動員戡亂」的軍事威權體制之下，重新被定義與檢視。自1950年代起，不少學者重新將新聞事業與國民黨政府所宣傳的「國家安全」「民族利益」相掛鉤，論述新聞自由與新聞責任的關係，形成了一定的戰時色彩。〔註47〕雖然此時所提出的觀點更多延伸自中國內生性道德論述，並不過多的承載為意識形態背書的作用，但也提出了在非常時期對新聞業採取臨時管製辦法的合理性思考。〔註48〕這樣的學術思想，雖然建立在國民黨政府缺乏合法性的論述之上，但就當時臺灣的社會體制與環境氛圍而言，有一定的現實性。

隨著內外部環境的穩定，這些思想在1950年代中後期得到了進一步地發展，形成了以「國家安全」為理由要求新聞界負起社會責任，部分讓渡新聞自由的思潮，進而助推了1960年代由官方主導的新聞自律運動的興起，相類似的觀點一直延續到1980年代才有所減弱。如新聞學者徐詠平在1971年的著作中仍就抗日戰爭時期所施行的新聞檢查制度予以審視，認為當時所頒行的《戰時禁載標準》對於戒嚴的臺灣地區具有參考價值。〔註49〕1960年謝然之

〔註45〕林麗雲：《依附下的成長？臺灣傳播研究典範的更送與興替》，《中華傳播學刊》2002年第1期，第103～137頁。

〔註46〕程宗明：《析論臺灣傳播學研究／實務的生產（1949～1980）與未來——從政治經濟學取向思考對比典範的轉向》，中華傳播學會年會論文，1998年，臺北：世新會館，第4頁。

〔註47〕如學者羅敦偉便提出「暫時犧牲自由，爭取生存」的口號。見羅敦偉：《新聞自由與個人自由》，《報學》第4期，1953年3月，第15頁。

〔註48〕呂光、潘賢模：《中國新聞法概論》，臺北：正中書局，1952年，第115～118頁。

〔註49〕《戰時禁載標準》中所提出的標準包括軍事方面的禁載事項、黨政禁載事項（「違背或曲解三民主義及本政黨政綱政策者」「其他一切足以損害政府信譽

與胡傳厚將希伯特（Siebert）等學者提出的社會責任論正式引入臺灣，為臺灣新聞學界討論有限度的新聞自由提供了更為有力的理論工具，〔註50〕讓 1960 年代後學界對於新聞業肩負政治與社會責任的討論更具理論性。不過臺灣新聞學者對社會責任論這一「長期佔領全球新聞業話語制高點」的理論並非完全依從，〔註51〕而是在引入之初便帶有目的性，並嘗試結合臺灣的戒嚴體制對其進行修正，形成了以「國家安全」為基礎，要求新聞界自律以擔負起對社會的責任，依此作為新聞事業發展的指導。

1. 以「戰時體制」與「『國家』安全」為由支持新聞干預

　　國共內戰期間，國民黨政府通過頒布法令配合其軍事行動。1947 年 7 月 4 日，國民政府委員會第六次國務會議通過實行全國總動員的法令；8 月 20 日，南京國民政府發布新的動員戡亂法令，強化了國民黨對於長江以南各省的掌控；1948 年 12 月 10 日宣布中國「除新疆、西康、青海、臺灣、西藏外，均宣告戒嚴」。〔註52〕1949 年 5 月 20 日，面對上海即將解放的情況，臺灣省主席兼警備總司令部總司令陳誠為了阻止大陸居民大量湧入，宣布臺灣戒嚴。〔註53〕除了由臺灣警備總司令部所控制的基隆、高雄、澎湖馬公三個港口仍開放之外，其餘港口皆基於安全理由而關閉，〔註54〕直至 1987 年戒嚴解除。因總動員與戒嚴而施行的《國家總動員法》與《戒嚴法》將臺灣地區帶入了戰時體制框架，新聞界對於新聞自由的討論也在政治的主導下回到了 1930 年代的「戰時」話語框架。而 1954 年及 1958 年兩次臺海危機的爆發，更助推「國家

　　　之記載」）、外交禁載事項（「違背國家民族立場之言論記載，足以妨礙我國與外邦之睦誼者」「詆毀友邦元首，足以妨礙邦交者」）以及社會禁載事項（「故作危言，動搖人心，足以妨害治安秩序，影響抗戰甚或引起暴動，致危害人民之生命財產者」「描寫淫穢，有傷風化者」「其他一切足以妨害善良風俗之記載」）。徐詠平：《新聞學概論》，臺北：臺灣中華書局，1971 年，第 610～614 頁。

〔註50〕楊秀菁：《新聞自由論述在臺灣（1945～1987）》，臺北：政治大學歷史學系博士論文，2002 年，第 217 頁。

〔註51〕趙雲澤、趙國寧：《「理想」和「技術」哪個更讓新聞業負責任——兼論中國新聞實踐中對美國「社會責任論」的批判借鑒》，《新聞界》2018 年第 9 期，第 28 頁。

〔註52〕參見《臺灣省政府公報》1947 年秋字第 18 期，1947 年 7 月 21 日，第 275 頁；《總統府公報》第 175 號，1948 年 12 月 11 日，第 1 頁。

〔註53〕《布告》，《臺灣新生報》1949 年 5 月 21 日，第 1 版。

〔註54〕陳誠：《陳誠先生回憶錄——建設臺灣》（第一卷），臺北：國史館，2005 年，第 21～26 頁。

安全」與新聞自由的討論成為新聞學研究的重要議題。1950 年代國民黨改造完成後統治力大大加強，立法機關徹底淪為統治者意志所指揮的投票機器，讓管制者與被管制者呈現出極度不對等的關係，進一步壓縮了本就狹窄的言論空間，而學界則形成了憑藉「戰時體制」來為政府干預新聞辯護的思想。

　　1950 年代初，臺灣新聞學者對於新聞自由與責任的認識已經基本達成強調二者之間辯證關係的共識。但在 1960 年代，這一思想平衡被迅速打破，越來越多的學者以「戰時」話語為基礎，形構出新聞自由應當服從於「國家安全」的思想體系，並直接對新聞業界的實踐產生影響。1960 年，《中國日報》發行人魏景蒙、社長鄭南渭以及中央通訊社分社主任李嘉在面對國際新聞協會以新聞自由尚屬不夠而不准臺灣地區入會的情況時發表聲明稱：

> 　　國際新聞學會執行委員會之裁定我們國家的新聞記者不合格加入該會，已構成自由中國新聞界的一次激烈指控，亦為對我們這些以畢生獻身此一職業的個別新聞從業的一種近乎歧視的行為。在支持誠實及進步的新聞事業的職業標準方面，我們的努力已更見困難，因為臺灣今天是在國家緊急狀態之上，我們是面臨著一重大任務。儘管對國家安全及民心士氣方面需予顧及，自由中國的報界仍享有合理程度的新聞自由。臺灣並無新聞檢查制度，且近年亦無報紙被封，或其編輯被捕的事情。我國今天對新聞的限制較國際新聞協會現有很多會員國為少。我們的申請之未能經該會以我們個人新聞從業員的身份按我們的貢獻和過去記錄予以考慮，實屬不幸。我們顯然已被當作一項政治問題的犧牲者，我們雖覺得國際新聞協會執行委員會昨日對我們的裁定極欠公允和顯有成見，然我們對新聞自由的原則和實踐所具信心仍堅定不移。〔註55〕

這一聲明首先強調臺灣地區新聞業的「誠實及進步」，但基於臺灣地區「緊急狀態」的環境背景，適當的新聞管制是「對國家安全及民心士氣」的顧及，不能稱之為戕害新聞自由，況且臺灣社會也沒有新聞管制的條文與行動，因而臺灣擁有「合理程度的新聞自由」，以此掩蓋島內政治體制對於新聞業隱性的結構化壓制。1961 年，謝然之撰文表達了自己對於在「緊急狀態」中如何認知新聞自由的觀點，明確提出為了國家利益犧牲個人自由的觀點，並將新聞記者賦予軍事化色彩：

〔註55〕 曾虛白：《中國新聞史》，臺北：政治大學新聞研究所，1966 年，第 879 頁。

　　今天我們國家是處在緊急狀態之下，全國人民正與共匪進行生
死存亡的搏鬥。新聞界人士更是思想戰線上的前鋒和後衛，絕對是
擁護國策和支持政府的。為了整個國家的利益，犧牲個人的若干權
利和自由，在戰時緊急措施下，也是理所當然的。〔註56〕

　　學者朱傳譽也持有類似的意見，認為當前臺灣處於「非常時期，非常環
境」，就此看來報人們所享有的新聞自由是頗多的：

　　　　就我們新聞自由發展的情形來看，我們報人所得到的新聞自由
　　　　是太多，而不是太少。也許有人會認為今天我們在政治新聞方面缺
　　　　乏採訪和發表的自由。但是今天我們是處於非常時期，非常環境，
　　　　不容有造謠、挑撥性的報導，更不容有分歧的言論。〔註57〕

此外，新聞法學者姚朋同樣認為臺灣新聞界所擁有的新聞自由，就戰時體制的
現狀而言已是較為充分的：

　　　　有些外國人對於臺灣的新聞自由表示懷疑，根據我們親身體驗，
　　　　當然不能說此時此地的中國新聞界享有百分之百的新聞自由。但是，
　　　　我們也要指出，當共匪距離我們不過一百里的時候，我們所享受的
　　　　新聞自由，已經超乎一般實行戰時體制的國家之上。〔註58〕

　　以「緊急狀態」與「國家安全」為由替政治干預新聞予以辯護的話語策略
貫穿整個戒嚴時期，在1960年代成為學界普遍觀點。學者們置身於以政治正
確與政治安全為第一準則的社會環境中，出於自覺或出於政治需要而合理化
政府行為，其論述以經驗性甚至情感化的論述為主，缺乏嚴密的理論思考與論
述。這些觀點已然脫離了「善用自由」以擔負社會責任的理性思考，回歸了「戰
時新聞」的論述框架。這一在戰時體制中為了「國家安全」而要求新聞界讓渡
新聞自由的觀點，在1970年代越戰之後發展形成了更為完整的「國家安全」
話語體系，並因為美國最高法院對於《紐約時報》的判決而為學者熱議。

　　自1971年6月13日開始，《紐約時報》連續刊載美國國防部對於美國如
何捲入越戰的秘密研究報告，這一報告被媒體稱為《越戰報告書》。美國政府

〔註56〕謝然之：《新聞自由與國家安全》，《報學》第3卷第2期，1963年12月，第
　　　　4頁。
〔註57〕朱傳譽：《〈中國新聞自由發展史〉導論》，《新聞學研究》創刊號，1967年5
　　　　月，第63頁。
〔註58〕彭歌：《臺灣報界面臨的幾個問題》，《報學》第4卷第2期，1969年6月，第
　　　　4頁。注：彭歌為姚朋筆名。

以危害國家安全為由，出面要求法院禁止《紐約時報》繼續刊載這一報告，並交出該報所獲得的政府秘密文件。《紐約時報》雖暫停登載，但也依憲法修正案中對於保障新聞自由的條款向法院據理力爭。最終，最高法院做出了有利於《紐約時報》的判決，《紐約時報》不但不用交出其所掌握的秘密報告，且被允許繼續刊載《越戰報告書》。

這一裁決引起了臺灣新聞學界很大的關注，引發了對自由與責任二者關係的新一輪討論。如果說 1950 年代初新聞業者與學者對於新聞自由的討論尚能夠在不同理論框架下提出相異的觀點，形成學術的論爭，這一時期對於新聞自由的討論則更像是一場政治行為，不同專業的學者均加入到這一問題的探討中來，但觀點卻一致導向對這一判例的質疑，試圖通過營造輿論削弱《紐約時報》勝訴帶來的社會影響。政治學家楊日旭面對這一判例，批評美國最高法院以基本人權為理由，不顧國家機密及安全利益的做法極為不妥。〔註59〕《中央日報》社長楚崧秋同樣指出，這一案件的判決是新聞自由遭到曲解與濫用，「新聞自由固然可貴，但是國家安全更為重要，絕對不能以新聞自由為藉口，犧牲國家安全這一至高無上的原則。」〔註60〕學者黎嘉潮則強調，為國家利益而限制言論自由與新聞自由是有必要的。所謂無限制的自由，只在不威脅國家存在與群眾的安全福利時才可能實踐：

> 沒有國家就沒有個人，為了國家的利益，公眾的幸福，自應犧牲個人的權利（包括言論自由），這是天經地義的，所以在法律上有限制個人各種自由權利的條文。因此，個人不能要求無限制的權利去發表其意見。誠然，事實上意見的表達能糾正錯誤和不公平，可是也可能成為中傷或破壞的話柄。……言論自由的範圍，可以很大亦可以很小，如政府施政的一般問題，經濟組織和政策等，可以很自由去討論它。但對那些要特別保護的國家利益和已制定的法律，國防秘密等，便不能置喙了。本來言論自由和閱讀新聞的限制，乃由於需要維護國家民族的生存和保存國民的傳統文化，是不得已的措施。……任何政治主張可由與群眾交通的報紙去揭發，但發揚要

〔註59〕 楊日旭：《論美國「社會公眾知之權利」與國家安全利益之均衡問題》，《憲政思潮》第 71 期，1975 年 9 月，第 27 頁。

〔註60〕 楚崧秋：《論新聞事業的社會責任》，《報學》第 5 卷第 7 期，1976 年 12 月，第 5 頁。

有限度，如無限度會引致暴行革命，嚴重到擾及治安，甚至威脅到國家的安全。在此情形下，政府就有權責來干涉。所以無限制的自由，只在不威脅國家存在與群眾的安全福利時，才可能實踐。此外，單是為群眾利益，不能強施由憲法給予的個人言論自由的限制。總括一句話：言論自由和閱讀新聞的權利，絕不能濫用來危害國家的獨立和存在。〔註61〕

此外，學者方蘭生對美國此一裁決也表示出憂慮，同時提出臺灣地區正處於戒嚴時期，在新聞出版上的限制自然會相對嚴格，國際上也不乏新聞自由與國家安全相牴觸的例子，這都是為了全民的福祉與國家安全。〔註62〕

在這一跨度達 30 年的對於是否限制新聞自由的討論中不難看出，自 1950 年代中期開始，臺灣新聞學者將對新聞自由的思考與理解置於國民黨政府通過一系列非常規法律所構建起來的戰時體制之內，借社會責任論的外衣為政治邏輯主導的新聞管制開脫，並成為整個戒嚴時期學界對於新聞自由議題討論的基礎與共識，形成了這一時期最具特色的學術思想。

2. 主張通過新聞自律實踐社會責任

政治力量在新聞學界的影響雖是主導，但也非絕對的嚴密，新聞業所肩負的社會責任在島內仍有討論空間。1960 年，謝然之與胡傳厚兩位學者在報學中分別發表《新聞自由基本概念的演變》與《從權力主義到社會責任論》兩篇文章，採用施拉姆在 1957 年所著《大眾傳播的責任》中的觀點，先指出古典自由主義的弊端，進而闡釋社會責任論對新聞事業當下發展的適應性。這兩篇文章的發表標誌著社會責任論正式引入臺灣，並成為日後島內新聞學界討論新聞自由議題的理論基礎。1967 年由時任政治大學新聞系主任王洪鈞所編的《大眾傳播學術論集》收錄了謝然之《新聞自由基本概念的演變》一文；1974 年，由時任政治大學新聞研究所主任謝然之主編的《新聞自由與自律》則收錄了胡傳厚的文章。此外，李炳炎與陳有方所著《新聞自由與自律》、徐詠平所著《新聞學概論》、呂光所著《大眾傳播與法律》等專著，〔註63〕均引用二人

〔註61〕黎嘉潮：《新聞自由的真詮》，載鄭貞銘主編：《新聞學論集》，臺北：華岡出版社，1976 年，第 118～119 頁。

〔註62〕方蘭生：《新聞自由與新聞自律》，臺北：允晨文化，1984 年，第 39～42 頁。

〔註63〕李炳炎、陳有方：《新聞自由與自律》，臺北：正中書局，1964 年，第 7～15 頁；呂光：《大眾傳播與法律》，臺北：臺灣商務印書館，1981 年，第 6～10 頁；徐詠平：《新聞學概論》，臺北：臺灣中華書局，1971 年，第 11～15 頁。

的觀點；沈宗琳所著《新聞自由與責任》、「行政院」新聞局所譯《新聞自由》等著作也對社會責任論有所涉及，〔註64〕可見二者對學界影響之大。這些研究成果的出現，讓社會責任論的討論在 1960 年代臺灣新聞研究領域獨領風騷，在很大程度上重構了學界對於新聞政策制度的理解與思考。縱觀 1960 年代乃至 1970 年代的臺灣新聞學術研究可以發現，學者們所討論的社會責任論與這一理論的本來面貌不盡相同，除了借用這一理論為新聞管制背書以外，不少學者還從新聞自律的角度對其進行道德詮釋，具有鮮明的中國化風格。

　　臺灣地區關於新聞自律討論的背景源自 1950 年代初馬星野提出的《中國新聞記者信條》相繼為各個新聞團體所接受，〔註65〕而自律工作的組織化則始於第二次陽明山會談。1961 年，國民黨內部達成關於新聞自律的共識，國民黨第四組在《改善犯罪案件報導之新聞政策綱要》中對新聞業提出「新聞自律方面的努力」之要求，希望通過評議會、座談會等形式，逐漸形成報業自律。〔註66〕這樣的倡議弱化了新聞行業的被動干預，強調行業內的主動自我審查。不過，這並不意味著國民黨政府放棄了對新聞業的管理，而是借倡導行業自律，減弱政府干預新聞自由的觀感，同時謀求新聞業的主動依附，以達到控制的目的。學界與政界此時達成默契，借社會責任論將新聞自由與意識形態緊密地結合在一起，構建起「媒體應受政府控制才能負起社會責任」的話語體系，〔註67〕為國民黨的新聞干預提供合法性依據。這樣的合謀引起了業界討論的熱潮，一邊倒地支持聲浪促成了自律行動的開展。〔註68〕

　　1963 年，臺北市新聞評議委員會成立，以「推行報業自律運動，提高新聞道德標準和促進新聞事業的健全發展」。〔註69〕《報學》專門開闢了《新聞

〔註64〕 沈宗琳等撰：《新聞自由與責任》，臺北：中國國民黨中央委員會第四組，1958年；「行政院」新聞局譯：《新聞自由》，臺北：「行政院」新聞局，1962 年。
〔註65〕 王洪鈞：《發展中的中國新聞自律》，《新聞學研究》創刊號，1967 年，第 151～152 頁。
〔註66〕 楊秀菁：《新聞自由論述在臺灣（1945～1987）》，臺北：政治大學新聞研究所博士論文，2012 年，第 217 頁。
〔註67〕 林麗雲：《臺灣傳播研究史──學院內的傳播學知識生產》，臺北：巨流出版社，2004 年，第 96 頁。
〔註68〕 1961 年第 2 卷第 9 期的《報學》「以很多的篇幅刊載有關新聞自律問題的研討」，內容除了有胡傳厚所翻譯的文章《新聞自律組織的範例》之外，還有對於英國、日本新聞自律情況的介紹、對於瑠公圳案的反思等內容。
〔註69〕 《臺北市報業實踐自律 新聞評議委員會成立》，《報學》第 3 卷第 2 期，1963年，第 10 頁。

評議委員會特輯》，刊載曹聖芬、蕭同茲對於新聞自律的意見，以及《中央日報》《新生報》《聯合報》《中華日報》《大華晚報》《青年戰士報》《民族晚報》和《自立晚報》等臺北主要報紙有關新聞自律的社論，以及王雲五、謝然之、潘乃江等業界學界人士新聞自律的文章，呈現出新聞界對於相關議題的觀點。此時學界的思考可以從王雲五對新聞自律運動道德意義的闡述中窺得一二：

> 我們知道，法律是具有一種他律底性格的，道德則是有一種自律底性格的。新聞自律乃是新聞道德的自我覺醒的表面化與具體化；這表現我們的新聞界具有充分的開明意識與反省精神……新聞自律是較一切法律對於過度利用新聞自由的一種有效約束。〔註70〕

　　這一論述強調新聞業內部的改進與自我限制對行業淨化發展的意義。與此同時，臺灣各大報紙也紛紛發表文章，稱新聞評議會的成立是體現了「報界自求進步的決心」具有「劃時代的意義」〔註71〕、是「新聞事業進步的里程碑」〔註72〕、是「報界的指導者」與「新聞自由的維護者」〔註73〕。《自立晚報》則選擇以回應臺灣地區被國際質疑有無新聞自由的角度出發，提出新聞業者應當自律以避免外界無端的指謫：

> 我們以為自由中國應該有充分的新聞自由，但新聞自由並不完全是政府的責任，每一位新聞從業員，都應該有義務去努力爭取，也有權利要求享受。不過，新聞自由也與其他的人身所應享受的自由一樣，不應被濫用，不應妨礙別人的自由，不應借自由之名而為惡，而遺毒於社會，為患於人群，這是一位記者對新聞自由應守的分際，不能逾越，也不容逾越的界限。超過了此一分際，也就產生了自律的問題，假如我們不濫用新聞自由，能確守新聞道德，就不必再擔憂別人以新聞自律來損害新聞自由。所以，嚴格的講，充分的新聞自由不應該產生邪惡的報導與言論，而新聞自律也不會損害到新聞自由。〔註74〕

〔註70〕王雲五：《新聞道德與新聞責任》，《報學》第3卷第2期，1963年12月，第3頁。

〔註71〕社論：《記者節談新聞自律運動》，《中央日報》1963年9月1日，第2版。

〔註72〕社論：《新聞事業進步的里程碑——九一記者節預祝新聞評議會的成立》，《臺灣新生報》，1963年9月1日，第1版。

〔註73〕社論：《中國新聞史的新頁》，《大華晚報》1963年9月1日，第1版。

〔註74〕社論：《新聞自由與自律》，《自立晚報》1963年9月1日，第1版。

　　1964 年，李炳炎與陳有方出版《新聞自由與自律》一書，對二者的內涵、聯繫與實踐進行介紹。謝然之在為該書所做序言中，運用社會責任論對於二者的關係做了界定：

> 　　新聞自由無疑是基本人權之一，但它卻不能不接受社會秩序的規範與倫理道德的約束，新聞自由一方面是權利，另一方面則是義務，權利與義務必須是對等的，這樣新聞自由便產生了一個新的概念，即是晚近所提倡的社會責任論。依據這一新的概念，新聞界對於每天的時事，需給社會作一種真實的、綜合的、明智的報導，無論新聞報導與評論，必須堅持客觀的、公正的原則，才是對整個社會負責任的態度……不論從理論或是任何一方面來看新聞，自律已成為近代新聞事業的共同願望，而且成為民主社會一致的要求，其發展和成就乃是必然的……我國新聞界鑒於客觀環境的演變以及主觀環境的需要，亦有新聞自律運動的發起。〔註75〕

　　李炳炎與陳有方在書中對於新聞自律運動的由來、新聞自律的目的、對象、範圍、方法、性質、途徑等意義做以說明，提出了新聞自律的意義：

> 　　綜上所述，新聞自律的意義可以說是：新聞從業人員及其組織，為謀提高新聞業標準，不濫用新聞自由，並運用個人和集體的力量，對於報刊廣播等所揭示的內容，報人的行為及其組織的活動，自動實施「自我批評」，「自我分析」和自我改善的一種道德約束。〔註76〕

　　綜合三人觀點可以看出，學者們均認同新聞自由是基本人權，但也都認可新聞業應受到約束以肩負起社會責任，業內的自我審查與約束是維護道德標準的良方。1965 年，政治大學新聞研究所舉辦研討會，著重討論新聞自由與社會責任這一議題。曾虛白與李瞻兩位學者在會上分別發言，對社會責任論的優點以及政府介入新聞業的必要性進行了闡述，〔註77〕與會的其他學者，也對這一議題進行了討論（表 3-3）〔註78〕：

〔註75〕李炳炎、陳有方：《新聞自由與自律》，臺北：正中書局，1964 年，第 3～4 頁。
〔註76〕李炳炎、陳有方：《新聞自由與自律》，臺北：正中書局，1964 年，第 3 頁。
〔註77〕曾虛白：《新聞自由與社會責任》，《報學》第 3 卷第 5 期，1965 年 12 月，第 58～64 頁；李瞻：《新聞自由的演進及其趨勢》，《報學》第 3 卷第 5 期，1965 年 12 月，第 43～50 頁。
〔註78〕統計來源：《「國立」政治大學新聞研討會》，《報學》第 3 卷第 5 期，1965 年 12 月，第 27 頁。

表 3-3 「新聞自由與社會責任」研討會論題

主　題	序號	內容要點
新聞自由與法律責任	1	新聞自由與新聞法
	2	新聞自由與誹謗罪
	3	新聞自由與藐視法庭
	4	新聞自由與記者保密權
	5	新聞自由與隱私權
	6	新聞自由與轉載問題
	7	新聞自由與議員在會內言論對外不負責任問題
	8	其他
新聞自由之演進及其趨勢	1	新聞自由的理論
	2	西方新聞自由的含義
	3	「第四階級」的形成
	4	新聞自由的濫用——黃色新聞
	5	新聞自由的威脅——新聞事業所有權的集中
	6	新聞自律的萌芽
	7	美國「新聞自由委員會」的報告及其建議——建立自由而負責的新聞事業
	8	「社會責任論」的理論及其發展
	9	英國第一次「皇家委員會」的報告及其建議
	10	英國第二次「皇家委員會」的報告及其建議
	11	世界新聞自由的趨勢

　　從 1960 年代學者們的學術文章、著作以及研討會主題可以看出這一階段學者們對新聞自由這一重要議題的觀點，即臺灣新聞界應當透過新聞自律來實踐媒體的社會責任，而新聞自律則透過道德規約的制定以及自律組織的建立來完成。這與前文提到的以中國傳統道德觀念為核心，思考新聞責任一脈相承，但也因新聞事業的發展與社會責任論的影響而呈現出更為條理化、制度化的面貌。此時學界所持觀點淡化了管制色彩，代之以自我審查，約束主體也從政治權力轉為行業制度結構，強調了新聞業的自主性與能動性。但這並未脫離國民黨控制新聞言論的範疇，也沒有與國民黨威權統治體制形成對抗，新聞學者更多的是在管制與自由之間找尋一個平衡點，為新聞業自主發展找到一個突破口，形成學術研究與政治機器之間依附與游離的關係。

　　臺灣新聞學者這一思想特點形成的原因有三：首先，臺灣地區內外環境的穩定讓國民黨政權對於學術研究的介入更加有力。1950 年代初，由於國共局部戰爭並未完全停止，美國對國民黨的態度也極為不明朗，因此國民黨政府在臺灣的統治尚不能稱為穩固。1958 年，國民黨政府與美國簽署《中美共同防禦條約》並發表聯合公報，臺灣地區所受到來自解放軍的軍事威脅得以消除。隨著產業結構調整與美國經濟援助持續助推，1960 年代臺灣島內經濟快速發展。到了 1965 年，臺灣基礎設施建設逐漸完善，經濟上也擺脫對於美國援助的依賴而得以自主發展。在外部安全與內部安定的社會氛圍中，國民黨在臺統治趨於穩固，控制文化領域也更為得心應手。1950 年代用以裝點民主門面的親美派人士孫立人、吳國楨雙雙離開政治舞臺中央，代表自由派言論的《自由中國》也隨著「雷震案」爆發而走入歷史。與之相對的是國民黨政府在 1962 年積極準備對大陸東南沿海的登陸作戰計劃，並於當年 3、4 月間開展「反共自覺運動」，「號召曾交接叛徒，或已受叛徒脅迫欺騙的人士，勇敢的自覺表白，以表明效忠國家的心跡，擺脫叛徒脅迫欺騙，確保自由幸福的生活。」〔註79〕

　　處在冷戰體系下的國民黨政府，將新聞學術研究視為宣傳工具，為其生產有利論述以正當化自身統治。國民黨政府提出學術研究需配合政府的要求：「務求學術研究與國防民生密切配合」「發揚學術救國之精神，各就其專習學科，做精深之研究，一起有所發明創作，提高民族文化，充實國家力量。」〔註80〕通過將學術研究與強化鞏固統治基礎相捆綁，國民黨政府期望利用學術力量達到「發揚吾國固有的文化與傳統」「建立三民主義為哲學基礎的學術」「與自由世界進行文化交流」的目的，〔註81〕進而以意識形態的學術化達到文化建構的目的。1959 年，《報學》接受官方補助後，也開始在重要議題上配合政治論調的需要。在軍事準備與文化管制的雙重作用下，臺灣的新聞學者或出於自覺、或出於裹挾，在學術研究中建構起了以「國家安全」為至上原則的新聞自由思想。

〔註79〕《警總定今起兩月內推展反共自覺運動》，《中央日報》1962 年 3 月 1 日，第 1 版。

〔註80〕中國國民黨光復大陸設計研究委員會：《鞏固臺灣光復大陸加強總動員草案（第二輯）》，臺北：中國國民黨光復大陸設計研究委員會，1956 年，第 13～27 頁。

〔註81〕中國國民黨光復大陸設計研究委員會：《鞏固臺灣光復大陸加強總動員草案（第二輯）》，臺北：中國國民黨光復大陸設計研究委員會，1956 年，第 2 頁。

　　其次，新聞環境的變化推動了學者對於社會責任論的討論。1950 年代開始，臺灣的民營報刊靠著「社會新聞」擴大市場，〔註82〕這一策略取得了不小的成績，但也招致了社會的批評。1954 年起，「中國文藝協會」開始在臺灣地區推動「文化清潔運動」，掃除文化界「赤色的毒」「黃色的害」與「黑色的罪」，其中「黃色的害」便是指內容傷風敗俗的刊物，矛頭直指新聞界的社會新聞。1954 年 11 月 5 日，「內政部」頒布《戰時出版品禁止或限制登載事項》（俗稱《九項新聞禁例》），防止「誇大描述盜匪流氓等非法行為而有誨盜作用者」和「描述自殺行為而有主張自殺風氣之虞者」等言論散佈。這一禁例受到了包括黨、官營媒體的詬病以及來自學界的反對，因而「暫緩實施」。〔註83〕雖然這一事件因引發新聞業界與學界不小震動而不了了之，但這一禁例本身便說明了國民黨政府已經注意到了新聞環境變化所帶來的社會問題。

　　1961 年 2 月，臺北新生南路發生分屍案轟動整個臺灣社會，成為人們茶餘飯後討論的話題，就連蔣中正都對此案很感興趣，天天關心辦案進度，以致於原先怕影響社會風氣、違反善良風俗而禁止媒體大舉報導的國民黨文工會，特准了各報「自由」的報導此案。在偵破此案的五十二天之中，臺灣各報為了爭取讀者，刊載了不少誇張渲染的報導，甚至暗示或影射某人為兇手但事後證明是無中生有，使不少人的名譽蒙塵。1961 年，新聞編輯人協會專門針對這一事件組織了座談會，對新聞報導出現的亂象進行反思。〔註84〕社會輿論指謫以及報業檢討反省，促進了臺灣新聞評議會的產生。1963 年 9 月 2 日，臺北市報業新聞評議會在臺北市「自由之家」舉行成立大會，聘請蕭同茲、黃少谷、成舍我、陶百川、程滄波、阮毅成、端木愷等七人為委員，任期兩年，並推舉蕭同茲為首任主任委員，委員會通過了中央通訊社總編輯沈宗琳先生為首任秘書長的任命。該會以「推行報業自律運動，提高新聞德道標準，促進新聞事業之健全發展」為宗旨，開始了對報紙內容的整治，並推動臺灣新聞界展開自律運動。此外，主管新聞宣傳的國民黨中央委員會第四組和設計考核委員會還出版印行了如《新聞自由與責任》（1958）《怎樣報導犯罪新聞》（1960）《瑠公

〔註82〕中國國民黨中央委員會設計考核委員會編：《如何革新社會新聞的弊害》，臺北：中國國民黨中央委員會設計考核委員會，1961 年，第 5 頁。

〔註83〕楊秀菁：《臺灣戒嚴時期的新聞管制政策》，臺北：稻鄉出版社，2005 年，第116～117 頁；黃沙：《新聞自由十字軍》，《報學》第 7 期，1955 年 4 月，第16 頁。

〔註84〕冷楓整理：《瑠公圳分屍案新聞報導之檢討》，《報學》第 2 卷第 9 期，1961 年12 月，第 78 頁。

圳分屍案新聞報導的比較研究》（1961）《社會新聞改進之路》（1961）《如何革除社會新聞的弊害》（1961）《社會新聞研究論集》（1961）等出版物，以期對各家媒體社會新聞的報導起到糾正作用，讓新聞媒體內容回到為「國家利益」服務的軌道上來。

　　最後，是學者們的身份定位。在由官方控制主導的文化環境中，臺灣新聞學界人士大多兼具國民黨黨員以及新聞從業者的多重身份，直接影響到了臺灣新聞學術研究的內容與範式。由於此時新聞學界人士大多是1949年從大陸來到臺灣的學者，國民黨之於他們而言是一個來自原鄉的「家長式」政權，自然少有批評的聲音。新聞學者在威權的夾縫中也只能傾向於選擇保守立場，「不敢挑戰國家認同，不敢介入反對運動，不敢關心弱勢群體」「傾向於維護既得利益的階級，並且側重在合法的、溫和的漸進改革。」〔註85〕例如面對雷震被捕，曾經吶喊著自由的胡適也只能無奈的感歎道：「我若不支持這個政府，還有什麼政府可以支持？如果政府垮了，我們到哪兒去？」〔註86〕一些學者也因為自身政治背景而主動依附統治權力，為統治者的行為背書。而民間所形成的「普遍的政治冷漠」〔註87〕，也讓學者不必面對社會輿論的眾聲喧嘩。但作為具有從業經驗的新聞人，學者們也希望新聞業在社會中能擁有一個相對獨立的空間以維護新聞自由與權威。他們嘗試在臺灣地區戒嚴體制下找到一條有利於新聞業自主發展的道路，故而出現了以新聞自律達到行業約束目的這一學術觀點的討論。

（二）以「民意測驗」與「公共關係」為工具服務政治宣傳

　　由於新聞學研究理論化程度越來越高，社會科學的研究方法與研究視角也逐漸被新聞學者吸納到新聞學研究之中，逐漸開啟了臺灣地區新聞學研究的量化發展。這一時期中央民意代表選舉的部分開放，也促進了民意測驗這一由美國傳入的研究方法在臺灣地區的實踐。在這一時期，社會的穩定讓國民黨對於新聞宣傳的掌控也愈發得心應手，希望新聞學界為其政策宣導提供更為有力的支持，因而樂見新聞學界借助新的理論視角與研究方法，瞭解政策在民間推行的效果，獲取意見反饋作為政策調整的依據。因此在這一時期的新聞理論研究中，對於民意測驗的關注與公共關係的討論較之以往大為豐富。但此時

〔註85〕陳芳明：《殖民地臺灣——左翼政治運動史論》，臺北：麥田出版，2017年，第7～8頁。
〔註86〕張忠棟：《胡適五論》，臺北：允晨文化，1987年，第289頁。
〔註87〕郭正亮：《國民黨政權在臺灣的轉化（1945～1988）》，臺北：臺灣大學社會研究所碩士論文，1988年，第79頁。

對於二者的研究並非從提供中立學術觀點的立場出發，而更多的是為政治宣傳提供方案。

1. 學科地位明確與民意測驗運用

　　既往研究中，學者們在討論新聞學的學科歸屬與學術位置時，所持意見各不相同，主要包含文學、史學、社會科學、哲學等觀點，並未形成共識。1950年代中期，隨著新聞學理論視野的開闊與研究內涵的發展，將新聞學視為社會科學成為主流意見，新聞學的學科地位更加明晰。如學者陸崇仁便從新聞事業快速發展的現實出發，認為新聞學也在隨著「社會科學化」：

> 　　由於近代新聞事業突飛猛進，不僅在實務和技術方面，日趨廣
> 泛、充實、進步，且在學問方面，亦逐漸脫去資料性技術的階段，
> 而接近完整獨立社會科學──比較新聞學的境界了。……新聞學在
> 不久之將來，必然成為理論體系的社會學科，即如上述。則新聞比
> 較實務研究，在消極方面言，固屬對於新聞紙各部門革新之改進，
> 隨時盡其研究獻替之責；在積極方面，尤大足促進今後新聞學社會
> 科學化的完成，殊屬不可忽視的新聞學上一重要工作。〔註88〕

　　李士英也提出「新聞學並不是一種單純的孤立的科學，它是綜合性的東西，是各種與新聞事業有關的社會科學的結晶，也可以說是建築在各種社會科學基礎之上的。」〔註89〕謝然之則從 Journalism 的一種翻譯──「集納主義」進行解讀，對新聞學的內涵作出辨析：

> 　　新聞學的英文名詞 Journalism，有人譯為「集納主義」，雖是很
> 不妥當，但新聞學的理論確實有集納的意味。在社會科學之中，新
> 聞學是後起之秀，他能否成為專門的科學，過去曾經一度聚訟紛紜。
> 但由於新聞事業的發展，為了適應職業教育的需要，新聞學終於成
> 了專門的學問。一方面它是從日常編採工作的經驗和發行廣告的實
> 際業務裏面，歸納出來的基本原則；另一方面，又從社會科學之中
> 選出政治經濟等有關學問，再從人文科學中選擇史地語文等有關學
> 問，湊合起來形成新聞學的體系。〔註90〕

〔註88〕陸崇仁：《新聞比較實施研究》，《報學》第 8 期，1955 年 12 月，第 52 頁。
〔註89〕李士英：《新聞學與一般社會科學的關係》，載於董顯光等著：《新聞學論集》，臺北：中華文化出版事業委員會，1955 年，第 49 頁。
〔註90〕謝然之：《新聞學研究之新趨向》，載董顯光等著：《新聞學論集》，臺北：中華文化出版事業委員會，1955 年，第 17 頁。

　　新聞學理解認知的深化，不僅有利於新聞學學術地位的提升，還有利於社會科學方法在研究中的借鑒運用，其中民意測驗最常為這一階段的學者們所關注。謝然之分析 1950 年代中期臺灣新聞學研究課題的特點時便提出「反響的分析」這一概括，即新聞學研究「最主要的是輿論形成的過程，輿論的測驗和調查；其次是群眾心理的反應，宣傳對群眾行為的影響力，對於群眾引起愛讀和愛聽的因素。」〔註91〕政治大學新聞研究所的碩士生孫以繡在其論文中提出，新聞媒介的作用「就其在民意方面的顯示是一則可以影響民意，一則本身即代表一部分的民意」，並且「在今日人類關係愈趨複雜的社會，任何個人或團體除了透過大眾傳播工具以外，是無法更能認識民意之全貌的，這其中以報紙尤為重要。」〔註92〕李鑫矩也在研究輿論與新聞的關係時，介紹了民意調查研究方法在美國的使用與改進。〔註93〕

　　在對於民意測驗的研究中，學者黃沙的研究最為完善。1956 年，黃沙以臺北《民族晚報》所做民意測驗的事情為引子，提出了民意測驗的必要性：

> 　　真正的民意，必須求諸民意測驗。因此，真正的民主國家，也必然會注意到民意測驗事業的推行。現在美國，民意測驗不但在政治界成為決策者的主要參考資料；在經濟界成為企業家的發展必須借鑒；在軍事、社會、文化、教育各方面，差不多全需要民意測驗的資料，以從事對於本身業務的研究。很明顯的，民意測驗事業已經成為一個現代國家，任何一種事業的試驗劑了。〔註94〕

該文較為清晰地呈現了民意測驗在美國的運用情況，也對民意測驗的方法進行了說明。1956～1957 年間，黃沙兩次撰文介紹民意測驗的方法，對命題法、縮影法、訪問法均進行了詳細的說明，並譯介了美國普林斯頓民意研究所提出的「民意測驗 17 信條」。〔註95〕在這些論述中，研究者均認為民意測驗是民主國家一個重要特徵，並稱新聞界應當承擔起此工作。1963 年，黃沙將自己數年來對於民意測驗的思考集結成《民意測驗》一書，在很大程度上推進了臺灣地區新聞學研究乃至日後大眾傳播研究的發展。

〔註91〕謝然之：《新聞學的發展與新聞教育的革新》，《報學》第 8 期，1955 年 12 月，第 13 頁。

〔註92〕孫以繡：《民意與權力》，臺北：政治大學新聞研究所碩士論文，1957 年。

〔註93〕李鑫矩：《輿論與新聞》，臺北：政治大學新聞研究所碩士論文，1956 年。

〔註94〕黃沙：《民意測驗和報紙》，《報學》第 9 期，1956 年 6 月，第 44～49 頁。

〔註95〕黃沙：《民意測驗的方法》，《報學》第 10 期，1956 年 12 月，第 61～66 頁；黃沙：《民意測驗的縮影》，《報學》第 2 卷第 1 期，1957 年 6 月，第 24～29 頁。

　　此時學者們對民意測驗的關注，同樣是對於美國新聞學研究範式的借鑒與在地化檢驗，主要研究內容是圍繞輿論宣傳效果展開，其研究目的雖然號稱「現代國家的試驗劑」，但實質仍未完全脫離為國民黨宣傳服務的框架。1958年，杜陵出版《民意測驗》一書，是臺灣地區最早出版的系統介紹民意測驗的學術專著。在書中論述民意測驗的社會貢獻時，杜陵稱民意測驗對「國防建設」有所貢獻，但也不忘貶損社會主義國家的同類研究：

　　　　也許是受了民主潮流的衝擊，共產國家如南斯拉夫、捷克斯拉
　　　　夫、波蘭，以及蘇俄等國也有民意測驗出現，不過這些測驗工作多
　　　　由共黨御用的報紙或機構主持……其用意當不外是假借民意欺騙國
　　　　內外，為一種「反民主」和「不合法」的民意測驗工作。誠如美國
　　　　普林斯頓大學教授及蘇俄青年問題專家艾倫·卡索夫（Allen Kassof）
　　　　所說：「共產國家對民意測驗這門科學，總是儘量想捨棄其民主價值，
　　　　而吸取其科學功能，以使之成為一種有效的『指導』人民生活思想
　　　　與發揮政治宣傳的新技術。」〔註96〕

　　而臺灣地區所開展的民意測驗研究，則「在國防建設中至少具有三種功能」：

　　　　（一）正面估計本國對敵的潛在戰力。

　　　　（二）迅速處理政治上的興革問題。

　　　　（三）使敵國的觀念與做法發生錯誤。

　　當然，冠冕堂皇的理由在此時的臺灣社會中說的也沒有那麼理直氣壯，因此作者隨後補充到：

　　　　雖然民主國家實施民意測驗的目的是在保障民主自由，不可能
　　　　像蘇俄一樣使之成為政治與宣傳的工具。但基於「有備無患」的原
　　　　則，「武裝民意」仍為不可忽視的課題！因此，前述的三種國防功能，
　　　　應在正常的民意測驗工作中予以發揮。相信此一新的趨向，必能為
　　　　新世紀帶來更光明的前途！〔註97〕

可見，在國民黨政府所標榜的「自由中國」中開展民意測驗，實質仍是服務於「反攻大陸」話語的輿論工具，而非真正推動社會民主發展的力量。

〔註96〕杜陵：《民意測驗》，臺北：遠東出版社，1958年，第5頁。
〔註97〕杜陵：《民意測驗》，臺北：遠東出版社，1958年，第236頁。

　　如果說學者們關注民意測驗只是在當時的社會背景下開展的零散研究，那麼學術研究機構與政治的聯合則讓民意測驗真正成為政府提升宣傳效果的有力工具。1962 年冬，政治大學新聞研究所與國民黨中央黨部合作，成立民意測驗中心從事民意調查工作。該中心由曾虛白任主任委員，國民黨中央黨部第五組主任張泰祥任副主任委員，所受委託則來自「行政院」、中國廣播公司等機構。〔註98〕這一組織架構讓民意測驗研究機構自成立之初，便帶有官方控制的影子，成為「有效的『指導』人民生活思想與發揮政治宣傳的新技術」。

2. 作為政府宣傳策略的公共關係研究

　　除了民意測驗之外，學者們對輿論與公共關係二者的研究也未脫離宣傳的影子。1956 年，李瞻在檢視臺灣新聞輿論宣傳發展與現況之後，提出公共關係為政府宣傳的「新哲學」「新策略」，借公共關係這一概念，拓展了宣傳的範圍，將公共關係與新聞自由相結合，形成了理解公共關係基礎：

> 政府公共關係是政府宣傳的一種新哲學，也是宣傳的一種新策略……政府公共關係，係以誠信為手段，而以促進瞭解為目的，絕沒有半點虛偽誇大的意思，最後再重複一句，政府公共關係與新聞自由是絕對不能分離的，否則無論如何政府都難建立良好的公共關係。〔註99〕

　　1964 年，漆敬堯出版《競選公共關係：從戰後美國大選研究競選宣傳》一書，從源頭上梳理了「公共關係」這一概念的緣起與發展，對於公共關係的概念、發展、在世界各國的實際應用、在臺灣的實踐設計都進行了詳細的分析，是臺灣對於公共關係研究的奠基之作，推進了學術界對於公共關係的研究深度。在該書自序中，漆敬堯對輿論、公共關係與宣傳三個概念進行了界定：「從理論上說，公共關係是一條雙線道——一方面研究宣傳；一方面研究宣傳對象對問題所持的態度和意見（輿論）。」〔註100〕而後在序言中，漆敬堯對三者關係進行了進一步的說明：

> 所謂雙線道，就是指從事公共關係工作的人。一方面將東主（個人和組織）的意見（資料），透過大眾媒介（或其他途徑），向特定

〔註98〕賴光臨：《本校現況報導》，載《「國立」政治大學校史史料彙編》（第一集），臺北：政治大學校史編印委員會，1973 年，第 159 頁。

〔註99〕李瞻：《政府公共關係的發展》，《報學》第 10 期，1956 年 12 月，第 54～60 頁。

〔註100〕漆敬堯：《競選公共關係：從戰後美國大選研究競選宣傳》，臺北：海天出版社，1964 年，自序第 1 頁。

> 公眾報導、宣傳；一方面也將特定公眾對待特定問題的態度和意見
> （輿論）轉告東主，作為東主擬定政策時的參考。換句話說，從事
> 公共關係工作的人協助東主做宣傳，必須用實際接觸特定公眾的方
> 法去瞭解他們的意見。也只有迎合特定公眾態度所做的宣傳，才會
> 產生較大的效果。〔註101〕

後文，漆敬堯對美國競選的情況、競選期間公共關係的運作方式進行了詳細的描述。雖然書中將公共關係分為「企業公共關係」與「政府公共關係」兩類進行討論，但研究的重點落在宣傳之上，公共關係所服務的對象也是以擬定政策的「東主」——政府為主。這樣的研究與以往相比，固然有了更強的理論性與更獨特的視角，但仍未能擺脫宣傳本位的學術體系。

不過值得欣喜的是，此時臺灣地區的新聞學者對於新聞學的探討已經脫離了以新聞實踐為研究對象的「純粹新聞學」範疇，將關注範圍擴展到宣傳、競選、政策支持等方面。學者們以社會學科的視角審視新聞現象，運用社會科學的方法展開研究，讓新聞學研究的內涵與外延得到了提升與擴展，奠定並釐清了新聞學研究在社會科學中所處的位置。與此同時，臺灣社會進入了平穩發展階段，有限度的地方政治選舉也逐步開放，因而政府借助學術研究來獲得社會反饋的需求不斷增加。由此，民意調查等研究方法與公共關係的理論概念成為學者們服務政府宣傳的新工具。此時新聞學界的研究，仍有著鮮明的宣傳本位色彩，但此時政治對於學術研究的需求在一定程度上正向推動了臺灣新聞學研究的發展，讓新聞學者能藉此在臺檢驗國際前沿的理論並回應當下問題。

（三）以構建統治合法性為中心開展新聞史研究

歷史書寫是一種「社會記憶」（social memory），這類記憶不僅是個人的心智活動，更是由社會團體共同建構的。以史學家的工作而言，他們會受到其內在基模（schema）的影響來選擇題材、解釋資料及呈現過去；而他們內在基模又是受到所處時代的影響。〔註102〕在新聞事業與新聞研究服務於宣傳的時代，國民黨政府通過歷史書寫控制其成員記憶，建立「國民」的認同與共識、建構政治統治的合法性以維持良好的統治狀況。臺灣學者張炎憲曾指出，自國民黨

〔註101〕漆敬堯：《競選公共關係：從戰後美國大選研究競選宣傳》，臺北：海天出版社，1964年，第1頁。

〔註102〕Halbwachs, On Collective Memory. English Trans, London: University of Chicago Press, p182～183.

政府來到臺灣後，在官方的大中國意識型態下，學界也以大中國為本位，直到1970 年代末期，在社會反對運動的推動下才有所改變。〔註103〕這樣的歷史書寫框架影響到與集體記憶塑造、文化身份建構直接相關的臺灣新聞史研究的底色，成為這一時期新聞學研究「宣傳本位」思想的基礎。

1950 年代至 1960 年代的臺灣，處於一個「無根失落與孤懸歷史之外」的階段。〔註104〕國民黨政府為了鞏固自身統治，在文化上建立起「法統—正統—道統」的邏輯體系，並在臺灣地區先後發起了「文化改造運動」「文化清潔運動」以及「戰鬥文藝運動」，希望利用文化運動的力量改造教育體系與整編文化界，強化自己是中華道統唯一繼承者的合法性。〔註105〕雖然這些運動並未發展出整合政治統治與施政的領導型訴求，〔註106〕但是在運動中形塑並鞏固以中華傳統思想為內核的文化體系所產生的影響一直持續至今。在這一體系的建構中，歷史的書寫顯得尤為重要，只有建立起以「中華民國」政府為中心、排除其他敘事的中國史，才有利於統治正統性的強化。在這一思想的主導下，作為新聞學研究重要組成的新聞史研究，呈現出了構建以「中華民國」為核心的、強調國民黨政府代表中國合法政府的宏大歷史敘事，並在這一時期內成為新聞史研究的主流。

新聞史研究自中國新聞學誕生之初便佔據重要地位，以戈公振《中國報學史》為代表的著作奠定了很長一段時間內中國新聞史寫作的基底。大陸新聞學者來到臺灣後，也意識到新聞史研究作為新聞學科合法性來源，對於新聞研究與教育的重要性：「中國新聞事業之發展，亟需有系統之記載，已成新聞從業者與新聞所系同學共同迫切之要求，尤以從事新聞教育者感覺最深」〔註107〕。曾虛白在擔任政大新聞研究所所長的時候也稱「最感不滿的是沒有一部可作研究教材的中國新聞史」〔註108〕。在美國基金會的支持下，曾虛白召集政大

〔註103〕張炎憲：《臺灣史研究與臺灣主體性》，載張炎憲等編：《臺灣近百年史論文集》，臺北：吳三連臺灣史料基金會，1996 年，第 431～453 頁。

〔註104〕蕭阿勤：《回歸現實：臺灣一九七〇年代的戰後世代與文化政治變遷》，臺北：中央研究院社會學研究所，2010 年，第 81 頁。

〔註105〕中國文藝年鑑編輯委員會，《中國文藝年鑑》，臺北：平原出版社，1966 年，第 299～317 頁。

〔註106〕林果顯：《中華文化復興運動推行委員會之研究（1966～1975）——統治正當性的建立與轉變》，臺北：稻鄉出版社，2005 年，第 2 頁。

〔註107〕曾虛白：《中國新聞史》，臺北：政治大學新聞研究所，1966 年，第 1 頁。

〔註108〕曾虛白：《曾虛白自傳（下集）》，臺北：聯經出版社，1990 年，第 738 頁。

新聞研究所的教師一同著手編著《中國新聞史》。該書由曾虛白領銜，彙集政大如李瞻、程之行等學者，經過數次修訂，耗時四年完成，於 1966 年正式出版。全書共 17 章計 82 萬餘字，分為上下冊，成為臺灣乃至中國學界一部重要的新聞史著作。

表 3-4　《中國新聞史》各章節題目及作者

章節名稱	作　者	章節名稱	作　者
第一章　總論	曾虛白	第十章　抗戰勝利後的報業	常崇寶
第二章　民意的形成與發展	閻沁恒	第十一章　自由中國的報業	黎劍瑩
第三章　漢唐邸報至清末官報	陳聖士	第十二章　新聞通訊事業	李瞻
第四章　外人在華創辦的報紙	李瞻	第十三章　廣播電視事業	陳聖士
第五章　政論報紙的興起及其發展	亓冰峰	第十四章　新聞教育	李瞻
第六章　民國初年的報業	朱傳譽	第十五章　華僑報業	李瞻
第七章　從「五四」到「北伐」的報業	朱傳譽	第十六章　中共控制下的新聞事業	黎劍瑩
第八章　從「北伐」到「抗戰」的報業	張玉法	第十七章　新聞自由與新聞自律	曾虛白
第九章　抗戰時的報業	朱傳譽		

　　該書整體以時間為線索串聯前後內容，以專題式章節的形式完整呈現了我國新聞事業自秦漢以來的發展，並對外人在華辦報、政論報紙的發展、廣播電視、新聞教育等新聞發展過程中的重要力量予以特別關注。從該書的章節及篇幅架構來看，該著作前半部分以戈公振所著《中國報學史》的分期為參照，上承秦漢唐宋，下啟明清民國。〔註109〕在此基礎上，曾虛白等學者將中國新聞史的源頭上溯至先秦的傳播活動與思想，繼而介紹宋元明清各朝代的新聞事業發展，然後以清末到抗戰時期國民黨黨報為重點，結尾將 1949 年國民黨政府遷臺後「自由中國」的新聞事業接續其上，「如接黏劑一般，把國民黨領導的新聞事業與四千年中國傳統的道統與文化連結起來」〔註110〕，突出了「中

〔註109〕戈著首先釐清「新聞」「報學」等概念，進而對中國報業史的發展作分期，包括官報獨佔時期、外報創始時期、民報勃興時期及民國成立以來的報業發展，時間止於民國初年。

〔註110〕林麗雲：《卻顧新聞所來徑，一片滄桑橫脆危——臺灣的新聞史研究之回顧與前瞻》，中華傳播學會 2000 年年會論文，臺北：深坑鄉，第 13 頁。

華民國」的正統性與代表性。學者林麗雲將該著作的書寫框架總結為「以國府為中心的歷史大敘事」〔註111〕，其特點是排除或淡化祖國大陸社會的發展，同時也排除了臺灣地區歷史發展中的波折，並將1949年後臺灣作為「自由中國」的形象接續於前一歷史階段之後。〔註112〕這成為威權時期臺灣地區新聞教育與學術場域中歷史書寫的通用模式，臺灣地區各級學校的歷史教科書也多從「堯舜禹湯文武周公孔孟」的道統談起，再分述中國歷朝歷代的歷史，最後把國民黨政府在臺發展史接續其上，以強調統治的正當性。〔註113〕

這一新聞史的書寫範式，在此時碩士論文的選題及內容中也得以體現。閻沁恒所撰寫的論文《漢代民意的形成與其對政治之影響》分析了漢代的輿論與政治，其主要內容可以概括為兩項：

> 首言民意表達之各種方式，用意探知在君主專制政體下，沒有報紙，不經議會，民意如何得以伸張；其次論及民意影響政治，社會、經濟之演變等，藉以明瞭民意形成以後，其所發生之作用為何。
> 〔註114〕

這一對漢代民意的研究分析，與曾虛白在書寫《中國新聞史》時，將先秦至漢代的新聞活動與思想納入考察範圍的做法十分相似，雖然論文的體量無法呈現出自古至今的傳承，但其關注的歷史時期以及其以「民意」為落點的研究問題，不能說與彼時歷史書寫的範式毫無關係。此外，梁雪郎的《清初文字獄與輿論》、潘升德的《北宋輿論與黨爭之研究》、常崇寶的《汪康年與啟蒙時期之中國報業》等以古代至近代新聞史為關注點的研究也未跳脫這一框架。這樣的選題無論是出於自發或自覺，都已經嵌入「以國府為中心的歷史大敘事」之中，成為建構國民黨政府統治合法性的協助者。

除了對於國民黨政府「道統」的強調，對中國共產黨新聞事業的污名化與邊緣化，也是此時新聞史書寫的特點。在《中國新聞史》中，學者們對於國民黨所領導的新聞事業及報人報刊進行了詳細的介紹。與之相對的是在第六章

〔註111〕 林麗雲：《臺灣傳播研究史──學院內的傳播學知識生產》，臺北：巨流出版社，2004年，第102頁。

〔註112〕 林麗雲：《卻顧新聞所來徑，一片滄桑橫脆危──臺灣的新聞史研究之回顧與前瞻》，中華傳播學會年會論文，臺北：深坑鄉，2000年，第12頁。

〔註113〕 張炎憲：《臺灣史研究與臺灣主體性》，載張炎憲等編：《臺灣近百年史論文集》，臺北：吳三連臺灣史料基金會，第435頁。

〔註114〕 閻沁恒：《漢代民意的形成與其對政治之影響》，臺北：政治大學新聞研究所碩士論文，1960年。

至第十五章對於新聞事業的書寫中，難覓共產黨報刊及左翼進步報刊的蹤影。《中共控制下的新聞事業》一章僅僅用了 30 頁的篇幅來介紹 20 世紀上半葉中國共產黨所領導的新聞事業的發展，批判與抨擊成為唯一的表達，與「自由中國」的報業形成對比論述，建構出「大陸暗無天日」而「自由中國蓬勃現象」的形象差異。〔註 115〕該研究還曲解中國共產黨的黨報理論，稱「中共認為報紙的主要任務是宣傳黨的政策、貫徹黨的決議和反應黨在群眾中的工作，所以新聞政策均以黨的政治利益為前提。」〔註 116〕而臺灣則是與之相反的「自由的國度」，強化了國民黨政府「自由中國」的新聞自由優於「共產中國」的說法，也凸顯了國民黨政府治下「中華民國」的正當性：

> 政府播遷來臺，使這海上蓬萊成為反共復國的基地。因其地居東南亞要衝且人才薈萃，報業得以迅速發展，其蓬勃之象，為新聞史寫下了新頁。〔註 117〕

這樣的書寫方式在 1960 年代初期奠定基礎，並延續了整個戒嚴時期，成為新聞史書寫的「基本規範」。即使到了 1978 年，賴光臨所著《中國新聞傳播史》仍延續這一書寫的模式。在全書九章之中，有五章以國民黨或親國民黨的報刊報人為主軸，強調他們對國家的「重大貢獻」，如宣揚革命理念、鞏固領導中心、對日抗戰、不屈不撓等。書中也讚揚多位報人為「典範」與「英雄」，例如章炳麟在「蘇報案」中的表現使「民心為之大壯」；戴傳賢對袁世凱的復辟行為「力加抨擊」；張季鸞提出的「不黨、不賣、不私、不盲」辦報思想等等，而共產黨的新聞事業卻被有意地「遺忘」。〔註 118〕

這一時期臺灣地區中國新聞史的研究在政治邏輯中亦步亦趨，體現出鮮明的以構建國民黨政府正統性為核心的面貌。此時新聞史研究的特點有三：首先是對於文化道統的強調。這一點鮮明地體現在所有新聞史研究的框架與年代劃分之中，即上承先秦，下接民國，以整體性視角將 1949 年後國民黨政府的新聞活動納入書寫之中。其次是對於區域新聞史的有意忽視。為了維護政權合法性，國民黨政府始終以代表全中國的形象自居，在歷史書寫中臺灣地區也

〔註 115〕曾虛白：《中國新聞史》，臺北：政治大學新聞研究所，1966 年，第 25～26 頁。

〔註 116〕曾虛白：《中國新聞史》，臺北：政治大學新聞研究所，1966 年，第 810 頁。

〔註 117〕曾虛白：《中國新聞史》，臺北：政治大學新聞研究所，1966 年，第 509 頁。

〔註 118〕賴光臨：《中國新聞傳播史》，臺北：三民書局，1978 年，第 96、132、172 頁。

被視為「自由中國」而非單純的一省而忽視其本土性，大陸地區 1950 年代後的新聞事業發展也被視為「非法」而刻意規避，這種「選擇性失明」讓臺灣學者所書寫的中國新聞史雖然有很強的學術價值，但也有只見樹木不見森林之憾。最後，便是冷戰背景的凸顯。在新聞史書寫中，雖然兩岸都主張「一個中國」，但是在冷戰背景下也都強調自身統治的正當性而互不相讓，本應在戰後共同發展建設的兩岸也被人為地劃分成為「自由中國」與「共產中國」並劍拔弩張。國民黨政府在這一區隔之上建構起了服務於「自由中國」話語的新聞制度與體系，為其宣傳事業提供了堅實的合法性基礎。

在特殊的時代中，兩岸新聞史的書寫都無法擺脫冷戰背景下的意識形態對立，以後見之明而言，雙方雖似水火不容，但就內容而言卻互為補充，共同拼湊出了相對完整的中國新聞事業發展面貌與新聞人物形象，形成了一種獨特的內生性的學術聯結，這是考量臺灣新聞學研究價值時不可忽視的部分。

（四）以「學術並重」為標準進行新聞教育研究

1960 年代，學界有關新聞教育的研究開始增加。在「宣傳本位」思想主導下的學術研究中，新聞教育成為少有的相對客觀的研究領域。這一時期學者們既強調新聞教育對於新聞事業發展的服務作用，也關注新聞教育對於學術發展的重要貢獻，形成了「學術並重」的新聞教育觀念。

1.「教、學、術」三點透視新聞教育

1960 年，王洪鈞以政治大學新聞系主任的身份，與中央通訊社駐馬尼拉特派員李約、駐菲律賓大使館新聞參事虞為代表臺灣地區國民黨政府參加了 10 月 2 日在菲律賓馬尼拉舉辦的東南亞新聞教育研究會議。聯合國教科文組織自 1956 年開始積極協助發展中國家和地區發展新聞事業與新聞教育，舉辦此次會議則是首次對東南亞的新聞教育發展予以專門關注。王洪鈞為參加本次會議做了充分地準備，特地在新聞局長沈劍虹的協助下出版了英文小冊子《中國的新聞教育》，介紹了國民黨政府自大陸執政時期到播遷臺灣後新聞教育的歷史、現狀、國際合作、職業培訓，以及政府對於新聞教育的支持與協助等內容，是系統介紹國民黨新聞教育的重要文本。王洪鈞在此次會議上提出「提倡新聞教育的努力，實際就是提倡新聞事業的一部分」〔註119〕，以強調新聞教育的重要性。

〔註119〕 王洪鈞：《新聞教育的發展趨勢》，《報學》第 2 卷第 9 期，1961 年 12 月，第 50～54 頁。

在 1960 年代的臺灣新聞學者中，對於新聞教育最為關注的便是王洪鈞所指導的碩士生鄭貞銘。作為政治大學新聞系創辦後的第一屆畢業生，也是在政治大學新聞系接受四年完整新聞教育後進入研究所攻讀的三位學子之一，鄭貞銘的學術關注始終沒有離開新聞教育，還曾受美國國務院的邀請，赴美從事大眾傳播與新聞教育的研究。1964 年，鄭貞銘的碩士論文《中國大學新聞教育之研究》在嘉新水泥公司文化基金會的資助下出版，成為臺灣地區最早完整研究新聞教育的著作，奠定了鄭貞銘日後研究新聞教育的學術之路。正如鄭貞銘自己所言：「當筆者在政大新聞研究所攻讀碩士學位，決定以《中國大學新聞教育之研究》為論文題目時，就知道這輩子將與新聞傳播教育結下不解之緣。」〔註 120〕

鄭貞銘所著《中國大學新聞教育之研究》從社會貢獻入手，梳理了世界各國的新聞教育發展，強調新聞教育的重要性，並對新聞教育的目標、要義等方面進行了闡釋，從教、學、術三方面思考了未來新聞教育的發展面向。鄭貞銘的研究不僅僅從實用主義的角度強調新聞教育為新聞事業發展提供人才的重要性，還提出了教育對於推動新聞學術研究的重要性，將新聞教育研究推入了學理性的思考，讓新聞學府不再只是培養新聞記者的場所，更成為推動新聞學術發展的力量：

> 新聞教育學府是培植新聞從業人員的主要場所，新聞學術研究是改進新聞事業的必經途徑。為提高新聞事業水準，使隨著時代的進步而日新月異；同時，為建立新聞學術的體系，使在諸種社會科學中獲得其應有的地位，必須加強推動新聞教育及新聞研究工作；新聞教育成為新聞業者與教育界人士所共同努力的目標，現已逐漸成為時代的趨勢。〔註 121〕

鄭貞銘對於新聞教育的深刻理解在 1960 年便已經形成，鄭貞銘曾在總結自己大學四年所受新聞教育時便對新聞研究人才的教育培養充滿希望：

> 近代新聞教育的趨勢，一方面在研討新聞技術的精進；另一方面則在建立新聞學理論的體系。前者的目的在培養優秀的新聞從業員以提高新聞事業的水準；後者的目的則在發掘一種新學問的原理，以確

〔註 120〕鄭貞銘：《中外新聞傳播教育》，臺北：遠流出版社，1999 年，第 20 頁。

〔註 121〕鄭貞銘：《中國大學新聞教育之研究》，臺北：嘉新水泥公司文化基金會，1964 年，第 1 頁。

定其在社會科學中的地位。……經過這幾年的新聞教育，個人深深感覺：我們無需自卑，新聞學正如旭日初升，與其他科學如教育學、社會學、哲學……一樣，必有內容充實的一天；只要大家共同努力研究，也必可建立起一套健全的理論體系。「前人種樹，後人乘涼」，其他學問之體系完整，內容充實，何嘗不是前人積年累月研究的成果？新聞學是一塊正待開墾的園地，也是有志者共同努力的目標，願負責新聞教育的先進與青年朋友，能勇敢地共同擔負起這個任務。〔註122〕

除了對新聞教育進行了更全面的詮釋外，鄭貞銘還對社會上所充斥的「經驗主義論者」與「科學至上論者」兩種論調逐一進行批判，以強調新聞教育發展的必要性：

新聞教育乃是以有系統的理論與前人經過的寶貴經驗傳授給學生，使受業者除瞭解各種智識與技能外，更能加以適當運用。此種有計劃的培養較之於報社當練習生自然更能收到事半功倍的效果。何況，新聞事業愈益發達，新聞人才也愈益重要，在新聞事業日趨專業化的今日，我們不能不依據研究與經驗所得，尋求一條更為正確的道路，讓有志新聞事業的青年減少摸索的痛苦。……事實證明，大多數有識之士，現在都承認了新聞專業訓練的價值，察覺到：以新聞和日常事務的知識供應人民的新聞記者，確須接受這一訓練，這樣才能使他們勝任並有效的執行以上所說他們的工作。其次，任何一種學問初長成時，總是空洞而無內容的，必須經過事業本身的不斷發展和無數學者專家的研究探討，而後才能逐漸充實，卓然成為一種完整的理論體系；這種事實，證之於其他學科，如教育學、法律學、社會學、哲學……等等，莫不皆然。新聞學初成立時，雖然內容空泛，但隨著新聞事業的日益發展，新聞學的內涵也已逐漸擴充之中。我們不能否認，今日之新聞學，有待充實改進之處正多；但我們更不能否認，新聞學在今日實已逐漸發展成為一門健全而完整的學科。〔註123〕

繼而從「民主政治的前途」「讀者依賴的心理」「新聞事業的發展」「新聞學術

〔註122〕 鄭貞銘：《受過新聞教育以後》，《報學》第2卷第9期，1961年12月，第58頁。

〔註123〕 鄭貞銘：《中國大學新聞教育之研究》，臺北：嘉新水泥公司文化基金會，1964年，第36～39頁。

研究」四個方面論證新聞教育的合法性，提出新聞教育對於提高新聞學學科地位的貢獻：

> 我們為健全新聞事業的發展，必須從事新聞學術的高深研究，借堅強的理論來指導實際的業務；借實際的業務來追求更遠大的理想。這種理想，惟有借新聞教育的力量來推動，來發展；這樣才能消除教育界的「科學至上論者」認為「新聞學不是獨立學科」的偏見，也惟有如此，才能提高新聞學的社會科學中的地位。〔註124〕

鄭貞明在思考新聞教育的意義時，已然跳脫「報業學徒」之窠臼，亦不在培植「宣傳人才」的政治框架之中，而是以社會科學的視角審視新聞學，進而從新聞學術發展的角度解析新聞教育所具有的指導性功能，讓新聞教育研究的內涵更加豐富與立體，也體現出新聞學者積極推動將新聞學納入社會科學、構建新聞學理論體系的努力。

2. 新聞學術思想的實踐

除了開展新聞教育的相關研究，鄭貞銘還以行動實踐自己的新聞教育理念。自政治大學新聞研究所畢業之後，鄭貞銘進入中國文化大學參與新聞系的草創工作，並前後兩度出任系主任長達17年。在任職期間，鄭貞銘不但遍訪名師以充實文化大學新聞系的師資力量，聘請到了李瞻、徐佳士、朱虛白、余夢燕等新聞學界的名家來校任教，同時拜訪各大新聞傳播單位的主管，為學生們勸募獎學金，讓新聞系的獎學金數量名列華岡之首。在向優秀學子頒發獎學金之時，鄭貞銘會一併邀請新聞界領袖前來頒獎並發表專題演講，讓獎學金不僅僅是對學生先進的物質獎勵，「更重要的代表了新聞界先進對後進的提掖、關切與期望」。〔註125〕此後，鄭貞銘還在文化大學籌備創建大眾傳播系、廣告系、新聞研究所等教育研究組織，並與密蘇里新聞學院達成協議，選派學生赴美深造；在社會中推動成立大眾傳播教育協會，一時開風氣之先；促成兩岸間新聞傳播教育交流、設立新聞獎學金，被稱為「在今日之臺灣，提到新聞教育時，少數立即被想到的人士之一」。〔註126〕

〔註124〕鄭貞銘：《中國大學新聞教育之研究》，臺北：嘉新水泥公司文化基金會，1964年，第47頁。

〔註125〕鄭貞銘：《「橋」的回憶》，載「中華民國」大眾傳播教育協會編：《新聞教育與我》，臺北：「中華民國」大眾傳播教育協會印，1982年，第187頁。

〔註126〕見謝然之、徐佳士所做序言，載鄭貞銘：《中外新聞教育》，臺北：遠流出版社，1999年，第12～13頁；第18～19頁。

　　謝然之作為政工幹校新聞組主任、政治大學新聞系首位系主任、中國文化大學新聞系與世新大學的創辦者之一，在積極參與新聞教育實踐之時，也始終關注新聞教育的研究。1955 年，謝然之對中國新聞教育的起源與發展進行梳理後，認為臺灣地區的新聞教育「無論質量均為甄健全」，新聞教育改革應當趨向「期勉新聞記者成為有思想有學識又有操守的社會改造者」，以發展眼光提出新聞教育應適應媒介的變化而做出改革。謝然之還分析了世界新聞教育改革的趨勢，包括重視實習、新聞學的社會化、理論與實踐交融貫通、設立新聞學術榮譽獎勵制度等，為臺灣新聞教育改革提供了思路與藍圖。〔註127〕1961年，臺灣地區出版了第一本新聞年鑑，謝然之在為年鑑教育篇撰寫《中國新聞教育的沿革》一文時，將自 1912 年全國報業俱進會提出設立「報業學堂」開始至 1961 年臺灣地區新聞教育的發展進行了梳理，呈現了 20 世紀上半葉祖國大陸及 1950 年代後臺灣地區新聞教育發展的圖景，為釐清中國新聞教育的發展脈絡與不同取向提供參考。〔註128〕

　　隨著新聞高等教育體系的發展完善以及實踐成熟，學者們對於新聞教育的理解有了很大變化，從 1950 年代以報館為「最大課室」的實用主義思考上升到學科意識形態的高度，讓新聞教育從服務於新聞行業的職業培訓，轉型成為精進研究、服務社會、指導實踐的力量，推動新聞學學科體系不斷完善。更為可貴的是，與其他研究領域依附於政治體系不同，新聞教育的主要討論與實踐空間為高等教育機構，與黨政關係的密切程度相對較弱，加之 1960 年代臺灣新聞學術環境在留美學者不斷引介新思想的過程中漸漸開放，因而對於新聞教育的研究相對客觀，呈現出更強的學理性。

　　通過對這一階段臺灣新聞學者學術研究內容的梳理可以看出，此時新聞學研究呈現出鮮明的以政治宣傳為中心的特徵，形成了基礎建構、話語生產與傳播效果三個層級的研究內容，以及以統治合法性建構為基礎、以服務政治宣傳為歸旨的研究框架，讓學術成為服務國民黨政治機器的工具。這種充滿意識形態色彩的研究範式在一定程度上削弱了學術本應具有的獨立性，桎梏了新聞學術研究的發展。但也正是因為政治與學術的緊密聯繫，讓臺灣新聞學的教

〔註127〕　謝然之：《新聞學的發展與新聞教育之改革》，《報學》第 8 期，1955 年 12 月，第 10～17 頁。

〔註128〕　謝然之：《中國新聞教育的沿革》，臺北市新聞記者公會：《「中華民國」新聞年鑑》（1961 年），臺北：臺北市新聞記者公會，1961 年，新聞教育篇第 1～7 頁。

育與研究在戒嚴時期能夠獲得足夠的資源而快速生長。此外，學術話語參與建構統治合法性讓中華文化的框架得以在島內快速傳播、形塑並鞏固，令臺灣地區的學術研究與文化發展始終在「一個中國」的原則下展開而不至脫序，維護了中華文化脈絡在臺灣的延續與兩岸文化上的統一，成為駁斥當下「文化臺獨論者」的確鑿證據。

三、臺灣新聞學術研究發展的動力

以政治大學新聞研究所成立為標誌的臺灣新聞高等教育建制化與學術研究體系化，促使臺灣新聞界形成了專門從事學術研究以「維持作為超社會的文化範疇的知識做出貢獻」的場域，〔註 129〕讓臺灣新聞學研究的發展產生了結構性的變化。在人員構成方面，專業的研究人員成為學術發展的重要支撐，業界人士在學術討論中逐漸轉型或退場；在研究場域方面，研究機構與高等院校取代學術組織成為新聞研究開展的空間，成員間的聯繫也更為緊密。這樣的轉變讓學科體制趨於完善，並在國民黨的直接介入下形構出了黨化新聞教育體制與侍從學者群體，學科制度、教育體制與學者群體三者共同成為推動臺灣地區新聞學術研究發展的力量，也使知識生產呈現出宣傳本位的特點。

（一）黨化教育體制形構宣傳研究框架

一個時期教育模式的形塑，總是受到當時政治、經濟、文化發展的影響。1950 年，國民黨開始對自身進行改造，這一行動不僅是黨內權力的重新整合，也是臺灣社會結構轉型的起點，〔註 130〕改造後的國民黨逐漸完成了對臺灣社會全面與直接的控制。〔註 131〕這樣的變化對作為與政治制度適應彈性很小的教育制度起到的作用是巨大的，〔註 132〕讓此時臺灣新聞教育呈現出鮮明的黨化面貌並直接作用於新聞學者及其學術研究，形構出了宣傳本位的思想特點。

〔註 129〕〔美〕弗洛里安・茲納涅茨基著，郟斌祥譯：《知識人的社會角色》，南京：譯林出版社，2012 年，第 96 頁。

〔註 130〕龔宜君：《「外來政權」與本土社會——改造後國民黨政權社會基礎的形成》，臺北：稻鄉出版社，1998 年，第 29 頁。

〔註 131〕呂曉波：《關於革命後列寧主義政黨的幾個理論思考》，載周雪光：《當代中國的國家與社會關係》，臺北：桂冠圖書公司，1992 年，第 195 頁。

〔註 132〕政治制度與教育制度關係密切，且適應彈性小，學界稱之為「硬適應」。見謝維和：《教育活動的社會學分析——一種教育社會學的研究》，北京：教育科學出版社，2000 年，第 234 頁。

　　1949 年後，國民黨將內戰失敗的原因歸於黨內缺乏「革命哲學作基礎」「思想不統一」「徒有完美的主義，高尚的哲學，而不能實踐篤行」〔註 133〕「一般同志陷於錯誤的思想之中，而不知何去何從」等精神文化層面的問題。〔註 134〕蔣中正還反覆強調，在國民黨在和共產黨的鬥爭中，「宣傳不夠主動而理論不夠充實」讓國民黨失去了青年和民眾的支持。〔註 135〕為了鞏固自身統治基礎，在青年心目中構建起統治的正當性，國民黨在臺灣地區實行全面的教化整編，將學校視為政治社會化的重要機構，提出黨要「重新進入學校與輔助學校教育」的理念，〔註 136〕教育內容也圍繞「法統」「道統」「仇恨教育」以及「領袖、主義、國家」等方面展開。〔註 137〕

　　1950 年，國民黨開始在各大專院校中設立「知識青年黨部」及改造委員會，並於 1951 年成立正式黨部，通過這些機構來掌控青年的政治活動。〔註 138〕除了青年黨部，國民黨政府控制的救國團也是滲透校園的工具。1954 年 3 月29 日，該團體依據「行政院」臺一教字 5265 號訓令核准在大專學校中成立，〔註 139〕完全由國民黨控制並要求學生一律參加。救國團在高校中通過軍訓教育、組織各類休閒活動和成立社團，成為統治者收編青年學生的工具。〔註 140〕而在教師隊伍中，黨員的比例也不低，1955 年臺灣地區所有大專院校教授中有 40.1%是國民黨黨員，所有教職員工中有 38.3%是黨員。〔註 141〕這樣的教

〔註 133〕 蔣中正：《軍人魂》，載高嵩麓編：《蔣總統革命思想》，臺北：黎明文化事業公司，1974 年，第 146 頁。

〔註 134〕 蔣中正：《軍人復職的使命和目的》，載高嵩麓編：《蔣總統革命思想》，臺北：黎明文化事業公司，1974 年，第 146 頁。

〔註 135〕 蔣中正：《如何改進我們的革命方法》，載「國防研究院」中華大典編印會編：《蔣總統集》第 2 冊，臺北：國防研究院中華大典編印會，1968 年，第 1712頁。

〔註 136〕 中國國民黨臺灣省改造委員會編印：《臺灣黨務》第 4 期，臺北：中國國民黨臺灣省委員會，1951 年，第 8 頁。

〔註 137〕 法統即國民革命史；道統即中國傳統文化的傳承；仇恨教育便是妖魔化、污名化中國共產黨，並進行理論批判。參見郭正亮：《國民黨政權在臺灣的轉化（1945～1988）》，臺北：臺灣大學社會學研究所碩士論文，1988 年，第 41 頁。

〔註 138〕 許福明：《中國國民黨的改造（1950～1952）》，臺北：正中書局，1986 年，第 72 頁。

〔註 139〕 自由中國社：《今日的問題》，臺北：自由中國出版社，1958 年，第 124 頁。

〔註 140〕 倪炎元：《南韓與臺灣威權政體轉型之比較》，臺北：政治大學政治研究所博士論文，1993 年，第 169 頁。

〔註 141〕 龔宜君：《「外來政權」與本土社會——改造後國民黨政權社會基礎的形成》，臺北：稻鄉出版社，1998 年，第 121 頁。

師隊伍組成，讓國民黨對於文化場域的滲透得以順利開展。

課程體系方面，教育內容的設計理念也強化了黨化色彩。此時高等教育的設計完全以蔣中正個人意志為歸依，主張依照「三民主義」的綱領，強調在教育方面依照「蔣公指示公民教育」的理念來設計課程，〔註142〕形成了包括「歌頌中國國民黨的豐功偉績、崇拜黨的領袖以及仇匪精神的灌輸」等內容在內的黨化課程體系。〔註143〕1950年，臺灣地區教育部門公布《大學各學院及各專科學校共同必修科目》，將「三民主義」列為必修；〔註144〕1951年，國民黨政府在臺灣地區宣布恢復學生軍訓，並強調軍訓對於發揚民族精神、加強「復國」意識的重要性，〔註145〕期望通過軍事訓練來達到對學生精神上的影響。研究所的課程也未能擺脫黨化的影響，在1954年政治大學恢復後設置的四個研究所中，「總統學說研究」成為基本公共必修科目。〔註146〕此外，人事任免也是控制高等院校的重要手段，尤其是對於政治大學這樣的「黨校」，選派校長無疑是當局的職權，其「校長、所長，乃至教授之聘定，都是經過總統核定」。〔註147〕國民黨通過這些措施，培養青年學生對國民黨的信仰，進而達到對政權效忠的目的。

在意識形態話語的統領下，臺灣文化場域與思想流派得到了前所未有的規訓整合，並將學術話語收編其中，成為協助擘劃新聞管制政策並為其生產合理性話語的成員。以「配合國策及培養高級通才」為教育目的的政治大學新聞

〔註142〕 中國國民黨中央委員會文化工作會主編：《三民主義建設成果專輯之一——總論（三民主義的理論與實踐）》，臺北：正中出版社，1984年，第67頁。

〔註143〕 林玉體：《臺灣教育史》，臺北：文景出版社，2003年，第208頁。

〔註144〕 綱要內容包括「一、加強中小學公民史地及專科以上學校三民主義之講授。二、各校敦請名人演講，闡發三民主義思想及戡亂建國之意義。三、中等以上學校舉辦三民主義論文比賽，並組織學術團體研究三民主義。四、出版有關三民主義及反共抗俄之刊物。」見《戡亂建國教育實施綱要》，卅九年六月十五日「教育部」臺普字第三三六一號訓令辦法，載「教育部」編：《教育法令》，臺北：正中書局，1967年，第1頁。

〔註145〕 此時臺灣地區教育部門對於軍訓目標的論述包括「奉行三民主義，加強反共復國意識」「發揚民族精神，恢復我國固有道德」「注重勞動生產，養成勤勞儉樸習慣」「配合軍事需要，訓練各種實用技能」等。見張芙美：《「中華民國」臺灣地區軍訓教育發展之研究》，臺北：幼獅出版社，1999年，第77頁。

〔註146〕 社論：《期待於「國立」政治大學》，載《自由中國》第11卷第11期，1954年12月1日，第5頁。

〔註147〕 社論：《期待於「國立」政治大學》，載《自由中國》第11卷第11期，1954年12月1日，第5頁。

研究所更是包含著國民黨政府賦予傳播學術的想像，〔註148〕即期望傳播學術研究也是宣傳的工具，可以「在互動儀式中建構一套知識體系」以正當化自身的統治。〔註149〕這樣的教育行政體系一方面確保了國民黨對於高等教育的控制權，另一方面也讓意識形態對學術研究的干預得到了強化，讓臺灣新聞學術研究呈現出以宣傳為中心的特點。

（二）侍從學者湧現構建學術思想內涵

　　隨著外部威脅的解除與內部統治的穩固，國民黨政權要求學術研究「證實統治階級的意識形態」失去了重要性，此時學者也轉型為讓「統治階層的所有目標必須無保留地被國家的每個成員承認」的工具，「而不是提出任何進一步的價值問題。」〔註150〕臺灣學者林麗雲在分析威權時期臺灣政媒關係時提出「侍從報業」這一概念，以說明統治者與輿論製造者之間複雜的依附關係。〔註151〕大陸學者王明亮也提出「侍從報人」這一概念，以說明臺灣威權時期新聞人與政府的關係。〔註152〕本文以兩位學者的研究為參照提出「侍從學者」的概念，以說明這一時期新聞學者一方面依賴國民黨政府所提供的資源來維持學術生產，另一方面國民黨政府也需要這些學者為自身統治的合法性提供科學性話語的關係。

表 3-5　政治大學新聞研究所教授教育及任職經歷（1954 年第 1 學期）

	姓　名	教授學科	籍貫	求學經歷	經　歷
1	曾虛白	採訪；編輯；評論；特寫	江蘇常熟	上海聖約翰大學	曾任中央宣傳部國際宣傳處處長、中央政治學校新聞學院副院長、「行政院」新聞局副局長
2	翁之鏞	民生主義研究	江蘇常熟	國立東南大學	曾任中國地政研究所教授；中國農民銀行處長秘書協理

〔註148〕謝然之：《新聞學論叢》，臺北：改造出版社，1963 年，第 189 頁。

〔註149〕林麗雲：《臺灣傳播研究史——學院內的傳播學知識生產》，臺北：巨流出版社，2004 年，第 88 頁。

〔註150〕〔美〕弗洛里安‧茲納涅茨基著，郟斌祥譯：《知識人的社會角色》，南京：譯林出版社，2012 年，第 53～54 頁。

〔註151〕林麗雲：《臺灣威權政體下「侍從報業」的矛盾與轉型：1949～1999》，《臺灣產業研究》2000 年第 3 期，第 89～148 頁。

〔註152〕王明亮：《家長制支配下侍從報人的職業命運——遷臺後〈中央日報〉社長馬星野下臺原因分析》，《新聞記者》2018 年第 9 期，第 67～79 頁。

3	馬星野	報業經營及管理	浙江平陽	中央黨務學校；美國密蘇里大學新聞學院	曾任中央政治學校新聞學系主任、中央宣傳部新聞事業處長、南京中央日報社長；時任國民黨中央第四組主任
4	張貴永	西洋近代外交史	浙江鄞縣	國立清華大學；德國柏林大學	曾任中央大學教授並兼歷史系及歷史研究部主任、赴英交換教授；時任臺灣大學教授
5	成舍我	新聞學概論	湖南湘鄉	國立北京大學	曾任南京民生報、北平世界日報、香港立報創辦人、歷屆參政會參政院、制憲國大代表；時任「立法委員」

　　從表 3-5 中可以看出，此時臺灣新聞學者大都具有一定的政治背景，如政治大學新聞研究所創辦人曾虛白曾擔任中央宣傳部國際宣傳處處長長達 12 年（1936～1947），來臺之後擔任中國廣播公司副總經理、國民黨中央改造委員會第四組主任等職。在主政政大新聞研究所期間，仍然掌管中央通訊社，負責對外宣傳工作。與曾虛白同為臺灣新聞學教育先驅、曾任政大新聞系系主任並創辦中國文化大學新聞系的謝然之，在大陸便參與了中央幹部學校的成立工作，後擔任中國國民黨中央宣傳部第一處處長。1960 年，謝然之出任主管文化宣傳的中國國民黨中央第四組組長，成為國民黨新聞管制政策的制定者與執行者。1950～1960 年代活躍在學界、業界的陶希聖則是與曾虛白比肩而立的國民黨宣傳幹將，在抗戰時期曾出任中央宣傳部副部長，1954 年接替曾虛白出任國民黨中央改造委員會第四組主任。隨著 1954 年政治大學新聞研究所的成立，這些政治人物迅速完成了身份轉化，依憑政治資本進入學術場域，形成了一個具有黨派色彩的學術共同體，並開始探索以「鞏固領導中心」為敘事結構的規範性新聞理論。〔註 153〕1959 年起，作為臺灣新聞學唯一學術發表園地的《報學》也開始接受中國國民黨中央委員會第四組以及臺灣省新聞處的補助，與官方的關係日趨緊密。〔註 154〕學術與政治的合謀讓臺灣的新聞學研究成為威權統治脈絡下的產物，極大地影響了這一階段的新聞學術思想，使之呈現出政治化的面貌。在這一時期湧現出的侍從學者中，以政治大學新聞研究所的創辦者曾虛白最具代表性。

〔註153〕林麗雲：《臺灣傳播研究史——學院內的傳播學知識生產》，臺北：巨流出版社，2004 年，第 88 頁。
〔註154〕沈宗琳：《編協十年》，《報學》第 2 卷第 9 期，1961 年，第 2～3 頁。

1. 早年新聞經歷奠定思想基礎

曾虛白原名燾，字煦白，出生於江蘇常熟的一個大戶人家，幼年時在家人的薰陶下「沾染到讀書人在社會中的生活影響」，〔註155〕開始了文化上的啟蒙。父親的開明讓他在孩提時代除了學習傳統文化經典之外，還較早接觸到了維新派所創辦的報刊，「除康梁之外《時務報》《強學報》《湘學新報》《新知報》等刊物都是選讀來源」。〔註156〕以後見之明，這一幼年經歷成為其日後投身新聞事業的發蒙，並讓他在青年時期便憑藉媒體而嶄露頭角。在聖約翰大學求學期間，曾虛白成為校刊《約翰聲》上的常客，1916年21歲的曾虛白在《約翰聲》中發表一篇文章，揭櫫其對於曲解言論自由的憂慮以及對於民初報刊亂象的不滿，字裏行間頗有傳統士大夫的情懷與精英主義的觀念：

> 民國肇興，言論自由頒於國典，亦復大言炎炎，小言詹詹。有一知半解者皆以言論自鳴，本國聖賢千古不刊之名言，譏為陳腐，東西各國大雅不齒之怪說，奉為珍奇。……其更下者，實學故未問津，淺文亦未就範，抄襲故紙，博取金錢，風花雪月，騰諸報章，亥豕魯魚，傳諸刻本，非但文學之羞，亦世道人心之害。〔註157〕

作為一腔熱血的青年學生曾虛白對於言論的質量有清晰的尺度與評判標準，並具有一定報刊責任論的色彩。如果說曾虛白日後提出的政府干預新聞自由的言論是出於對國民黨政府權力的忠誠，那麼自幼所培養起來的對於媒體的認知，以及青年時對於言論自由和新聞責任的反思，也是滋養其新聞學術思想的養分。

自上海聖約翰大學畢業後，曾虛白輾轉來到天津，謀得一份英文科長的差事，在工作期間結識了「決定終身事業應走哪條路的人」以及「此後開創事業同甘共苦並肩合作亦師亦友」的夥伴董顯光。〔註158〕此時董顯光正有辦報意願，因此邀請有深厚國學背景的曾虛白一同籌備創辦《庸報》，成為曾氏進入新聞界的起點。自此，曾虛白「不論在朝在野，沒有離開大眾傳播這個崗位過。」〔註159〕

〔註155〕曾虛白：《曾虛白自傳（上集）》，臺北：聯經出版社，1990年，第8頁。

〔註156〕曾虛白：《曾虛白自傳（上集）》，臺北：聯經出版社，1990年，第28頁。文章《新知報》應為知新報，或為作者筆誤。

〔註157〕曾虛白：《論中國宜設學士會（Academy）》，《約翰聲》第27卷第9期，1916年，第2頁。

〔註158〕曾虛白：《曾虛白自傳（上集）》，臺北：聯經出版社，1990年，第70頁。

〔註159〕馬之驌：《新聞界三老兵：曾虛白、成舍我、馬星野奮鬥歷程》，臺北：經世書局，1986年，121頁。

而後，曾虛白又參與了《大晚報》的創刊與發行，此時正值「一二八事件」爆發，淞滬會戰打響，《大晚報》憑藉對戰事的報導而聲名鵲起，曾虛白也因此在新聞界聲名斐然。〔註160〕

　　經歷了《大晚報》對於戰事的報導，曾虛白對於新聞的理解在親歷民族危難之中逐漸跳脫出傳統士人理想主義的思維框架以及精英主義的辦報理念，轉向「報紙助戰」的民族主義與實用主義的思考之中，〔註161〕淞滬會戰後的一次交談成為曾虛白理解新聞的轉折點。是時出任行政院北平政務整理委員會委員長不久的黃郛，在赴華北與日軍談判途徑上海時約見曾虛白，講述了自己受蔣中正委託北上，負責與在華北的侵華日軍進行談判的經過，以「跳火坑」「拆火巷」比喻這次行動，同時提出了自己對於新聞業的看法，稱「辦報主張抵抗，是盡一份公民應盡的責任」，但言論的影響也應當仔細考量。〔註162〕這一次談話讓曾虛白開始反思「究竟我領導著一份頗有左右民意形成的傳播媒介，應該怎麼做」的方向性問題，並坦言《大晚報》的言論「是一隻不知天高地厚的初生之犢，但呼號卻有很大影響力，危撼了國家安全」，因此要「改弦易轍重訂我的辦報觀念。此後大晚報，要放棄自我，不想賺錢，不求聞達，不墮流俗，儘量端正視聽，把握真理，專為國家民族前途盡我傳播事業應盡的使命。」〔註163〕強調新聞業肩負民族責任的觀念在他1937年成為國民政府國際宣傳處處長後更趨顯著，並直接影響到日後臺灣新聞學界對於新聞自由的理解。

　　《大晚報》的工作經歷不僅改變了曾虛白的新聞觀念，還使其社會關係網絡大為拓展，為日後步入仕途做了良好的鋪墊，也為他在臺灣地區新聞教育界大施拳腳提供了保障。1937年曾虛白辭去《大晚報》職務，經過好友董顯光的引介加入國民政府的文宣工作隊伍之中擔任國際宣傳處處長，由新聞業界正式步入仕途，並於1947年官至國民黨新聞局副局長。在新聞教育方面，1943年10月，中國國民黨中央宣傳部與美國哥倫比亞大學新聞學院合辦重慶中央

〔註160〕曾虛白：《曾虛白自傳（上集）》，臺北：聯經出版社，1990年，第130～131頁。

〔註161〕曾虛白：《一個外行人辦報的經驗談：大晚報創刊經過及對我的影響》，《傳記文學》第89期，1969年10月，第12頁。

〔註162〕曾虛白：《曾虛白自傳（上集）》，臺北：聯經出版社，1990年，第135～136頁。

〔註163〕曾虛白：《曾虛白自傳（上集）》，臺北：聯經出版社，1990年，第137～138頁。

政治學校新聞學院，由董顯光任院長，曾虛白任副院長，「為國民黨培養國際宣傳與新聞方面的人才」〔註164〕。鑒於政校新聞學院培養技術人才的辦學目的，曾虛白提出新聞教育「在於應用技術的傳習實踐，並不專注重於純理論的探討」〔註165〕，並提出「新聞記者是一位通才，不是專才」的理念。〔註166〕這一新聞教育思想，亦成為臺灣地區新聞教育開辦之初的指導性思想。1930至1940年代在新聞、政治與教育界的經歷，讓曾虛白同時兼具政治家與教育者的身份，而新聞人更始終是其鮮明的身份標籤。這樣的履歷讓他成為日後國民黨政府治下臺灣地區新聞教育與研究開創者的不二人選，曾氏也將其辦學理念和學術思想在臺實踐傳承。

2. 侍從學者身份的形成

1949年，國民黨在軍事上節節敗退，行政機構與大小官員倉皇辭廟，曾虛白也在此時告別原鄉，經由香港來到臺灣後迅速進入國民黨的權力核心，出任國民黨中央改造委員會第四組主任等職。這樣的政黨經歷，逐漸塑造了曾虛白的侍從學者身份，對其新聞研究與學術思想的發展產生了很大影響（表3-6）〔註167〕。

表3-6　曾虛白在臺任職一覽表

	職　務	任職時間
1	國民黨中央改造委員會第四組主任	1950.08.05～1950.10.13
2	國民黨中央改造委員會委員	1950.08.05～1952.10.09
3	中央通訊社社長	1950.10.02～1964.12.21
4	中國廣播公司副總經理	1949.11.16～1954.05
5	中央宣傳指導委員會委員、綜合小組成員	1957.04.17～1963.11.23
6	中央評議會委員	1957.10.23～1999.08.27

中國國民黨中央改造委員會是蔣政府播遷臺灣後，為了改革國民黨組織架構、排除黨內派系紛爭、重構黨內權力格局而設立的機構，一度成為國民

〔註164〕葛思恩：《回憶重慶新聞學院》，《新聞研究資料》，1981年第8期，第152頁。

〔註165〕曾虛白：《中政校新聞學院之產生及其未來》，載龍偉等編：《民國新聞教育史料選輯》，北京：北京大學出版社，2010年，第199頁。

〔註166〕曾虛白：《注重通才的培養》，《報學雜誌》，第1卷第2期，1948年，第16頁。

〔註167〕整理自林果顯：《來臺後曾虛白的宣傳工作與理念》，《國史館館刊》第39期，2014年4月，第124頁。

黨政權的核心。曾虛白作為成立之初的 16 人之一，掌握著臺灣地區的宣傳大權，並兼任由蔣中正親自主持的國民黨宣傳會報秘書，與蔣「隨時都有接觸」〔註168〕。此時的國民黨急需為宣傳儲備人才，因此在外部軍事危機解除後，便加速建立被視為意識形態灌輸機器的新聞教育。如前所述，「文教機關」被國民黨視為對文化思想進行控制的工具，〔註169〕學術研究也被納入政治框架之中：「創設或恢復重要學會及科學團體，成立全國學術團體聯合會，形成學術界之總結和增強國際文化合作……借為國民外交之助力。」〔註170〕在黨化色彩濃厚的背景下，身處權力核心、具有豐富新聞經驗與黨校辦學經歷的曾虛白毫無懸念的被委派主導新聞教育籌備工作，「用無數心血去澆灌，培植新秀，成為新聞界繼起的生力軍」。〔註171〕曾虛白通過自己在政界、學界、業界的影響力，建立起臺灣最初的新聞傳播教育研究機構，並將意識形態與新聞教育的結合深植其新聞學術之中，針對臺灣社會現狀「合時宜」地提出思想重於新聞的理念：

> 曾先生認為對日抗戰時期，應以「新聞為中心」，因為戰場上的變化太大，要隨時瞭解情況，所以新聞重於一切；而政府遷臺之後，跟共匪鬥爭，並不是火炮的戰爭，而是心理的戰爭。因此，其重要性，不在新聞，而在思想、文化方面之「宣傳」，換句話說，要建立反共的理論基礎，必須從思想方面與共匪鬥爭，最後的勝利，必屬於「我們的」。〔註172〕

形成這樣的觀點一方面與曾虛白在大陸時的新聞經歷有直接關係，也與這一時期臺灣地區的政治環境息息相關。1958 年，國民黨政府與美國簽署《中美共同防禦條約》並發表聯合公報，國民黨方面代表黃少谷稱「中華民國政府認為恢復大陸人民之自由乃其神聖使命，並相信此一使命之基礎，建立在中國人民之人心。而達成此一使命之主要途徑，為實行孫中山先生之三民主義，而

〔註168〕馬之驌：《新聞界三老兵：曾虛白、成舍我、馬星野奮鬥歷程》，臺北：經世書局，1986 年，第 55 頁。

〔註169〕張俊宏：《到執政之路》，臺北：南方叢書出版社，1989 年，第 16～17 頁。

〔註170〕中國國民黨改造委員會第四組編：《宣傳手冊》，臺北：中國國民黨改造出版社，1952 年，第 37 頁。

〔註171〕楚崧秋：《七十年代新聞教育面臨的挑戰》，載鄭貞銘：《老兵憶往》，臺北：華欣書局，1974 年，第 208 頁。

〔註172〕馬之驌：《新聞界三老兵：曾虛白、成舍我、馬星野奮鬥歷程》，臺北：經世書局，1986 年，第 56 頁。

非憑藉武力。」〔註173〕這一聲明象徵著蔣政府對大陸地區軍事行動的破產，其光復敘事的正當性由軍事行動轉向文化思想支撐，此時曾虛白對於「宣傳」的強調因而顯得順理成章。

在身份方面，曾虛白不僅是新聞學者與教育者，還是「國民黨資深黨員」以及「少數之一的三民主義專家」，〔註174〕曾提出在創辦新聞事業、從事新聞教育和新聞工作時，「都必以三民主義為依歸」，並認為臺灣「新聞從業人員（包括所有大眾傳播者），都應該基於三民主義精神為出發點。」〔註175〕因此，曾虛白的學術研究始終以「三民主義」的意識形態為出發點，並在孫中山提出的「三覺說」基礎之上進行闡發，形成了「對於政治制度、新聞工作者的定位與新聞自由的最基本看法」〔註176〕，成為1970年代形成的「三民主義新聞學」的理論基礎。

曾虛白「業而憂則仕，仕而優則學」的新聞之路並非孤例，此時的董顯光、馬星野等學者大多依照這一條路徑發展，雖然個人經歷不同但成長邏輯卻大同小異。這些學者與國民黨緊密的關係以及曾經具有的辦報經驗，都成為他們日後主導臺灣新聞教育研究的資本，讓黨員身份與學者身份共存於同一個體之中。隨著研究機構與高等教育的建立，他們將對於新聞的理解與對國民黨的效忠帶入學界，逐漸形成了侍從學者社群，這就不難理解為何臺灣新聞學研究在創立伊始，便依循著政治邏輯，也可以解釋為何對於新聞自由的探討，不脫以「國家民族」為旨歸的責任論口號。

（三）學科制度建立驅動學術研究進步

學科制度是「秉承確定的職業倫理體系和知識的行動者，在特定學科的知識生產和知識創新過程中所建構的制度體系，其基本要素含括知識行動者群體及其職業倫理體系、學科培養制度、學科評價與獎懲制度以及學科基金制度。」〔註177〕臺灣新聞學術的發展也與學科制度的完善息息相關。1810年，

〔註173〕《「中華民國」真正代表億萬中國人之意願——恢復大陸人民自由為我神聖使命》，《中央日報》1958年10月24日，第1版。

〔註174〕馬之驌：《新聞界三老兵：曾虛白、成舍我、馬星野奮鬥歷程》，臺北：經世書局，1986年，第51頁。

〔註175〕馬之驌：《新聞界三老兵：曾虛白、成舍我、馬星野奮鬥歷程》，臺北：經世書局，1986年，第97頁。

〔註176〕林果顯：《來臺後曾虛白的宣傳工作與理念》，《國史館館刊》第39期，2014年4月，第121頁。

〔註177〕方文：《學科制度和社會認同》，北京：中國人民大學出版社，2008年，第28頁。

柏林大學率先將科學研究納入大學體系內，使得學術研究進入組織制度化的階段，科學研究逐漸與社會利益脫節並與實用性的「學徒」相分離，形成相對獨立的專業體系。世界上的高等教育機構也慢慢地接受這樣一種制度模式，「轉向德國式的大學和研究，就意味著一種純粹知識的觀念」。〔註178〕由此，大學逐漸成為社會知識生產的唯一提供者，至少是主要的提供者之一。〔註179〕1954年，政治大學在臺北「復校」標誌著臺灣新聞界有了「社會知識生產的唯一提供者」，新聞學的研究開始從「術」的探討與交流進入了「學」的研究與分析。緊隨其後的世界新聞專科學校、中國文化學院新聞系等教育機構的建立，使得臺灣地區新聞高等教育結構與學科制度趨於完善，新聞學的獨特尊嚴和合法性得以建構，新聞學術研究在臺灣地區也走向建制化，形成了學科內具有普遍意義的學術規範、理論框架與研究範式，「將連續的科學生產與嚴格的學術標準結合起來」。〔註180〕

　　學科制度結構的完善促進了學術共同體的發展，曾虛白、李瞻、王洪鈞等新聞傳播學者，成為這一時期臺灣新聞學術研究的中流砥柱，也成為臺灣新聞學發展的奠基人。研究生的培養更為學術共同體的延續發展提供了有力的支持，在早期培養的學生中，荊溪人、姚朋、祝基瀅、閻沁恒、石永貴、鄭貞銘都成為活躍在學界的學者，為臺灣新聞學發展提供了思想動力。如率先以臺灣新聞教育為題撰寫碩士論文的鄭貞銘，畢生都在新聞教育的研究實踐中耕耘，成為令人敬仰的新聞教育家。以《臺灣鄉村讀者讀報習慣調查》為題撰寫碩士論文的祝基瀅，畢業後赴美深造，回到臺灣後致力於傳播學的研究，並將政治傳播學引入臺灣。日後，祝基瀅還主持了多項政府計劃，以所擅長的量化研究方法，為臺灣新聞學研究貢獻一己之力。

　　政治體制影響下的學術評價機制對驅動學術研究的發展也起到重要的促進作用。關於學術評價的機制包含了由政府主導出臺的職稱評審制度，以及相關部門出臺的規劃項目評審制度、成果獎勵制度、學科評價制度、辦學水平量

〔註178〕 Wiliam Clark.Academic: Charisma and the Origins ofthe Research University. Chicago: The University of Chicago Pres, 2006, P470.

〔註179〕 在不同知識生產範式中，大學所扮演的角色不一。在1993年之前的模式中，大學基本扮演了唯一的知識生產者的角色。1993年後，知識生產的主體開始多元化，但是大學所扮演的角色並非唯一，但仍至關重要。參見卓澤林：《大學知識生產範式的轉向》，《教育學報》2016年第2期，第9～17頁。

〔註180〕 〔美〕弗洛里安·茲納涅茨基著，郟斌祥譯：《知識人的社會角色》，南京：譯林出版社，2012年，第83頁。

化評估制度、科研量化評估制度、學術資源控制與分配制度等。這一系列評價及升等機制，以資源控制的方式制約著學術的發展方向、以科層制的方式結構著研究者的晉升階梯。這些規制將科學研究變為可以量化的產品，通過獎懲來促進學術研究的繁榮，而其引導與懲罰功能僅被某些少數高於大學共同體的執行部門所掌控。〔註181〕就臺灣地區 1950 年代至 1960 年代的高校科研人員評價體系而言，其受到外力的影響以「教育部」「國科會」等行政部門為主，上述部門通過制度化的升等體系與項目制的研究資源分配將學術社群納入行政科層系統之中，一方面通過制度性獎勵激勵科研人員以達到知識生產的目的，另一方面也賦予科研人員一定的文化權力以生產具有學術價值的知識，實現了專業知識生產與意識形態話語之間的微妙平衡。

党化教育體制建構了這一時期新聞學術研究的框架，讓臺灣新聞學在文化與政治的交錯推動下發展演變。具有國民黨背景的新聞學者，利用自身政治與文化資本進入研究場域，在生產專業知識的同時較好地貫徹了政黨意志。在政治大學新聞研究所及其他高等新聞教育陸續恢復建立之後，新聞教育與研究制度趨於完善，持續的新聞學術生產開始出現，逐漸實現學術研究建制化與新聞理論系統化。而處於政治結構中的學術評價機制將學術研究者與研究範式予以規訓，一方面通過激勵與資助的形式推展學術的發展，另一方面也通過科層制體系將意識形態植入學術場域，讓學術研究理論化發展的同時又因為結構性制約而呈現出宣傳色彩。媒體產業的發展也對學術研究起到了促進作用，無論是技術升級、觀念革新還是人才需求，業界都需要學界的智力支持，並通過資助、提供實習機會、為新聞系所授課、委託研究案等方式與新聞教育研究機構合作，影響學術研究的面貌。1954 至 1966 年的臺灣新聞研究場域在新聞學者、學術機制與業界需求形成的合力之下，以政治為經、以新聞理論為緯，編制出了具有威權時代特點的思想之網。

在社會空間中，存在不同的、為各自利益而運行的場域，學術場域則是以學術與知識生產為運作目標。當一個場域越能依照其內部所界定的規律運作而不受其他場域的目標所影響時，這個場域的「自律性」便越強。但在社會空間中，各個場域之間存在相互滲透的現象，尤其是當某一個場域在社會空間中佔據絕對優勢地位，與其他場域之間形成的落差時，會使得這一場域對其他場

〔註181〕 楊光欽：《高校學術生產數量繁榮與學術制度的內在邏輯》，《教育研究》2015年第 7 期，第 49～56 頁。

域產生影響，進而導致其他場域的「他律性」增強，「自律性」減弱。〔註182〕就學術場域而言，本應建立起一套獨自運行以確保結果理性的機制，但在威權統治之下，卻因為學者立場以及制度性的制約而讓渡學術的自主權，〔註183〕這一特點自 1954～1966 年的新聞學術研究中得以充分體現。

　　朝鮮戰爭爆發使臺灣進入美國的亞洲防禦體系，外部危機得以解除。國民黨內部經過改造，也形成了以蔣中正為權力中心的穩定格局，並依託嚴密的黨組織系統與情治機構，建立起對臺灣社會全面控制的威權統治政治秩序。隨著統治秩序的建立與產業政策的調整，臺灣社會出現了兩條不同的發展軌跡：在經濟領域，寬鬆的政策促進了市場的繁榮，推動了社會對於人才的需求；而在文化領域，來自意識形態的壓力與控制卻更為強勢，使其難以自由發展。這一畸形的社會環境也使得新聞教育發展形成官方（思想）與民間（業務）的分野，一方面是政治大學為代表的黨化教育的建立，另一方面是世界新聞職業學校與文化大學新聞系等教育機構的開辦擴充了臺灣新聞高等教育的規模。因此，新聞學術研究既因為新聞教育研究規模擴張而發展深化，又在黨化教育以及侍從學者群體的影響下呈現出服務政治宣傳、為統治提供合法性證據和科學論證的鮮明特點。

　　與前一階段的學術研究相比，這一時期臺灣地區的新聞學研究，除了宣傳本位之外，還有兩個值得關注的特點：第一是學術脈絡的延續。學術研究並非隔絕於社會而單獨存在的，而是與其他社會制度存在著複雜的互動關係。〔註184〕在冷戰國際背景下，國民黨政府為了維護「法統神話」以及「中華民國」的正統性，要求學術研究從文化上證明其統治的合法性，因而對於文化脈絡的延續與書寫成為必須。這種延續強化了中華文化在臺灣社會中的影響力，並通過學術研究集中體現。學者的身份則加強了這一進程，1950～1960年代，臺灣地區的教育發展完全由大陸來臺新聞學者所掌控，如主導創辦臺灣新聞教育研究機構的曾虛白出生於江蘇常熟，謝然之是浙江餘姚人，李瞻為山東壽光人，所招收的學生也是大陸籍多於臺灣籍。〔註185〕這樣的學術社群身

〔註182〕Bourdieu. The field of culture production: Essays on art and literature. Cambridge, England: Polity Press, 1993, p37～39.

〔註183〕Robert. K. Merton. The sociology of science: Theoretical and empirical investigations. Chicago: University of Chicago Press, 1979, pp. 254～266.

〔註184〕方文：《學科制度和社會認同》，北京：中國人民大學出版社，2008 年，第 16 頁。

〔註185〕1961 年，政治大學新聞系共有學生 301 人，除去 151 名僑生及留學生，其餘

份背景構成，更讓臺灣的學術研究與 1950 年代前大陸的脈絡相接續，並在此基礎上不斷發展。

第二是學術思想的轉向。1954 年以前，經驗性的業務討論是新聞學研究的主要內容，理論化程度不高。隨著學術研究機構成立，系統性、理論化的新聞教育與學術訓練開始令新聞學術研究的理論化程度不斷加深，介紹、研究新聞理論的專著、學術文章開始增多，借理論視角探討歷史與現實問題的研究逐漸代替了經驗性的梳理或陳述，成為學界的主流。這一轉向隨著新聞教育的擴張與留美學者的歸臺而呈現出快速強化的趨勢，讓新聞學的學科地位得以提升，問題意識也逐漸明確，為日後傳播學理論的引入與拓展提供了空間。

這一時期臺灣地區新聞學研究具有承上啟下的作用，一方面與祖國大陸的新聞學脈絡和前一階段的新聞學研究形成良好的接續。另一方面形成了鮮明的研究特點與理論關懷，使得新聞學知識生產無論從質還是從量上均有了很大的提高。隨著學科制度的建立以及教育體系的完善，臺灣新聞學界形成了緊密的學術共同體以及相對完善的研究梯隊。最早的留美學生也在此時陸續回到臺灣，成為大眾傳播思想在臺灣的「播種者」與「引路人」，讓臺灣新聞學研究進入了新的發展階段。

的 150 人中，大陸籍學生有 88 人，占到總數的 29%，而社會群體基數更大的臺灣籍學生僅有 62 人，占總數的 21%。參見臺北市新聞記者公會編：《「中華民國」新聞年鑒》（1961 年），臺北：臺北市新聞記者公會編，1961 年，新聞教育篇第 15 頁。

第四章 多元發展：臺灣新聞學術研究的轉向（1966～1987）

　　1960 年代初期，最早一批赴美留學的臺灣新聞學者逐漸回歸，將新的理論範式引入臺灣地區，成為島內新聞學研究的轉折點。1966 年新聞學者徐佳士出版《大眾傳播理論》一書，系統介紹了大眾傳播這一概念，成為傳播學引入臺灣並快速發展的起點，臺灣新聞學研究在此時進入新的發展階段，呈現出「雙軌並行、多元發展」的特點。

　　「雙軌並行」體現在新老學者的研究路徑不同，以曾虛白、李瞻為代表的資深的新聞學者，仍延續前一階段服務於政治統治的思路進行新聞理論的研究，在 1960～1970 年代形成了較為系統的三民主義新聞理論，並由此延伸出建立公共新聞制度的思考。而以徐佳士、潘家慶、陳世敏、楊孝濚為代表的具有留美背景的新生代學者，則憑藉自己在美國所學的傳播學理論與方法開始了在臺實踐，產出了具有明顯大眾傳播色彩的研究成果，並逐漸成為島內新聞學研究的主流。

　　「多元發展」體現在這一階段新聞學研究涉及的面向更為寬廣，學者們不僅繼續耕耘傳統的新聞教育、新聞史等研究領域，形成了更具洞見的研究成果，也開始探索新聞理論的中國化、推動新聞研究取向與傳播學相結合等。自此，大眾傳播觀念開始深植入學者們的思想，實證研究也成為學者們開展研究的工具，加之威權體制鬆動與新聞教育改革，臺灣地區的新聞學研究開始關注到本土社會問題，研究視角也進一步的精細化。

一、臺灣地區大眾傳播研究的引介拓展

新知識體系引入對於學術研究範式的影響不言而喻，臺灣新聞學研究自光復以來依照大陸傳統學術脈絡發展，雖然在島內新聞實踐環境中產生了一定轉向，但尚未受到新知識體系的衝擊。這樣穩定的發展在 1960 年代開始產生變化，其直接的推動力量是臺灣地區最早一批留美學生。1950 年代起，國民黨政府便開始公費資助學者與學生赴美交流，1954 年進一步開放了私人出國留學，此一時段也正是美國傳播學興起與發展的時期。

1940 年到 1956 年，是傳播研究在美國逐漸鞏固成為一個學術領域的茁壯期。經歷了第二次世界大戰，傳播研究在美國社會中的影響不斷擴大，戰爭中軍方的各種研究計劃使得以傳播為主題的研究社群得以形成，戰後美國傳播高等教育的急速擴張則促使這一研究領域快速擴張。此時期的傳播研究者開始使用一套有組織的專業術語建立中心議題，大量專門書籍也不斷出版。這對於赴美留學的臺灣新聞學者而言是學習新理論知識的寶貴機會，這些留美學生也大多選擇大眾傳播作為自己學習與研究對象。

1960 年代起，這些留美學者逐漸回到臺灣，引入了美國如火如荼的傳播學理論與實證研究，形成了東西方之間的知識流動，與美國新聞傳播學界的緊密聯繫互動，促進了傳播研究在臺開展。隨著學者代際的更迭，臺灣新聞學的知識體系與研究面貌不斷重構，讓臺灣地區的新聞學研究與西方理論思潮基本保持同步。1967 年，政治大學發行學術刊物《新聞學研究》，成為學術思想交流彙集的新空間，大量傳播學研究成果在此發表，提升了傳播學思潮在臺灣的影響力，成為新聞學研究的重要組成部分。

（一）臺灣地區大眾傳播研究的引入

早在傳播學尚未在臺灣產生廣泛影響的 1955 年，謝然之便提出了「大眾思想交通及其傳播」的概念，[註1] 董顯光也在 1955 年從大眾傳播學與新聞學二者之間的關聯性出發，論述了新聞學未來發展方向：

> 而目前新聞學最主要的發展，則是從社會學及政治經濟學擷取
> 有關新聞學的理論，另行建立了一個新的體系，那就是宣傳學
> （Propaganda）、輿論學（Pubilc Opinion）與大眾傳播學（Mass

〔註 1〕謝然之：《新聞學的發展與新聞教育之改革》，《報學》第 8 期，1955 年 12 月，第 12 頁。

Communications）三者所構成的中心理論。〔註2〕

這兩位具有留美學習經歷的學者已經意識到大眾傳播這一概念在新聞學中所佔據的地位日益重要，也思考傳播學作為重構新聞學未來發展面貌的可能性，但此時尚沒有學者將這一理論體系完整地介紹入臺灣，「傳播」更多的是作為一個單獨的概念進行引述，也沒有對其拓展其理論面向。

1950 至 1960 年代，政治資本是研究者得以進入學術場域的重要憑據，否則即使具有充足的學術資本，也難以為體制所接納。〔註3〕1970 年代之後這一現象開始轉變，此時入場的學者往往具有更高的學歷與更豐富的教育經歷，與國民黨的關係則較為疏遠。據臺灣學者林麗雲研究，1969 年至 1989 年間進入政大新聞系所擔任教職的新進成員，多數於 1949 年後在臺灣接受大學教育。這些成員中有 11 位曾前往美國攻讀大眾傳播學並獲得碩士或博士學位，這樣的經歷使得他們成為將傳播學介紹到臺灣地區的接引者。

1963 年，施拉姆的學生朱謙在《報學》中發表《大眾傳播理論體系》一文，成為臺灣地區最早系統介紹大眾傳播理論的學術文章，文中將大眾傳播的研究界定為「研討人類如何以言語或其他表達的媒介來互相影響彼此的行為，可說是行為科學的一部分」，並對「傳播」進行了概念上的解釋：

> 可以將傳播解釋為：人與人之間一種符號的傳遞，其目的在影響對方的行為。這裡所稱的符號可以包括語言、文字、聲音、圖片，以及表情。在日常生活中我們無時無刻不在傳播，我們傳播的對象通常是一個人或幾個人。假如傳播的對象是許多人，是社會大眾，我們就稱之為「大眾傳播」。在這裡我們無法對「大眾」一詞加以數量的定義。通常大眾傳播是指報紙，電臺，電視電影對讀者和觀眾的傳播行為。〔註4〕

朱謙從傳播符號、傳播對象與傳播行為三個方面對大眾傳播進行了解釋，

〔註 2〕董顯光：《新聞學的概念》，載董顯光等著：《新聞學論集》，臺北：中華文化出版事業委員會，1955 年，第 19 頁。

〔註 3〕這一階段中，在新聞學研究場域中掌握較高話語權的學者大多具有國民黨的政治背景，曾虛白、謝然之等學者更是國民黨文宣系統的核心成員。而在大陸時期便在新聞研究上成果頗豐的黃天鵬，卻因為不具有政治背景，而無法進入新聞學術科層。林麗雲：《臺灣傳播研究史——學院內的傳播學知識生產》，臺北：巨流出版社，2004 年，第 84 頁。

〔註 4〕朱謙：《大眾傳播理論體系》，《報學》第 3 卷第 2 期，1963 年 12 月，第 24～26 頁。

強調了受眾在大眾傳播研究中的重要性。這一論述從傳播對象與傳播行為兩個方面對既有新聞學研究中較少關注的問題予以補充，同時將新聞學研究對象的範圍從傳統的報刊拓展到電子媒介，試圖架構更為試切的理論框架。此時對大眾傳播的介紹並沒有跳脫新聞學的範疇，只是將其視為新聞學的延展，把受眾研究與廣播電視研究納入新聞學視域中以彌補既有研究的缺漏，但總體而言並非理論革新與體系化建構。

除了嘗試將大眾傳播這一理論概念引入臺灣與新聞學研究嫁接，朱謙還與學者漆敬堯合作，利用傳播學理論及實證研究的方法在臺灣展開受眾調查，以揭示政府消息傳播與民眾接受效果之間的關係，成為臺灣較早使用量化研究方法進行系統研究的成果之一。在1965年，二人運用西方的統計方法展開研究，並採用量化研究的寫作格式撰寫研究報告，但由於這一學術範式之於臺灣新聞學界仍屬陌生，為了照顧臺灣學者的閱讀習慣，不得不在成果撰寫中有所妥協：

> 本來，採用社會調查方法所做的研究報告，不能避免使用統計術語。如果依照西洋學者寫作格式來處理，本文內容中有一部分文字，都該刪除，而應以統計數字代替。作者為了想使一般讀者易於瞭解內容起見，儘量改用通俗文字來代替統計數字。不過，仍舊保留了一些必要的統計資料，以供對統計有興趣的人士參考。所有統計鑒定圖表，也都附在文後。〔註5〕

傳播學早期引入臺灣受阻也體現在相關課程的開設上。1963～1964年間，朱謙受聘在臺灣政治大學新聞研究所任副教授，講授傳播學理論、研究方法等課程，內容以量化研究與數據統計等研究方法為主：

> 曾虛白先生問我要開幾門課，我建議開傳播學理論、傳播學研究方法和內容分析。傳播學研究方法包括統計方法，當時在文學院可說是聞所未聞。我用的是Quinn McNemar的心理統計，因為我不熟悉中文統計用詞，所以用英文上課。曾先生規定一年級和二年級的研究生全部必修，大家叫苦連天，十八位同學大概有半數要補考，這恐怕是政大研究生的創舉。〔註6〕

〔註5〕朱謙、漆敬堯：《大眾傳播在政府公共關係中的功能：消息傳佈與民意形成的分析》，臺北：政治大學公共行政暨企業管理教育中心，1965年，第1頁。
〔註6〕朱謙：《中文傳播研究卅年回顧與前瞻》，載臧國仁：《中文傳播研究論述》，臺北：政治大學傳播學院研究中心，1995年，第11～12頁。

此時朱謙在政治大學所開設的課程和採用的授課模式極具開創性與前瞻性，但是課程設計完全以他在美國的經驗為主導，忽略了本土學生的接受能力以及實證研究還未完全為臺灣學界接受的現況，導致這樣的教育模式在此時遭到了水土不服：「在美國新聞學院攻讀高級學位，必須有高級數學和科學的知識，統計學每週要修 7 小時。30 年前朱謙在政大新聞所所授統計學 3 個小時，多數學生不及格，他無用武之地，只好回美任教。」〔註7〕傳播學研究在初入臺灣遭遇滑鐵盧後，傳播學研究在臺灣地區經歷了短暫的沈寂，但很快恢復了生機。1966 年，剛從美國明尼蘇達大學取得碩士學位歸臺的徐佳士出版《大眾傳播理論》一書，開啟了傳播學在臺灣快速發展的進程，其本人也成為臺灣傳播學的「集大成者」。

（二）《大眾傳播理論》與大眾傳播的在臺推介

香港中文大學學者馮應謙曾說徐佳士乃「華人學者中最早把西方的傳播理論和傳播模式帶入中文世界的人，沒有徐老師的功勞和努力，傳播學絕對不能植根華人地區成為一門重要的學科。」〔註8〕可見徐佳士對整個中文傳播學研究領域的貢獻之大，因此在言及傳播學在臺推廣之時不得不提到他以及由他所著的《大眾傳播理論》。

徐佳士（1921～2016），江西奉新人，在大陸時就讀於中央政治學校新聞系，是 1947 年中央政治學校改制為國立政治大學時的第一屆畢業生。走出校門後，徐佳士進入新聞界，成為馬星野執掌的《中央日報》東北特派記者。雖然徐佳士是國民黨體制內所培養的人才，但在學界的評價中卻屬於「溫和的自由主義者」，是一個「有公心的專業學者，有公信的知識分子」。〔註9〕在政大新聞系中廣為流傳的一件軼事便足以說明其性格的溫婉敦厚。由於徐佳士在

〔註7〕《趨向多元與精緻——訪臺灣政治大學新聞系博士臧國仁》，載袁軍、龍耘、韓運榮：《傳播學在中國——傳播學者訪談》，北京：北京廣播學院出版社，1999 年，第 383 頁。在一些訪談中記載，朱謙在 1964 年返回美國任教，但是根據政治大學新聞系記錄，朱謙在政治大學新聞系任專任教師的時間為 1960 年 2 月至 1967 年 7 月。見《歷年專兼任教師暨助教職員名錄》，載馮建三編：《自反縮不縮？新聞系七十年》，臺北：政治大學新聞系，2005 年，第 351 頁。

〔註8〕馮應謙語，出自黃煜、馮應謙、朱立、潘家慶、王石番、陳世敏、彭家發、汪琪：《徐佳士教授與新聞傳播教育》，《傳播與社會學刊》第 36 期，2016 年 4 月，第 3 頁。

〔註9〕李金銓：《他是一個點亮明燈的人——追念徐佳士老師》，《國際新聞界》2016 年第 3 期，第 58 頁。

新聞系很受學生歡迎，並且其身材瘦長，講課時總是右腳搭左腳邊，手撫著下巴皺眉思考，神似卡通人物頑皮豹，因而被學生私下裏喚作「頑皮豹」。就連政大同仁鍾蔚文、金溥聰與彭家發，也曾聯名贈送徐佳士一幅頑皮豹的畫像，並在背後題寫「勿忘經常攬鏡」的語句，足見政治大學新聞系師生對於徐佳士為人師表的認可。

1955 年，仍服務於《中央日報》的徐佳士受聘在政治大學新聞研究所講授《比較新聞學》課程。此時恰是國民黨政府開放私人留學的第二年，徐佳士決定暫離報社出國深造。1955 年，徐佳士在美國亞洲基金會的資助下負笈美國明尼蘇達大學，攻讀大眾傳播系，成為戰後第一批到美國研習大眾傳播的臺灣學者。在美留學期間，徐佳士獲得斯坦福大學獎學金，前往該校進修一年，期間師從施拉姆攻讀傳播學，同時在美國的報紙實習。〔註 10〕這一經歷，奠定了其從事傳播學研究的基礎。

1958 年，徐佳士在獲得碩士學位後回到臺灣，就任《中央日報》副總編輯，同時著手整理大眾傳播研究的學術理論，在師長馬星野的邀約下出版《大眾傳播理論》，成為中文學界第一本介紹大眾傳播理論專著。〔註 11〕該書以淺顯易懂的白話文與流暢的文學表現手法，引領大眾進入傳播殿堂，成為數十年來傳播科系師生必讀的書籍。原政治大學傳播學院院長鍾蔚文曾說：「我不是政大新聞系的學生，但是我之所以會念傳播就是因為讀了這本《大眾傳播理論》的書，我才發現，原來社會科學可以這麼浪漫美麗，學問可以這麼有趣，而徐老師對文獻又是那麼了若指掌」，並稱「至今，《大眾傳播理論》仍然是傳播領域入門最好的一本書。」〔註 12〕足見該書對於臺灣新聞學界乃至於社會科學界影響之深，可擔起劃時代成果的稱譽。

《大眾傳播理論》一書從傳播對象、傳播因素與傳播效果等方面完整地介紹了大眾傳播理論這一新知識體系，讓臺灣新聞學界擺脫了「老在新聞、做報紙、廣播中打轉」的苦惱，〔註 13〕「對美國當時的傳播研究做了徹底檢查和解

〔註 10〕周安儀：《新聞從業人員群像》（下冊），臺北：黎明文化，1981 年，第 243 頁。

〔註 11〕林麗雲、嚴智宏：《媒體改革路上的明燈——徐佳士老師》，《新聞學研究》第 127 期，2016 年 4 月，第 193 頁。

〔註 12〕楊倩榮：《徐佳士老師——新觀念的創造者》，載政治大學新聞系：《提燈照路的人：政大新聞系 75 年典範人物》，臺北：政治大學新聞系，2010 年，第 49 頁。

〔註 13〕潘家慶語，出自黃煜、馮應謙、朱立、潘家慶、王石番、陳世敏、彭家發、汪琪：《徐佳士教授與新聞傳播教育》，《傳播與社會學刊》第 36 期，2016 年 4 月，第 13 頁。

釋，目標在臺灣建立傳播理論和研究的普及化」，〔註14〕並在很大程度上塑造了華語學界對於傳播學的認知。傳播學者李金銓在評價徐佳士《大眾傳播理論》一書時寫到：

> 《大眾傳播理論》是一本入門的小冊子，影響力為何這麼大？一方面是出版得時，開風氣之先，為臺灣社會和學子介紹未曾見的風景線，令大家眼睛一亮；另一方面，則是歸功於徐老師的文字魅力，誰不愛聽娓娓道來的故事？他形容「選精挑肥的閱聽人」「不喜歡就忘記」（「選擇性理解」）又以「誰頑固？誰耳朵軟？」的小標題，介紹霍夫蘭關於閱聽人「聽從性」的實驗。〔註15〕

1966 年徐佳士回到政治大學新聞系任教，此後潛心於大眾傳播研究，先後撰寫、編譯了《符號的陷阱》《大眾傳播的未來》等著作，並成為臺灣乃至華語新聞傳播學界最早引入麥克盧漢理論的學者，〔註16〕促進大眾傳播研究的發展，並開始探索傳播理論本土化的可能。

傳播學作為完全由西方引入的知識與科學體系，學術範式與研究思路具有顯著的西方中心主義。徐佳士等學者在從事傳播學研究時，意識到了新理論體系在臺灣社會中產生的適用性問題，因此在開展研究時，一方面利用西方理論解決臺灣問題，另一方面藉此機會來重新評估理論的本土適用性。1971 年，徐佳士提出兩級傳播理論在美國的使用便有一定限度，那麼用來解釋臺灣「這種過渡期社會的大眾傳播過程，它的適用性就可能更加有限了。」〔註17〕在理論本土化意識的導向下，徐佳士以臺灣地區的家庭婦女為研究對象，進行了一系列小型研究，驗證了二級或多級傳播理論在臺灣的適用性「極為有限」的結論。

1974～1975 年，徐佳士、楊孝濚、潘家慶三位學者共同主持「臺灣地區民眾傳播行為研究」（1974）「臺灣地區民眾接觸媒介的動機與滿足」（1974）

〔註14〕蘇蘅：《拓荒傳播知識的啟蒙書——再讀徐佳士著〈大眾傳播理論〉》，載馮建三編：《自反縮不縮？新聞系七十年》，臺北：政治大學新聞學系發行，2005年，第 129～130 頁。

〔註15〕李金銓：《他是一個點亮明燈的人——追念徐佳士老師》，《國際新聞界》2016年第 3 期，第 54 頁。

〔註16〕徐佳士：《麥克盧漢的傳播理論評介》，《新聞學研究》第 1 期，1967 年，第 293～304 頁。

〔註17〕徐佳士：《「二級或多級傳播」理論在過渡期社會的適用性之研究》，《新聞學研究》第 8 期，1971 年，第 12 頁。

「臺灣地區大眾傳播過程與民眾反應之研究」（1975）三項研究計劃，利用傳播學理論對臺灣地區的受眾進行調查分析，同時對相關理論進行修正。這類研究在今天看來，雖然難以稱得上是本土化理論的建構，但也正是他們提出的傳播理論適用性問題，讓傳播學在引入華語學界之初便具有了朦朧的本土化意識，使理論研究不再是簡單地套用，而是被帶有反思批判性的眼光審視。這些研究不但推動了傳播學在臺灣的發展，還通過與社會學、心理學研究方法的交叉結合以及針對新聞學研究主體的重構，實現了傳播學與新聞學的融合，極大地繁榮了臺灣地區的新聞學研究。

在新聞教育領域，徐佳士也做出了很大的貢獻。1967 年，政大校長劉季洪有意將新聞系辦好，但是之前歷屆系主任「外務太多」，難以很好兼顧新聞系的發展。劉季洪便找到當時尚在《中央日報》擔任副總編輯的徐佳士，誠心誠意邀請他辭去外務，「專心一意來當系主任」。徐佳士欣然應允，立刻辭去副總編輯職位，在 46 歲之時接任政大新聞系主任一職，著手推動新聞教育改革。曾經受教於徐老師的政大新聞系教授汪琪曾說：「徐老師是很有遠見的人，因為他非常瞭解媒體特色，所以作了很多改變，政大新聞教育的創新就是從徐老師開始的。」〔註18〕

上任政治大學新聞系主任後，徐佳士通過課程改革增加傳播理論的課程，使傳播學開始在新聞教育中普及。1960 年代末，在徐佳士的努力下，傳播學開始為新聞學界所瞭解與接受。1970 年代後，越來越多的留美歸臺學者在臺灣地區形成了緊密的研究社群，對於這一新理論的介紹也日臻全面。1970 年，水牛出版社出版了由樺俊雄撰寫、劉秋岳翻譯的《大眾傳播學導引》，對大眾傳播這一概念進行了更進一步的解釋：

> 所謂大眾傳播，乃是利用報紙、雜誌、書物、收音機、電影、電視和唱片等為手段，而把一定的意義內容傳播給多數的讀者、聽眾或觀眾的一項活動。所謂 mass，曾經被譯為大量和大眾二詞，應用於此時，乃是有龐大數量的讀者、聽眾或觀眾，也就是指這些大眾的意思。所謂 communication，本來是互相傳播與互相交道的意思，應用於此時，乃是意味著傳播的活動。因此，對大眾進行傳播時，

〔註18〕楊倩榮：《徐佳士老師——新觀念的創造者》，載政治大學新聞系：《提燈照路的人：政大新聞系 75 年典範人物》，臺北：政治大學新聞系，2010 年，第 45～50 頁。

> 就使用機械和各種符號來傳播一定的意義內容，這乃是今日大眾傳
> 播的一項重要特質。符號係指美術、姿態、記號、聲音或被印刷與
> 寫成文字的東西，以這些符號使用所具有的經驗重現於乙的心中，
> 由於這種符號給予乙，而使乙的精神與行動有所反應。〔註19〕

　　這一概念的界定雖然引自日本，但是對於大眾傳播的解釋更為詳細也更具理論性，並從傳播對象、傳播符號的角度進行拓展，讓臺灣傳播理論與世界的前沿理念保持聯繫。此後，臺灣新聞學界關於傳播的研究更為豐富，僅1972年一年之中，便出版了《大眾傳播學研究方法》（閻沁恒，新聞記者公會）、《大眾傳播學》（祝振華，臺灣藝術專校廣播電視學會）、《大眾傳播的未來》（徐佳士編譯，新聞記者公會）、《文化與傳播》（董彭年，臺灣商務印書館）、《大眾傳播在美國》（波多野完治，水牛）、《傳播媒介塑造映像之實例研究》（羅森棟，嘉新水泥文化基金會）等具有較高學術質量的傳播學書籍。此時，大眾傳播這一概念已經普遍為學者們所接受，並開始了對於新聞學理論的統攝，極大地改變了臺灣新聞學研究的面貌。正因為徐佳士對於新聞學術與教育的莫大貢獻，由星雲大師創辦的「2009第一屆星雲真善美新聞貢獻獎」便頒發給徐佳士。

（三）期刊平臺增加助推大眾傳播研究發展

　　以學術期刊為代表的學術成果交流平臺的建立，是學術研究建制化的重要標誌之一，而其擴張則更直觀地體現出學術研究的發展繁榮。高質量期刊的創辦，不僅為學術爭鳴提供空間，更在觀點的交鋒中產生具有洞見的多元學術思想。1967年之前，臺灣新聞學界僅有一份學術性刊物《報學》供新聞學者與業者交流學術思想，有限的篇幅以及半年刊的出刊頻率，遠遠不能滿足新聞學發展的需求。進入1960年代後期，《報學》仍繼續發揮著新聞研究成果發表園地的作用，但不再是一枝獨秀，《新聞學研究》的出版，為臺灣乃至華語學界貢獻了又一份重量級的學術刊物。

　　1967年，為了慶祝政治大學四十週年校慶，新聞研究所、新聞學系聯合推出了半年刊《新聞學研究》，迅速成為臺灣地區最具影響力的新聞學術刊物，至今已「成為華文社會科學界中最重要的學術期刊之一」。〔註20〕在創刊詞

〔註19〕〔日〕樺俊雄等著、劉秋岳譯：《大眾傳播學導引》，臺北：水牛出版社，1970年，第1～2頁。

〔註20〕王淑美，康庭瑜：《新聞學研究半世紀（1967～2015）》，臺北：「國立」政治大學新聞系，2015年，第1頁。

中，曾虛白強調了新聞學的合法性與對社會的重要性，認為傳播「有左右社會文化變化的力量」，〔註21〕應當對社會負有相當的責任。正是這些原因，政大新聞學所系師生決意「開闢一個新園地為研究新聞學者交換研究所得的橋樑」，期望新聞學界能對社會「做深鉅的貢獻」。〔註22〕在這一宗旨之下，《新聞學研究》即使是在「言論管制嚴峻的戒嚴時期」也仍舊「堅持學術自主，介紹新聞自由理念，以及西方最新的學術發現」。〔註23〕隨著留美歸來的學者逐漸成為臺灣新聞學界主力，《新聞學研究》中所的研究取向也漸漸轉向大眾傳播研究並引介西方新聞學界最新的理論知識為主，使之成為推動傳播學在臺灣乃至華語學界發展的重要動力。

《新聞學研究》的創刊，成為建制化學科體系中成員交流思想的又一重要平臺，通過學術文章的發表，學者們在此交流碰撞，學界的最新動態也得以直觀呈現。這一專業學術刊物的出版讓學術討論由業界與學界共同參與的開放式交流，轉變為由學術共同體成員自覺承擔的相對封閉的制度化研討，讓學術研究無論在選題價值、研究規範性還是文章質量方面都有了極大地提升。這樣的轉變一方面提高了學術場域的准入門檻，另一方面也讓新聞學研究基本完成了從實務到理論的轉型，契合了傳播學引入後臺灣新聞學研究的轉向。這一份刊物的出版，在很大程度上彌補了臺灣新聞傳播學界理論性刊物的空白，並在很長一段時間內與《報學》一起成為臺灣新聞研究的兩架馬車。

此外，中國文化學院新聞學系師生負責編纂的《新聞學雜誌》也於 1970 年創刊，每年出版四期，1975 年後更名為《華岡新聞學刊》，為新聞學界再添一抹亮色。這些刊物為新聞學研究提供了更為豐富的發表平臺，讓單純學術研究的交流更為集中，思想的面貌也愈發多元。

二、大眾傳播影響下的新聞學術研究面貌

隨著嚴密社會管制的逐漸鬆動、大眾傳播這一新知識體系引入以及研究者教育背景的結構性變化，臺灣新聞學術研究開始了新的轉向，在研究面向與理論深度等方面都逐漸顯現出與以往較大不同。在這一時期，新老學者以不同的路徑開展學術研究，其內容各具思想特點。其中一條研究路徑是依照既有的

〔註21〕曾虛白：《發刊詞》，《新聞學研究》，1967 年 5 月第 1 期，第 1 頁。
〔註22〕曾虛白：《發刊詞》，《新聞學研究》，1967 年 5 月第 1 期，第 1～6 頁。
〔註23〕王淑美、康庭瑜：《新聞學研究半世紀（1967～2015）》，臺北：「國立」政治大學新聞系，2015 年，第 1 頁。

新聞學脈絡持續推進，在政治邏輯之下建構起一套相對完整的三民主義新聞學理論體系，並以社會責任論為基礎討論公共媒介制度建立問題。而具有海外留學經歷的青年學者則致力於引介美國大眾傳播研究的理論、範式方法，解決島內本土社會問題，形成了本土化的問題意識與在地化的理論修正。這些年輕學者對於媒介的理解與關注問題的角度與既有新聞學研究有很大不同，除了進行在地化的傳播理論檢驗，新聞史研究成為他們找尋本土化新聞理論的田野，對於新聞教育的理解也開始由通才教育轉向專才培養，以更好的適應實踐的需要。

（一）三民主義新聞理論體系的完善

國民黨政權播遷臺灣之後，蔣中正不只一次將大陸上的失敗歸咎於未能切實執行三民主義教育政策而導致「忽視國家觀念、民族思想和道德教育」。〔註24〕因此三民主義教育政策與理念是臺灣學界在威權時期始終關注的研究領域，新聞學研究也不例外。三民主義新聞學在 1950 年代初便開始出現，而在 1970 年代基本形成，成為威權時期臺灣新聞學界最具標誌性的學術思想。

1. 三民主義新聞思想初現

1952 年，國民黨政權提出「學術救國」的口號，要求學界生產對國民黨統治有力的論述，其中包括「建立三民主義為哲學基礎的學術」。〔註25〕1966 年後，三民主義學術化發展進一步加強，臺灣新聞學界在 1950 年代之初也開始了有關三民主義新聞理論的研究。三民主義新聞理論是以「三民主義」及孫中山、蔣中正等人的談話、著作為藍本，配合當時臺灣「反攻復國」的意識形態，建構起「三民主義」新聞政策與理論模式，體現出強烈的反思意識與中國化色彩。黃麗飛在討論美國商業新聞制度在中國的適配問題時，便從文化差異的角度審視新聞理論建構問題：

> 美國有美國的政治傳統及文化遺產，中國有中國的政治傳統及文化遺產，美國是自由資本主義社會，中國是以三民主義立國，彼此迥然不同。以三民主義的政治而配合以自由資本主義形態的新聞事業，這叫驢頭不對馬嘴；由此去求取我們理想的新聞自由，也是

〔註24〕「教育部」教育年鑒編纂委員會編：《第三次中國教育年鑒》，臺北：正中書局，1957 年，第 6 頁。

〔註25〕中國國民黨光復大陸設計研究委員會：《鞏固臺灣光復大陸加強總動員案草案（第二輯）》，臺北：中國國民黨光復大陸設計研究委員會，1956 年，第 2 頁。

緣木求魚。企業化是以造就資本家，而「資本家出錢，老百姓說話」，在美國可有限度的做到，在中國則這有限度的也成問題。歷來「資本家出錢」的新聞事業組合，和一般老百姓是存有一段頗長的距離的。中國只有依據三民主義的立國精神，確定三民主義的新聞事業道路。民權主義主張政治民主，民生主義主張經濟民主，那麼三民主義的新聞事業，必須具有經濟民主與政治民主的性質。更淺顯一點的說，就是「大家出錢，大家說話」。〔註26〕

臺灣新聞學者看到了西方新聞理論、新聞制度與經營模式中存在的結構性問題以及在臺灣的適應性問題，提出應當依臺灣地區政治文化的特殊性來制定相應的新聞政策、發展新聞事業，進而形成了三民主義新聞思想的雛形。1952年，劉偉森發表《三民主義的新聞政策》，嘗試用「三民主義」概念解釋實報業管理、經營與發展實踐：

在民族主義言：我們深切體認現代的報業，應與國策聯結在一起，以國家的利益為報業的最高利益；現階段的任務，則偏重於「反攻復國」，並作復員的準備。在一般任務上，報紙應視為社會教育的主要工具，負起恢復民族固有道德，發揚民族精神，迎頭趕上西洋文明的責任。在民權主義言：報紙應與民主政治相表裏，一方面報紙輔掖民主憲政的行進，一方面政治保障言論自由和採訪自由。在報業制度上，我們主張採用政治上的均權主義，每縣城有一個通俗報紙，而於一般性和專業化的報紙，分由政黨及合法社團去辦。在管理上，我們呼籲把過去的管制政策改變為積極的輔導。在民生主義言，我們把報業國有與私營折衷起來，通俗報紙由政府去辦，一般性報紙由政黨去辦，專業化報紙由社團去辦，私人不得辦報。這是「反集中，反獨佔」的具體實行。同時，報紙保持必須朝向工農群眾求發展，推行通俗報紙，簡化漢字，以民眾口語為工具，以鄉土材料為內容，降低售價，實行補貼辦法，這是民生主義的均等主張。〔註27〕

1957年，新聞學者徐詠平撰文對中國新聞政策自古代一直到現代的發展進行了歷時性梳理，認為新聞政策「必須適應當時的環境要求，以實現其政治

〔註26〕黃麗飛：《中國新聞事業的前路》，《報學》創刊號，1951年6月，第49頁。
〔註27〕劉偉森：《三民主義的新聞政策》，《報學》第2期，1952年1月，第12頁。

目的」，進而從「民族」「民權」「民生」的角度提出了適合臺灣社會的新聞政策的構想：

> 政府當前的新聞政策，亦即反共抗俄時期的新聞政策。三民主義為立國最高指導原則，故當前的新聞政策，綜上所述，為三民主義的新聞政策：（甲）民族主義的：（一）以民族利益和國家利益為報業的最高利益，掃除私利企圖與階層偏見；（二）以民族精神與倫理思想為報紙的靈魂與內容，建立公是公非，發揚民族正義與道德勇氣。（乙）民權主義的：（一）以增進民智與培養民德為報業中心使命、并負為國策做宣傳的義務，（二）以發行民意與監督政府為言論中心使命並負責貫徹民主政治的責任。（丙）民生主義的：（一）以人民之生活，社會之生存，國民之生計與民族之生命的關聯性為新聞價值的標準。（二）以扶持報業廉價銷售，普及農村，以充實人民的精神食糧。所以現階段的新聞政策是戰鬥的：對內是加強自己，肅清共產遺毒，強化思想武裝；對匪是要瓦解其軍心士氣；對大陸同胞是要號召其展開反攻革命運動迎接國軍反攻；對海外僑胞是要團結僑胞，發揮力量，支持自由祖國的反攻復國大業；對國際是要提高國家地位，爭取同情與支持，共為反侵略，爭自由而奮鬥，消滅俄帝共匪，置人類於合作互助的永久和平的大同社會。〔註28〕

此時學者們對臺灣新聞政策的理解，尚停留在以「民族」「民權」「民生」簡單結構化新聞實踐的層面之上，主張以「三民主義」這一「國策」為依據，建立起適合臺灣社會情況的「三民主義新聞政策」。這些論點於 1950 年代提出，並在 1960 年代逐漸完善。隨著社會責任論的引入，專注於此一領域的學者對社會責任論進行揚棄，在吸取這一理論部分核心觀念的基礎上結合「三民主義」政治構想，建立起起了一套符合臺灣威權統治體制的三民主義新聞理論體系。

2. 以制度政策為核心、以傳統文化為話語的三民主義新聞理論體系

1966 年 11 月 12 日，蔣中正發表了《國父一百晉一誕辰暨中山樓落成紀念文》，該文內容強調了孫中山對中華文化道統的繼承，藉此在臺灣發起了中華文化復興運動。開展這一政治運動有兩層含義，就其表面而言是以維護、傳承、發揚中華傳統文化來反制同一時期大陸所進行的無產階級文化大革命，而

〔註28〕徐詠平：《我國的新聞政策》，《報學》第 2 卷第 2 期，1957 年 12 月，第 3 頁。

更深層的含義實際是對 1960 年前後國民黨政權所宣稱的中國代表地位受到挑戰的所展開的補救措施，國民黨政權借助中華傳統文化話語來強調自身的正當性，「不僅要使臺灣更像中國，更要使臺灣代表中國」。〔註 29〕這種傳統文化話語不僅轉化成為具體的政治運動，還直接構建起國民黨對其成員的系統性控制：「這些訴諸於『傳統中國文化』背後的愛國主義符號及共同價值所表徵的想像社區之終極目的在於支配全民認同國民社會的思想模式及生活紀律」。〔註 30〕在具有象徵性的話語結構中，「三民主義」作為國民黨的核心政治意識形態，直接與國民政府的合法性相關聯，進而被嵌入到了「中華之正朔」的敘述之中，成為國民黨統治權力合法性的來源。在中華文化復興運動的脈絡之下，「三民主義從一個實用的革命民族主義逐漸變成以傳統儒家價值為基礎的道德倫理或世界觀」〔註 31〕，讓「三民主義」不再只是懸掛於廟堂之中的政治符號，而成為滲透入社會文化體系的普遍價值。這一運動正式開啟了三民主義學術化在臺灣的進程，三民主義新聞理論的研究也於此時開始加速，並在 1970年代基本形成了以新聞政策與制度為核心，以中華傳統道德文化為話語符號的三民主義新聞理論體系。在這一理論體系的建構中，曾虛白與李瞻兩位學者是最為核心的研究人物。

　　曾虛白在新聞業界與政界遊走的經歷，使其不僅僅是知名的新聞學者，在三民主義的研究中也堪稱成專家，著有《革新芻議》等三民主義論著，並曾創辦中國文化大學三民主義研究所。曾虛白曾對臺灣新聞界的觀念提出批評，認為現有的新聞理論「模糊了人民的耳目，沖昏了人民的頭腦，壓啞了人民的嗓子，使人民懷疑民主制的績效」，甚至為了追求新奇讓新聞成為了社會的「毒害」。〔註 32〕而「三民主義」則要求新聞界為了實現大同主義而「聰明我們的耳目，機敏我們的頭腦，響亮我們的嗓子，群策群力去爭取的。」〔註 33〕在《新

〔註 29〕楊聰榮：《文化建構與國民認同：戰後臺灣的中國化》，新竹：清華大學社會人類學研究所碩士論文，1991 年，第 25 頁。

〔註 30〕陳奕麟：《從戰後臺灣傳統文化的建構看現代國家的弔詭》，載羅金義、王章偉編：《奇蹟背後：解構東亞現代化》，香港：牛津大學出版社，1997 年，第 257 頁。

〔註 31〕陳奕麟：《從戰後臺灣傳統文化的建構看現代國家的弔詭》，載羅金義、王章偉編：《奇蹟背後：解構東亞現代化》，香港：牛津大學出版社，1997 年，第 263 頁。

〔註 32〕曾虛白：《我們需要一個新的新聞制度理論》，《新聞學研究》第 9 期，1972 年，第 1 頁。

〔註 33〕曾虛白：《我們需要一個新的新聞制度理論》，《新聞學研究》第 9 期，1972 年，第 4～5 頁。

聞學研究》創刊之時，曾虛白以社會責任論附會孫中山提出的先知先覺理論，並嘗試以先知先覺理論為中心，論述二者的關係：

> 美國新聞學者所主張的傳播事業社會責任論，實際就是我們國父孫中山先生先知覺後知理論的引申。國父孫先生把人類天賦分成先知先覺、後知後覺與不知不覺的三大類……就新聞學來解釋國父這套理論：社會負起輔導傳播的責任就是先知先覺者的創造發明，傳播事業接受社會的輔導來儘量發揮傳播的功能，就是後知後覺者的仿傚推行，結果使廣大群眾接受而成了他們正確的行為標準，就變成了不知不覺的竭力樂成了。〔註34〕

在此基礎上，曾虛白構想出了三民主義新聞制度的框架，內容包括：

> 在三民主義原則下，傳播事業所享受的自由應以不損害全民福利與國家安全為限；
>
> 傳播事業應以公營為其努力目標，惟在準備未周以前，仍應准許民營；
>
> 傳播事業的經營不論公私，皆應把營業部門與執行傳播工作的業務部分，劃分為兩個井然不同的系統，不相干擾；
>
> 業務部分應由經過訓練考試並孚眾望的合法傳播專家主持；
>
> 嚴禁一家報社兼營兩家以上報紙，一家電視或廣播公司兼營兩家以上電視或廣播公司，更嚴禁報社兼營電視與廣播業務；
>
> 以作充分忠實的新聞報導、公開其所控制的傳播機構為廣大群眾意見交流的園地、儘量供給與鼓勵高尚娛樂等五大綱要，作為公民營傳播事業的工作目標；
>
> 訂立完備的記者法，使從事傳播事業者得執行任務不受任何人干涉；
>
> 改革新聞評議會，使其發揮有效功能等。〔註35〕

這樣的思想注重對媒介經營權的辨析，主張形成以公營為主、對「國家」與社會負責的新聞事業，避免低俗、壟斷與過度商業化，並且新聞事業應當接受新聞評議會的指導，以促使高尚、獨立新聞事業的形成。

〔註34〕曾虛白：《發刊詞》，《新聞學研究》創刊號，1967 年，第 3～4 頁。

〔註35〕曾虛白：《我們要有自己的新聞政策》，載中華學術院編：《新聞學論集》，臺北：華岡出版有限公司，1976 年，第 8～11 頁。

　　與曾氏類似，李瞻在提出不同政治制度下的報業制度，以及臺灣當下報業所存在的問題之後，描繪了「三民主義報業制度的藍圖」，將三民主義報業哲學與社會責任論相比較，進而認為依託三民主義報業制度能夠形成「最負責任的新聞事業」：

> 　可知三民主義報業哲學與社會責任論之哲學主張，兩者完全相同，由此足以證明，三民主義報業哲學，實為當前最進步、最科學之報業哲學，吾人理應以此建立三民主義的報業制度，以期我國報業，真正成為世界上最民主、最自由而最負責任的新聞事業。〔註36〕

　　1975 年，李瞻在總結自己過往研究之上，出版《三民主義新聞制度》一書，將 1950～1960 年代學者們對於新聞制度概念的探討做一總結，闡釋了新聞與政治之間的關係，來說明臺灣施行「三民主義」報業制度的必要性：

> 　新聞事業乃政治制度之一環，其理論係決定於此一社會的政治哲學。換言之，即政治哲學，決定他的新聞哲學，而新聞哲學直接決定它的新聞政策、新聞制度、與新聞價值觀念的標準，所以一個國家的政治哲學，是它新聞政策的理論根源。〔註37〕

　　這一觀點繼承、發展並完善了 1950 年代學者們對於三民主義新聞制度的理解，從哲學層面入手，對於新聞各個方面均有考量，較為完整地呈現了臺灣新聞學者心目中對於三民主義新聞政策的構想與理解。繼而李瞻提出了三民主義新聞哲學的特點，包括「新聞自由並非人人享有」「國家在新聞活動中，應擔任一個積極的角色」「新聞事業應做大眾討論與批評的論壇」「新聞事業應是一種教育及公益事業，而不應是一種營利事業」「新聞事業應由智慧最高、道德最好的人士主持」等觀點。在此基礎之上，李瞻提出了三民主義新聞制度的詳細規劃，包括形成公營報業與民營報業並存的局面、保障人民言論自由、保障編輯人員的新聞自由、實行報業專業化等方面，同時對報業團體與評議會提出了要求。書中還對雜誌、通訊社、廣播、電視、電影的新聞政策從三民主義新聞哲學的角度進行了建構。最終，李瞻肯定了社會責任論的進步性，並認為三民主義哲學比社會責任論哲學更為進步，也更為適應臺灣新聞業的發展。這樣以三民主義為指導、以社會責任論為參照、以新聞實踐為歸依來論證三民

〔註36〕李瞻：《我國報業制度》，臺北：幼獅月刊社，1972 年，第 158 頁。
〔註37〕李瞻：《三民主義新聞制度》，臺北：臺北市新聞記者公會，1975 年，第 3 頁。

主義新聞理論優越性與適用性的方式，是這一階段新聞學界討論三民主義新聞理論的典型代表。

通過曾虛白、李瞻等學者的研究可以看出，學者們對於三民主義新聞政策的探討，是從臺灣的政治體制與意識形態出發點，以社會責任論為參照、以三民主義理論為支撐來展開討論。新聞學者通過學術生產「將孫中山的有關民族、民權、民生等較廣泛的意識形態說法，轉換成現代化設計的藍圖」〔註38〕，構建起三民主義新聞政策及理論框架，依託對新聞實踐的關照不斷豐富，最終形成三民主義新聞學術體系。這一思想體系是三民主義學術化、現代化與實用化的結果，是「學術三民主義」在新聞研究領域中的體現。它的形成標誌著三民主義知識生產開始從「政治意識形態」向「可被挖掘的事實」轉變，成為被客觀探討、以科學方法檢視的對象。〔註39〕這樣學術研究順應了政治要求，但就實際而言也是一種新聞學理論本土化的探索，是我國新聞理論研究的重要組成部分。三民主義新聞學的研究繼承了 1960 年代之前以政治為中心的學術研究特徵，成為臺灣威權時期最具特色的新聞學術思想，也影響到了 1970 年代學界對於新聞制度建立的討論方向。

（二）建立公共新聞制度構想的提出

自 1950 年以來，臺灣的新聞學者便一直探討新聞界的自律問題，隨著 1960 年代引入社會責任論以及成立新聞自律協會，臺灣新聞界的新聞自律制度日趨成熟，在三民主義新聞理論體系的建構中也隨處可見新聞自律與新聞道德的影子。在相關領域的研究中，以李瞻為代表的新聞學者沿著新聞行業自律的思路提出建立公共新聞制度的觀點。在這一思想中，學者們對西方的商業新聞制度予以批判，並以三民主義新聞理論為依據，提倡建立由公共部門所主導的公共電視以及報業制度，以實踐新聞業的責任與自律。

1. 公共新聞制度的理論基礎

自開始討論新聞自由這一議題起，臺灣新聞學者對於西方商業新聞制度的質疑便沒有停止，此時他們對於自由主義報業制度的討論與批判主要從報

〔註38〕陳奕麟：《從戰後臺灣傳統文化的建構看現代國家的弔詭》，載羅金義、王章偉編：《奇蹟背後：解構東亞現代化》，香港：牛津大學出版社，1997 年，第 265 頁。

〔註39〕陳幼唐：《學術三民主義及其制度化：以中央研究院為例》，新竹：交通大學社會與文化研究所碩士論文，2015 年，第 15 頁。

刊「宣傳」與「盈利」的雙重屬性入手，反思自由主義新聞制度下新聞事業發展的弊端：

> 任何新聞政策，均係為其本國之政治、社會制度而服務，極權與共產之報業如此，資本主義之自由報業，亦莫不如此。……但近年由於報業所有權的集中，一城一報的形成，以及新聞自由的濫用，以致報業成為龐大的商業，它不僅不再服務民主政治，保障人民權利，而且成為目前自由社會的一個嚴重問題。……然而當前我國報業的經營，大部分是美國資本主義自由報業的翻版。所以不僅商營報紙企業化，就是黨營與省營報紙亦高唱企業化。但在報業普遍企業化的影響下，美國自由主義報業的流弊也是無法避免的。尤其黨營與省營報紙，他們在「宣傳」與「盈利」的雙重任務下，常常顧此失彼，以致不僅不能達成營利的目的，而且也常常不能達成宣傳的目的。這種現象，是很值得檢討的一個問題。〔註40〕

李瞻的這一段分析，從臺灣新聞媒體企業化現象的弊端入手，解釋了商業新聞制度在臺灣新聞界不適用的原因。這一觀點代表了此時臺灣新聞學界對於新聞制度主流理解，學者們普遍認為施行英美資本主義的自由報業制度與臺灣實際的新聞實踐有矛盾之處，因此臺灣新聞界應當結合島內的實際情況，依照「三民主義新聞哲學」成立「國家新聞政策委員會」來指導建立臺灣新聞事業的發展：

> 國父所創之三民主義，不同於極權主義、共產主義，更不同於資本主義，而是最進步、最民主的民主社會主義。為了迎頭趕上，以及免於重蹈資本主義新聞制度的覆轍，政府必須盡速成立國家新聞政策委員會，負責制定三民主義的新聞政策，建立民主傳播制度，然後我們的新聞事業，才能善盡社會責任，積極協助國家建設。〔註41〕

通過以上思想的闡釋，可以看到此時臺灣新聞學者對於新聞制度的思考具有三個明顯且相互關聯的特點：第一，仍保留鮮明的意識形態色彩。這主要體現在討論新聞政策時，對於三民主義的推崇，凸顯了三民主義學術化對新聞學界的影響。第二，強調新聞事業的社會責任。對於新聞責任的討論是永不過

〔註40〕 李瞻：《我國新聞政策的商榷》，《報學》第 5 卷第 1 期，1973 年，第 2 頁。

〔註41〕 李瞻：《三民主義新聞政策之研究》，《新聞學研究》第 28 期，1981 年，第 20 頁。

時的話題，臺灣新聞學界在日據時期便對此產生初步地思考，1950 年代之後開始了更廣泛討論。學者們在長期討論中融合了中國傳統道德觀念、美國社會責任論、孫中山輿論觀念等思想，形成了對新聞責任較為完整的理解，並與三民主義新聞理論相結合形成論述框架，成為具有本土化色彩的新聞責任理論。最後是以「國家建設」這一發展主義與實用主義的目標為歸依，這既是前述兩個特點的起點，也是 1970 年代政權合法性轉移所引起的政學關係調整的體現。在「國家建設」的目標之下，學術研究不再是單一的服務於意識形態的工具，開始回應行業發展的趨勢，並為經濟與社會發展提供支持，其研究關懷具有很強的現實意義。

2. 公共電視制度的討論與建立

隨著電子媒體在社會中的不斷普及，電視制度的建立成為學者們關注的新焦點，讓公共新聞制度從學術觀點討論進入了新聞媒體實踐。1968 年李瞻主持了「比較電視制度——兼論我國電視發展之方向」「英國電視制度之分析」「美國電視業之發展及其趨勢」三項研究計劃，對臺灣島內外的電視制度進行了全面探究，分別指出了「國有國營」「商有商營」「公私並營」「公有公營」四種制度的優缺點。〔註 42〕1971 年，李瞻進一步採用量化研究方法對臺灣電視節目展開分析，認為臺灣的電視事業「迄今尚未建立完整之體系，亦無正式法律之根據。」〔註 43〕為了促進臺灣電視媒體的發展、革除商業電視的種種弊端，李瞻提出應當盡快「建立一個合理、健全而負責的公營電視制度」〔註 44〕，以推動「獻身公益，並富有責任感的傳播媒介」的形成。〔註 45〕

在一系列前期研究之後，李瞻出版了對於臺灣地區公共電視制度建立具有標誌性影響的著作《電視制度》，被馬星野稱為解決臺灣社會「當前重大而急迫問題」的研究。〔註 46〕李瞻在該著作中介紹了世界各主要國家的電視制度後，從臺灣的現實情況出發反思商業電視制度與公商業並行的電視制，進而依據分權的理論主張臺灣應當建立公營的電視制度：

〔註 42〕 李瞻：《各國電視制度》，《新聞學研究》第 7 期，1971 年，第 49～96 頁。
〔註 43〕 李瞻：《建立我國公營電視制度方案》，《新聞學研究》第 10 期，1972 年，第 11～13 頁。
〔註 44〕 李瞻：《建立我國公營電視制度方案》，《新聞學研究》第 10 期，1972 年，第 11～28 頁。
〔註 45〕 李瞻：《建立我國大眾傳播政策之展望》，《報學》第 6 卷第 7 期，1981 年 12 月，第 14 頁。
〔註 46〕 馬星野：《序》，見李瞻：《電視制度》，臺北：三民書局，1973 年，第 3 頁。

目前我國的商業電視，已引起社會的極大不滿，但國家立法機
關、政府主管官員、以及廣大的社會大眾，都覺得無能為力，沒有
任何有效途徑，迫使商業電視，予以適當而合理的改善。我們為了
免於商業電視濫用權力，並使電視確實服務公益，我們必須建立由
政府、國會與社會大眾共同控制的公營電視。〔註47〕

李瞻還提出了公營電視制度所具有的保持節目平衡、擔負教育責任、服務
民主政治、服務公共利益、提高國民文化水準五大優點，並根據這些優點提出
了臺灣公營電視所應擔負的責任：「（一）生聚教訓，加強戰力；（二）上下一
心，鞏固團結；（三）勞動勤儉，增加生產；（四）推廣教育，開發人力資源。」
〔註48〕這四個目標可以從兩個角度探究其特點。第一是服務社會發展。前文提
到此時國民黨的統治基礎已經轉向經濟建設，新聞之於政府與社會的角色也
隨之發生轉變，從李瞻的敘述中也能佐證這一變化。在其提出的學術觀點中，
相較於「加強戰力與鞏固團結」的口號，無論是增加生產還是開發人力資源，
均是對推動社會建設具有實質意義的行動，頗有「政治搭臺，經濟唱戲」的意
味。第二是有利於教育推廣。李瞻在總結公營電視所具有的優點時，提到了對
教育的補益。而在闡釋公營電視所負責任之時，還重點解釋了「推廣教育」的
必要性：

目前我國失學青年太多，業已形成嚴重之社會問題。另外許多
商業性之補習班林立，夜間部因陋就簡，都是造成青少年不滿的主
要原因。如果公營電視負起「推廣教育」的責任，至少可使這些有
為向上的青年，在家中電視機前就可完成他們理想的教育，不必再
受這些商業性補習班、夜間部的虐待剝削。〔註49〕

在李瞻等研究者不斷的奔走呼籲下，1982年3月8日，「行政院」著手籌
備公共電視頻道，讓臺灣電視媒體的發展進入了新的階段。在這一消息傳出之
後，李瞻對此表示歡迎，但也因為將成立公營電視的籌備工作交由具有商業性
質的中華電視臺而產生了對於內容的憂慮：

民國七十年七月，本人參加國建會，再建議成立公共電視，並
當即為孫院長所採納。本年三月八日行政院之指示，無疑係孫院長

〔註47〕 李瞻：《電視制度》，臺北：三民書局，1973年，第300頁。
〔註48〕 李瞻：《電視制度》，臺北：三民書局，1973年，第303～308頁。
〔註49〕 李瞻：《電視制度》，臺北：三民書局，1973年，第309頁。

實踐去年政府在國建會閉幕詞中之諾言，本人對政府之開明作風，
深為感佩！但就內容而言，可能又將重蹈電視公商並營制之覆轍！
〔註50〕

通過前文的分析，這一時期形成的公共新聞制度思想，以1960年代引入
的社會責任論為基礎、以三民主義理論為指導，注重媒介與社會發展之間的關
係，強調公共新聞制度對於教育的推動。此時學者們對於制度的實踐從報刊轉
向發展尚未定型的電視，提出了建立公營電視制度的思考，並通過對商業電視
制度的反思、對本土社會新聞實踐的分析，建構起一個由政府、民眾共同主導
的，對社會發展與教育推廣具有積極意義的公營電視機構。這一思想既傳承了
1950年代以來對於新聞責任的理解，又體現出臺灣政治統治基礎轉向給學界
帶來的變化，成為三民主義新聞理論的重要實踐，讓持續二十餘年的新聞自由
與新聞責任關係的討論有了一個實質性的成果。

（三）新聞理論研究的學術取向調整

1966年，徐佳士在臺灣出版《大眾傳播理論》一書，單純從書籍本身而
言，《大眾傳播理論》只是一本兩百多頁相對通俗的小書，但對臺灣新聞學研
究而言，卻邁出了具有劃時代意義的巨大一步，成為傳播學正式引入臺灣並開
始快速發展的標誌。當然，新研究範式引入以及思想脈絡的轉變並非一本書就
可以左右，更多的是臺灣留美學者的共同努力以及後來學者不斷推進所致，而
徐著則在這一進程中起到了標誌性作用。

隨著傳播學的引入，臺灣學者對於新聞與新聞學的理解也產生變化，開始
從傳播學的角度理解新聞，並將新聞學的範疇擴展到「媒介」之學的廣度。這
一階段的學者，將傳播學視為「由新聞學擴展與演進而成的」學科，而新聞「乃
是大眾傳播之一環」，〔註51〕釐清了新聞與傳播之間傳承與發展的關係。一些
學者則利用施拉姆在1960年代提出的「國家發展理論」，以「普遍主義」的預
設入場，採用結構功能主義中的「社會演化」來探尋臺灣社會從「傳統」到「現
代」這一過程中，媒介是如何提供信息、形塑民眾「現代化」人格等問題的答
案。〔註52〕在這一學術進程中，學者們調整理論研究取向，對新聞學的理解由

〔註50〕李瞻：《我國電視政策之研究》，《新聞學研究》第30期，1982年12月，第
　　　　130頁。
〔註51〕劉建順：《新聞學》，臺北：世界書局，1981年，第53頁。
〔註52〕徐佳士、楊孝濚、潘家慶：《臺灣地區大眾傳播過程與民眾反應之研究》，「國
　　　　科會」研究計劃，臺北：政治大學新聞研究所，第2～12頁。

政治的「宣傳者」轉向社會發展的「促動者」，並開始關注在三民主義新聞學研究總被忽視的「人的傳播」。

1. 從「宣傳者」到「促動者」——媒介理解的轉變

1970 年代起，臺灣的政治體制開始從「軍事威權」轉向「發展型威權」，國民黨政府所構建起的普遍目標從「軍事反攻」轉變為通過社會發展達到「反共的使命」。在宣傳中也強調未來的「戰爭」「將是『物質』的戰爭，而不是單純的武力戰」。〔註 53〕此時，國民黨政府通過推行宣傳計劃宣揚建設成果，以讓治下的人民相信，國民黨政府可以通過「國家建設」來實現反共目標。這意味著新聞開始扮演協助政府推動社會發展的角色，〔註 54〕傳播內容開始由政治宣導轉向社會建設，學者們對於的問題關懷也因而產生了轉變。1975 年，徐佳士、楊孝濚、潘家慶等學者共同主持了題為「臺灣地區大眾傳播過程與民眾反應之研究」的研究計劃，嘗試從社會發展與傳播功能的角度解決現實問題，成為這一轉向在學術研究中的體現：

> 「我國」大眾傳播媒介在促進國家發展方面究竟擔當著一個怎樣的角色？我國的大眾媒介今日是否像一般所預期，具有促進「國家」發展及社會進步的功能？它的這項功能已發揮到什麼程度？假使這項功能充分發揮，原因是在什麼地方？大眾媒介在臺灣，是否像若干批評者所指控的，甚至還阻礙了發展與進步？假使有這類情形存在，原因是在什麼地方？我們應該怎樣圖謀補救？〔註 55〕

學者們對媒介在社會中所扮演的角色進行反思，希望促進媒介功能的轉型以推動社會的發展。1979 年，鄭瑞城對於國民黨政權播遷臺灣以來媒介所擔負的政治責任進行了審視，提出了對以往的新聞媒體功效的疑問，矛頭直指最高權力集團：

> 三十年來，臺灣的大眾媒介一直扮演著固定的角色：輔助穩定社會及政治。不過，我們也不能不正視兩種事象。其一是在現實的政治情勢下，報紙甚少質問中央政府的基本政策及重要措施，但對

〔註 53〕張其昀：《蔣「總統」言論集（第三集）》，臺北：中國文化大學，1984 年，第 3655～3840 頁。

〔註 54〕林麗雲：《臺灣傳播研究史——學院內的傳播學知識生產》，臺北：巨流出版社，2004 年，第 129～130 頁。

〔註 55〕徐佳士、楊孝濚、潘家慶：《臺灣地區大眾傳播過程與民眾反應之研究》，《新聞學研究》第 21 期，1978 年，第 1～2 頁。

> 中央級以下的政治常發揮了其應有的功能。……從臺灣的整體政治
> 層面來看，報紙和雜誌對政治現代化皆沒有產生顯著的具體作用。
> 〔註56〕

鄭瑞城的詰問源於臺灣媒體長時間服務於政治意識形態，只對上負責，從不敢質疑不合理政策的根源，只通過批評基層政治來體現新聞的公信力，讓媒體從本質上而言成為政治的宣傳者。對此鄭瑞城呼籲媒體應當「將眼光放遠大」，為社會整體利益著想：

> 大眾媒介今後應抱持「愛之深，責之切」態度，善盡輿論的力
> 量。為長遠整體的社會利益著想，我們的社會實繼續有著能扮演更
> 積極獨立角色的大眾媒介，以促使政治現代化的速度和幅度加快加
> 大，而使臺灣成為一個安定和民主的社會。〔註57〕

潘家慶於 1983 年出版的《傳播與社會發展》成為一部為新聞傳播角色轉型提供理論支持的力作。該書從施拉姆提出的大眾媒介與國家發展這一思考出發，結合了中國近代史上知識分子思想的轉變與社會的轉型，落腳於臺灣社會的發展與變化，是這一時期臺灣學者對該問題研究的代表性成果之一。〔註58〕潘家慶認為，雖然「大眾媒介的發展性角色常常是間接的、助長性的，而其真正效果也因媒介、內容、傳播對象，以及效果的性質、層面的不同而大異其趣」，〔註59〕但這一理論的影響卻是積極的：

> 二十年來，儘管「大眾傳播與國家發展」，從名稱到實質內容；
> 從概念模式到方法趨向都在改變，但學者、政府行政人員與傳播專
> 業人士，無時無刻不在致力要用人類與生俱來的傳播本能和傳播科
> 技，協助國家社會發展，他們的努力大致是積極而普遍的。〔註60〕

潘家慶面對過往新聞學研究宣傳色彩濃厚的情況，以及當下臺灣社會所存在的種種問題，認為「癥結不在理論上有無成熟、成形」，從而婉轉地提出了自己的志向，體現出了強烈的知識分子的使命感：

〔註56〕鄭瑞城：《大眾媒介與政治現代化》，原載《綜合月刊》1979 年 10 月號，收入
　　　　鄭瑞城：《傳播的獨白》，臺北：久大文化，1987 年，第 27～28 頁。
〔註57〕鄭瑞城：《大眾媒介與政治現代化》，原載《綜合月刊》1979 年 10 月號，收入
　　　　鄭瑞城：《傳播的獨白》，臺北：久大文化，1987 年，第 36 頁。
〔註58〕潘家慶：《傳播與社會發展》，臺北：政治大學新聞研究所，1983 年。
〔註59〕潘家慶：《傳播與社會發展》，臺北：政治大學新聞研究所，1983 年，第 7 頁。
〔註60〕潘家慶：《傳播與社會發展》，臺北：政治大學新聞研究所，1983 年，第 2 頁。

基本上，傳播與發展這個論題是應用傳播學重要的一支，二十多年來從理論的形成、轉變，到今日的停滯狀態，癥結不在理論上有無成熟、成形，而在從發展政策到傳播策略上各項問題，人們有無正確的瞭解——瞭解發展政策究竟要在什麼原則與心態下來制定？傳播策略的基本動力與障礙何在？所以說，傳播與發展既是一個社會學科上嚴肅的命題，也是人類命運思考上的一大挑戰。這項思考的挑戰中，人是否能祛除他們的偏見私利、好大喜功？人是否能多懷惻隱之心，為後世子孫，為全人類命運多做思量？實在是知識分子、政策制定者的一項無上的道德使命。〔註61〕

同年，陳世敏出版《大眾傳播與社會變遷》一書，討論「與大眾傳播有關的這一類矩型社會變遷」，較為完整地闡釋了媒介成為社會發展推動力量這一思想轉向。陳世敏在自序中闡釋了他對媒介在社會發展中起到的廣泛作用與扮演角色的理解：

> 本書偏重理論敘述，選擇了國家發展、大眾文化、知識分配三個同屬矩形社會變遷的主題，一方面擴大大眾傳播與社會變遷這個研究領域的範圍，另一方面從時間先後順序說明這個領域在研究概念上從「單純因果關係的探討」走向「社會結構的分析」，在關係主題上從「媒介能幫助什麼」走向「媒介如何擴大社會不平等」。國際發展的討論在先，探尋因果關係，關心媒介能幫助什麼；知識分配的討論在後，強調社會結構分析，重視知識的流傳和分配；大眾文化則約略介於兩者之間。〔註62〕

這一看似順理成章且具有較深理論意涵的媒體思考，奠基於十餘年來臺灣新聞學者在傳播學影響下所產生的對於媒介新的認知之上，讓媒介成為現實中促進社會發展的力量，而非鏡花水月中傳播意識形態的載體。

1986 年，政治大學學者祝基瀅站在歷史的拐點上回望，對過往與當下的臺灣新聞傳播研究發展情況進行考察，提出新聞學與大眾傳播研究應當促使傳播媒介擔負起社會發展「促動者」角色這一觀點：

> 傳播研究與國家發展甚至與整個世界的進步，都息息相關。本研究的宗旨，也在此世界性的思潮前導下，來檢討目前國內的新聞

〔註61〕潘家慶：《傳播與社會發展》，臺北：政治大學新聞研究所，1983 年，第 9 頁。
〔註62〕陳世敏：《大眾傳播與社會變遷》，臺北：三民書局，1983 年，第 2 頁。

學及大眾傳播學研究，期能有助於我國新聞及大眾傳播學之發展以
及大眾傳播媒介之發達，使大眾傳播媒介在國家發展中發揮「促動
者」之功能。〔註63〕

「促動者」概念的提出較好地總結了1970年代之後，臺灣新聞學者對於
新聞媒介理解的轉變，即從以往將媒介視為服務政黨的宣傳工具，轉向協助社
會建設的推動力量。這一變化在學界形成了協助社會發展→關注社會問題→
本土化研究轉向的邏輯，推動了臺灣學者對於本土問題的凝視。此時的新聞學
者開始利用傳播學的研究方法，針對個別現象、社會群體、本土傳播實踐等問
題進行思考，「瞭解有關本地區內大眾傳播的許多基本事實」「尋覓改進臺灣地
區大眾傳播的協助『國家』發展的功能的途徑。」〔註64〕

新聞學研究與政府之間關係的轉變也促進了學術研究社會化與本土化的
發展。1960年代，國民黨政府在推動科學發展的政策下，開始了對於學術研
究的資助。1965～1987年間，國科會共資助新聞傳播學科研究59項，這些計
劃案選題呈現出對於媒介與現代社會發展的關注，讓新聞學研究從對上負責
的單一角色，轉型成為連接政府與社會的中介，完成了從「宣傳者」到「促動
者」的角色轉換。

對新聞媒介理解的轉變蘊含著臺灣知識分子對於「變革」的體認，這一變
革與自鴉片戰爭之後國人對於社會變革的理解一脈相承。臺灣新聞學者看到
了傳播在促進觀念轉變、建立現代意識方面的促動作用，看到了報章雜誌等大
眾傳播事業對中華民族意識形成以及政治現代化發展的貢獻，進而在本土文
化經驗以及西方傳播與發展理論的雙重影響下，產生了傳播推動社會發展的
思考，並對社會產生了深遠的影響。

〔註63〕 此時，學者們對於傳播功能的思考包括：「加強國家意識；作為國家發展計劃
的聲音；傳授國家發展所必須的知識和技能；協助擴展國內外市場；教育人民
在國家發展中扮演新的角色；教育人民在國際社會扮演適當的角色。」這一提
法雖然看起來與政治的關係仍然十分密切，但其內涵已經發生了很大的變化。
新聞學開始從單一的對上服務的角色，轉變為連接政治與民間的中間人角色。
祝基瀅：《我國新聞學與大眾傳播學研究現況之分析》，1985年臺灣「國科會」
專題研究報告（NSC 74-0301-H004-03），臺北：政治大學新聞研究所，1986年
2月，第2頁。

〔註64〕 徐佳士、潘家慶、趙嬰：《改進臺灣地區大眾傳播之「國家」發展功能的研究》，
《新聞學研究》第21期，1978年，第1頁。

2. 關注「人的傳播」──研究對象的革新

這一階段對於新聞傳播研究對象的選取也發生了變化。1966 年，徐佳士在《大眾傳播理論》一書的開篇，便將傳播學研究分為「人的傳播」和「物的傳播」兩類，強調「物的傳播」已經得到了較為深刻的研究，但「人的傳播」相關研究卻少人問津：

> 一個聲音，一幅圖像，一些文字，或是其他形式的音訊（message）從它的出發點，打破形體之間的障礙（譬如千山萬水），到達一個目的地，這是「物的傳播」。它始於物，而終於物。一股濃情蜜意，一番淳淳勸導，一陣唬唬威脅，一串事實報導，或任何其他內容的音訊，從它的出發點，打破心靈之間的障礙（譬如采邑、偏見和愚昧）到達一個目的地，這是人的傳播。它始於人，而終於人。當然，把傳播活動實際上拆開，分為「物的」與「人的」幾乎是不可能的……不過研究傳播的人卻把二者拆了開來。他們非把「物的傳播」與「人的傳播」拆開不可：因為「物」和「人」太不相同。物的性格和人的行為太不一致。研究「物」所需的學問、技術、和工具，與研究「人」所需的學問、技術、和工具，也大大不同。這兒必須承認，這兩群研究家所已完成的成果也相差極大──研究「物的傳播」的人士遙遙領先；研究「人的傳播」的人士才剛剛起步。〔註65〕

在這一段陳述中，徐佳士通過現實案例的比喻，區分了「物的傳播」與「人的傳播」二者之區別以及研究現狀的差距。如果更進一步地討論這一段論述，我們可以說，新聞媒介本身的研究（即新聞學）在徐佳士看來已經較為完備，而人際傳播（傳播學）的研究在臺灣新聞學界還只是停留在起步階段。這樣的劃分明確了新聞學與傳播學研究的邊界，凸顯出了二者關注點的不同，也將二者統攝於大眾傳播理論之下，形成了緊密的聯結，形成更為完整的學科關懷。後文，徐佳士特別強調，該著作的研究對象為「人的傳播」，書中的「傳播」所指代的也是「人的傳播」。〔註66〕此後，「人的傳播」開始為學者們所關注。

〔註65〕 徐佳士：《大眾傳播理論》，臺北：臺北市新聞記者公會，1966 年，第 2～3 頁。
〔註66〕 徐佳士：《大眾傳播理論》，臺北：臺北市新聞記者公會，1966 年，第 5～6 頁。

　　1974 年，謝銘仁在其所撰寫的專著《大眾傳播要論》中，也對「傳播」作出了類似的定義，強調人之間的信息交流方才是傳播的本意：

> 「傳播」一語出自英文「communication」一詞，但也有被譯成傳達或交通的。它至少涵蓋兩種主要意義：一是人與人之間思想與感情的交流。一是兩地之間的往來交通。前者是「communication」的本意。明白一點說，亦即是社會裏的個體與個體之間互相接觸、彼此交往的行為。後者則顯然是由前者引申而來。因為人類社會進步的必然趨勢是人與人之間由同一地面的交往接觸，發展到兩地間更複雜的溝通接觸。同時，人與人之間的接觸與交往，實際上是人類組成社會的基本因素。如果沒有這種接觸交往，社會組織則難能誕生。……嚴格來說，「傳播」就是將某些記號（sign）傳遞給受播者，俾能彼此間產生互相瞭解的過程。簡言之，即人與人之間的情報、思想、態度、感受等等的傳遞。〔註67〕

　　從謝銘仁對傳播的分析與界定中，不難看出其對於人作為傳播主體，居於傳播結構核心地位的強調，將「物的傳播」視為「人的傳播」的引申。對於傳播的定義，也凸顯了「人與人」之間的關係。潘家慶在關照新聞學者對於新聞傳播理解的變化時，直接提出「今日討論傳播與發展必須以人與社會為中心的傳播行為為理論基礎」「研究焦點轉而注意傳播活動中的『人』」。〔註68〕劉建順還提出人是生活在傳播之中，而傳播是「形成社會與文化的要件，也是一切社會行為的基礎」。〔註69〕此時學者們對新聞理解已經不再侷限於傳統新聞學研究對於報刊、廣播、電視等「物」的媒介的關注，轉而展開對傳播主體的思考。不過這並不意味著傳播學術研究與新聞學術研究的區別涇渭分明，而只是視傳播學為新聞學研究的推展與昇華。

　　大眾傳播研究漸漸為臺灣的新聞學界所接納，也吸引了越來越多的學者加入到「人的傳播」的研究中來，形成了包括人際傳播、受眾反饋在內的新的研究領域。如在 1967 年《新聞學研究》創刊號中，漆敬堯提出「經濟發展和社會進步，彼此相輔相成。經濟有了發展，會推動社會進步、產生新觀念。社

〔註67〕謝銘仁：《大眾傳播要論》，臺北：東吳大學中國學術著作獎助委員會，1974年，第 1～2 頁。
〔註68〕潘家慶：《傳播與社會發展》，臺北：政治大學新聞研究所，1983 年，第 8 頁。
〔註69〕劉建順：《新聞學》，臺北：世界書局，1981 年，第 3 頁。

會有了進步、產生新觀念，也促使經濟發展」的假設，進而選取臺灣蕉農這一社會群體，通過區域抽樣與訪談的方式研究臺灣經濟發展對蕉農可支配收入增減的影響，以此檢驗經濟發展與社會進步的關係。〔註70〕再如 1971 年，鍾田明調查了臺北市高中學生對於大眾傳播媒介的接觸，檢驗了升學主義與高中生看電影之間的關係。〔註71〕這些研究，都以人為關注對象展開研究，通過對具體群體行為的檢驗，回答與社會發展緊密相關的現實問題。

　　通過以上對於臺灣新聞學研究場域中所出現的新思想之闡述，可以發現這一階段臺灣的新聞學者對於新聞內涵的理解開始轉向，對於媒介在傳播過程中地位的審視也發生了改變，形成理論取向的調整，具體體現便是問題意識與研究對象的本土化、具象化。產生這一學術思想的原因有四：

　　第一是政治話語的轉變。1950 年代，在國民黨軍事動員的話語體系下，臺灣作為中國之一部，在軍事上扮演著「反攻基地」的角色，但在文化上卻顯得無足輕重。在國民黨以「正統中國」為綱的政治論述中，臺灣的新聞學研究只能在「中華民國」的框架下進行宏大研究，通過知識生產強化文化認同與身份認同，有關臺灣社會與不同群體的問題受到忽視。1970 年代前後，臺灣的政治統治基礎開始從政治鞏固轉向經濟建設，政府主導的話語邏輯從軍事動員轉向社會動員，「光復大陸」的依靠也逐漸從軍事力量轉向文化力量。隨著統治理念的轉變，在地化問題不再被視為中國認同的絆腳石。同時，國民黨政府面對外部政治空間驟減的情況，也傾向於向內積極尋求統治的合法性。因此，探討臺灣本土化問題的重要性逐漸顯現。宏大敘事模式的放棄，讓學術研究開始關注個體，本土問題的提出，則讓學術研究轉為務實的社會發展面向，形塑這一時期的新聞學術思想面貌。

　　第二是學者代際更迭與教育背景的變化。學者作為學術生產者，是一個基於共同知識背景與身份所形成的共同體。伴隨著科研生命與生物生命的變化，必然會帶來學術研究社群代際的輪替，這也是學術發展的推動力之一。學者的教育背景與經歷差異在較大程度上影響了其在這一共同體中對統一範式的理解與思考，屬於同一個世代的學者由於「在社會的與歷史的過程中共同的位置」，讓他們「傾向於模擬各種特別的思考與經驗模式，且具有某種與歷史相

────────────

〔註70〕漆敬堯：《蕉農支配所得與臺灣經濟發展的關係》，《新聞學研究》創刊號，1967年，第 325～352 頁。
〔註71〕鍾田明：《臺北市高中學生接觸大眾傳播媒介之研究》，《新聞學研究》第 8 期，1971 年，第 299～323 頁。

關的行動類型。」〔註72〕在 1950 年代至 1960 年代，掌控學術話語權的臺灣新聞學者幾乎完全來自大陸，他們具有的政治背景、大陸經驗與原鄉情結，讓學術研究有意無意地忽略了臺灣本土化的問題。而 1970 年代之後，新世代的學者開始進入學術社群，這些學者有不少生長在臺灣島內，臺灣本土的人與社會成為他們的經驗基礎。

與此同時，臺灣高等教育體系中生源籍貫的變化也助推了 1980 年代後臺灣新聞學研究本土化的進程。在臺灣高等教育建立之初，招收生源多來自大陸，如臺灣大學招收的學生中，有「相當數量」來自祖國大陸。〔註73〕政治大學的生源也以大陸學生為主，時至 1961 年，政治大學新聞研究所招收的 67 名學生中，除了一名為韓國籍，其他 66 人中僅有 4 人為臺灣學生。〔註74〕這樣的生源籍貫構成，也直接導致了學術研究發展中本土經驗不足的問題。時至 1970 年代，臺灣籍學生在高校中所佔的比例開始上升，招收的大陸籍的學生也多為出生在臺灣的第二代，這一籍貫的變化催生了學術研究對島內個體與社會的關注。

第三是傳播理論與實證研究方法的運用。行為科學研究在美國流行的年代，與臺灣第一次留美潮重合。隨著留美臺灣學者進入學界，將實證研究引入島內新聞研究場域，興起了以行為科學為主導的量化研究。由於行為科學研究本身具有濃厚的實證主義色彩，這要求臺灣新聞學者將研究焦點轉移到更易獲取經驗材料、接觸研究對象的場景之中。此外，傳播理論的檢驗，也需要充足的經驗材料支撐。因此，臺灣社會成為這一時期新聞學者們開展研究的田野，個體與群體的傳播問題也逐漸受到關注。

第四是學者們所具有的社會責任感。1970 年代，在政治統治合法性基礎轉向經濟與社會發展之後，臺灣社會中也形成了「現代化」這一普遍的目標，學術研究的目的隨之變為「協助在地社會從傳統社會進化到現代社會」。〔註75〕學者們對於社會的認知轉化成他們對「國家」的使命感，讓新聞學研究

〔註72〕Mannheim, Karl. Sociology of Knowledge, edited by Paul Kecskemeti. London: Routledge & Kegan Paul, 1952, p288～291.

〔註73〕王晴佳：《臺灣史學史：從戰後到當代》，上海：上海古籍出版社，2017 年，第 24 頁。

〔註74〕臺北市新聞記者公會：《「中華民國」新聞年鑒》（1961 年），臺北：臺北市新聞記者公會，1961 年，新聞教育部分第 9 頁。

〔註75〕林麗雲：《臺灣傳播研究史——學院內的傳播學知識生產》，臺北：巨流出版社，2004 年，第 139 頁。

從前一階段服務統治階層的工具轉換成為民眾與權力溝通的中介：「如果學術的最終目的是在濟世，則傳播研究者及實務工作者好談傳播在『國家』發展中的角色及功能，亦正表現了知識分子對『國家』社會的責任感及民胞物與的胸懷。」〔註76〕在社會責任感的驅使下，知識生產進入推動社會發展的實然脈絡中，所關注的問題便漸漸聚焦於社會層面與社群層面。在這樣的框架中，高中生、家庭婦女、原住民、漁民等公民群體，都進入了研究者的視野，令臺灣新聞學研究內容與導向發生了轉向。這樣的轉型不斷的發展，持續至今仍然產生著很大的影響。

（四）新聞史學研究的理論化與本土化傾向

隨著美國大眾傳播主流典範與社會科學量化方法引入臺灣，越來越多的學者「轉向從事定時性的研究，較不注重歷史研究」〔註77〕，具體體現在新聞史研究者與研究數量的減少。在專著方面，1966 年政治大學新聞研究所出版的《中國新聞史》成為了戒嚴時期臺灣新聞史學研究的巔峰之作，而後少有新聞史著作出版，更無可與之匹敵的作品問世；在學術論文方面，《新聞學研究》創刊至 1987 年的 20 年間，僅有第 1 期（1967 年）和第 4 期（1969年）刊載了新聞史相關的研究成果，之後長達 17 年間，均無涉及新聞史的研究刊載，直到 1987 年才刊載一篇以量化研究視角研究新聞史的文章。出現這樣的變化一方面是由於傳播學引入對臺灣新聞學研究範式的影響，讓知識生產的方式與問題意識都發生了變化。另一方面由於 1970 年代後臺灣政治氛圍開始變化，學術話語的生產也開始從為統治正當性背書轉向推動社會民生的建設，這使得具有鞏固統治正統性作用的新聞史不再成為顯學。

但新聞史研究作為新聞學合法性來源的領域，仍在學術場域中佔有不可忽視的地位，傳播理論的引入也為這一領域的研究帶來了新的視角。與之前接續中華正統的研究思想相比較而言，這一時期臺灣新聞學者試圖借助歷史研究，找尋能夠建構中國新聞傳播理論的路徑。在這一領域的研究中，朱傳譽與方鵬程兩位學者最具代表性。

〔註76〕鄭瑞城：《傳播的獨白》，臺北：久大文化，1987 年，第 13 頁。

〔註77〕程宗明：《析論臺灣傳播學研究／實務的生產（1949～1980）未來——從政治經濟學取向思考對比典範的轉向》，中華傳播學會年會論文，臺北：世新會館，1998 年，第 5 頁。

1. 發掘新聞史中蘊含的理論思想

在臺灣新聞史學界，對於古代新聞史開掘最為詳盡者，非朱傳譽莫屬。朱傳譽為江蘇鎮江人，曾就讀於上海私立中國新聞專科學校，在大陸時便十分注意新聞史料的收集與研究。1948年到臺後，歷任《國語日報》兒童版主編、世界新聞專科學校講師等職務。自1950年代中期開始，朱傳譽專注於中國新聞史研究。1965年起，朱傳譽在政治大學新聞研究所從事宋代新聞史研究。1973年創辦天一出版社，致力於新聞史料的收集。在朱傳譽橫跨兩岸數十年的新聞史研究中，對於上迄先秦下至民國的新聞發展有了詳細的研究，其中對於宋代輿論的研究最為詳細。朱傳譽在探究宋代集議、諫諍、封駁、轉對、求言、上書、伏闕形成與發展的基礎上，對輿論發展障礙與新聞封鎖作出了思考，並從中延伸出了對於輿論形成與社會交往之間聯繫的認識：

> 輿論的形成，除有賴於傳播媒介外，並且有賴於民眾接觸的頻繁，互相交換意見和知識。政府限制傳播事業的發展，限制人民通訊、交往，自然會影響到意見的流通，造成社會的閉塞，進而影響到輿論的形成和發展。〔註78〕

在此基礎之上，朱傳譽進一步深化了對於宋代出版印刷管制與處罰制度的研究，〔註79〕並對宋代的邸報、小報、榜文等媒介的內容、編輯、印刷、發行等作了考據，整理出《靖康出榜一覽表》，完整呈現出宋代新聞傳播事業的面貌。〔註80〕在前期積累的基礎之上，1967年朱傳譽出版《宋代新聞史》一書，對宋代各類報刊、出版事業及法規進行了詳盡的研究。在闡述選擇宋代新聞史進行深入研究的原因時，朱傳譽從古代新聞史研究對當下學術發展的關照出發，提出了對傳播學引入臺灣後新聞史研究走向的憂慮：

> 近數十年來，傳播學興起，不但擴大了新聞學研究的領域，並且介紹了新的研究觀念和方法。因此，對古代中國報業的研究，也不得不另起爐灶。宋代承先啟後，對近世影響極大，筆者不揣愚陋，草成此篇，目的僅在拋磚引玉，希望引起更多人對這一方面的注意和研究。〔註81〕

〔註78〕朱傳譽：《宋代輿論研究》，《報學》第3卷第8期，1967年，第56頁。
〔註79〕朱傳譽：《宋代出版法研究》，《新聞學研究》第1期，1967年，第353～397頁。
〔註80〕朱傳譽：《宋代傳播媒介研究》，《報學》第3卷第7期，1966年，第40～68頁。
〔註81〕朱傳譽：《宋代新聞史》，臺北：臺灣商務印書館，1967年，第10頁。

在這一段陳述中，朱傳譽在選擇研究對象時，明顯受到傳播引入的影響。而「另起爐灶」的思考，在當下如何發展新聞史研究、加強這一領域的創新仍有反思的價值。

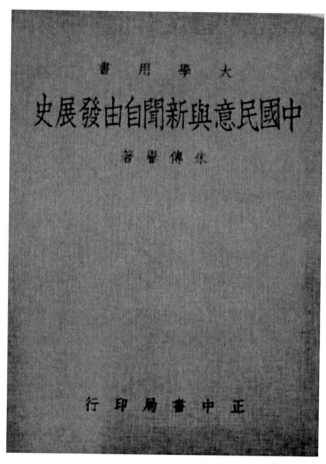

在完成對宋代新聞史的研究後，朱傳譽繼而延續這一脈絡，將焦點轉移到明清之際的塘報，整理了這一刊物的緣起、發展、傳遞與流弊，同時對於清代輿論的保密制度與輿論壓迫也有所考察，與宋朝的邸報形成接續。〔註82〕這些零散的研究日後經過彙集，形成了《中國民意與新聞自由發展史》這一部具有分量的、對中國民意發展進行細緻梳理的著作，以此來駁斥西方認為中國沒有新聞自由的論調：

〔註82〕 朱傳譽：《清代保密制度》，《報學》第4卷第9期，1972年12月，第33～48頁；朱傳譽：《清代壓迫輿論研究》，《報學》第5卷第1期，1973年6月，第58～78頁。

　　西方爭言論自由之傳統，已如前述；中國是不是也有這一傳統？
在不少西方人士的心目中，答案是否定的。十八世紀時，西方對中
國文化尚保持最高的敬意，認為中國為開明專制的模範。此後，西
方自由主義滋長，自由制度日益進步，中國正當明、清之際，政治
轉向黑暗，西方人士只看到中國的專制，遂斷言中國政治為一專制
的傳統，中國民族為一受束縛的民族。毋庸諱言，中國在政治上確
屬一個專制的傳統，但在另一方面，也有一個爭取言論自由的傳
統。……兩千多年來，我們所實行的雖然是「專制」，但多數是「開
明專制」，多少含有民主政治的基本精神。我們之所以立國悠久，有
如此深厚的文化，可以說是因為我們民族有愛民主愛自由，為民主、
自由而奮鬥的傳統精神。這也可以說是我們的民族精神。我們不但
愛護自己的自由，並且尊重別人的自由。我們愛好和平，扶植弱小
民族，都是這種精神的表現。〔註83〕

　　朱傳譽對於我國新聞自由發展的歷史考察雖然仍出於維護臺灣地區現行
政治體制的意涵，但其論述皆根植於中國傳統的政治制度與文化傳統，在梳理
我國新聞發展的歷程的基礎之上，提出了我國政治結構中內生性的新聞自由
傳統與精神，以中國化的理論架構駁斥西方自由主義片面的論斷，形成了以中
國本土開明專制為前提的新聞自由理論，在今天仍是思考我國新聞自由可以
依憑的理論路徑，也是對我國古代新聞思想發掘的重要貢獻。

　　此外，朱傳譽還通過對中國古代歷史典故的分析，從歷史角度考證了「傳
播」與「宣傳」兩個概念在我國的產生與發展，具有一定的理論貢獻，讓新聞
史研究不再是簡單的史料梳理與闡釋，而具有了華夏傳播的影子：

　　「大眾傳播」是最新的一門學門，因此「大眾傳播」一詞，也
成了最時髦的名詞……今天被認為最時髦的名詞，實際上已很古。
這可以看出我們古代詞彙的豐富，和古人的創造精神；也反映出今
天我們詞彙的貧乏，處處不能脫離古人的窠臼。不過，古代尚有「傳
宣」一詞，是君主時代的專用名詞，辭海釋謂：「君傳命詔之曰傳宣」，
今天是民主時代，這一名詞也就自然淘汰了。〔註84〕

〔註83〕　朱傳譽：《中國民意與新聞自由發展史》，臺北：正中書局，1977年，第40～
　　　　　41頁。
〔註84〕　朱傳譽：「傳播」與「宣傳」，《中央日報》1966年9月25日，第6版。

這些研究以中國歷史典籍為材料，以現代傳播理論為工具，對我國傳統的新聞觀念、新聞思想、新聞事業進行了研究，提出了具有中國特色的新聞理論，有不可輕視的理論關懷。這些研究跳脫了「史料學」的範式，在社會科學的影響下進行聞史書寫的新的探索。與此同時，這些研究單純的以學術的視角、以史料為基礎，並不完全依附於政治話語的脈絡，嘗試回歸歷史本身，讓我國的傳統文化成為理論探索的田野與寶庫，為新聞史研究在新聞學科變化中的發展創新提供了路徑參照。

2. 中國化新聞理論的闡釋

依託史學研究探索理論發展在 1970 年代後得到了進一步的開拓。隨著傳播學對於臺灣新聞學界的影響日益深遠，一些新聞史研究者縮小視域，將研究聚焦於具體歷史問題之上，並嘗試以社會科學視角解讀史料，如關少萁將兵家視為「軍事思想學派」，撰文分析先秦兵家非語文記號的思想，探討其中的傳播規律，期望以小見大、以點帶面，逐漸構築「傳播研究中國化的新領域」：

> 先秦兵家與儒家、道家、法家、名家、墨家、縱橫家、雜家，均有豐富的傳播思想。本文即從服飾、環境、身體行為、音樂、器物、嗅覺、聲調、空間、沉默、觸覺傳播、視覺傳播等十二個範疇，分析六韜、司馬法、孫子、吳子、孫臏兵法、尉繚子六部古籍中的個體與總體非語文記號（傳播）思想。藉此拋磚引玉，期能開闢「傳播研究中國化」的新領域。〔註85〕

將史學研究與傳播理論結合進行研究的學者，以方鵬程最具代表性。方鵬程 1943 年出生於福建廈門，在政治大學新聞研究所取得碩士學位後，赴菲律賓德拉刹大學文學及語言學系攻讀博士學位。回臺後歷任中央通訊社記者、編輯、駐菲特派員、資料部主任、海基會文化服務處及經貿服務處副處長、輔仁大學大眾傳播系兼任副教授、臺灣商務印書館總編輯等職，還創辦過《藍海》雜誌。在學術研究中，方鵬程的關注點聚焦於我國諸子百家典籍，嘗試剖析其中所蘊含的傳播思想，並與西方的傳播理論展開對話。方鵬程首先從說服傳播的視角，分析先秦諸子百家的言論，總結出各家言論說服的特點與方式，將之與霍夫蘭、凱利等學者提出的說服傳播理論進行比較，發現先秦諸子百家的說服傳播可以與西方的理論形成互補：

〔註85〕關少萁：《先秦兵家非語文記號思想分析》，《新聞學研究》第 39 期，1987 年，第 141 頁。

現代說服傳播理論既然是實驗與觀察的結果，也就有它的缺點所在。接受實驗的人們所反應的，不一定是真實的態度，而且受實驗者的人格特徵、環境、動機都難以全部在實驗中正確的發現或列入考慮。同時以有限的實驗對象要作為全體人類的代表，有時難免發生錯誤。因此，這些實驗仍需要以觀察方式來配合。先秦說服傳播理論和現代說服傳播理論的研究方式雖然不同，然而二者正好相互配合……當進行說服傳播時，可先研究現代說服傳播理論，以瞭解整個現象形成的原因，然後以先秦的說服傳播理論配合進行，相信這樣一定可以使說服傳播進行得更完美。〔註86〕

在這一研究的基礎上，方鵬程進一步展開研究，於1975年出版《先秦合縱連橫說服傳播的研究》一書，通過分析我國先秦時代蘇秦、張儀二人在吸取鬼谷之術後，成功促成合縱連橫的經過，找尋其中的理論貢獻。在該書開篇，方鵬程對借用歷史典籍發掘傳播理論的意義進行了解釋，表明其目的在於復興中國經典文化思想、總結中國的傳播理論：

我國對說服傳播理論與技巧的研究，在春秋戰國時有很高的成就……可惜後人認為說服傳播是旁門左道之學，因為「佞人為之，則便辭利口、傾危變詐，至於賊害忠信、覆亂邦家」，以致士大夫都以蘇秦張儀為戒，遂令談說之術未能作進一步的研究，以發揚光大。近代大眾傳播工具發源於西方，傳播理論也在實驗方法下逐漸成立，如美國學者霍夫蘭（Carl. Hovland）、詹尼斯（Irving L. Janis）、凱利（Harold H. Kelley）等試驗後，已獲得結論，《傳播與說服》（Communication and Persuasion）這本書就是他們的研究成果。而我國古代的說服傳播理論大部分是從個人觀察和經驗積累而歸納形成的，雖然缺乏後人有系統的整理與解釋，但是，卻不能抹煞它的學術價值。因此，作者決定以先秦諸子的說服傳播理論為基礎，再分析蘇秦張儀合縱連橫說服傳播的訊息內容、傳播者的可靠性、傳播技巧、受播者的人格特徵、傳播的環境，以研究其結果是否和西方說服傳播理論能殊途而歸。〔註87〕

〔註86〕方鵬程：《先秦的說服傳播理論》，《報學》第5卷第1期，1973年，第27頁。
〔註87〕方鵬程：《先秦合縱連橫說服傳播的研究》，臺北：臺灣商務印書館，1975年，第1頁。

在研究中方鵬程提出了傳播者與受播者對於傳播效果的影響，釐清了我國先秦時代說服傳播思想的理論貢獻：「在大眾傳播工具發達的今天，人類仍然依靠面對面說服傳播來解決重大國際爭端的情況下，鬼谷子的理論不但深具價值，而且值得發揚光大。」〔註88〕這樣的探索不再是簡單的套用西方理論，或運用西方傳播理論進行在地化檢驗，而是嘗試從中國文化內部來探索本土化理論，進而讓中國化傳播理論與國際傳播理論有可能比肩而立。

方鵬程對於先秦思想的關注即使在他離開學界後，也未曾中斷。他於1990年代任職於海基會，在參與兩岸和平交流的談判時將其研究成果運用其中。在這一履職經歷中，方鵬程「從進入海基會開始，就注意研究兩岸談判說服的問題，並將兩岸事務與中西傳播說服理論進行比較研究」〔註89〕。根據這一具身的觀察與思考，方鵬程於1999年出版了《鬼谷子：說服談判的藝術》，〔註90〕受到了學界的肯定，並獲得了2000年「曾虛白先生新聞學術著作獎」。

3. 中國化新聞理論探索的成因

這種具有中國本土關懷與比較視角的新聞史研究，在1970年代開始出現的原因有三。首先是「為民族而學術」這一思想的興起。1972年，日本政府與中國大陸邦交正常化並建立外交關係；1978年冬，美國政府宣布與中國大陸建交，並承諾逐漸從臺灣撤出軍事設施及人員。面對外交的困境，1980年代臺灣學術界出現了「為民族而學術」的思潮：

> 有人批評國內的學術研究者，常侷限於所學的外國學術潮流，而和臺灣現實脫了節。中美斷交之後，國人更深覺自立自強的重要。許多人強調並呼籲：學術研究必須擺脫美國的影響，由學術界的獨立來帶動、影響社會自立自強的風氣。陳國祥先生在四月一日中國時報人間副刊發表的「為民族而學術」即是有感而發，為此而發。
> 〔註91〕

在這種帶有民族情緒的思潮之下，臺灣學界對於中國傳統文化的關注從原有的符號借用構築正統敘述，轉向挖掘內涵構建本土理論，以此強化自身合

〔註88〕 方鵬程：《先秦合縱連橫說服傳播的研究》，臺北：臺灣商務印書館，1975年，第104頁。

〔註89〕 方鵬程：《孫子：談判說服的策略》，臺北：臺灣商務印書館，2005年，第II頁。

〔註90〕 方鵬程：《鬼谷子：說服談判的藝術》，臺北：臺灣商務印書館，1999年。

〔註91〕 鄭瑞城：《傳播的獨白》，臺北：久大文化，1987年，第283頁。

法性與合理性的實質內涵，因而對傳統歷史的關注並從中找尋中國化的傳播理論，便成為新聞傳播學界學者努力的方向之一。這不只是簡單的為國民黨政權背書，也具有為學界自身正名的意涵。

其次，西方理論的適應性問題開始為學者們所察覺。隨著新研究範式方法的勃興與在地化的運用，這一時期的臺灣新聞學者開始意識到美國大眾傳播學並非普適性的理論，因而開始嘗試傳播研究的中國化。1978 年，香港中文大學和政治大學聯合舉辦「中國傳播研討會」，並於 3 月和 6 月分別在兩校召開會議，其目的在於為傳播研究找到新的方向。臺灣傳播學者徐佳士、楊國樞、葉啟政、汪琪、閻沁恒、楊孝濚等學者均參與了此次討論，就傳播研究本土化提出了各自的看法。朱立在此次研討會中提出開闢以本土化理論研究為核心的「第四戰場」：

> 用現代的社會學、心理學或人類學的觀點去重組我們先人的傳
> 播活動。要開闢這個戰場，是個大膽的嘗試，我們希望藉此一探索，
> 使傳播研究中的行為科學研究也能有個根，並進而為「我國」的傳
> 播學建立完整的體系。〔註92〕

1982 年，中央研究院舉辦「社會與行為科學研究的中國化」研討會，探討如何能使社會科學研究能「配合中國的歷史、文化與社會特徵」「使中國的研究者恢復其獨立與批判力，擺脫中國社會及行為科學在世界社會及行為科學中的附庸地位。」〔註93〕在中國化思潮的影響下，臺灣新聞史研究中湧現出了不少依託中國傳統典籍探索新聞傳播理論在地化的研究成果，除了前文提到的關少其有關於先秦諸子非語言符號的研究之外，還有對於《荀子》《論語》《詩經》等古代經典的分析研究。學者們的關注讓這些傳統思想不再是沉睡的文字、教條的概念與塵封的記憶，而是在新的環境中，通過新的注解闡釋煥發新的理論光彩。

再次是學者們對於「一個中國」歷史敘事的認可。前文提到，在 1960 年代以前，臺灣的新聞學研究場域為大陸到臺的新聞學者所掌握。他們視大陸為「原鄉」，自然對國民黨所宣揚的「正統中國」深信不疑，也堅定地站在「一個中國」的立場之上。1970 年代以來，雖然臺灣本土學者開始進入學術研究

〔註92〕朱立：《開闢中國傳播研究的第四戰場》，《報學》第 6 卷第 1 期，1978 年，第 23 頁。

〔註93〕楊國樞、崇文一：《序言》，載楊國樞、崇文一編：《社會及行為科學研究的中國化》，臺北：中央研究院民族學研究所，1982 年，第 V 頁。

場域，並掌握了一定的話語權，但是他們在國民黨政權「一個中國」的教育中，也始終努力「基於接受中國民族主義歷史敘事來促進不同省籍與族群之間成員的和諧相處」。〔註94〕正如畢業於臺灣大學政治研究所的臺灣籍研究者張景涵所概括的：

> 談到智識階層，尤其是在此地受教育的青年，他們長久以來雖居於臺灣一隅，但接受的教育都是大局面的，他們要做五千年歷史的繼承者，一千一百萬平方公里大國的所有者。雖然處在小局面中，野心壯志則屬於大格局的，近代史的教育告訴他們需要恢復強國才能雪恥，他們也期待這些願望的實現。〔註95〕

在對於祖國的認同中，包括新生代學者在內的學術社群，以中華傳統文化典籍為文本，積極探索建立中國新聞傳播理論體系的思考也是自然而然之事。這些研究雖在臺灣展開，但其理論視域與核心關懷均是以整個中華民族為歸旨，是中國新聞學本土化研究重要的組成者與先行者。

（五）新聞教育研究的實踐性趨向

1960 年代末，臺灣的學者開始反思新聞教育長久以來的發展，並積極回應業界對新聞教育的質疑，提出分組教學、培養專才的改革方向，以期讓新聞教育回歸實務，為新聞業提供更高質量的人才。中國新聞教育自開辦以來，便有「學」「術」之辯，讓該領域的研究一直存在理論和實務二者之間如何配合的問題。早在 1930 年代末，復旦大學畢業的杜紹文便稱「以往新聞教育失敗的癥結，主要的為教育與社會不貫通，理論與實踐不貫通……學校所學習的，不是社會所要的。」〔註96〕在 1960 年代末的臺灣，新聞教育仍延續著理論、實務並重的面貌，希望達到的目標是「學以致用，用其所學……能勝任愉快地用其所學並受到服務機構的歡迎和倚重」。但在課程設置上，卻明顯地偏向理論，只有在寫作課、媒體實習的時候，才有少量的實務訓練，這樣的教學模式讓新聞教育與業界需求呈現出「雖不能說完全脫節，但似乎呈現出並非密切配合的現象。」〔註97〕

〔註94〕蕭阿勤：《回歸現實：臺灣一九七零年代的戰後世代與文化政治變遷》，臺北：中研院社會研究所，2010 年，第 103 頁。
〔註95〕張景涵：《變局裏該怎麼辦》，《臺灣政論》1975 年第 8 期，第 10 頁。
〔註96〕杜紹文：《中國報人之路》，金華：浙江省戰時新聞學會，1939 年，第 61 頁。
〔註97〕胡傳厚：《改革新聞教育芻議》，《報學》第 3 卷 10 期，1968 年，第 2 頁。

　　面對業界出現的「新聞教育所懸的理想是否過高」「新聞教育對新聞界的表現，是否批評重於肯定」「新聞教育的理論與新聞事業的實際運作，兩者之間是否存在鴻溝」「新聞科系學生所受的新聞專業教育訓練，與報社之實際社會化過程，是否存有某種矛盾？或是學生就業後，是否會因理想與實際的差距過大，而產生適應問題及心理衝突？」等質疑，〔註98〕一些學者提出通過職業教育來解決業界對於新聞人才的需求，並因此產生了業務訓練與學術研究相分離，讓新聞教育回歸實務的聲音。研究新聞教育的學者鄭貞銘此時便漸漸脫離曾經提出的學術並重的教育觀點，轉而強調新聞人才培養在時代發展與新聞事業發展中的重要性：

　　　　「學術辦報」自然有其歷史背景及事實根據，但如果以此而否定新聞教育的必要性，則未免是孤注一擲的偏頗成見。因為隨著交通工具的日新月異，電子媒介的創新發明，社會的結構隨時可能有重大的變革，傳統的新聞事業自不能滿足人類的需求，所謂文人辦報的個人新聞學（Personal Journalism）已成過去，接著而來的是企業化經營的社團新聞學（Insdtitutional Journalism），大量新聞人才的供應自是不可缺免，新聞教育尤為必須。〔註99〕

　　還有不少學者主張回歸新聞學的「初心」，強調新聞教育中對於業務能力訓練的重要。胡傳厚對美國以哥倫比亞大學為代表的新聞教育方法表示贊同，「筆者個人對於各大新聞學院的教育制度，雖並不贊同，但確認為它所採取的專事訓練新聞編、採、評論人才的教育方針和方法，非常正確，值得我們效法。」進而提出新聞教育應當「分科訓練新聞編、採、評論人員及其他新聞事業從業人員」，並以「訓練新聞編、採、評論人員為重點」：

　　　　適應現代新聞事業發展趨向的實際需要，改變過去新聞教育以造就新聞事業全能通才為目的的觀念，而以造就新聞事業各種分工的專才為目的。以新聞報導與評論為新聞事業的中心業務，按新聞的性質和種類，分科造就學有專長的新聞編採與評論的專才……分系和分組教學，可減少學生不必修習的若干「必修」或選修的專業課程，節省時間。〔註100〕

〔註98〕張世民：《建立新聞教育的新方向——對大學新聞教育的芻議》，《報學》第 6 卷第 10 期，第 73 頁。

〔註99〕鄭貞銘：《新聞與傳播》，臺北：正中書局，1973 年，第 44 頁。

〔註100〕胡傳厚：《改革新聞教育芻議》，《報學》第 3 卷 10 期，1968 年，第 5 頁。

胡傳厚的觀點揚棄舊有的「通才」培養模式，強調學有所長、分組教學，以培養更適宜新聞業界需求人才的精準化、差異化的教學方式。

政治大學新聞系主任徐佳士也認為新聞教育與新聞事業的關係緊密，新聞教育應當為新聞業提供真正合適的人才：

> 新聞教育不能脫離報業而存在。新聞教育的出現和繼續發展，都是為了適應報業以及其他的大眾傳播事業的需要。新聞教育對於報業必須做某些工作，或提供某些貢獻才有存在的理由。〔註101〕

徐佳士同時提出應當調整課程來達到「提高語文能力」「擴大知識基礎」「培養專門記者」的目的，亦呈現出專才教育的思想。〔註102〕日後，徐佳士也針對政治大學新聞系教育提出了分系、分組教育的構想並付諸實踐：

> 政大為適應社會改變、學術潮流及國家建設的需要，最近幾年曾一再努力改進新聞教育的結構，具體辦法為在目前新聞學系之外，增設廣播電視系、廣告學系、語藝學（Speech）系與戲劇系。初步計劃先成立廣播電視及廣告學系，以便與原有之新聞學系合成一傳播學院。這兩個系的成立申請案曾數度向政府提出，結果都被擱置。不過學校最近已把成立傳播學院方案列入全校十年計劃之中，繼續努力促其實現。〔註103〕

同時在業界和學界任職的董彭年，不僅認為隨著時代的發展，新聞教育應當從通才的培養轉向專才的培養，還呼籲業界應當更多地雇傭新聞學專業出身的學子，以提升新聞界的水平：

> 新聞傳播事業機構，能樂於聘用大眾傳播科系畢業的學子。新聞傳播工作，雖仍是具有通才條件的行業，但在職種分工愈為精細的今天，在器材、業務的廣泛更新及內容日益龐雜下，若由專業人才充任，必然更能勝任，發揮專才專用實效。三十多年來，在教育普及、戮力培育下，新聞傳播專業人才，水準日臻提升，不管在質

〔註101〕 徐佳士：《報業與新聞教育》，載鄭貞銘：《新聞學論集》，臺北：中國文化大學，1976年，第131頁。

〔註102〕 徐佳士：《一個報告——政大新聞系新課程》，《報學》第4卷第1期，1968年，第44～47頁。

〔註103〕 徐佳士：《政大新聞教育的創始成長和現狀》，載「中華民國」大眾傳播教育協會：《新聞教育與我》，臺北：「中華民國」大眾傳播教育協會，1982年，第98～99頁。

與量上，都有可觀的成果，遺憾的是，目前新聞傳播機構，仍有眾
多非科班出身的人員任職該業，使大眾傳播專業人才，被摒棄於可
以發揮所長，有所表現的行業之外，這種無奈的「楚才晉用」，不能
「學以致用」的現象，不僅是造成了人力教育的浪費，更使得新聞
傳播界的專業程度停頓不前，影響了該業的持續進步，是為有關人
士正視的重要課題之一。〔註104〕

　　此外，一些學者還通過量化的研究方法，對於新聞專業畢業生的滿意度進
行調研，對包括師資、設備、輔修系所等各個方面均提出了改進建議。〔註105〕
通過這些學者的探討，不約而同地強調了專才的重要性，讓新聞教育逐漸回歸
屬與實務界密切配合的軌道上。

　　在培養專才與業界配合的思想下，臺北市新聞記者公會聯合臺灣的新聞
編輯人協會、大眾傳播教育協會以及政治大學、師範大學、輔仁大學、政治作
戰學校、淡江大學、世新大學、銘傳商專7所開辦新聞傳播專業的高校，會同
《中央日報》《新生報》《中華日報》《自立晚報》《國語日報》《聯合報》《經濟
日報》、中央社、中國廣播公司、正聲廣播、臺灣廣播、中國電視公司、中華
電視電視臺等媒體，一同舉行「新聞教育與新聞工作密切結合」專題座談會，
共同探討如何讓新聞教育更好的配合新聞業的發展。〔註106〕

　　此一階段學界注意新聞教育與新聞業界的配合、強調新聞人才的培養，並
不意味著臺灣的新聞教育走回職業化教育的老路，而是通過分組教學的方式
將理論訓練與業務培訓適當分離，即從本科專業教育方面區分「理論教育」與
「應用教育」。因此這一時期的新聞高等教育理論訓練並未減少，反而增加了
更多前沿理論課程。這些課程多以選修的方式出現，讓有志於理論研究的學子
有更大的選擇空間，也讓希望在業界發展的學生有更多精力鑽研業務。1982
年，政治大學開設新聞學博士班，不但完善了臺灣新聞教育的體系，推動了臺
灣新聞學教育的發展，而且其「培養高級傳播理論、新聞行政與新聞實務研究

〔註104〕董彭年：《我從事大眾傳播教育的回憶與感言》，載「中華民國」大眾傳播教
　　　　育協會：《新聞教育與我》，臺北：「中華民國」大眾傳播教育協會，1982年，
　　　　第134頁。
〔註105〕楊志弘、吳統雄：《新聞傳播系（組）畢業生對新聞教育評價值研究》，《報學》
　　　　第7卷第2期，1984年，第53～63頁。
〔註106〕詳細內容參見：《新聞教育與新聞工作密切結合專題座談會》，《報學》第7卷
　　　　第6期，1986年，第36～56頁。

人才，以及具有豐富知識與獨當一面之國際新聞學者」的教育宗旨更成為促進新聞理論發展的重要力量。〔註107〕

這一時期的新聞教育不再是以培養宣傳人才為目的，而是希望為業界提供更具適應性的人才。學者們對於新聞教育的理解也從大陸時期延續下來的通才理念，轉向專才培養。1960年代以前，在「學術並重」的思想下，臺灣新聞教育並沒有嚴格區分業務訓練與學術訓練。在這樣的過程中，逐漸產生了學生在校學習過程中接受的理論教育大於實務教育的問題，使得學校與業務脫節。加之1960年代以來傳播學的引入使得理論方面的研究開始轉向大眾傳播，研究方法也逐漸脫離了原有的以經驗為依憑的質化研究，進入了以統計學等社會科學研究方法的量化階段，讓新聞學研究與實務之間的分野開始變大，原本可以指導新聞實踐的理論教育與研究開始減少，加劇了教育界與業界的脫節。新聞學者們看到這一變化，開始思考將新聞業務訓練為主的新聞教育與逐漸轉向深化的理論研究加以區分，並通過課程設置的調查與分組教學的模式形成理論學與教育實踐訓練兩種不同的模式，讓新聞教育有更強的針對性，學生也有了更大的選擇空間。這一教育理念所呈現的是臺灣地區新聞學界對於新聞高等教育的持續思考調整，更深層次則是新聞學作為一門與行業聯繫頗為緊密的學科，如何平衡理論與實踐，以及所培養的人才是否能夠與行業相配合、為行業所接納的問題，這一問題至今仍為新聞高等教育所討論。

三、臺灣新聞學術研究轉向的動力

「『反攻大陸』始於堅強的決定，再而變成渴望，隨後變成神話，最終變成禱告文。」〔註108〕早在1958年的聲明中，「非憑藉武力」已經宣告國民黨軍事行動的實質性消亡。〔註109〕1960年代以來，越來越多的國家以「一個中國」的原則承認中華人民共和國的合法性地位。聯合國席位變動、美日與臺灣當局斷交、保釣運動無疾而終等政治外交事件引發了島內民眾對國民黨統治的不滿。與此同時，臺灣地區領導人的更替以及中央人民政府釋放出和平交流的信號，讓原本依託「強人政治」與「族群政治」形成的嚴密社會控制逐漸鬆

〔註107〕 李瞻：《我國新聞教育的一大步──介紹政治大學新聞研究所博士班》，《報學》第6卷10期，1983年，第78～80頁。

〔註108〕 〔日〕若林正丈著，洪郁如等譯：《戰後臺灣政治史：「中華民國」臺灣化的歷程》，臺北：臺大出版中心，2016年，第67頁。

〔註109〕 《中美昨發表聯合公告》，《中央日報》1958年10月24日第1版。

動，有關政治改革的討論如雨後春筍般湧現。「創傷事件」帶來的「世代的覺醒」在島內形成了「回歸現實」的社會思潮，〔註110〕民眾的關注視野轉向本土社會與個體權利等問題。

　　在這樣的背景下，臺灣新聞學研究面貌於 1960 年代中期發生了新的發展變化，尤其是 1970 年代之後，大眾傳播概念的興起、傳播理論與量化方法的使用、本土化社會化問題的關照，讓新聞學術研究開始了極為明顯的轉向，呈現出與以往不同的面貌。這一轉向的發生與發展既有外部社會因素的影響，也有內部學術發展的促進。就外部而言，1960 年代開始，國際輿論與島內的社會環境變化衝擊著國民黨威權統治，執政者因而不得不通過轉移統治合法性基礎來維繫政治生命。這一變動讓國民黨對文化場域的控制開始減弱，學術研究的自覺性得以發展，為新聞學研究的轉向奠定了基礎。就內部而言，隨著傳播學的引入，新聞學研究從內涵到外延都發生了很大的變化，並隨著新聞教育發展、研究方法革新與學術交流平臺的擴張得到了進一步的發展。

（一）威權統治鬆動促進政學關係轉型

　　1960 年代末至 1970 年代初，是臺灣戰後政治社會史上一個重要的節點。經過十餘年的統治，國民黨在臺建立的威權體制已經十分成熟，具體表現為「在政治上對人民基本人權與參政權的限制，在經濟上是對經濟活動與市場行為的管制與操縱，在社會上是對人民團體與社會運動的動員與壓制，在文化上是意識形態與傳播媒體的操控。」〔註111〕這樣穩定的局面在 1960 年代末至 1970 年代初，開始受到內外雙重力量的衝擊。

　　首當其衝的是來自國際的威脅，讓國民黨政府陷入政治孤立。自 1960 年代以來，美國等西方國家便開始了與大陸政權的接觸。1971 年，美國與中華人民共和國一系列的外交動作，讓國民黨政府構建並勉力維護的「正統中國」話語備受威脅。〔註112〕1971 年 10 月底，聯合國大會表決通過中華人民共和國進入聯合國，取代國民黨政府成為中國唯一的合法代表。這一外交變局讓國民黨政府在臺面臨前所未有地衝擊，令臺灣本就脆弱的國際地位與不斷壓縮

〔註110〕蕭阿勤：《回歸現實：臺灣 1970 年代的戰後世代與文化政治變遷》，臺北：中央研究院社會學研究所，2008 年第 113 頁。

〔註111〕蕭全政：《國民主義：臺灣地區威權體制的政經轉型》，《政治科學論叢》第 2 期，1991 年 5 月，第 74 頁。

〔註112〕蕭阿勤：《回歸現實：臺灣 1970 年代的戰後世代與文化政治變遷》，臺北：中央研究院社會學研究所，2008 年，第 105 頁。

的外交空間更加岌岌可危，引發了島內民眾對於國民黨統治的反抗，國民黨統治的正當性開始受到挑戰，臺灣社會出現了要求立即改革的聲音，隨之而來的島內社會運動愈演愈烈，更讓統治者疲於應付。臺灣自 1969 年底開始的保釣運動，成為衝擊國民黨政權合法性的重要開端。這一對日本政府的抗議運動，得到了兩岸青年的共同響應與行動，但是國民黨政府出於維護聯合國席位的考量，除了口頭抗議，並未採取任何實質性的行動，引起了社會的普遍質疑，這樣的消極應對讓為數不多的支撐政權根基的合法性也近乎崩塌。而後一系列的黨外抗爭運動，挑撥著威權統治敏感的神經，1979 年的「美麗島事件」更成為黨外運動衝擊威權統治的標誌。

在國際地位驟降與國際空間驟減帶來的外部合法性危機，以及黨外運動和出版物衝擊政治體制的現實情況中，統治者不得不考慮與臺灣本土力量結盟，向內尋求統治的正當性。1972 年，蔣經國出任臺灣行政機構首腦，一方面推動「中央」民意代表改選，允許少數臺灣本土精英進入權力中心，對內尋求統治的正當性。同時將政治統治的合法性基礎由政治軍事轉向經濟建設，在延續 1960 年代末開始的十大建設基礎之上，致力於發展出口導向型經濟以「加強推進國家建設，加速反攻復國之準備。」〔註 113〕統治合法性基礎的轉變使得國民黨政府不再只依賴軍事武力來維持統治權力，而「企圖擴張全國性的基礎設施，以直接統治、滲透人民的方式來保證權力的持續。」〔註 114〕強調未來的戰爭「將是『物質』的戰爭，而不是單純的武力戰」。〔註 115〕這樣由上至下的改革，讓臺灣政治體制逐漸從「軍事威權」轉變成「發展型威權」，即強調以社會的發展來達成「反共」的使命。〔註 116〕這一思想也引發了新聞學界對於新聞理解的轉向。伴隨著政治改革與經濟騰飛，臺灣地區中產階級逐漸崛起，社會中要求改革的呼聲越來越高。威權政治與民主訴求、體制固化與經濟增長之間形成了極大的張力，大陸人士的權力壟斷形態開始瓦解。社會環境的變化改變了政治與學術原有的關係，讓知識生產擺脫了與政治權力間的侍從

〔註 113〕 中國國民黨黨史工作委員會：《中國國民黨六十六年工作紀實》，臺北：近代中國出版社，1980 年，第 109 頁。

〔註 114〕 Michael Mann. The Sources of Social Power: Vol 2, the Rise of Classes an Nation-states, 1760～1914, NY: Cambridge University Press, 2012, p378～379.

〔註 115〕 張其昀：《蔣「總統」言論集第三集》，臺北：中國文化大學，1984 年，第 3655～3840 頁。

〔註 116〕 林麗雲：《臺灣傳播研究史——學院內的傳播學知識生產》，臺北：巨流出版社，2004 年，第 129 頁。

關係，成為「協助國家發展的工具」，〔註117〕新聞學研究在「發展」這一基礎之上產生了一定的自主性。

　　學術制度的建立與文化話語的建構更助推了這一進程，使政治與學術的關係從控制走向合作。1967年，「行政院國家長期科學發展委員會」改組為「國家科學委員會」，建立了相對獨立的學術獎助機制，對臺灣高等研究機構所提出的有價值的研究課題提供資助。對於新聞學研究而言，「雖然國科會只是眾多提供研究贊助的公私機構中的一個，但它也是所有機構中最積極支持學術研究的單位。因此也承擔了傳播學界最殷切的盼望。」〔註118〕根據祝基瀅的調查，截止1985年，國科會共資助55項傳播學研究，成為新聞傳播研究的主要經費來源。〔註119〕此時「國科會」資助的項目更多偏向於社會建設和文化發展，令學術與政治的連接不再是意識形態層面的強制，而轉向經濟層面的合作。

　　雖然此時，國民黨政府仍試圖通過「獎勵學術著作，充實研究設備，以擴展國民獲取高深學術知識的途徑」來對學術場域進行規訓，〔註120〕強調「現階段本黨應輔導新聞事業遵循反攻國策，為復國建國盡最大之努力」，讓新聞事業「對達成國家目標，推動政治、經濟、軍事、文化教育與國民心理各項建設，均能發揮重要功用」〔註121〕，但由於威權統治的鬆動與轉型，政治力量的影響範圍僅限於媒體行業之內，而對學術場域的影響已大不如前，為學術研究內容轉型與自律性發展提供了一定的空間。

〔註117〕 林麗雲：《臺灣傳播研究史——學院內的傳播學知識生產》，臺北：巨流出版社，2004年，第130頁。

〔註118〕 汪琪、臧國仁：《成長與發展中的傳播研究：1995學門人力資源調查報告》，《新聞學研究》第53期，1996年，第81頁。

〔註119〕 祝基瀅：《我國新聞學與大眾傳播學研究現況之分析》，1985年臺灣「國科會」專題研究報告（NSC 74-0301-H004-03），臺北：政治大學新聞研究所，1986年2月，第78～79頁。

〔註120〕 《本黨現階段心理建設之檢討與策進》，《中國國民黨第十屆中央委員會第五次全體會議決議案彙編》，臺北：中國國民黨黨史會資料，未出版。轉引自林麗雲：《臺灣傳播研究史——學院內的傳播學知識生產》，臺北：巨流出版社，2004年，第131頁。

〔註121〕 中國國民黨中央常務委員會1975年9月10日通過《現階段三民主義新聞政策綱要》，載於《中國國民黨黨史會資料》，未出版。轉引自林麗雲：《臺灣傳播研究史——學院內的傳播學知識生產》，臺北：巨流出版社，2004年，第153頁。

　　文化話語建構凸顯了「威權政治的虛空」〔註 122〕。為了維持政治對於社會學科的控制，國民黨政府在臺推行「三民主義學術化」，以強調文化的正統性彌補軍事行動可能性的喪失。這一運動在學界與教育界引起了反響，史學家蕭一山、沈剛伯等人將意識形態的學術化生產與「維護傳統文化」「學術思想自由」等概念聯繫在一起，提出了「為維護中國傳統歷史文化，為維護真理，爭取學術思想自由，進行不屈不撓的鬥爭。」〔註 123〕一些學者還提出將「與時代配合的文藝」加入到中學教材、「檢討民族復興的副刊與文藝」等建議。〔註 124〕各大專院校訓導總務主管作為意識形態滲透教育機構的直接渠道，積極響應這一文化運動，〔註 125〕政治大學學生代聯會也倡議全校學生「積極響應文化復興運動」。〔註 126〕臺灣教育部門在文化復興運動開始後的第三天，便通令臺灣公私立專科學校響應政府號召，〔註 127〕臺灣大學校長錢思亮、政治大學校長劉季洪、新聞學者曾虛白等先後加入中華文化復興運動促進會或推行委員會。

　　借助中華文化復興運動的展開，國民黨政府將學術研究與三民主義意識形態勾連起來，積極在臺推動三民主義學術化，並「協調各大學三民主義研究所及其他人文社會科學研究所，進行有關三民主義之各項學術研究計劃。」〔註 128〕1967 年大陸到臺知名新聞史學者朱傳譽撰寫的《宋代新聞史》與 1970年新聞法學者尤英夫所撰寫的《報紙審判之研究》兩部重要著作，均是由中華文化復興運動推行委員會下設的「中國學術著作獎助委員會」資助發行。1971年，小學秀雄撰寫的《日本新聞史》也在臺灣翻譯出版，成為中華叢書的組成。

〔註 122〕陳幼唐：《學術三民主義及其制度化：以中央研究院為例》，新竹：交通大學社會與文化研究所碩士論文，2015 年，第 44 頁。

〔註 123〕《我國歷史學家對大陸廣播——保衛歷史文化　對匪英勇奮鬥》，《中央日報》1966 年 11 月 14 日，第 3 版。

〔註 124〕《文藝界責匪焚書坑儒——決為保衛文化挺身而出奮鬥》，《中央日報》1966年 11 月 19 日，第 3 版。

〔註 125〕《推行文化復興運動刻不容緩——大專訓導提出建議》，《中央日報》1966 年11 月 20 日，第 5 版。

〔註 126〕《認清自己責任　確定努力目標》，《中央日報》1966 年 11 月 29 日，第 5 版。

〔註 127〕《「全國」學校今起展開各項復興文化活動》，《中央日報》1966 年 11 月 16日，第 3 版。

〔註 128〕見《「總統府」檔案》，《貫徹十一全大會「加強三民主義思想教育及功能案」整體計劃暨工作進度總表》，1977 年，第 8～10 頁。臺北：「總統府」，檔案號：0056/2220602/1-010/001/130。

這一時期自上而下推動的政治運動與以往不同，所進行的社會動員是在文化層面，而非政治層面，雖然仍有意識形態影響，但明顯減弱。統治者也有意讓渡文化空間，讓學術研究與政治控制之間產生了一個緩衝地帶。這一階段中的新聞學研究，在政治結構變化的空隙中發展，並得以脫開意識形態話語進行研討，「產生了一批有較高學術價值的著作」，〔註 129〕使學術研究成為推動社會發展的重要力量。正是在這樣的學術環境中，新聞學術場域能夠與意識形態保持一定的距離，相對自由的轉向與發展，產生了多元的學術思想面貌。

（二）新聞教育改革強化理論研究訓練

教育之於一個學科的發展，不僅僅是師資的建立與人才的培養，更是學科前進的動力。美國卡內基教學促進基金會前主席 Boyer 於 1990 年提出大學教師所從事的事業應當包含發現學術、整合學術、應用學術以及教學學術四部分，將教育與研究緊密結合在一起，因此新聞教育的發展轉型直接影響到新聞學術研究面貌的改變。1954 年，政治大學復校並設立新聞研究所，翌年開辦新聞系，讓新聞高等教育在島內生根。經過十數年的建設，臺灣地區的新聞教育已經逐漸成熟，並隨著經濟與社會的發展而不斷成長。不但新聞院系的數量大幅增長，課程內容也跟隨學術研究的進步而不斷調整，一些國際前沿的新聞傳播理論課程也被納入新聞高等教育體系中，開拓了學生視野，豐富了新聞學研究思路，促進了學術研究的轉向。

1. 新聞教育體系的不斷完善

隨著臺灣經濟的發展，業界對於新聞人才的需求也隨之不斷增長，推動臺灣地區新聞高等教育取得了長足進步，直接體現在開設新聞專業的院校不斷增多，舊有的新聞教育與研究陣地的容量也不斷擴充。1982 年 12 月，「行政院」以特案通過政治大學新聞研究所增設博士班，並於 1983 年正式開始博士教育，讓臺灣形成了完整的新聞高等教育體系與研究人員培養結構。博士班的開設旨在培養高級理論人才和學者，建立新聞傳播理論體系，訓練重點包括理論與研究方法、傳播政策、國際傳播與國際政治、信息科學、外語訓練等。〔註 130〕

〔註 129〕可參見中國文化學院夜間部新聞學系第四屆全體同學撰：《我國報紙科學新聞問題之探討》，臺北：中國文化學院夜間部，1972 年。

〔註 130〕李瞻：《政治大學新聞所增設博士班》，《新聞學研究》第 31 期，1983 年，第 116 頁。

　　日臻完善的教育體系與明確的研究目標豐富了臺灣地區新聞教育的面向，為新聞學術研究發展奠定了基礎。這一時期，政治大學還在大學部增設新聞系、廣告學系與廣播電視學系，讓新聞教育隨時代發展而升級。中國文化大學則成立新聞暨傳播學院，包括研究生教育與本科生教育。本科開設的科系包括新聞系（分為日間部與夜間部）、廣告學系、印刷學系（分為日間部與夜間部）與大眾傳播學系。1971 年，輔仁大學設立大眾傳播系並招生，成為又一所開辦新聞教育的高等院校。新聞系所數量增加以及所設專業的多元化讓新聞高等教育體系日益完善，政治大學新聞學博士班的成立，更讓臺灣新聞高等教育產生了質的飛躍。這一變化反映出新聞學科開始受到社會與學界的認可，市場對於專業人才也愈發渴望。新聞教育體系的完善與專業科系的擴張直接帶來學生數量的增長，對可充師資的高等人才的需求與日俱增，無疑助推了培養師資及研究人員的研究機構的發展，從側面為學術研究的發展提供了推動力。新培育出的研究者在新的社會環境中從事知識生產，對於學術研究面貌的形塑自然起到了很大的作用。

2. 教育內容不斷改革

　　隨著社會經濟發展與產業生態變化，業界對於知識、技術性人才的需求愈發急迫。加之新聞高等教育在臺灣發展迅速，舊有新聞教育模式與內容開始顯得有些落伍，教育界開始了新的改革與適配。

　　首先是提升師資力量。臺灣新聞教育早期的情況，與祖國大陸新聞教育興起之初的情況相同，相當一部分的新聞教育者是由在業務方面頗有影響的報人所充任。這樣的師資組成既是新聞教育的長處，有利於將豐富的實踐經驗傳授給學生，但也存在難以使課程學術化的短處。﹝註131﹞面對這樣的問題，臺灣新聞教育在建制化之後，便注意培育師資。1966 年後，臺灣政治大學新聞研究所及新聞系的任課教師中，大多數具有新聞學碩士以上學位，一些教師更是在美國取得新聞學博士學位。與專任教師增加相對的是業界兼職教師不斷減少，這讓臺灣新聞教育趨向專業化、系統化，也使有志於學術研究的學生得以在大學期間便接受到專業系統的學術訓練。

　　其次是調整課程內容與結構。政治大學新聞研究所所長曾虛白，在大陸時期便提出新聞教育「不應再偏重在技術的訓練，而應轉移到通才的培養。」﹝註132﹞

﹝註131﹞劉豁軒：《報學論叢》，天津：天津益世報社，1947 年，第 116～117 頁。
﹝註132﹞曾虛白：《注重通才的培養》，《報學雜誌》第 1 卷第 2 期，1948 年 9 月 16 日。

這一理念雖有爭論，但臺灣新聞教育在建制化之後，基本依照通才教育的路徑發展。為了實踐這一理想，政治大學新聞系自 1968 年開始增設政治、經濟、法律、國際關係、企業管理五個副科，從大學二年級開始，該系學生必須選擇一個副科，並從學校其他學院中選擇相關課程修習。〔註133〕在增加修習內容的同時，政治大學新聞系也開始注重加強對學生語文能力的培養，減少開設新聞必修科目。這樣的課程設置培養了能勝任各類新聞工作的通才記者，也避免了課程的重複設置，臺灣學者潘家慶認為這一階段的新聞教育改革最為成功。〔註134〕1970 年代，越來越多的學者開始倡導「專才」的新聞教育以適應分工愈發明確的新聞事業發展。與此同時，高等院校中的新聞院所也不斷增加、科系的劃分愈發明晰，分組教學逐漸形成潮流。因此，課程的設置也開始逐漸分化，選修課程增加、必修課程減少，為學生提供更為多元而適切的選擇。

　　在課程內容方面，傳播學理論課程的增加成為這一時期新聞教育改革中最為顯著地變化。以 1971 年政治大學的課程規劃為例，可以看到諸如大眾傳播、太空傳播等前沿理論課程被納入新聞學教育之中，除此之外報業經營等管理類課程也成為學生的選修科目，讓新聞教育的理論化程度大為提升，使有志於學術研究的學生得以接觸更為多元化的前沿理論（見表 4-1）。除了政治大學之外，世界新聞學院、中國文化學院、臺灣師範大學社會教育系新聞組等各大新聞教育高等院校紛紛增加了課程設置的數量與內容，讓新聞教育的水準得到了整體的提升。

表 4-1　1971 年政治大學新聞系課程規劃

必／選修	課程名稱	學分	必／選修	課程名稱	學分
必修	大眾傳播原理	4	選修	公共關係理論研究	2
必修	比較新聞法	2	選修	報業經營問題	4
必修	比較新聞學	4	選修	中國出版事業史	2
必修	民意原理	4	選修	中國新聞自由發展史	2
選修	中國新聞史研究	2	選修	傳播媒介與現代社會	2
選修	新聞自由與社會責任	2	選修	內容分析	2
選修	日本新聞史	2	選修	廣告媒介研究	2

〔註133〕「中華民國」新聞年鑒編委會：《「中華民國」新聞年鑒》（1971 年），臺北：臺北市新聞記者公會，1971 年，第 156 頁。

〔註134〕潘家慶老師訪談，筆者，2016 年，木柵。

選修	美國大眾媒介研究	2～4	選修	廣告與近代社會	2
選修	太空傳播問題	2	選修	新聞與評論寫作研究	2
選修	國際傳播	2	選修	大眾傳播專題研究	4～6
選修	統計學	4	選修	世界報業問題研究	4
選修	研究方法	4	選修	大眾傳播與國家發展	2
選修	廣告原理研究	2			

在這一階段中，新聞教育內容發展有兩個明顯的趨勢，第一是新聞學課程的多元化。這樣的課程體系安排使得新聞系所的學生有機會接觸到更廣闊的知識，也要求同時作為教育者的高校教師對於跨領域、跨學科的知識有更全面的掌握。這從側面助推了臺灣新聞學研究的多元化，讓學術視野更為開闊，理論化程度也有所提升。第二便是新聞教育中意識形態色彩的減弱。在政治大學新聞學博士班的辦學目標中，已然看不到「黨」的字樣，「反共」、「光復」等具有鬥爭色彩的口號更是難見蹤影，取而代之的是培養「高級理論人才與學者」這一相對單純的教育理念。1970 年代開始的三民主義學術化，雖然仍存在於社會科學的教育研究之中，但已經逐步淡出課堂，新聞教育與市場社會之間地互動更為密切。雖然這一時期，新聞學研究仍部分讓渡獨立性，協助國民黨政府進行經濟建設、促進社會發展。但新聞高等教育開始漸漸趨向市場化，使得臺灣的新聞教育不再是培養「反共宣傳人才」、「為反攻大陸儲備人才」的教條主義模式，而是培養適應經濟建設與社會發展的人才。這樣分離與變化的趨勢，讓受教育者具有了相對獨立的學科意識，在一定程度上助推了新聞學研究的獨立轉向，讓學術研究得以依照自身邏輯發展。

（三）經驗學派導入帶動研究關懷調適

1966 年以前，臺灣新聞學界的研究範式繼承了並發展了祖國大陸在 20 世紀上半葉所形成的研究傳統，以政治話語為主導，以偏重人文的報學、史學研究為主軸，兼具對於新聞政策的探討。而這一階段的新聞學研究，由於新知識體系的引介而更學習借鑒美國傳播學研究範式，讓新聞學術研究轉向由行為科學研究、政治研究、心理學研究、史學研究共同組成的社會科學。在研究方法上，源自西方社會科學的量化方法逐漸取代文獻研究等質化研究方法成為主流；在研究對象上，受眾、傳播效果等抽象概念，取代了報紙這一物質載體成為研究的主體；在研究理論上，政治學、社會學、心理學等學科理論被借鑒來研究新聞對象，使得闡釋性研究逐漸上升到解釋性研究。這一轉變從源頭上

推動了新聞學內涵的變化，讓臺灣的新聞學研究從「學科」發展成為「科學」，並在 1970～1980 年代產生了獨特的學術關懷。

　　在中國傳統的學術脈絡中，對於文獻的重視使得學術研究在方法上基本奉質化研究為圭臬，光復之後的臺灣學界也呈現出類似的面貌。新聞學研究中，文本分析與歷史研究是學者們最常見使用的方法，這讓新聞學在融入社會科學時遇到不小的障礙。1960 年代以來，在傳播學被臺灣學者廣泛接納的同時，實證研究也開始在臺灣的新聞學界逐漸普及。1969 年，政治大學新聞研究所研究生石永貴在《新聞學研究》中發表文章，提出了自己對臺灣傳播學發展的思考，指出：「有先進『美國』的經驗，可供我們做迎頭趕上的借鏡。」因而臺灣應當「注重新師資培養的條件，加強與改革研究所的教育內容，訓練行為科學研究者。」〔註 135〕

　　這樣的理念，在徐佳士在擔任政大新聞研究所所長時得到了較好的貫徹。他將「大眾傳播學研究方法」列為必修科目，經常邀請其他社會學科的老師為新聞專業的學生講授統計學，教導研究生用高等統計處理實證研究資料。隨著越來越多的留美學者歸臺，徐佳士還聘請有博士學位的學者為新聞研究所的研究生講授統計學和應用電腦展開傳播研究等內容，以此強化臺灣新聞學研究中尚屬薄弱的方法論訓練。〔註 136〕這些措施，直接奠定了這一階段臺灣新聞學界對於社會科學方法借鑒與運用的基礎，甚至引得其他社會學科紛紛傚仿。除了有針對性的優化師資結構，從課程設置與內容方面強化研究生的方法論訓練外，徐佳士還要求新聞所的研究生在撰寫碩士論文時，必須在社會調查法、內容分析法和實驗法等量化方法中任選一種用於論文撰寫。這些設計推動了新聞傳播學研究生對於實證研究方法的應用，建立起專題研究的觀念，並積極投入到資料的搜集、分析、驗證、和論文撰寫之中。〔註 137〕

　　如果說徐佳士是臺灣傳播理論的引路人，那麼楊孝濚則是臺灣實證研究的推廣者。楊孝濚祖籍浙江寧波，出生於 1940 年的上海，隨家人來到臺灣後進入臺灣大學農業推廣系求學，畢業後赴美取得威斯康星大學農業新聞學碩士及大眾傳播學博士學位。在美學習期間，楊孝濚接受了系統嚴謹的計量研究

〔註 135〕石永貴：《新聞學研究之回顧》，《新聞學研究》第 4 期，1969 年，第 137 頁。
〔註 136〕黃煜、馮應謙、朱立、潘家慶、王石番、陳世敏、彭家發、汪琪：《徐佳士教授與新聞傳播教育》，《傳播與社會學刊》第 36 期，2016 年 4 月，第 16 頁。
〔註 137〕黃煜、馮應謙、朱立、潘家慶、王石番、陳世敏、彭家發、汪琪：《徐佳士教授與新聞傳播教育》，《傳播與社會學刊》第 36 期，2016 年 4 月，第 16 頁。

訓練，回臺後在政治大學新聞研究所、東吳大學社會系等單位任職，並在臺灣大學、淡江大學、文化大學等高校兼職，將「假設—驗證」的實證研究範式用於大眾傳播研究。在他的努力與影響下，數據統計、內容分析等量化研究方法在臺灣新聞學研究中的運用漸趨普遍。

楊孝濚在推進量化研究時，十分注重用這一工具解決本土問題，其所擬定的中文可讀性公式是最具代表性的研究。可讀性公式是測量文章閱讀困難程度的工具，擬定中文可讀性公式有利於「應用語言知識來改進傳播的效率和效能」〔註138〕。楊孝濚根據中文報紙的情況，設計出一個「精確度很高，極具實用價值又適合特殊媒介內容的中文可讀性公式。」〔註139〕對於臺灣新聞業進一步改進內容提供了一個科學的測量工具，極具開創性與實用性。楊孝濚也是較早關注本土問題的學者，「不良少年」、臺灣原住民的傳播行為等也成為其研究的對象，並對創辦農民報紙的可行性提出探討。〔註140〕這一研究是臺灣農民報紙問題的開創性研究，也為分眾媒體的研究提供了方法論的基礎與鏡借。

與1960年代初實證教育與研究在臺灣新聞學界並不成功的嘗試相比，這一時期量化研究已經隨著經驗學派的導入而在島內有了生長的土壤。通過徐佳士、楊孝濚等學者的努力，經驗學派的研究範式在臺灣新聞學術研究中漸漸產生影響。1966年後，從事實證研究的新聞學者開始增多，量化研究方法為學者們大量使用，這一比例在1976年後有了更為顯著的提高，並持續到1985年。〔註141〕在學者們爭相使用社會學研究方法對臺灣本土的媒介實踐進行分析與檢驗時，許多原本未曾想到或者無法解決的問題迎刃而解。雖然此時臺灣學者「不敢妄加評斷我們新聞學研究距離國際水準相差若干年」，〔註142〕但對於研究方法的發展，學者們則認同臺灣地區的新聞學研究也與美國一樣，呈現

〔註138〕 楊孝濚：《中文可讀性公式》，《新聞學研究》第8期，1971年，第78頁。

〔註139〕 楊孝濚：《實用中文報紙可讀性公式》，《新聞學研究》第13期，1974年，第39頁。

〔註140〕 楊孝濚：《在臺灣創辦農民報紙的可能性》，《報學》第5卷第2期，1974年12月，第50～59頁。

〔註141〕 汪琪、臧國仁：《臺灣地區傳播研究初探》，載宋立、陳韜文編：《傳播與社會發展》，香港：香港中文大學新聞與傳播系，1992年，第397～415頁；汪琪、臧國仁：《臺灣地區傳播研究的回顧與展望》，中文傳播暨教育研討會會議論文，1993年，臺北：政治大學。

〔註142〕 石永貴：《新聞學研究之回顧》，《新聞學研究》第4期，1969年，第95頁。

出從質化到量化的趨勢。以《報學》為例，在 1951～1970 年的 20 年間，《報學》雜誌共出刊 3 卷，包含正文 884 篇文章，這些文章內容的變化清晰呈現出新聞學研究的趨勢變化（表 4-2）。〔註 143〕

表 4-2　1951～1970 年的 20 年間《報學》雜誌文章分析

論文類型		第一卷	第二卷	第三卷
量化研究方法文章	篇數	7	4	6
	頻數	1.7%	1.8%	2.5%
	總篇數	424	222	238
行為科學方法文章	篇數	22	37	46
	頻數	5.1%	16.7%	19.3%
	總篇數	424	222	238

　　祝基瀅對於臺灣新聞傳播學研究內容變化的分析進一步支持了量化研究方法受到熱捧的趨勢。祝基瀅提出臺灣新聞學界的專題研究在 60 年代後期開始逐漸轉向媒介說服效果與輿論研究，調查法與親身訪問逐漸成為了臺灣新聞學術研究的主要方法，在 1960～1980 年代的研究中佔有高達 6 成的比例。〔註 144〕自 1960 年代後期開始，內容分析、回歸分析、凱氏平方交叉分析等成為學者們在研究中常用的方法。〔註 145〕隨著技術的發展與設備的更新，電話訪談開始運用於新聞學研究之中，對於選取更為廣大與多元的研究樣本提供了可能性。在 1980 年代，還出現了一些專門討論研究方法的文章，如 1982 年吳統雄所撰寫的《電話民意調查方法在臺灣之初步研究》、王韻儀的《我國電視收視率調查方法之比較研究、鄭真的《臺灣地區電視收視率調查方法之比較研究》以及謝美玲撰寫的《問題形式、問題內容與問卷中填不知道之關聯性研究》等。

〔註 143〕整理自陳世敏：《報學半年刊的內容分析》，《報學》第 4 卷第 4 期，1970 年
　　　　　6 月，第 48 頁。
〔註 144〕祝基瀅：《我國新聞學與大眾傳播學研究現況之分析》，1985 年臺灣「國科會」
　　　　　專題研究報告（NSC 74-0301-H004-03），臺北：政治大學新聞研究所，1986
　　　　　年 2 月，第 117 頁。
〔註 145〕祝基瀅：《我國新聞學與大眾傳播學研究現況之分析》，1985 年臺灣「國科會」
　　　　　專題研究報告（NSC 74-0301-H004-03），臺北：政治大學新聞研究所，1986
　　　　　年 2 月，第 85 頁。

　　通過 1960～1970 年代臺灣新聞學界研究方法使用的變化與研究內容的發展可以看出，隨著經驗研究範式被學界大量使用，學者們也有更先進的理論工具與方法論去檢視以往無法深入的問題。如這一時期所興起的受眾研究，便是在統計學、電話調查等方法興起之後才能夠開展的研究。這一時期，學者漸漸擺脫對於文本的依賴，關注更具操作性與量化可能性的社會問題。臺灣新聞學研究也逐漸開始從一個人文性質濃厚的學科轉向橫跨人文、社會科學的學科，學者們對於新聞學的認知與定位更為清晰，臺灣新聞學界在新問題的提出與解決中也得以更快的發展。

　　社會結構的變化為新聞學研究發展營造了良好的氛圍，新聞教育改革與經驗學派引入所帶來的新鮮感與嚴謹性，開始重構臺灣新聞學研究面貌。在很長一段時間裏，「新聞學」與「報學」幾乎可以畫上等號，對於報紙這一單一媒體的研究佔據著新聞學研究的核心位置，學者們所關注的無非新聞內容、報刊版面、新聞理念、印刷出版等技術性問題，讓新聞學術研究進入了內卷化發展的循環。

　　隨著大眾傳播概念的引入，1960 年代中期之後的新聞學「不但已經成為一項專門學科，並且它的研究範疇也大為擴展」，除了傳統的報學研究之外，「其他傳播方面的新興事業，諸如廣播、電影、電視、公共關係以及民意等，同樣亦被視為是研究的主要項目。」〔註 146〕學者們對於新聞理論的探索也開始從社會學、政治學等其他相關社會科學中擷取新的理論與方法，令新聞學開始了多元的發展。

　　1960 年代末，隨著島內外環境的變化，臺灣政治與社會的整體發展方向由「反攻復國」為導向的軍事話語動員轉向經濟發展與民生建設，政治運動也由原本以政治內涵為核心的社會動員轉向以文化傳承與有序化生活為核心的文化動員，知識生產隨之發生變革，新聞學也置身其中發生了轉向。

　　1970 年代，首批留學歸臺的學人進入知識文化界，為學術研究引入新思想帶來了契機。新知識體系與方法論使得臺灣新聞學界出現了「舊成員已開始學習新的理論與方法」並且與新成員並肩合作，「新舊成員根據西方的傳播理論發展出研究的命題，並用科學的方法在本地加以檢證」的面貌。〔註 147〕

〔註 146〕閻沁恒：《漢代民意的形成與其對政治之影響》，臺北：嘉新水泥公司文化基
　　　　　金會，1964 年，第 1 頁。
〔註 147〕林麗雲：《臺灣傳播研究史——學院內的傳播學知識生產》，臺北：巨流出版
　　　　　社，2004 年，第 126 頁。

　　隨著經濟的發展，媒體行業對於新聞人才的需求也與日俱增，促進新聞教育的制度、內容、思想快速發展。這一時期，臺灣地區開設新聞專業的高校與系所數量持續增長，課程設計也有相應地調整，在傳統新聞學教育的基礎上增加了廣播電視等新式媒體相關知識的教學。教育者們也積極將新聞研究成果應用於教育領域，為學術研究培養充足的後備力量。這一系列的變動，從社會結構、文化導向與教育輸出多個層面推動著新聞學術研究在內外環境中多元發展，促進了新聞理論研究視閾的轉向，促進了本土化新聞理論的探索與在地社會問題的關注，並呈現出以下幾個特點。

　　第一是新聞學研究逐漸回歸學術本身。隨著政治控制減弱與學者代際更迭，新聞學界的權力結構產生了變化，學術研究不再為政治主導而得以回歸其本質，研究面向上也更加關注社會現實問題。1970 年代以來，資深新聞學者仍在進行新聞學理論的頂層設計研究，尤其是以建構三民主義新聞理論體系最具代表性。這些學者所產出的學術研究雖然沒有褪去意識形態色彩，但是因為社會責任論的運用、文化話語的挪用以及學術話語生產由政治控制轉向政治依賴，因而宣傳色彩大大弱化，並呈現出建構中國化新聞理論的嘗試。新生代學者進入研究場域後，傾向於運用自身所具有的學術知識，在學術場域中尋找新的立足點，並反向改造舊有的新聞學研究範式。他們利用美國傳播學理論，借助量化研究的方法，對臺灣地區的媒介和受眾進行研究。以國科會研究計劃為例，在 1966 年後資助的研究計劃中，有 63% 的研究是探討媒介和受眾，54% 的項目使用量化的社會調查方法進行研究，〔註 148〕研究對象也呈現出在地化、分眾化的面貌。這些研究讓學術回歸了其本質，學術自律性大為增強。

　　第二是臺灣新聞學研究對於美國的依賴更為加強。民國時期，中國的新聞教育與研究便以美為師，密蘇里新聞學院的教育研究模式對燕京大學、聖約翰大學等新聞學府產生了深遠影響，〔註 149〕這一傳統隨著曾在密蘇里新聞學院接受教育的馬星野、沈劍虹、王洪鈞等人來到臺灣後在島內延續。〔註 150〕1949

〔註 148〕 林麗雲：《臺灣傳播研究史——學院內的傳播學知識生產》，臺北：巨流出版社，2004 年，第 145 頁。

〔註 149〕 詳見張詠、李金銓：《密蘇里新聞教育在現代中國的移植：兼論帝國使命、美國實用主義與中國現代化》，載李金銓主編：《文人論政：知識分子與報刊》，桂林：廣西師範大學出版社，2008 年，第 281～309 頁。

〔註 150〕 羅文輝：《密蘇里大學新聞學院對「中華民國」新聞教育及新聞事業的影響》，《新聞學研究》第 41 期，1989 年，第 201～210 頁。

年國民黨政府敗退臺灣後，對美國的依賴有增無減，不但在政治上需要美國的支持，在經濟上更離不開美國的援助，包括新聞學在內的社會科學研究也言必稱美國。因為這樣的政經結構，讓美國成為臺灣學生留學的首選，並產生了第一批留美學子。而在大洋彼岸，施拉姆編著的傳播學經典教材《大眾傳播》於1949 年問世，建構了傳播學界對「四大奠基人」的集體記憶與相對完整的理論體系，在某種程度上象徵著傳播學學科建制化有了一定成果。1950 年代，美國各高校開始接納已經有較為完整學科制度的傳播學，並紛紛設立傳播學研究所。臺灣留美潮興起與美國傳播學發展二者在時間上的交疊為傳播學順利引入臺灣鋪平道路，促成了 1970 年代島內傳播研究者「扶老攜幼學習由美國進口的現代化理論與行為科學方法，以分析大眾傳播媒體的效果與功能」的景象。〔註151〕

在理論的引介與學者的推動下，臺灣新聞學研究進入了一個重要的轉向期。此時的轉向不同於以往在新聞學研究內部進行調試與革新，而是從源頭上引入新的理論體系與研究方法，可以說是由外力驅動的革命而非簡單的源自內部的改革，讓美國的傳播學研究成為影響臺灣新聞學研究範式的一大源頭，強化了臺灣新聞學研究對美國的路徑依賴。直到 1990 年代留歐回臺學者的增多，這一情況才有所改觀。但也正是因為此時臺灣的社會科學研究過於依賴美國，使得比附西方理論架構及世界學術潮流的情況多於在臺灣經驗與現象中啟發挖掘者，〔註152〕這是當下學界在引入、借鑒並試圖本土化西方理論的過程中值得反思的現象。

最後是學術研究範式從新聞到傳播的漸進。在同一時期，即使在同一學科場域之中，也很少只存在一種範式，更多的是多種範式同時存在，且各自佔據自己的學術地位，但「只能有一種範式佔據統治地位或主導地位。」〔註153〕在美國傳播學引介入臺灣之初，傳播研究對新聞學研究還未產生顛覆性的影響，學者們對傳播問題的思考也沒有完全從新聞學研究的場域中剝離，而是呈現出一種彼此建構的特徵。此時資深新聞學者仍在從事傳統新聞學領域的

〔註151〕 林麗雲：《臺灣傳播研究史——學院內的傳播學知識生產》，臺北：巨流出版社，2004 年，第 125 頁。
〔註152〕 楊世凡：《臺灣大眾傳播學術研究之表析》，新北：輔仁大學大眾傳播學研究所碩士論文，1985 年，第 170～171 頁。
〔註153〕 連冬花：《知識與權力視域下的「科玄論戰」》，上海：東方出版中心，2017 年，第 21 頁。

研究，資淺的研究者也只是利用新的理論方法解決新聞學中尚未得到關注的問題。一些新生代學者也參與到公共媒體制度建立的討論中，讓新老學者在交替中形成了較強的關聯性。因此在 1960 年代中期到 1970 年代前期，新聞學並不能和傳播學進行切割，也不能簡單的將新聞學歸入傳播學研究之中，二者呈處於一種相互依託、互相促進的關係。

　　1970 年代中後期，臺灣新聞學研究受到傳播學的影響日甚一日，新聞學研究場域中的變化越來越大。此時學界的研究範式逐漸轉向實證，「媒介與社會」「效果研究」「傳播與國家發展」等主題成為這一時期的研究重點。〔註 154〕祝基瀅在其主持的研究計劃中呈現出了這一階段新聞學研究焦點的轉移：1960 年代學者注重「媒介效果」「家庭計劃傳播模式」「傳播與國家發展」等主題的研究；1970 年代，則主要從事「媒介組織」「使用與滿足理論」研究；1980 年代，研究的重點則開始轉向「文化傳播」「記者形象」「傳播科技與現代社會」「政治傳播」等領域。〔註 155〕在這一進程中，新聞學研究所具有的話語權不斷減小，傳播學開始主導臺灣新聞學研究的發展，並在解嚴之後形成了更為繁複的研究面向。可以說，1960 年代中期開始，臺灣新聞學研究面貌呈現一種漸進式的變化，學界所關注的問題從新聞漸漸過渡到包含新聞傳播在內的更為廣泛的問題。伴隨著研究關懷的轉向，新聞學在整個新聞傳播中的地位不斷減小。1987 年臺灣地區解除戒嚴之後，大眾傳播的研究更加繁榮，為臺灣新聞學術研究揭開了新的篇章。

〔註 154〕祝基瀅：《「我國」新聞學與大眾傳播學研究現況之分析》，1985 年臺灣「國科會」專題研究報告（NSC 74-0301-H004-03），臺北：政治大學新聞研究所，1986 年 2 月，第 85 頁。

〔註 155〕祝基瀅：《「我國」新聞學與大眾傳播學研究現況之分析》，1985 年臺灣「國科會」專題研究報告（NSC 74-0301-H004-03），臺北：政治大學新聞研究所，1986 年 2 月，第 177 頁。

結　語

　　「高山仰止，景行行止，雖不能至，然心嚮往之。」一個人在歷史的面前總是感覺卑微，在大師的思想面前更是察覺到渺小，但若能找到學術研究發展轉變的線索，梳理出學術思想的脈絡，則是一件很有意義的事情。本文通過對臺灣地區新聞學術研究自光復後至解嚴前四十餘年的發展及其史前史進行分析，試圖理清島內新聞學術研究的源頭，描繪出臺灣新聞學發展的軌跡與面貌，找尋其意義與特點。

一、臺灣地區新聞學術研究的發展脈絡

　　在對學術文本的爬梳中，可以看出臺灣新聞學術研究經歷了從無到有、從自發到自覺、從鬆散到建制的過程，呈現出了傳承、發展與轉向這一清晰的發展軌跡。這些思想從日據、光復到解嚴，從抵抗、合謀到自主發展，深深根植於臺灣社會環境的土壤之上，經歷了與政治權力間此消彼長的博弈，對當下的新聞學研究產生了深遠的影響。

　　早在日據時期，日本殖民者在臺施行的文化暴力政策桎梏著臺灣文化的發展。為了抵抗殖民統治，臺灣報人在新聞實踐中形成了輿論觀、教化觀、自由觀三者組成的新聞觀念，成為臺灣新聞學研究的起點。這一時期報人們對於新聞的理解雖然不能稱得上是學術研究，但已經具有了對於「新聞」這一事物清晰的認識，新聞真實性、時效性、客觀性等新聞理念也為此時的學者所接納並推廣。這些思想在臺灣光復後得到了短暫的延續，對新聞界產生了不可小覷的影響，但終因時局的變化而止步。

1949 年後，大量大陸的新聞學者隨著國民黨政府播遷臺灣，讓島內新聞事業與學術場域中的力量快速重構。學術組織、教育機構與學術刊物的出現讓新聞學術思想有了交流的基礎與空間，新聞學研究開始逐漸聚焦，形成了初步的共同體形態。此時的新聞學術研究基本延續了大陸時期的思想脈絡，著重探討建立新聞業務基本規範以及新聞自由、新聞責任二者間的平衡等問題，並在臺灣獨特的政治氛圍中開始了建立新聞理論體系的探索。在學者們的努力下，大陸新聞學術研究在臺的落地生根，成為整個戒嚴時期臺灣新聞學術面貌的基礎。

官方教育研究機構的成立，則在延續大陸學術研究脈絡的同時，使其在臺灣社會產生了新的發展。1954 年政治大學新聞研究所成立，臺灣的新聞教育與研究開始了建制化發展，並產出不少有分量的研究成果。與此同時，國民黨政府也暫時擺脫了外部軍事威脅在島內建立起了威權統治體制。在黨化新聞教育、威權化政治體制與建制化學術研究的共同作用下，臺灣新聞學界形成了侍從學者群體。他們在繼承大陸時期新聞學研究範式的基礎之上，以政治話語為框架、以美國新聞學發展為鏡借，圍繞政治宣傳展開研究，形成了合理使用新聞自由、建構統治合法性等被政治結構化了的、具有強烈意識形態色彩的學術思想。這些思想一直延續到 1970 年代，並直接助推了三民主義新聞理論體系的建立。

與之相對的，是新知識體系的引入。1960 年代中後期，臺灣的政治格局與社會結構發生轉變，政治對學術的干預逐漸減弱。與此同時，大量留美學者歸臺任教並出版了一系列傳播學理論專著，使美國的大眾傳播理論與實證研究被引入臺灣，成為臺灣新聞學術研究的又一重要的來源，促使新聞學研究所關注的議題發生了革命性的轉變。朱謙、徐佳士、漆敬堯等學者運用自己所具有的傳播學理論知識以及經受過社會學研究方法系統訓練的優勢在臺灣開展了一系列研究，用新的理論工具與研究方法發現並解決以往被忽視的本土化、社會化問題。在這一過程中，學者們對媒介的理解發生了變化，新聞理論研究的視閾開始轉向，並嘗試從本土的歷史經驗材料中找尋中國化的傳播理論，讓臺灣成為中國傳播學研究的試驗田。

二、臺灣地區新聞學術發展的特點

從上述軌跡不難看出，臺灣地區新聞學術研究基本可以分為初步萌發、落地生根、宣傳本位、多元發展四個階段。這四個階段既有重疊，又相互接續，

在與政治的互動中形成了思想來源多元化、研究內涵學理化、學術發展自主化的規律與特點。

（一）東西範式交融促進學術研究面向多元化

臺灣新聞學術研究具有多源頭的特點，作為臺灣新聞學起點的新聞觀念最早起源於日據時期，隨著現代新聞事業在島內發展，臺灣人得以進入新聞場域，並在新聞實踐與抵抗殖民統治的文化運動中，產生了對於新聞的理解，發展出了包含輿論觀、自由觀與教化觀的思想體系。雖然這些思想光芒在「二二八事件」後逐漸褪去，但在 1990 年代後又再次為學界所發掘，開始了在異時空的影響。這些新聞觀念可視為臺灣新聞學術發展的第一個源頭，也是臺灣同胞自發形成的對於新聞的理解。

在臺灣光復及國民黨政府播遷臺灣的過程中，為數不少的大陸新聞人渡海到臺，通過創辦學術刊物創辦、成立學術組織、開辦新聞教育延續祖國大陸的新聞學術範式。這樣地延續清晰的體現在 1950 年代的新聞學術研究之中，形塑了臺灣戒嚴時期新聞學研究的基本面貌，使大陸新聞學研究成為臺灣新聞學術發展第二個，也是最為重要的源頭。

1960 年代，留美歸臺的新聞學者將美國傳播學研究理念引入臺灣並推展，自此傳播學理論、實證研究方法與大眾傳播的問題導向開始重構新聞學研究面貌，極大地影響了臺灣新聞學術的問題導向與研究關懷，讓臺灣新聞學術的思想理論性加強，方法運用也更為多元。這一影響持續至今，讓源自美國的大眾傳播成為形塑臺灣新聞學研究面貌的第三個源頭，也是對今天島內新聞學界產生最直接影響的源頭。

在日據時期報人新聞觀念、祖國大陸新聞學研究和美國傳播學理論三者的共同作用下，臺灣新聞學術研究發展出了自身獨特的面貌，既保留了對傳統新聞學的關照，又在華語社會中較早地形成了理論研究氛圍與探索中國化新聞傳播理論的嘗試，呈現出多元繁榮的面貌。因而學術思想源頭的多元化以及東西方文化的匯聚，是奠定臺灣新聞學研究的基礎，也成為其最大的特點。

（二）學科制度成熟推動學術研究結構學理化

在臺灣新聞學研究的發展中，隨著學術研究建制化與學科體系的不斷成熟，學術思想的內涵不斷向縱深發展，新聞學研究的理論運用愈發成熟。在很長一段時間裏，臺灣新聞學研究基本停留在報學框架之中，偏重於業務技術層面。以政治大學新聞研究所成立為標誌的學術研究建制化促進了研究社群的

形成，並讓西方理論引進成為可能，新聞學研究自此逐漸脫離實然性的思維框架，學術思想也開始了理論化發展。1960 年代後期傳播學理論的引入，進一步改變了臺灣新聞學研究的格局。在研究方法上，量化研究逐漸取代了質化研究，讓臺灣新聞學研究呈現出更為精確、科學的面貌。在人才培養上，專業研究機構的建立與完善學術制度的形成，使得研究者接受到嚴謹的學術訓練。在理論工具使用方面，傳播學及社會學的理論越來越多的為新聞學者所使用，一方面提升了新聞學研究的理論深度，另一方面也讓新聞學研究的視野更為廣闊，推進新聞學研究從粗放走向精緻。

在內戰失敗之後，國民黨為了維護統治的合法性，在臺灣構建起了象徵「中華民國」延續的龐大政治框架，形塑著臺灣人的集體記憶。在這一框架下，臺灣被視為「復興基地」，進而成為「中華民國」的映像。這樣的象徵性建構，讓國家、民族、社會成為學術研究中的核心的概念，群體、個人的個性特徵變得模糊，在地化研究也長時間缺位。而隨著工具理性的日益成熟，學者們開始將視角從宏大敘事轉移到被原子化的個體之上，關注少數族裔、特殊群體以及受眾個人，讓更具現實意義與本土意義的問題得以解決。這些研究切口更小、問題意識更為明確，理論思辨也更為細緻，讓新聞學研究的學理化程度在橫向上也有了較大的發展。

（三）政學關係轉型推進學術研究內容自主化

在臺灣的戒嚴體制下，國民黨建立起了威權統治的管理模式，文化成為執政者用來證明統治正當性的工具，並主導著學術的書寫。研究者在其中扮演著特殊的角色——他們的身份不再僅限於單純的知識分子，而是加入了黨員這一政治身份。因為這樣的關係，臺灣新聞學研究在很長一段時間裏被納入政治指導的框架之下，為國民黨統治的合法性生產科學話語。這一政學結構自 1960 年代起開始發生變化，政治控制的範圍開始收縮，對於文化場域的干預開始變弱，介入學術生產的方式也從權力的高壓管制轉向經濟層面的資助合作，這為臺灣新聞學術場域自主發展提供了一定空間。研究者的教育背景也在這一階段發生了變化，他們大多在美國接受學術研究訓練，回到臺灣後主要憑藉教育與學術資本進入學術生產場域，所具有的政治色彩較弱，與黨政機構的關係也較為疏遠，這些因素讓臺灣政治與學術的關係由侍從走向合作。

總結臺灣新聞學術發展規律與特點，對我們觀察權力與學術之間關係的變動有很大的啟發性。從臺灣新聞學術與政治的關係變化中不難得出，威權統

治對學術研究的影響並不會是持久且強力的，社會氛圍的變化、學者世代的更替、研究者教育背景的變化、新知識體系的引入以及政治對於文化場域控制力度的變化等等，哪怕只是一個細小的或是偶然的轉變，都會對知識生產以及文化場域的話語建構產生巨大的影響。這一影響會反作用於政治體制或權力系統，消解其政治統治的合法性，使威權統治結構不斷鬆動乃至於解體。當然，一個社會的政治結構發生變化並非是單一因素作用的結果，但是知識生產作為為意識形態提供養分的重要力量，它的作用不可小覷。與其對這一不斷發展變動的結構體系施以強力的介入與控制，不如給予它更多的自主空間，讓知識得以自由地生產與自然地汰換，以促進社會向前發展。

三、臺灣地區新聞學術發展的意義

　　臺灣新聞學術研究與祖國大陸同出一源、平行發展、互為補充，並開創性的為華語新聞學界引入了傳播學思想與經驗學派範式，在我國新聞學術史中具有學術、文化、社會的多重意義。

　　就學術意義而言，臺灣新聞學研究豐富了中國新聞學術的面貌、推進了本土化理論的探索與實踐。臺灣地區的新聞學研究自 1949 年後便走上了與祖國大陸截然不同的道路，形成了平行發展的局面。兩岸學者依照自身的實際情況發展學術研究、生產學術話語。這雖然讓兩岸學術研究在表面上看似水火不容，但兩岸文化的內生性聯繫讓學術脈絡無法完全割裂，並形成了獨特的互動聯繫。臺灣地區新聞學術研究的發展與蓬勃無疑豐富了我國新聞學的面貌，讓中國新聞研究得以在不同的道路探索，找尋本土化新聞學理論，並在不同的社會中實踐，對提升中國學術話語權有很大的促進作用。臺灣於 1960 年代在華語學界率先引入傳播學，並在日後的發展中形成了一定的學術積累。兩岸恢復新聞交流後，臺灣地區新聞學界對促進中國大陸新聞傳播研究快速發展做出了巨大的貢獻。

　　就文化意義而言，臺灣新聞學研究的框架與原則，呈現了兩岸學術研究從未停止的交流與互動。兩岸的新聞學研究雖然在不同的路徑上各自發展，但無論是政治構想還是政治實踐的分歧，都只停留在合法性問題的紛爭上，因而即使是對立也是在「一個中國」框架下的內部矛盾。新聞學研究的表述即便看似水火不容，但無論是「三民主義」的學術化書寫，還是中國新聞史的通史性梳理，實質都是在「一個中國」原則下所進行的學術生產，是對「一

個中國」文化觀念的強化。學者、刊物、教育的延續，更突顯了兩岸新聞學術研究的關聯性。

就社會意義而言，臺灣新聞學術發展促進了臺灣新聞業風氣的改善。1960年前後，臺灣新聞界出現了追捧黃色新聞的風氣，以「瑠公圳分屍案」為代表的新聞報導，對社會產生了極為負面的影響。在學界大力倡導下，新聞責任與新聞自律思想開始影響新聞行業。1963年，臺北市報業新聞評議委員會成立，目的在於督促臺灣省內的新聞業者「提高新聞德道標準，促進新聞事業之健全發展」，並著手開展新聞自律運動。隨著運動的推進，黃色新聞在臺灣新聞界逐漸銷聲匿跡，新聞業的風氣不斷向好。該評議會幾經改組擴充，形成對全臺灣新聞界產生影響的新聞評議組織，致力於新聞業內容的淨化。

在日據時期臺灣報人新聞觀念、國民黨統治大陸時期新聞研究思想以及美國傳播學研究範式的共同影響下，在瞬息萬變的國際環境、對立僵持的兩岸關係以及暗流湧動的島內社會中，臺灣新聞學界形成了獨特的研究面向，豐富了中國新聞學的研究內涵，推動了中國新聞學研究的本土化，在一段時間內成為中國新聞學研究的先進。從脈絡延續上來看，臺灣新聞學研究是祖國大陸新聞學研究的傳承者與改革者；從學術變遷來看，臺灣新聞學研究是對大陸新聞學術研究的改造者；從理論創新來看，臺灣地區成為中國傳播學研究的開創者與試驗田。隨著1987年臺灣解除戒嚴，政治格局變動加劇、社會思潮風起雲湧，媒體的商業化也攪動著學界的神經，新聞學研究進入了新的發展階段。但1945～1987這四十餘年的歷史不但奠定了臺灣新聞學研究的基礎，也深刻影響了華語新聞研究的面向，成為學界的集體記憶，其發展與轉變的歷程可以為我國新聞學研究的發展提供鏡借，並在兩岸新聞交流不斷拓展的當下發揮新的作用。

參考文獻

一、中文著述

（一）著作文獻

1. 本田善彥著，堯嘉寧譯：《臺灣人的牽絆》，臺北：聯經出版社，2015 年。

2. 蔡培火、陳逢源、林柏壽、吳三連、葉榮鐘：《臺灣民族運動史》，臺北：自立晚報社，1983 年。

3. 陳誠：《陳誠先生回憶錄——建設臺灣》，臺北：國史館，2005 年。

4. 陳翠蓮：《臺灣人的抵抗一九二○～一九五○》，臺北：遠流出版社，2008 年。

5. 陳芳明：《殖民地摩登：現代性與臺灣史觀》，臺北：麥田出版，2017 年。

6. 陳芳明：《殖民地臺灣：左翼政治運動史論》，臺北：麥田出版，2017 年。

7. 陳芳明：《左翼臺灣：殖民地文學運動史論》，臺北：麥田出版，2017 年。

8. 陳鳴鐘、陳興唐：《臺灣光復和光復後五年省情（上、下）》，南京：南京出版社，1989 年。

9. 陳培豐：《同化的同床異夢：日治時期臺灣的語言政策、近代與認同》，臺北：麥田出版，2006 年。

10. 陳世敏：《大眾傳播與社會變遷》，臺北：三民書局，1994 年。

11. 陳昭瑛：《臺灣文學與本土化運動》，臺北：正中書局，1998 年。

12. 陳志平：《臺灣文獻與史實鉤沉》，北京：商務印書館，2015 年。

13. 陳致中：《臺灣報業：歷史、現狀和展望》，臺北：風雲時代，2016 年。

14. 儲玉坤：《現代新聞學概論（增訂本）》，上海：世界書局，1948 年。

15. 程之行：《新聞原論》，臺北：政治大學研究所印行，1968 年。

16. 程之行：《新聞著作選粹》，臺北：臺灣商務印書館，1980 年。

17.「中華民國」大眾傳播教育協會編：《新聞教育與我》，臺北：「中華民國」大眾傳播教育協會印，1982 年。

18. 戴國輝、葉云云：《愛憎二二八──神話與史實：揭開歷史之謎》，臺北：莘莘出版公司，1970 年。

19. 董顯光等著：《新聞學論集》，臺北：中華文化出版事業委員會，1955 年。

20. 方蘭生：《新聞自由與新聞自律》，臺北：允晨文化，1984 年。

21. 方鵬程：《先秦合縱連橫說服傳播的研究》，臺北：臺灣商務印書館，1975 年。

22. 方鵬程：《鬼谷子：說服談判的藝術》，臺北：臺灣商務印書館，1999 年。

23. 方鵬程：《孫子：談判說服的策略》，臺北：臺灣商務印書館，2005 年。

24. 方文：《學科制度和社會認同》，北京：中國人民大學出版社，2008 年。

25. 馮建三編：《自反縮不縮？新聞系七十年》，臺北：「國立」政治大學新聞系，2005 年。

26. 傅大為：《知識與權力的空間──對文化、學術、教育的基進反省》，臺北：桂冠圖書，1991 年。

27. 傅鏗：《知識人的黃昏》，北京：生活・讀書・新知三聯書店，2013 年。

28. 高嵩麓編：《蔣總統革命思想》，臺北：黎明文化事業公司，1974 年。

29. 葛兆光：《中國思想史》，上海：復旦大學出版社，2001 年。

30.「國防」研究院中華大典編印會編：《蔣總統集》第 2 冊，臺北：「國防」研究院中華大典編印會，1968 年。

31. 國軍政工史編纂委員會編：《國軍政工史稿》，臺北：「國防部」總政治部，1960 年。

32. 龔宜君：《「外來政權」與本土社會：改造後國民黨政權社會基礎的形成（1950～1969）》，臺北：稻鄉出版社，1998 年。

33. 郭衛東主編：《近代外國在華文化機構綜錄》，上海：上海人民出版社，1993 年。

34. 何義麟：《跨越國境線──近代臺灣去殖民化之歷程》，臺北：稻鄉出版社，2007 年。

35. 賀照禮：《新聞學的理論與實務》，臺北：蘭臺書局，1969 年。

36. 胡太春：《中國近代新聞思想史》（上下冊），上海：東方出版社，2016 年。

37. 胡翼青：《傳播學科的奠定》，北京：中國大百科全書出版社，2012 年。

38. 胡有瑞主編：《六十年來的中央日報》，臺北：中央日報社，1988 年。

39. 樺俊雄等著、劉秋岳譯：《大眾傳播學導引》，臺北：水牛出版社，1970 年。

40. 黃朝琴：《朝琴回憶錄之臺灣政商耆宿》，臺北：龍文出版社，2001 年。

41. 黃東英：《臺灣新聞傳播教育初探》，北京：社會科學文獻出版社，2014 年。

42. 黃福慶：《近代日本在華文化及社會事業之研究》，臺北：中央研究院近代史研究所，2011 年。

43. 黃富三：《林獻堂傳》，南投：國史館臺灣文獻館，2004 年。

44. 黃富三、陳俐甫主編：《近代臺灣口述歷史》，臺北：林本源中華文化教育基金會，1991 年。

45. 黃惠禎：《戰後初期楊逵與中國的對話》，臺北：稻鄉出版社，2016 年。

46. 黃靜嘉：《春帆樓下晚濤急——日本對臺灣的殖民統治及其影響》，北京：商務印書館，2003 年。

47. 黃俊傑：《臺灣意識與臺灣文化》，臺北：臺大出版中心，2011 年。

48. 黃克先：《原鄉、局地與天家：外省第一代的流亡經驗與改宗經歷》，臺北：稻鄉出版社，2007 年。

49. 黃新憲：《臺灣教育：從日據到光復》，上海：上海人民出版社，2012 年。

50. 黃英哲：《「去日本化」「再中國化」戰後臺灣文化重建（1945～1947）》，臺北：麥田出版，2017 年。

51. 簡炯仁：《臺灣民眾黨》，臺北：稻鄉出版社，2001 年。

52. 「教育部」教育年鑑編纂委員會編纂：《第三次「中華民國」教育年鑑》，臺北：正中書局，1957 年。

53. 荊溪人：《新聞學概論》，臺北：世界書局，1987 年。

54. 姜南揚：《臺灣政治轉型與兩岸關係》，武漢：武漢出版社，1999 年。

55. 蔣「總統」思想言論集編輯委員會編：《蔣「總統」思想言論集》（卷 22），臺北：蔣「總統」思想言論集編輯委員會，1966 年。

56. 賴光臨：《中國新聞傳播史》，臺北：三民書局，1978 年。

57. 雷佳音：《異論臺灣史》，臺北：稻鄉出版社，2001 年。

58. 李炳炎、陳有方：《新聞自由與自律》，臺北：正中書局，1964 年。

59. 李炳炎：《中國新聞史》，臺北：陶氏出版社印行，1986 年。

60. 李承機主編、尚暐印刷事業有限公司製作：《六然居存日刊臺灣新民報社說輯錄（1932～35）》（電子資源），臺南：國立臺灣歷史博物館，2009 年。

61. 李金銓主編：《文人論政：知識分子與報刊》，桂林：廣西師範大學出版社，2008 年。

62. 李金銓：《大眾傳播理論》，臺北：三民書局，2015 年。

63. 李敬一：《中國傳播史論》，武漢：武漢大學出版社，2003 年。

64. 李理：《日據臺灣時期警察制度研究》，北京：海峽學術出版社，2007 年。

65. 李力庸、張素玢、陳鴻圖、林蘭芳主編：《新眼光：臺灣史研究面面觀》，臺北：稻鄉出版社，2013 年。

66. 李秀雲：《中國新聞學術史》，北京：新華出版社，2004 年。

67. 李秀雲：《中國現代新聞思想史》，北京：中國社會科學出版社，2007 年。

68. 李秀雲：《留學生與中國新聞學》，天津：南開大學出版社，2009 年。

69. 李秀雲：《中國當代新聞學研究範式的轉換》，北京：學習出版社，2015 年。

70. 李瞻：《我國報業制度》，臺北：幼獅月刊社，1972 年。

71. 李瞻：《比較電視制度：兼論我國電視發展之方向》，臺北：政治大學新聞研究所，1973 年。

72. 李瞻：《三民主義新聞制度》，臺北：臺北市新聞記者公會，1975 年。

73. 李瞻：《中國新聞史》，臺北：學生書局，1986 年。

74. 林伯維：《臺灣文化協會滄桑》，臺北：臺原出版，1993 年。

75. 林伯維：《狂飆的年代——近代臺灣社會菁英群像》，臺北：秀威信息科技，2007 年。

76. 林德龍輯注：《「二二八」官方機密史料》，臺北：自立晚報社，1992 年。

77. 林果顯：《「中華文化復興運動推行委員會」之研究（1966～1975）——統治正當性的建立與轉變》，臺北：稻鄉出版社，2005 年。

78. 林果顯：《1950 年代臺灣國際觀的塑造：以黨政宣傳媒體和外來中文刊物為中心》，臺北：稻鄉出版社，2016 年。

79. 林惠秀：《「六三問題」與日治時期：臺灣知識精英自治主張之研究》，臺北：稻鄉出版社，2009 年。

80. 林麗雲：《臺灣傳播研究史——學院內的傳播學知識生產》，臺北：巨流出版社，2004 年。

81. 林書揚等編、王乃信等譯：《臺灣社會運動史：一九一三年～一九三六年》，臺北：海峽學術出版社，2006 年。

82. 林文剛編：《媒介環境學：思想沿革與多維視野》，北京：北京大學出版社，2007 年。

83. 林獻堂先生紀念集編纂委員會：《林獻堂先生紀念集》，臺北：文海出版社有限公司，1974 年。

84. 林孝庭著、黃中憲譯：《意外的國度：蔣介石、美國、與近代臺灣的形塑》，新北：遠足文化，2017 年。

85. 林玉體：《臺灣教育史》，臺北：文景出版社，2003 年。

86. 林元輝：《一步一腳印：政大新聞所教育六十年大事記》，臺北：「國立」政治大學新聞系／新聞所出版，1995 年。

87. 劉光炎：《新聞寫作研究》，出版者不詳，1931 年。

88. 劉光炎：《戰時新聞記者的基本訓練》，上海：獨立出版社，1940 年。

89. 劉光炎：《新聞學》，臺北：聯合出版社，1951 年。

90. 劉光炎：《新聞學講話》，臺北：中華文化出版事業社，1952 年。

91. 劉海龍：《大眾傳播理論：範式與流派》，北京：中國人民大學出版社，2008 年。

92. 劉海龍：《重訪灰色地帶：傳播研究史的書寫與記憶》，北京：北京大學出版社，2015 年。

93. 劉紅林：《臺灣新文學之父——賴和》，北京：作家出版社，2006 年。

94. 劉豁軒：《報學論叢》，天津：天津益世報社，1947 年。

95. 劉建順：《新聞學》，臺北：世界書局，1981 年。

96. 柳書琴：《荊棘之道：臺灣旅日青年的文學活動與文化抗爭》，臺北：聯經出版社，2009 年。

97. 連冬花：《知識與權力視域下的「科玄論戰」》，上海：東方出版中心，2017 年。

98. 梁華璜：《臺灣總督府對岸政策研究：日據時代臺閩關係》，臺北：稻鄉出版社，2001 年。

99. 羅金義、王章偉編：《奇蹟背後：解構東亞現代化》，香港：牛津大學出版社，1997 年。

100. 羅文輝：《新聞理論與實證》，中和：黎明文化，1993 年。

101. 龍偉等編：《民國新聞教育史料選輯》，北京：北京大學出版社，2010 年。

102. 呂光、潘賢模：《中國新聞法概論》，臺北：正中書局，1952 年。

103. 呂光：《大眾傳播與法律》，臺北：臺灣商務印書館，1981 年。

104. 馬星野：《新聞自由論》，南京：中央日報社，1948 年。

105. 馬之驌：《新聞界三老兵：曾虛白、成舍我、馬星野奮鬥歷程》，臺北：經世出版社，1986 年。

106. 眉睫：《朗山筆記：現當代文壇掠影》，臺北：秀威信息科技出版，2009 年。

107. 尼洛：《王升——險夷原不滯胸中》，臺北：世界文物出版社，1995 年。

108. 倪延年：《中國報刊法制發展史·臺港澳卷》，南京：南京師範大學出版社，2008 年。

109. 倪炎元：《東亞威權政體之轉型：比較臺灣與南韓的民主化歷程》，臺北：月旦出版社，1995 年。

110. 歐陽醇：《實用新聞採訪學》，臺北：華欣文化，1974 年。

111. 潘家慶：《傳播與社會發展》，臺北：政治大學新聞研究所印行，1983 年。

112. 彭懷恩：《臺灣政治變遷四十年》，臺北：自立晚報社，1987 年。

113. 彭家發：《小型報刊實務》，臺北：三民書局，1986 年。

114. 彭家發：《新聞客觀性原理》，臺北：三民書局，1994 年。

115. 彭明輝：《中文報業王國的興起——王惕吾與聯合報系》，臺北：稻鄉出版社，2001 年。

116. 漆高儒：《蔣經國評傳——我是臺灣人》，臺北：正中書局，1997 年。

117. 漆敬堯：《當代新聞學》，臺北：海天出版社，1964 年。

118. 漆敬堯：《競選公共關係：從戰後美國大選研究競選宣傳》，臺北：海天出版社，1964 年。

119. 曲士培：《臺灣高等教育》，長沙：湖南教育出版社，1990 年。

120. 任育德：《向下扎根：中國國民黨與臺灣地方政治的發展（1949～1960）》，臺北：稻鄉出版社，2008 年。

121. 任畢明：《戰時新聞學》，漢口：光明書局，1938 年。

122. 蘇蘅：《臺灣地方新聞》，臺北：政治大學新聞系，1996 年。

123. 蘇進強：《風骨嶙峋的長者──蔡培火傳》，臺北：近代中國出版社，1990年。

124. 孫如陵：《報學研究》，臺北：學生書局，1976 年。

125. 宋立、陳韜文編：《傳播與社會發展》，香港：香港中文大學新聞與傳播系，1995 年。

126. 沈宗琳等撰：《新聞自由與責任》，臺北：中央委員會第四組，1958 年。

127. 世新大學新聞學系：《傳播與社會》，臺北：揚智文化，1999 年。

128. 施正鋒主編：《臺灣民主化過程中本土人文社會學者》，臺北：臺灣國際研究學會，2011 年。

129. 臺北市文獻委員會編：《臺北市志‧卷八文化志》，臺北：臺北市文獻委員會，1988 年。

130. 臺北市新聞記者公會：《「中華民國」新聞年鑒》，臺北：臺北市新聞記者公會，1961 年。

131. 臺北市新聞評議委員會：《「中華民國」廣播報業電視規範初稿》，臺北：臺北市新聞評議委員會，1973 年。

132. 臺灣省警備總司令部接收委員會編：《臺灣省警備總司令部軍事接收總報告書》，臺北：臺灣省警備總司令部接收委員會，1945 年。

133. 臺灣行政長官公署教育處：《新臺灣建設叢書之五》，臺北：臺灣行政長官公署教育處，1946 年。

134. 臺灣行政長官公署宣傳委員會編：《臺灣一年來之宣傳》，臺北：臺灣省行政長官公署宣傳委員會，1946 年。

135. 臺灣行政長官公署秘書處編輯室編：《臺灣省行政長官公署公報》，臺北：臺灣行政長官公署秘書處編輯室印，1945 年。

136. 臺灣行政長官公署秘書處編輯室編：《臺灣行政長官公署施政報告》，臺北：臺灣行政長官公署秘書處編輯室印，1945～1946 年。

137. 臺灣總督府警務局編、徐國章譯注：《臺灣總督府警察沿革志（中譯本）》，臺北：臺灣國史館臺灣文獻館，2005 年。

138. 臺灣總督府民政部總務局學務課編：《臺灣總督府學事年報（明治 39 年～昭和 12 年度）》，臺北：臺灣總督府民政部總務局學務課、臺灣總督府文教局，1938 年。

139. 臺灣總督府文教局：《臺灣學事一覽（昭和 13～18 年度)》，臺北：臺灣總督府文教局，1945 年。

140. 涂凌波：《現代中國新聞觀念的興起》，北京：中國傳媒大學出版社，2016 年。

141. 王洪鈞：《新聞採訪學》，臺北：正中書局，1966 年。

142. 王洪鈞：《大眾傳播學術論集》，臺北：政治大學新聞學系，1967 年。

143. 王洪鈞：《臺灣新聞事業發展證言》，臺北：新聞記者公會，1998 年。

144. 王晴佳：《臺灣史學史》，上海：上海古籍出版社，2017 年。

145. 王詩琅編著：《日本殖民地體制下的臺灣》，臺北：眾文圖書公司，1980 年。

146. 王詩琅譯注：《臺灣社會運動史》，臺北：稻鄉出版社，1988 年。

147. 王世慶：《臺灣史料論文集》（上、下），臺北：稻鄉出版社，2004 年。

148. 王天濱：《臺灣報業史》，臺北：亞太圖書，2003 年。

149. 王文裕：《李萬居傳》，臺中：臺灣省文獻委員會，1997 年。

150. 翁秀琪、馮建三編：《政大新聞教育六十週年慶論文集》，臺北：政治大學新聞學系，1996 年。

151. 吳仁華：《臺灣光復初期教育轉型研究》，福州：福建教育出版社，2008 年。

152. 吳三連：《吳三連回憶錄》，臺北：自立晚報社，1991 年。

153. 吳文星、廣瀨順浩、黃紹恒、鍾淑敏主編：《臺灣總督田健治郎日記》（上、中、下），臺北：中央研究院臺灣史研究所，2006 年。

154. 吳濁流：《無花果》，臺北：草根出版事業有限公司，1995 年。

155. 夏春祥：《在傳播的迷霧中——二二八事件的媒體印象與社會記憶》，臺北：韋伯文化國際，2007 年。

156. 蕭阿勤：《回歸現實：臺灣一九七零年代的戰後世代與文化政治變遷》，臺北：中研院社會學研究所，2010 年。

157. 謝鼎新：《中國當代新聞學研究的演變》，北京：北京廣播學院出版社，2007 年。

158. 謝銘仁：《大眾傳播要論》，臺北：東吳大學中國學術著作獎助委員會，1974 年。

159. 謝然之：《新聞學論叢》，臺北：改造出版社，1963 年。

160. 謝然之：《新聞教育與我》，臺北：「中華民國」大眾傳播教育協會，1982年。

161. 謝維和：《教育活動的社會學分析——一種教育社會學的研究》，北京：教育科學出版社，2000年。

162. 辛廣偉：《臺灣出版史》，石家莊：河北教育出版社，2000年。

163. 「行政院」文化建設委員會：《何謂臺灣？近代美術與文化認同論文集》，臺北：「行政院」文化建設委員會，1997年。

164. 「行政院」新聞局譯：《新聞自由》，臺北：「行政院」新聞局，1962年。

165. 徐寶璜：《新聞學》，北京：國立北京大學新聞學研究會，1919年。

166. 徐佳士：《大眾傳播理論》，臺北：臺北市新聞記者公會，1966年。

167. 徐佳士：《媒介批評》，臺北：臺灣商務印書館，1991年。

168. 徐佳士：《冷眼看媒體世界》，臺北：九歌出版社，1997年。

169. 徐培汀：《中國新聞傳播學說史》，重慶：重慶出版社，2006年。

170. 徐秀慧：《戰後初期（1945～1949）臺灣文化場域與文學思潮》，臺北：稻鄉出版社，2007年。

171. 徐詠平：《新聞學概論》，臺北：臺灣中華書局，1971年。

172. 許福明：《中國國民黨的改造（1950～1952）》，臺北：正中書局，1986年。

173. 薛化元：《〈自由中國〉與民主憲政：1950年代臺灣思想史的一個考察》，臺北：稻鄉出版社，1996年。

174. 薛化元：《自由中國選輯之三言論自由》，臺北：稻鄉出版社，2003年。

175. 薛化元：《戰後臺灣歷史閱覽》，臺北：五南出版社，2015年。

176. 薛化元：《近代化與殖民：日治臺灣社會史研究文集》，臺北：臺大出版中心，2016年。

177. 瘂弦、陳義芝：《世界中文報紙副刊學綜論》，臺北：「行政院」文化建設委員會，1997年。

178. 嚴家淦等：《林獻堂先生紀念年譜‧追思錄》，臺北：海峽學術出版社，2005年。

179. 閻沁恒：《漢代民意的形成與其對政治之影響》，臺北：嘉新水泥公司文化基金會，1964年。

180. 楊長鎮：《從反抗到重建：國族重構下的臺灣族群運動》，臺北：財團法人「國家」展望文教基金會，2008年。

181. 楊渡：《在臺灣發現歷史》，北京：三聯書店，2017 年。

182. 楊國樞、崇文一編：《社會及行為科學研究的中國化》，臺北：中央研究院民族學研究所，1982 年。

183. 楊錦麟：《李萬居評傳》，廈門：廈門大學出版社，1992 年。

184. 楊孝濚：《傳播研究方法總論》，臺北：三民書局，1996 年。

185. 楊秀菁：《臺灣戒嚴時期的新聞管制政策》，臺北：稻鄉出版社，2005 年。

186. 楊肇嘉：《楊肇嘉回憶錄》，臺北：三民書局，1979 年。

187. 葉春嬌：《國族認同的轉折──臺灣民眾與菁英的敘事》，臺北：稻鄉出版社，2010 年。

188. 葉啟政：《社會、文化和知識分子》，臺北：東大圖書公司，1984 年。

189. 葉榮鐘：《臺灣人物群像》，臺北：時報出版社，1995 年。

190. 葉榮鐘：《日據下臺灣政治社會運動史》（上、下），臺中：晨星出版社，2000 年。

191. 袁軍、龍耘、韓運榮：《傳播學在中國──傳播學者訪談》，北京：北京廣播學院出版社，1999 年。

192. 袁克吾編纂：《臺灣》，上海：商務印書館，1927 年。

193. 易蘇民：《宣傳戰原理與運用》，臺北：蘇民出版社，1955 年。

194. 自由中國社：《今日的問題》，臺北：自由中國出版社，1958 年。

195. 臧國仁：《中文傳播研究論述》，臺北：「國立」政治大學傳播學院研究中心，1995 年。

196. 曾虛白：《中國新聞史》，臺北：「國立」政治大學新聞研究所，1966 年。

197. 曾虛白：《曾虛白自選集》，臺北：黎明文化，1981 年。

198. 曾虛白：《曾虛白自傳》（上、中、下），臺北：聯經出版社，1988 年。

199. 張長義等編：《分析社會的方法論文集》，花蓮：空中大學、花蓮師範學院、屏東師範學院，1995 年。

200. 張芙美：《「中華民國」臺灣地區軍訓教育發展之研究》，臺北：幼獅出版社，1999 年。

201. 張海鵬、陶文劍：《臺灣史稿》（上、下），南京：鳳凰出版社，2012 年。

202. 張俊宏：《到執政之路》，臺北：南方叢書出版社，1989 年。

203. 張靜影：《比較憲法》，臺北：黎明文化，1983 年。

204. 張昆：《傳播觀念的歷史考察》，武漢：武漢大學出版社，2015 年。

205. 張曉鋒：《中國新聞法制通史・港澳臺卷》，南京：南京師範大學出版社，2015 年。

206. 張炎憲等編：《臺灣近百年史論文集》，臺北：吳三連臺灣史料基金會，1996 年。

207. 張玉法：《先秦的傳播活動及其影響》，臺北：臺灣商務印書館，1993 年。

208. 張玉法：《「中華民國」史稿》，臺北：聯經出版社，2001 年。

209. 張忠棟：《胡適五論》，臺北：允晨文化，1987 年。

210. 張振亭：《中國新時期新聞傳播學術史研究》，南昌：江西人民出版社，2009 年。

211. 鄭瑞城：《組織傳播》，臺北：三民書局，1983 年。

212. 鄭瑞城：《傳播的獨白》，臺北：久大文化，1987 年。

213. 鄭梓：《戰後臺灣的接收與重建——臺灣現代史研究論集》，臺北：新化圖書出版社，1994 年。

214. 鄭貞銘：《老兵憶往》，臺北：華欣書局，1974 年。

215. 鄭貞銘主編：《新聞學論集》，臺北：華岡出版社，1976 年。

216. 鄭貞銘：《新聞傳播總論》，臺北：允晨文化，1984 年。

217. 鄭貞銘：《中外新聞傳播教育》，臺北：遠流出版社，1999 年。

218. 「國立」政治大學傳播學院新聞系：《提燈照路的人：政大新聞系 75 年典範人物》，臺北：「國立」政治大學傳播學院新聞系，2010 年。

219. 「國立」政治大學校史編印委員會：《政治大學校史史料彙編》，第一集，臺北：「國立」政治大學校史編印委員會，1973 年。

220. 「國立」政治大學校史編印委員會：《政治大學校史史料彙編》，第二集，臺北：「國立」政治大學校史編印委員會，1974 年。

221. 「國立」政治大學校史編纂委員會：《國立政治大學校史稿》，臺北：「國立」政治大學，1989 年。

222. 政工幹部學校第一期畢業五十週年專集編輯小組編：《政工幹部學校第一期畢業五十週年專集》，臺北：政工幹部學校第一期畢業五十週年紀念活動籌備委員會，2003 年。

223. 政治作戰學校訓導處編：《復興崗講詞》第一輯，臺北：政治作戰學校訓導處，1959 年。

224. 政治作戰學校校史編纂委員會編：《政治作戰學校校史》，臺北：政治作戰學校出版，1980 年。

225. 周婉窈：《海行兮的年代：日本殖民統治末期臺灣史論集》，臺北：允晨文化，2002 年。

226. 卓越新聞獎基金會主編：《臺灣傳媒再解構》，臺北：巨流圖書，2009 年。

227. 朱傳譽：《宋代新聞史》，臺北：臺灣商務印書館，1967 年。

228. 朱傳譽：《中國民意與新聞自由發展史》，臺北：正中書局，1977 年。

229. 朱芳玲：《六○年代臺灣現代主義小說的現代性》，臺北：稻鄉出版社，2010 年。

230. 朱洪源編：《分析社會的方法論文集》，臺北：空中大學、花蓮師範學院、屏東師範學院聯合出版，1995 年。

231. 朱虛白：《新聞採訪學》，臺北：世新大學新聞系，1962 年。

232. 朱志剛：《早期中國新聞學的歷史面向：從知識史的路徑》，廈門：廈門大學出版社，2017 年。

233. 周安儀：《新聞從業人員群像》（上、下冊），臺北：黎明文化，1981 年。

234. 周雪光：《當代中國的國家與社會關係》，臺北：桂冠圖書公司，1992 年。

235. 中國國民黨黨史工作委員會：《中國國民黨六十六年工作紀實》，臺北：近代中國出版社，1980 年。

236. 中國國民黨改造委員會第四組編：《宣傳手冊》，臺北：中國國民黨改造出版社，1952 年。

237. 中國國民黨光復大陸設計研究委員會：《鞏固臺灣光復大陸加強總動員草案（第二輯）》，臺北：中國國民黨光復大陸設計研究委員會，1956 年。

238. 中國國民黨臺灣省改造委員會編印：《臺灣黨務》第 4 期，臺北：中國國民黨臺灣省委員會，1951 年。

239. 中國國民黨中央委員會文化工作會編：《第四次新聞工作會談實錄》，臺北：中國國民黨中央委員會文化工作會，1974 年。

240. 中國國民黨中央委員會文化工作會主編：《三民主義建設成果專輯之一——總論（三民主義的理論與實踐）》，臺北：正中出版社，1984 年。

241. 中國文化學院夜間部新聞學系第四屆全體同學撰：《我國報紙科學新聞問題之探討》，臺北：中國文化學院夜間部，1972 年。

242. 中國文藝年鑒編輯委員會：《中國文藝年鑒》，臺北：平原出版社，1966年。

243.「中華民國教育部」編：《教育法令》，臺北：正中書局，1967年。

244.「中華民國」史料研究中心：《中國現代史專題研究報告》，臺北：「中華民國」史料研究中心，1973年。

245. 中華學術院編：《新聞學論集》，臺北：華岡出版有限公司，1976年。

246. 中央研究院近代史研究所編：《二二八事件資料選輯》（一～四），臺北：中央研究院近代史研究所，1992年。

（二）報紙及刊物文獻

1.《臺灣記者亡國恨》（上），《申報》，1931年12月1日。

2.《臺灣記者亡國恨》（下），《申報》，1931年12月2日。

3.《臺灣新民報考察團將於本月中旬來滬》，《申報》1936年3月11日。

4.《臺灣印象記》（續），《大公報》（天津），1932年9月16日。

5. 陳端明，《日用文鼓吹論》，《臺灣青年》第1卷第5期，1920年12月15日，漢文之部第31～34版。

6.《卷頭之辭》，《臺灣青年》創刊號，1920年7月16日，第1版。

7.《卷頭詞》，《臺灣青年》，第3卷第6號，1921年12月15日，第1版。

8.《社告》，《臺灣青年》創刊號，1920年7月15日，扉頁。

9. 蔡培火：《吾人の同化觀》，《臺灣青年》第1卷第2期，1920年8月15日，和文之部第67～82版。

10. 蔡培火：《臺灣教育に関する根本主張》，《臺灣青年》第3卷第3號，1921年9月15日，和文之部第40～60頁。

11. 黃呈聰：《改變臺灣統治基本法與殖民地統治方針》，《臺灣青年》第3卷第1號，1921年7月15日，漢文之部第1版。

12. 林呈祿：《地方自治概論》，《臺灣青年》第1卷第3號，1920年9月15日，漢文之部第4版。

13. 林獻堂：《祝臺灣青年雜誌之發刊》，《臺灣青年》第1卷第1號，1920年7月16日，漢文之部第1～2頁。

14. 王敏川：《〈臺灣青年〉發刊之旨趣》，《臺灣青年》創刊號，1920年7月15日，漢文之部分第40版。

15. 王敏川：《論先覺者之天職》，《臺灣青年》第 2 卷第 4 號，1921 年 5 月 15 日，漢文之部第 13 版。

16. 張棟樑：《對臺灣官制改革希望及自覺》，《臺灣青年》第 1 卷第 3 號，1920 年 9 月 15 日，漢文之部第 1 版。

17. 黃呈聰：《論普及白話文的新使命》，《臺灣》第 4 年第 1 號，1923 年 1 月 1 日，漢文第 22 版。

18. 黃朝琴：《漢文改革論》，《臺灣》第 4 年第 1 號，1923 年 1 月 1 日，漢文之部第 25～31 版、第 4 年第 2 號，1923 年 2 月 1 日，漢文之部第 21～27 版。

19. 卷頭詞：《臺灣の新使命》，《臺灣》第 3 年第 1 號，1922 年 4 月 1 日，第 1 頁。

20. 卷頭詞：《實際運動と思想》，《臺灣》第 5 年第 2 期，1924 年 5 月 10 日，第 1 頁。

21.《本報的使命》，《臺灣民報》第 141 號，1927 年 1 月 23 日，第 1 版。

22.《本報的自祝並對一萬讀者的祝辭》，《臺灣民報》第 67 號，1925 年 8 月 26 日，第 3 版。

23.《編輯餘話》，《臺灣民報》第 2 卷第 20 號，1924 年 10 月 11 日，第 16 版。

24.《報紙的中毒》，《臺灣民報》第 99 號，1926 年 4 月 4 日，第 1 版。

25.《不自由毋寧死》，《臺灣民報》第 55 號，1925 年 5 月 21 日，第 6 版。

26.《「大人」廢稱論》，《臺灣民報》第 167 號，1927 年 8 月 1 日，第 2 版。

27.《發刊詞》，《臺灣民報》創刊號，1923 年 4 月 15 日，第 1 版。

28.《古今未聞的言論壓迫政策》，《臺灣民報》第 88 號，1926 年 1 月 17 日，第 1 版。

29.《哭望天涯弔偉人》，《臺灣民報》第 3 卷第 10 號，1925 年 4 月 1 日，第 1 版。

30.《論臺灣民報的使命》，《臺灣民報》第 67 號，1925 年 8 月 26 日，第 4 版。

31.《豈有不許言論自由的善政嗎？》，《臺灣民報》第 43 號，1925 年 1 月 21 日，第 1 版。

32.《弱者的特權》，《臺灣民報》第 24 號，1924 年 5 月 11 日，第 1 版。

33. 《臺灣的思想言論比朝鮮壓迫得很》,《臺灣民報》第 211 號,1928 年 6 月 3 日第 2 版。

34. 《臺灣人機關報紙的必要》,《臺灣民報》第 70 號,1925 年 9 月 13 日,第 2 版。

35. 《言論的評價》,《臺灣民報》第 119 號,1926 年 8 月 22 日,第 1 版。

36. 《輿論是什麼》,《臺灣民報》第 5 號,1923 年 8 月 1 日,第 12 版。

37. 《有權威的新聞是什麼》,《臺灣民報》第 5 號,1923 年 8 月 1 日,第 12 版。

38. 《御用黨的輿論怎可當做民意?》,《臺灣民報》第 187 號,1927 年 12 月 18 日,第 2 版。

39. 《主張施行完全的自治制於臺灣》,《臺灣民報》第 3 卷第 9 號,大正十四年(1925)3 月 21 日,第 2 版。

40. 蔡惠如:《五週年紀念的感想》,《臺灣民報》第 67 號,1925 年 8 月 26 日,第 38 版。

41. 陳弗邪:《論言論自由》,《臺灣民報》第 85 號,1925 年 12 月 27 日,第 11 版。

42. 郭敦曜:《祝臺灣雜誌社五週年和民報發刊萬號的紀念》,《臺灣民報》第 67 號,1925 年 8 月 26 日,第 8 版。

43. 何景寮:《設立臺灣人報紙的意見》,《臺灣民報》第 84 號,1925 年 12 月 20 日,第 9 版。

44. 黃呈聰:《漢文增設的運動》,《臺灣民報》第 3 卷第 1 號,1925 年 1 月 1 日,第 4 版。

45. 蔣渭水:《五個年中的我》,《臺灣民報》1925 年 8 月 26 日,第 43 版。

46. 立峰、施至善:《臺灣之教育論》,《臺灣民報》第 67 號,1925 年 8 月 26 日,第 31 版。

47. 林伯廷:《祝臺灣民報發行一萬部》,《臺灣民報》第 67 號,1925 年 8 月 26 日,第 3 版。

48. 林呈祿:《懷舊譚》,《臺灣民報》第 67 號,1925 年 8 月 26 日,第 49 版。

49. 林獻堂:《言論自由》,《臺灣民報》第 294 號,1930 年 1 月 1 日,第 3 版。

50. 王敏川:《新聞與社會之關係》,《臺灣民報》創刊號,1923 年 4 月 15 日,第 8 版。

51. 一郎：《滾出臺灣的言論界去》，《臺灣民報》第 43 號，1925 年 1 月 21 日，第 7 版。

52. 紫髯翁：《祝創立五週年民報週刊萬部並陳管見六則》，《臺灣民報》第 67 號，1925 年 8 月 26 日，第 6 版。

53.《民報題號更新，期盡言論使命》，《臺灣新民報》第 306 號，1930 年 3 月 29 日，第 2 版。

54.《慶祝佳節》，《臺灣新民報》第 310 號，1930 年 4 月 29 日第 2 版。

55.《週刊〈新民報〉最後的一號》，《臺灣新民報》第 410 號，1932 年 4 月 9 日第 2 版。

56.《中正的言論》，《臺灣新民報》第 398 號，1932 年 1 月 16 日第 1 版。

57. 郭秋生：《建設「臺灣話文」一提案》（下），《臺灣新民報》380 號，1931 年 9 月 7 日，第 11 版。

58. 田原禎次郎：《祝詞》，《臺灣日日新報》，1918 年 5 月 1 日。

59. 龍淵釣叟：《漢文新報之前程》，《臺灣日日新報》，1905 年 7 月 5 日，第 6 版。

60.《本報同人記者節感言》，《民報》，1946 年 9 月 1 日，第 1 版。

61.《本省教育面臨危機》，《民報》1946 年 10 月 5 日，第 1 版。

62.《本省言論有無自由》，《民報》1946 年 9 月 14 日，第 1 版。

63.《創刊詞》，《民報》1945 年 10 月 10 日，第 1 版。

64.《關於禁止日文版》，《民報》1946 年 8 月 27 日，第 1 版。

65.《歡迎陳儀長官同時述些希望》，《民報》1945 年 10 月 25 日，第 1 版。

66.《民報精神》，《民報》1947 年 1 月 10 日，第 1 版。

67.《日產房屋處理辦法》，《民報》，1946 年 7 月 9 日，第 1 版。

68.《司法獨立與言論自由》，《民報》1946 年 11 月 3 日，第 1 版。

69.《提倡職業教育》，《民報》1946 年 11 月 24 日，第 1 版。

70.《須推行廢用日文運動》，《民報》1946 年 1 月 22 日，第 1 版。

71.《言論自由與報紙》，《民報》1946 年 2 月 14 日，第 1 版。

72.《增發晚刊的感言》，《民報》1946 年 6 月 1 日，第 1 版。

73.《敵產處理問題》，《人民導報》1946 年 2 月 1 日，第 1 版。

74.《發刊詞》，《人民導報》，1946 年 1 月 1 日，第 1 版。

75. 《警總定今起兩月內推展反共自覺運動》,《中央日報》1962 年 3 月 1 日,第 1 版。

76. 《記者節談新聞自律運動》,《中央日報》1963 年 9 月 1 日,第 2 版。

77. 《「中華民國」真正代表億萬中國人之意願——恢復大陸人民自由為我神聖使命》,《中央日報》1958 年 10 月 24 日,第 1 版。

78. Ciarles Emory Smith:《現代報業的演進及其因果》,《中央日報·報學週刊》,1949 年 5 月 10 日,第 6 版。

79. J.A.CLIO 著,金顯誠譯:《天然色製版技術 ABC》,《中央日報·報學週刊》,1949 年 5 月 3 日,第 6 版。

80. 大波:《最大的報與最好的報》,《中央日報·報學週刊》,1949 年 5 月 3 日,第 6 版。

81. 海東:《臺灣文化協會的運動狀況》,《中央日報·國際事情特刊》,1928 年第 18~20 號。

82. 孫如陵:《新生一年 創造百年——報學雙週刊週年紀念》,《中央日報》,1947 年 6 月 14 日,第 7 版。

83. 孫如陵:《〈報學〉進入新時代以前》,《中央日報·報學週刊》,1949 年 3 月 15 日,第 6 版。

84. 孫如陵:《好神氣的市長》,《中央日報·報學週刊》,1949 年 4 月 5 日,第 6 版。

85. 孫如陵:《文字的中毒與消毒》,《中央日報·報學週刊》,1949 年 4 月 26 日,第 6 版。

86. 李爾康:《論新聞寫作》,《中央日報·報學週刊》,1949 年 4 月 19 日,第 6 版。

87. 六成:《報紙的社會責任》,《中央日報·報學週刊》,1949 年 5 月 10 日,第 6 版。

88. 馬星野:《臺灣報業危機》,《中央日報》,1949 年 4 月 12 日,第 6 版。

89. 馬星野:《哀胡政之先生》,《中央日報》,1949 年 4 月 19 日,第 6 版。

90. 庸人:《「服務」二三事》,《中央日報·報學週刊》1949 年 3 月 22 日,第 6 版。

91. 章瑞卿:《泛論思想法制》,《中央日報·報學週刊》1949 年 4 月 26 日,第 6 版。

92. 《創刊詞》，《報學》創刊號，1951 年。

93. 《臺北市報業實踐自律 新聞評議委員會成立》，《報學》第 3 卷第 2 期，1963 年。

94. 鮑嶸：《學科制度的源起及走向初探》，《高等教育研究》2002 年第 4 期。

95. 編委會：《編者的話》，《報學》第 2 卷第 9 期，1961 年。

96. 操瑞青：《「有聞必錄」的流行與現代新聞觀念的萌生——以〈申報〉為中心的考察（1872～1912 年）》，《新聞界》2016 年第 9 期。

97. 曹愛民：《建設中國本位的新聞學：黃天鵬新聞學術思想的歷史檢視》，《新聞春秋》2014 年第 3 期。

98. 陳翠蓮：《戰後臺灣菁英的憧憬與頓挫：延平學院創立始末》，《臺灣史研究》2006 年第 2 期。

99. 陳翠蓮：《臺灣政治史研究的新趨勢——從抵抗權力到解構權力》，《漢學研究通訊》2009 年第 4 期。

100. 陳良：《大科研背景下跨學科學術組織發展建議》，《中國高校科技》2018 年第 12 期。

101. 陳靜：《近十年臺灣新聞傳播學教育研究的視野》，《新聞大學》2007 年第 2 期。

102. 陳鴻嘉、蔡惠如：《新聞自由文獻在臺灣：書目分析 1987～2014》，《新聞學研究》2015 年第 2 期。

103. 陳立峰：《淪陷前後的北平新聞界》，《報學》創刊號，1951 年。

104. 陳世敏：《報學半年刊的內容分析》，《報學》第 4 卷第 4 期，1970 年。

105. 陳世敏：《半世紀臺灣傳播學書目的出版》，《新聞學研究》2001 年第 2 期。

106. 陳世敏：《博腦佛心：重返新聞專業初心的路途有多遠？追思徐佳士教授新聞教育的核心價值》，《新聞學研究》2016 年第 2 期。

107. 陳香梅：《採訪五年》，《報學》創刊號，1951 年。

108. 楚崧秋：《論新聞事業的社會責任》，《報學》第 5 卷第 7 期，1976 年。

109. 鄧正來：《中國學術刊物的發展與學術為本》，《吉林大學社會科學學報》，2005 年 7 月。

110. 第一屆理監事會：《臺北市編輯人協會會務報告》，《報學》創刊號，1951 年。

111. 杜紹文：《中國報人之路》，金華：浙江省戰時新聞學會，1939 年。

112. 段鵬:《臺灣新聞傳播教育的歷史、現狀與問題》,《現代傳播》2004 年第 3 期。

113. 范鶴言:《九點修正意見》,《報學》第 3 期,1952 年。

114. 方國希:《開創報業的新天地》,《報學》創刊號,1951 年。

115. 方鵬程:《先秦的說服傳播理論》,《報學》第 5 卷第 1 期,1973 年。

116. 馮建三:《傳播政治經濟學在臺灣的發展》,《新聞學研究》2003 年第 4 期。

117. 馮文質:《試論養士制的新聞教育》,《報學》第 5 期,1953 年。

118. 關少其:《先秦兵家非語文記號思想分析》,《新聞學研究》第 39 期,1987 年。

119. 郭平:《新聞教育的「學」與「術」——訪臺灣政治大學傳播學院朱立教授》,《當代傳播》2010 年第 1 期。

120. 何名忠:《現代記者宜有科學哲學修養》,《報學》第 2 期,1952 年。

121. 何榮幸:《進步、堅定而溫暖的高大身影——徐佳士與臺灣記協的誕生》,《新聞學研究》2016 年第 2 期。

122. 何義麟:《〈民報〉——臺灣戰後初期最珍貴的史料》,《臺灣風物》,2003 年 9 月

123. 河原功作著,黃英哲譯:《戰前臺灣的日本書籍流通》,《文學臺灣》第 27 期,1998 年。

124. 胡傳厚:《建立新聞學的理論體系》,《報學》創刊號,1951 年。

125. 胡傳厚:《改革新聞教育芻議》,《報學》第 3 卷 10 期,1968 年。

126. 胡秋原:《教育——民主新聞之方法》,《報學》第 2 期,1952 年。

127. 胡翼青、張婧妍:《中國傳播學 40 年:基於學科化進程的反思》,《社會科學文摘》2018 年 11 月。

128. 黃旦:《「耳目」與「喉舌」的歷史性變化——中國百年新聞思想主潮論》,《新聞記者》1998 年第 10 期。

129. 黃旦:《從「編年史」思維定勢中走出來——對共和國新聞史的一點想法》,《國際新聞界》2010 年第 3 期。

130. 黃旦:《媒介就是知識:中國現代報刊思想的源起》,《學術月刊》,2011 年第 12 期。

131. 黃旦:《媒介變革視野中的近代中國知識轉型》,《中國社會科學》2019 年第 1 期。

132. 黃麗飛：《中國新聞事業的前路》，《報學》創刊號，1951 年。

133. 黃仁：《報社學校化》，《報學》第 5 期，1953 年。

134. 黃沙：《新聞自由十字軍》，《報學》第 7 期，1955 年。

135. 黃沙：《民意測驗和報紙》，《報學》第 9 期，1956 年。

136. 黃沙：《民意測驗的方法》，《報學》第 10 期，1956 年。

137. 黃沙：《民意測驗的縮影》，《報學》第 2 卷第 1 期，1957 年。

138. 黃順星：《新聞場域分析：戰後臺灣報業的變遷》，《新聞學研究》2010 年第 3 期。

139. 黃天鵬：《二十五年新聞教育的回顧》，《報學》第 5 期，1953 年。

140. 黃煜、馮應謙、朱立、潘家慶、王石番、陳世敏、彭家發、汪琪：《徐佳士教授與新聞傳播教育》，《傳播與社會學刊》第 36 期，2016 年 4 月。

141. 黃裕峯、孫瑋潔：《2014 年臺灣地區新聞傳播學研究綜述》，《東南傳播》2015 年第 11 期。

142. 紀言：《副刊編輯與作家》，《報學》第 5 期，1953 年。

143. 柯玉芬：《電視的政治與論述：一九六〇年代臺灣的電視設置過程》，《臺灣社會研究季刊》2003 年第 1 期。

144. 賴苑頻：《臺灣文化協會與〈臺灣民報〉共塑公共領域：以文化演講會為中心一九二三～一九二六》，《思與言》2012 年第 2 期。

145. 冷楓整理：《瑠公圳分屍案新聞報導之檢討》，《報學》第 2 卷第 9 期，1961 年。

146. 李金銓：《他是一個點亮明燈的人——追念徐佳士老師》，《國際新聞界》2016 年第 3 期。

147. 李潔瓊：《新聞傳播學的本土化與主體性的再思考——北京大學新聞學研究會年會（2013）暨第三屆新聞史論青年論壇紀要》，《國際新聞界》2013 年 8 月。

148. 李秋生：《新聞自由與自重》，《報學》第 2 期，1952 年。

149. 李松蕾：《北大新聞學茶座（49）——李秀雲教授談「中國新聞學術史的過去、現在及未來」》，《國際新聞界》2016 年第 1 期。

150. 李萬居：《兩項修正，五點增加》，《報學》第 3 期，1952 年。

151. 李筱峰：《從〈民報〉看戰後臺灣的政經與社會》，《臺灣史料研究》第 8 期，1996 年。

152. 李秀雲：《黃天鵬對中國新聞學術研究的貢獻》，《新聞大學》2003 年第 3 期。

153. 李秀雲：《黃天鵬：中國新聞學術史觀的第一闡釋者》，《新聞知識》2006 年第 11 期。

154. 李瞻：《政府公共關係的發展》，《報學》第 10 期，1956 年。

155. 李瞻：《新聞自由的演進及其趨勢》，《報學》第 3 卷第 5 期，1965 年。

156. 李瞻：《各國電視制度》，《新聞學研究》第 7 期，1971 年。

157. 李瞻：《建立「我國」公營電視制度方案》，《新聞學研究》第 10 期，1972 年。

158. 李瞻：《「我國」新聞政策的商榷》，《報學》第 5 卷第 1 期，1973 年。

159. 李瞻：《「總統」蔣公的大眾傳播思想》，《報學》第 6 卷第 1 期，1978 年。

160. 李瞻：《三民主義新聞政策之研究》，《新聞學研究》第 28 期，1981 年。

161. 李瞻：《建立「我國」大眾傳播政策之展望》，《報學》第 6 卷第 7 期，1981 年 12 月。

162. 李瞻：《「我國」電視政策之研究》，《新聞學研究》第 30 期，1982 年。

163. 李瞻：《政治大學新聞所增設博士班》，《新聞學研究》第 31 期，1983 年。

164. 李瞻：《「我國」新聞教育的一大步——介紹政治大學新聞研究所博士班》，《報學》第 6 卷 10 期，1983 年。

165. 林果顯：《來臺後曾虛白的宣傳工作與理念》，《國史館館刊》第 39 期，2014 年 4 月。

166. 林麗雲：《為臺灣傳播研究另闢蹊徑？傳播史研究與研究途徑》，《新聞學研究》2000 年第 2 期。

167. 林麗雲：《臺灣威權政體下「侍從報業」的矛盾與轉型：1949～1999》，《臺灣產業研究》2000 年第 3 期。

168. 林麗雲：《依附下的成長？臺灣傳播研究典範的更迭與興替》，《中華傳播學刊》第 1 期，2002 年。

169. 林麗雲：《變遷與挑戰：解禁後的臺灣報業》，《新聞學研究》2008 年第 2 期。

170. 林麗雲、嚴智宏：《媒體改革路上的明燈——徐佳士老師》，《新聞學研究》2016 年第 2 期。

171. 林蔭：《報紙與人才》，《報學》第 2 期，1952 年。

172. 劉成幹、姚朋、單建周、荆溪人：《我們共同的信念和意見》，《報學》第
    3 期，1952 年。

173. 劉本炎：《費盡移山心力，盡付芳草斜陽：中央日報滄桑七十八年》，《僑
    協雜誌》第 99 期，2006 年。

174. 劉光炎：《怎樣編一張完整的報紙》，《報學》創刊號，1951 年。

175. 劉光炎：《談談社論與專欄》，《報學》第 6 期，1954 年。

176. 劉海龍、李曉榮：《孫本文與 20 世紀初的中國傳播研究：一篇被忽略的
    傳播學論文》，《國際新聞界》2013 年第 12 期。

177. 劉海龍：《中國傳播研究的史前史》，《新聞與傳播研究》2014 年第 1 期。

178. 劉海龍：《中國語境下「傳播」概念的演變及意義》，《新聞與傳播研究》
    2014 年第 8 期。

179. 劉海龍：《連續與斷裂——傳播思想史的敘事問題》，《中國社會科學報》
    2014 年第 11 期。

180. 劉偉森：《三民主義的新聞政策》，《報學》第 2 期，1952 年。

181. 劉偉森：《新聞教育的史實與制度》，《報學》第 5 期，1953 年。

182. 劉義昆、趙振宇：《新媒體時代的新聞生產：理念變革、產品創新與流程
    再造》，《南京社會科學》2015 年第 2 期。

183. 陸崇仁：《新聞比較實施研究》，《報學》第 8 期，1955 年。

184. 羅敦偉：《新聞事業與「公共關係」》，《報學》第 3 期，1952 年。

185. 羅敦偉：《新聞自由與個人自由》，《報學》第 4 期，1953 年。

186. 羅文輝：《密蘇里大學新聞學院對「中華民國」新聞教育及新聞事業的影
    響》，《新聞學研究》1989 年第 1 期。

187. 馬星野：《自治自勉優於法律約束》，《報學》第 3 期，1952 年。

188. 毛榮富：《傳播研究「向人的維度轉」之必要》，《中華傳播學刊》2000 年
    第 2 期。

189. 南方朔：《中國自由主義的最後堡壘——大學雜誌階段的量底分析（三）》，
    《夏潮》第 4 卷第 5 期，1978 年。

190. 潘賢模：《臺灣初期的新聞事業》，《報學》第 2 卷第 5 期，1959 年。

191. 彭歌：《臺灣報界面臨的幾個問題》，《報學》第 4 卷第 2 期，1969 年。

192. 漆敬堯：《蕉農支配所得與臺灣經濟發展的關係》，《新聞學研究》創刊號，
    1967 年。

193. 漆敬堯：《臺、澎家庭主婦看電視習慣的研究》，《新聞學研究》第 5 期，1970 年。

194. 齊振一：《我反對記者法》，《報學》第 3 期，1952 年。

195. 若林正丈：《黃呈聰におけ「待機」の意味──日本統治下臺灣知識人の抗日民族思想》，《臺灣近現代史研究》第 2 期，1979 年 8 月。

196. 若林正丈：《臺灣抗日運動中的「中國座標」與「臺灣座標」》，《當代》第 17 期，1987 年 9 月。

197. 若林正丈撰、陳怡宏譯：《尋找遙遠的連帶──中國國民革命與臺灣青年》（上），《臺灣風物》，第 53 卷第 2 期，2003 年 6 月。

198. 若林正丈撰、陳怡宏譯：《尋找遙遠的連帶──中國國民革命與臺灣青年》（下），《臺灣風物》，第 53 卷第 3 期，2003 年 9 月。

199. 宋越倫：《新聞學新義》，《報學》創刊號，1951 年。

200. 沈慧娜：《臺灣新聞傳播教育 20 年發展簡述》，《東南傳播》2012 年第 11 期。

201. 沈旭步：《反攻期間的新聞政策》，《報學》第 2 期，1952 年。

202. 沈宗琳：《新聞界的自省與自衛》，《報學》創刊號，1951 年。

203. 沈宗琳：《編協十年》，《報學》第 2 卷第 9 期，1961 年。

204. 沈仲豪：《副刊自由談》，《報學》創刊號，1951 年。

205. 石永貴：《新聞學研究之回顧》，《新聞學研究》第 4 期，1969 年。

206. 臺北市編輯人協會：《「國立」政治大學新聞研討會》，《報學》第 3 卷第 5 期，1965 年。

207. 唐際清：《世界各國新聞檢查實況》，《報學》第 3 期，1952 年。

208. 田舍：《副刊編輯的甘苦談》，《報學》第 5 期，1953 年。

209. 田中初、劉少文：《民國記者的職業收入與職業意識──以 20 世紀 30 年代為中心》，《新聞與傳播研究》2015 年第 7 期。

210. 童兵：《堅持馬克思主義新聞觀中國化的正確方向──延安〈解放日報〉改版 76 週年回望及反思》，《新聞界》2018 年第 11 期。

211. 童兵：《中國新聞學研究百年回望》，《中國社會科學報》2018 年 12 月 25 日。

212. 汪琪、臧國仁：《成長與發展中的傳播研究：1995 學門人力資源調查報告》，《新聞學研究》第 53 期，1996 年。

213. 王洪鈞：《新聞自由的八大威脅》，《報學》第 3 期，1952 年。

214. 王洪鈞：《新聞教育的發展趨勢》，《報學》第 2 卷第 9 期，1961 年。

215. 王洪鈞：《發展中的中國新聞自律》，《新聞學研究》創刊號，1967 年。

216. 王明亮：《家長制支配下侍從報人的職業命運——遷臺後《中央日報》社長馬星野下臺原因分析》，《新聞記者》2018 年第 9 期。

217. 王毓莉：《2007 年臺灣新聞傳播學術研究分析》，《國際新聞界》2008 年第 1 期。

218. 王雲五：《改革排字問題》，《報學》第 5 期，1953 年。

219. 王雲五：《新聞道德與新聞責任》，《報學》第 3 卷第 2 期，1963 年。

220. 翁秀琪：《對臺灣「傳播學正當性危機」的一些想法》，《新聞學研究》1997 年第 1 期。

221. 翁秀琪：《臺灣傳播教育的回顧與願景》，《新聞學研究》2001 年第 4 期。

222. 吳叡人：《福爾摩沙意識形態——試論日本殖民統治下臺灣民族運動「民族文化」論述的形成（1919～1937）》，《新史學》2006 年第 2 期。

223. 吳文星：《日據時期臺灣的教育與社會領導階層之塑造》，《歷史學報》第 10 期，1982 年 6 月。

224. 溪居：《在反攻前後期中對新聞事業的幾點意見》，《報學》第 2 期，1952 年。

225. 夏春祥：《新聞與記憶：傳播史研究的文化取徑》，《國際新聞界》2009 年第 4 期。

226. 夏春祥：《傳播的想像：論媒介生生態學》，《新聞學研究》2015 年第 3 期。

227. 蕭全政：《國民主義：臺灣地區威權體制的政經轉型》，《政治科學論叢》第 2 期，1991 年。

228. 蕭同茲：《運用自由 善盡責任》，《報學》創刊號，1951 年。

229. 謝然之：《新聞學的發展與新聞教育之改革》，《報學》第 8 期，1955 年。

230. 謝然之：《新聞自由與「國家」安全》，《報學》第 3 卷第 2 期，1963 年。

231. 辛暉：《我們所需要的記者法》，《報學》第 3 期，1952 年。

232. 徐佳士：《麥克盧漢的傳播理論評介》，《新聞學研究》第 1 期，1967 年。

233. 徐佳士：《一個報告——政大新聞系新課程》，《報學》第 4 卷第 1 期，1968 年。

234. 徐佳士：《「二級或多級傳播」理論在過渡期社會的適用性之研究》，《新聞學研究》第 8 期，1971 年。

235. 徐佳士、潘家慶、趙嬰：《改進臺灣地區大眾傳播之「國家」發展功能的研究》，《新聞學研究》第 21 期，1978 年。

236. 徐詠平：《「我國」的新聞政策》，《報學》第 2 卷第 2 期，1957 年 12 月。

237. 須文蔚、陳世敏：《傳播學發展現況》，《新聞學研究》1996 年第 2 期。

238. 許介鱗：《殖民地法制的「不平等」本質》，《海峽評論》第 177 期，2005 年。

239. 姚朋：《將帥之學的新聞教育》，《報學》第 5 期，1953 年。

240. 楊光欽：《高校學術生產數量繁榮與學術制度的內在邏輯》，《教育研究》2015 年第 7 期。

241. 楊日旭：《論美國「社會公眾知之權利」與國家安全利益之均衡問題》，《憲政思潮》第 71 期，1975 年。

242. 楊孝濚：《中文可讀性公式》，《新聞學研究》第 8 期，1971 年。

243. 楊孝濚：《由一個實例討論大眾傳播研究的新途徑——實驗研究法》，《新聞學研究》第 9 期，1972 年。

244. 楊孝濚：《夫妻對電視傳播媒介觀念差距之研究——相互溝通模式》，《新聞學研究》第 12 期，1973 年。

245. 楊孝濚：《實用中文報紙可讀性公式》，《新聞學研究》第 13 期，1974 年。

246. 楊孝濚：《傳播說服模式之發展——以大學生傳播和傳播研究觀念形成為實例》，《新聞學研究》第 14 期，1974 年。

247. 楊孝濚：《在臺灣創辦農民報紙的可能性》，《報學》第 5 卷第 2 期，1974 年。

248. 楊孝濚：《個人傳播觀念現代化量表之擬測》，《新聞學研究》第 15 期，1975 年。

249. 楊志弘、吳統雄：《新聞傳播系（組）畢業生對新聞教育評價值研究》，《報學》第 7 卷第 2 期，1984 年。

250. 於衡：《我贊成要有記者法》，《報學》第 3 期，1952 年。

251. 曾虛白：《注重通才的培養》，《報學雜誌》第 1 卷第 2 期，1948 年。

252. 曾虛白：《出賣中國的市儈記者》，《報學》第 2 期，1952 年。

253. 曾虛白：《新聞自由與社會責任》，《報學》第 3 卷第 5 期，1965 年。

254. 曾虛白：《發刊詞》，《新聞學研究》創刊號，1967 年。

255. 曾虛白：《一個外行人辦報的經驗談：大晚報創刊經過及對我的影響》，《傳記文學》第 89 期，1969 年。

256. 曾虛白：《我們需要一個新的新聞制度理論》，《新聞學研究》第 9 期，1972 年。

257. 張彼德：《新聞自由與民主政治》，《報學》第 2 期，1952 年。

258. 趙效沂：《採訪政治新聞感言》，《報學》創刊號，1951 年。

259. 趙雲澤、趙國寧：《「理想」和「技術」哪個更讓新聞業負責任——兼論中國新聞實踐中對美國「社會責任論」的批判借鑒》，《新聞界》2018 年第 9 期。

260. 張景涵：《變局裏該怎麼辦》，《臺灣政論》第 1 卷第 8 期，1975 年。

261. 張世民：《建立新聞教育的新方向——對大學新聞教育的芻議》，《報學》第 6 卷第 10 期，1983 年。

262. 張振亭、陳瑋：《專業化與大眾化黃天鵬新聞思想及實踐初探》，《南昌大學學報（人文社科版）》，2012 年第 6 期。

263. 鄭杭生：《孫本文先生對早期中國社會學貢獻的再認識》，《華中師範大學學報》2013 年第 1 期。

264. 鄭貞銘：《受過新聞教育以後》，《報學》第 2 卷第 9 期，1961 年。

265. 朱傳譽：《記述報，一張不載報史的重要報紙》，《報學》第 3 卷第 2 期，1963 年。

266. 朱傳譽：《臺灣革命報人林呈祿和他所辦的革命報刊》，《報學》第 3 卷第 5 期，1965 年。

267. 朱傳譽：《宋代傳播媒介研究》，《報學》第 3 卷第 7 期，1966 年。

268. 朱傳譽：《宋代輿論研究》，《報學》第 3 卷第 8 期，1967 年。

269. 朱傳譽：《〈中國新聞自由發展史〉導論》，《新聞學研究》創刊號，1967 年。

270. 朱傳譽：《宋代出版法研究》，《新聞學研究》第 1 期，1967 年。

271. 朱傳譽：《清代保密制度》，《報學》第 4 卷第 9 期，1972 年。

272. 朱傳譽：《清代壓迫輿論研究》，《報學》第 5 卷第 1 期，1973 年。

273. 朱立：《開闢中國傳播研究的第四戰場》，《報學》第 6 卷第 1 期，1978 年。

274. 朱謙：《大眾傳播理論體系》，《報學》第 3 卷第 2 期，1963 年。

275. 朱清河、汪羅：《延安新聞學的緣起邏輯、基本範疇與價值意蘊》,《出版發行研究》2018 年第 6 期。

276. 朱虛白：《當前新聞教育的重要性》,《報學》創刊號,1951 年。

277. 卓澤林：《大學知識生產範式的轉向》,《教育學報》,2016 年第 2 期。

278. 鍾田明：《臺北市高中學生接觸大眾傳播媒介之研究》,《新聞學研究》第 8 期,1971 年。

279. 中央社徵集室：《一年來匪區新聞界概況》,《報學》創刊號,1951 年。

（三）學位論文

1. 蔡孟莉：《戰後初期臺灣省教育會與臺灣教育「整頓」之研究（1946～1949)》,臺北：臺灣師範大學教育學系碩士論文,2012 年。

2. 曹愛民：《民國時期新聞人黃天鵬研究》,南京：南京師範大學新聞與傳播學院博士論文,2014 年。

3. 陳瑋：《黃天鵬新聞思想及實踐研究》,南昌：南昌大學人文學院碩士論文,2013 年。

4. 陳幼唐：《學術三民主義及其制度化：以中央研究院為例》,新竹：交通大學社會與文化研究所碩士論文,2015 年。

5. 戴子裕：《戰後臺籍菁英政治實踐之研究（1945～1969）——以反對運動為中心》,臺北：中央大學歷史研究所碩士論文,2016 年。

6. 鄧麗琴：《民國新聞教育思想研究》,長沙：湖南師範大學碩士論文,2014 年。

7. 管中祥：《我國有線電視發展歷程中的國家角色》,臺北：政治大學研究所碩士論文,1997 年。

8. 郭正亮：《國民黨政權在臺灣的轉化（1945～1988)》,臺北：臺灣大學社會學研究所碩士論文,1988 年。

9. 何建銘：《〈自由時代〉系列雜誌與 1980 年代後期臺灣民主運動》,臺北：「國立」政治大學歷史學系研究部碩士論文,2015 年。

10. 洪桂己：《臺灣報業史研究》,臺北：「國立」政治大學新聞研究所,1957 年。

11. 洪世昌：《〈臺灣民報〉與日治時期臺灣新文化運動（1920～1932)》,臺灣師範大學碩士論文,1997 年。

12. 黃東英：《合力制約下的臺灣新聞傳播教育——從社會變遷與學科發展角度的觀察》，廈門：廈門大學博士論文，2012 年。

13. 黃頌顯：《臺灣文化協會的思想與運動（1921～1931）》，臺北：中國文化大學中山學術研究所博士論文，2007 年。

14. 黃正洽：《日據五十年統治對光復後臺灣之影響》，臺北：中國文化大學日本研究所碩士論文，2002 年。

15. 江鶯：《黃天鵬與〈時事新報・青光〉副刊研究》，南昌：南昌大學人文學院碩士論文，2014 年。

16. 樂羽嘉：《新聞自由在中國的傳遞與實踐——以董顯光和馬星野為中心》，臺北：臺灣大學文學院歷史學系，2012 年。

17. 李炳炎：《現階段中國新聞政策之研究》，臺北：政治大學新聞研究所碩士論文，1960 年。

18. 李璐：《海峽兩岸新聞教育理念與實踐的比較研究》，開封：河南大學新聞與傳播學院碩士論文，2015 年。

19. 李筱雯：《從〈民報〉看戰後初期的臺灣社會》，花蓮：東海大學歷史研究所碩士論文，2010 年。

20. 李鑫矩：《輿論與新聞》，臺北：政治大學新聞研究所碩士論文，1956 年。

21. 廖佩婷：《〈臺灣新民報〉文藝欄研究：以週刊至日刊形式的發展與轉變為主》，臺北：「國立」政治大學臺灣文學研究所，2014 年。

22. 林牧茵：《移植與流變——密蘇里大學新聞教育模式在中國（1921～1952）》，上海：復旦大學新聞學院博士論文，2012 年。

23. 林佩蓉：《抵抗的年代・交戰的思維——蔡培火的文化活動及其思想研究（以日治時期為主）》，臺南：成功大學臺灣文學研究所碩士論文，2015 年。

24. 林群賀：《日治時期臺灣民主概念的初步考察 1920～1935》，新竹：清華大學社會學研究所碩士論文，2013 年。

25. 林淑惠：《臺灣文化協會分裂前的臺灣新文學運動（1920～1927）——以〈臺灣民報〉為中心》，南投：暨南國際大學中文系碩士論文，2004 年。

26. 林惠萱：《臺灣黨外雜誌之研究——以〈蓬萊島〉系列為例》，臺南：中興大學歷史研究所碩士論文，2001 年。

27. 林怡利：《日本對臺灣政策與日臺關係之變化——一九八七年解嚴至二〇〇八年陳水扁政權結束》，高雄：高雄第一科技大學應用日語系，2011 年。

28. 劉宏祥：《政工幹部學校之研究（1950～1970）》，桃園：中央大學歷史研究所碩士論文，2006 年。

29. 劉修圳：《〈東臺日報〉呈現下的東臺灣地方社會（1946～1964）》，南投：暨南國際大學歷史學研究所碩士論文，2015 年。

30. 劉洋：《曾虛白新聞思想研究》，南京：南京師範大學新聞與傳播學院碩士論文，2017 年。

31. 倪炎元：《南韓與臺灣威權政體轉型之比較》，臺北：政治大學政治研究所博士論文，1993 年。

32. 歐陽聖恩：《無黨籍人士所辦政論雜誌對我國政治環境中角色功能之研究》，臺北：政治大學新聞研究所碩士論文，1986 年。

33. 親昱華：《我國戒嚴體制之研究——臺灣實施經驗的再檢視（1947～1987）》，臺北：中國文化大學中山與中國大陸研究所博士論文，2015 年。

34. 邱家宜：《戰後初期（1945～1960）臺灣報人類型比較研究——吳濁流、李萬居、雷震、曾虛白》，臺北：世新大學傳播研究所博士論文，2011 年。

35. 蘇世昌：《1920～1937 臺灣新知識分子思想風貌研究》，新竹：清華大學中國文學研究所，2009 年。

36. 孫以繡：《民意與權力》，臺北：政治大學新聞研究所碩士論文，1957 年。

37. 王鳳雄：《日據時期臺灣社會解放運動及論述——以〈臺灣民報〉作為分析場域（1920～1932）》，花蓮：東海大學碩士論文，1995 年。

38. 王繼先：《新聞人馬星野研究》，南京：南京師範大學新聞與傳播學院博士論文，2015 年。

39. 王良卿：《動盪中的改革：中國國民黨從「革新」走向「改造」（1945～1950）》，臺北：「國立」政治大學歷史學系博士論文，2003 年。

40. 吳曉娟：《海峽兩岸新聞學專業課程體系比較研究》，南昌：南昌大學人文學院碩士論文，2011 年。

41. 蕭柏暐：《臺灣的報業傳承與政治社會運動——以〈臺灣民報〉社員人際網絡為中心》，臺北：臺北教育大學人文藝術學院臺灣文化研究所碩士論文，2011 年。

42. 蕭婷方：《臺灣傳播政策產出之動力：解嚴後廣電媒體所有權監管政策變遷之研究》，臺北：「國立」政治大學新聞研究所碩士論文，2014 年。

43. 徐國誠：《臺灣民報的中國論述（1920～1927)》，新竹：清華大學歷史學研究所碩士論文，2014 年。

44. 徐明珠：《報紙輿論與大陸政策關聯性研究：民國七十六年～七十九年間探親、學術文化、經貿個案分析》，臺北：中國文化大學新聞研究所碩士論文，1992 年。

45. 徐郁縈：《日治前期臺灣漢文印刷報業研究（1895～1912）——以〈臺灣日日新報〉為觀察重點》，雲林：雲林科技大學漢學資料整理研究所碩士班，2008 年。

46. 許峻彬：《從書籍出版分析臺灣傳播學的發展》，臺北：「國立」政治大學新聞學系碩士論文，1999 年年。

47. 許曉明：《中國近代新聞教育發展史研究（1912～1949)》，保定：河北大學教育學院博士論文，2015 年。

48. 閻沁恒：《漢代民意的形成與其對政治之影響》，臺北：「國立」政治大學新聞研究所碩士論文，1960 年。

49. 楊安華：《中國正統思想研究——以三民主義意識型態在政權合法化中正當性建構為例之詮釋研究》，臺北：臺灣師範大學三民主義研究所碩士論文，1999 年。

50. 楊聰榮：《文化建構與國民認同：戰後臺灣的中國化》，新竹：清華大學社會人類學研究所碩士論文，1992 年。

51. 楊世凡：《臺灣大眾傳播學術研究之表析》，新北：輔仁大學大眾傳播學研究所碩士論文，1985 年。

52. 楊秀菁：《新聞自由論述在臺灣》，臺北：「國立」政治大學歷史學系博士論文，2012 年。

53. 曾國琳：《臺灣傳播相關研究引用文獻特性分析——以博、碩士學位論文為例》，臺北：中國文化大學新聞研究所碩士論文，2002 年。

54. 張金權：《戒嚴時期媒體對重大政治事件報導的比較：以〈中央日報〉、〈自立晚報〉為中心》，臺北：中央大學碩士論文，2014 年。

55. 張年英：《報業的經營困境與發展之研究——以臺灣〈新聞報〉為例》，高雄：高雄師範大學碩士論文，2004 年。

56. 張韡忻：《戒嚴臺灣的世界想像：〈自由談〉研究（1950～1970)》，臺北：「國立」政治大學臺灣研究所碩士論文，2016 年。

57. 周慶祥：《黨國體制下的臺灣本土報業：從文化霸權觀點解析威權體制與吳三連〈自立晚報〉（1959～1988）關係》，臺北：世新大學傳播研究所，2006年。

（四）研究報告及會議論文

1. 陳世敏等：《制定新聞記者法可行性之研究》，臺北：「國立」政治大學研究報告，1988年。

2. 陳世敏：《關於傳播學入門科目的一些想法》，中華傳播學會年會論文，新竹：關西鎮金山裏35號，1999年。

3. 陳世敏：《臺灣傳播學的書籍出版》，中華傳播學年會年會論文，臺北：深坑鄉新埔內11號，2000年。

4. 程宗明：《對臺灣戰後初期報業的原料控制（1945～1967）——新聞紙的壟斷生產與計劃性供應》，中華傳播學年會年會論文，臺北：世新會館，1997年。

5. 程宗明：《析論臺灣傳播學研究／實務的生產（1949～1980）與未來——從政治經濟學取向思考對比典範的轉向》，中華傳播學會年會論文，臺北：世新會館，1998年。

6. 李秀雲、劉怡：《聯合國新聞自由會議的中國媒介鏡像及其學術意義——以〈大公報〉〈中央日報〉為例》，中國新聞史學會學術年會論文，杭州：之江飯店，2018年。

7. 李瞻：《電視觀眾意見與電視新聞效果之分析調查報告》，臺北：政治大學研究報告，1970年。

8. 林麗雲：《卻顧新聞所來徑，一片滄桑橫脆危——臺灣的新聞史研究之回顧與前瞻》，中華傳播學會年會論文，臺北：深坑鄉新埔內11號，2000年。

9. 羅文輝：《新聞媒介可信度之研究》，臺北：政治大學新聞研究所報告，1993年。

10. 潘家慶：《臺北主要日報地方版部分內容》，臺北：政治大學新聞研究所報告，1979年。

11. 汪琪、臧國仁：《臺灣地區傳播研究的回顧與展望》，中文傳播暨教育研討會會議論文，臺北：政治大學，1993年。

12. 翁秀琪：《多元典範衝擊下傳播研究方法的省思——從口述歷史在傳播研究中的應用談起》，臺北：中華傳播學年會年會論文，新竹：關西鎮金山裏35號，1999年。

13. 徐佳士、楊孝濚、潘家慶：《臺灣地區民眾傳播行為研究》，「國科會」研究計劃，1974年。

14. 徐佳士、楊孝濚、潘家慶：《臺灣地區大眾傳播過程與民眾反應之研究》，「國科會」研究計劃報告，1975年。

15. 曾國琳：《探析臺灣傳播學書研究發展狀況：從學位論文參考書目角度進行分析》，中華傳播學年會年會論文，新竹：交通大學，2003年。

16. 曾建民：《日據末期（抗戰末期）的臺灣光復運動》，臺灣殖民地史學術研討會會議論文，臺北：夏潮聯合會、臺灣大學東亞文明研究中心，2003年。

17. 朱謙、漆敬堯：《大眾傳播在政府公共關係中的功能：消息傳佈與民意形成的分析》，臺北：「國立」政治大學公共行政暨企業管理教育中心研究報告，1965年。

18. 祝基瀅：《「我國」新聞學與大眾傳播學研究現況之分析》，臺北：「國立」政治大學新聞研究所報告，1985年。

（五）政府公報及檔案

1.《臺灣省政府公報》1947年秋字第18期，1947年7月21日，臺北：臺灣省政府。

2.《總統府公報》第175號，1948年12月11日，南京：總統府。

3.《貫徹十一全大會「加強三民主義思想教育及功能案」整體計劃暨工作進度總表》，1977年，《「總統府」檔案》，檔案號：0056/2220602/1-010/001/130，臺北：「總統府」檔案館。

4.《政工幹校招生與召訓案》《為核定該校招生辦法由》，《國軍檔案》，檔案號：0600/1814，臺北：「國防部」史政編譯室。

5.《新聞自由宣言、國際人權盟約草案（1960/10/8～1960/12/17）》，《「外交部」檔案》，檔案號：633.13/91001，臺北：中央研究院近代史研究所檔案館藏。

6.《聯合國新聞自由會議（1948/3～1948/9）》，《「外交部」檔案》，檔案號：633/0004，臺北：中央研究院近代史研究所檔案館藏。

二、譯著及外文文獻

（一）翻譯著作

1. 〔美〕E.M.羅傑斯著，殷曉蓉譯：《傳播學史》，上海：上海譯文出版社，2012 年。

2. 〔美〕利昂‧P‧巴拉達特著，陳坤森、廖揆祥、李培元譯：《政治意識型態與近代思潮》，臺北：韋伯文化國際出版有限公司，2004 年。

3. 〔美〕本尼迪克特‧安德森著，吳叡人譯：《想像的共同體：民族主義的起源與散佈》，上海：上海世紀出版集團，2013 年。

4. 〔英〕彼得‧伯克著，劉永華譯：《法國史學革命：年鑒學派（1929～2014）》，北京：北京大學出版社，2016 年。

5. 彼得‧伯克：《知識社會史》（上下卷），杭州：浙江大學出版社，2016 年。

6. 〔美〕約翰‧杜翰姆‧彼得斯著，鄧建國譯：《對空言說：傳播的觀念史》，上海：上海譯文出版社，2017 年。

7. 〔美〕丹‧席勒著，馮建三、羅世宏譯：《傳播理論史》，北京：北京大學出版社，2012 年。

8. 〔英〕厄內斯特‧蓋爾納著、韓紅譯：《民族與民族主義》，北京：中央編譯出版社，2002 年。

9. 〔德〕斐迪南‧滕尼斯：《共同體與社會：純粹社會學的基本概念》，林榮遠譯，北京：商務印書館，1999 年。

10. 〔波蘭〕弗洛里安‧茲納涅茨基著，郟斌祥譯：《知識人的社會角色》，南京：譯林出版社，2012 年。

11. 〔德〕卡爾‧曼海姆，霍桂桓譯：《保守主義——知識社會學論稿》，北京：中國人民大學出版社，2013 年。

12. 〔德〕卡爾‧曼海姆著，霍桂桓譯：《意識形態和烏托邦——知識社會學引論》北京：中國人民大學出版社，2013 年。

13. 〔法〕雷吉斯‧德佈雷著，劉文玲：《媒介學引論》，北京：中國傳媒大學出版社，2014 年。

14. 〔德〕馬克思‧舍勒，艾彥譯：《知識社會學問題》，南京：譯林出版社，2014 年。

15. 〔法〕米耶熱著，陳蘊敏著：《傳播思想》，南京：江蘇人民出版社，2008 年。

16. 〔美〕R.K.默頓著，魯旭東、林聚任譯：《科學社會學》（上下冊），北京：商務印書館，2003 年。

17. 〔美〕舒德森著，陳昌鳳、常江譯：《發掘新聞：美國報業的社會史》，北京：北京大學出版社，2009 年。

18. 〔美〕威廉・E・伯恩斯著，楊志譯：《知識與權力：科學的世界之旅》，北京：中國人民大學出版社，2015 年。

19. 〔美〕西奧多・夏茲金、〔美〕卡琳・諾爾・塞蒂納、〔德〕埃克・馮・薩維尼編，柯文、石誠譯：《當代理論的實踐轉向》，蘇州：蘇州大學出版社，2010 年。

（二）外文文獻

1. Bourdieu. *The field of culture production : Essays on art and literature.* Cambridge, England : Polity Press, 1993.

2. Lewis A. Coser. *Reviewed Work : Maurice Halbwachs on Collective Memory,* American Journal of Sociology, Vol. 99, No. 2(Sep., 1993), pp. 510～512.

3. Mannheim, Karl. *Sociology of Knowledge, edited by Paul Kecskemeti.* London : Routledge & Kegan Paul, 1952.

4. Robert. K. Merton. *The sociology of science: Theoretical and empirical investigations.* Chicago : University of Chicago Press, 1979.

5. Michael Mann. *The Sources of Social Power: Vol 2, the Rise of Classes an Nation-states, 1760～1914,* NY : Cambridge University Press, 2012.

6. Poindexter, P. M. & Folkers, J.(1999). *Significant Journalism and Communication Books of the Twentieth Century.* Journalism and Mass Communication Quarterly, 76(4): 627～630.

7. Wiliam Clark. *Academic Charisma and the Origins ofthe Research University.* Chicago: The University of Chicago Pres, 2007.

8. 《新聞総覽 昭和 11 年版》，日本電報通信社，1936 年。

9. 《府報》第 1054 號，臺灣総督府，1901 年 11 月 11 日。

10. 戴國輝：《霧社蜂起と中國革命》，《境界人の獨白》，東京：龍溪書舍，1976 年。

11. 宮川次郎：《臺灣の社會運動》，臺灣実業界社営業所，1929 年，第 376～377 頁。

12. 後藤新平：《日本殖民政策一斑》，東京：拓植新報社，1921 年。

13. 迫太平編：《日本新聞協會二十年史》，東京：日本新聞協會，1932 年。

14. 若林正丈編：《臺灣──轉化期の政治と經濟》，東京：田佃書店，1987 年。

15. 神田正雄：《動きゆく臺灣》，東京：海外社，1930 年。

16. 矢內原忠雄：《日本帝國主義下之臺灣》，臺北：吳三連臺灣史料基金會，2014 年。

17. 臺灣總督府警務局編：《臺灣社會運動史》，東京：龍溪書社，1973 年。

18. 伊澤修二：《國家教育社第六其定期演說》，載《依澤修二選集》，東京：信農教育會，1958 年。

19. 中川矩方：《內地‧鮮‧臺‧滿洲國思想犯罪搜查提要》，東京：新光閣，1934 年。

附錄一　1954～1966 年政治大學新聞研究所畢業論文

畢業時間	作　者	論文題目
1956 年 7 月	李瞻	「我國」政府公共關係的研究
1956 年 7 月	陳諤	共匪控制下的大陸報業分析
1956 年 7 月	程朱鑫	報紙企業化的道路
1956 年 7 月	張宗棟	誹謗的類型及其責任之研究
1956 年 7 月	李鑫矩	輿論與新聞
1956 年 7 月	荊溪人	標題製作的心理因素
1957 年 7 月	吳驥	報紙廣告的服務
1957 年 7 月	洪桂己	臺灣報業史的研究
1957 年 7 月	徐本智	報紙銷數與國民所得的相關
1957 年 7 月	韋日春	報紙插圖廣告編制之研究
1957 年 7 月	張身華	報紙與社論
1958 年 1 月	王瑞徵	日本新聞自由的發展
1958 年 1 月	陳聖士	近代中國報紙社會之演變
1958 年 1 月	賀照禮	不良廣告與廣告道德
1958 年 7 月	黃胄	中央日報與聯合報處理新聞照片之比較研究
1958 年 7 月	葉天行	臺灣報紙經濟新聞之研究
1958 年 7 月	黃三儀	中國報紙新聞寫作之研究
1958 年 7 月	姚朋	專欄寫作之研究

1958 年 7 月	孫以繡	解釋性新聞之研究
1959 年 1 月	施肇錫	臺北各報處理犯罪新聞之比較研究
1959 年 1 月	莫索爾	廣播新聞之寫作與處理
1959 年 7 月	王世正	人情味故事的研究
1959 年 7 月	姜占魁	犯罪新聞之研究
1959 年 7 月	李致剛	報紙廣告圖稿與文稿之設計
1959 年 7 月	於憲先	臺灣報紙新聞可讀性之研究
1959 年 7 月	陳治平	臺灣高中學生新聞閱讀習慣之調查與分析
1959 年 7 月	楊允達	金門炮戰期間國際採訪的研究
1959 年 7 月	陳有方	報業自律之研究
1960 年 1 月	葉宗夔	限張政策下的新聞處理問題
1960 年 1 月	何光國	廣播節目製作之研究
1960 年 7 月	祝基瀅	臺灣鄉村讀者讀報習慣調查
1960 年 7 月	閻沁恒	漢代民意的形成與其對政治之影響
1960 年 7 月	梁雪郎	清初文字獄與輿論
1960 年 7 月	李炳炎	現階段中國新聞政策之研究
1961 年 1 月	潘雪密	路透社與國際合眾社之比較研究
1961 年 1 月	李粉丹	韓國新聞事業之傳統
1961 年 7 月	朱友龍	臺北各報意見表達方式之研究
1962 年 1 月	熊湘泉	廣播節目戲劇化之研究
1962 年 1 月	潘升德	北宋輿論與黨爭之研究
1962 年 7 月	石永貴	臺北電視節目製作之實際研究
1962 年 7 月	李聖文	大學生新聞聽讀習慣研究
1962 年 7 月	趙嬰	瑠公圳案新聞報導之比較研究
1962 年 7 月	常崇寶	王康年與啟蒙時期之中國報業
1962 年 7 月	袁良	中美報紙編採制度之比較研究
1963 年 1 月	呂康玉	中國通訊社事業的回顧與前瞻
1963 年 7 月	鄭貞銘	中國大學新聞教育之研究
1963 年 7 月	鄭惠和	大眾傳播的不良內容對少年犯罪的影響
1963 年 7 月	潘乃江	「我國」現階段新聞自律之研究
1963 年 7 月	吳觀濤	廣播廣告效果及技巧之研究
1963 年 7 月	張力雄	報業與社會的責任之研究

1963 年 7 月	陳勤	新聞小說研究
1963 年 7 月	粟顯龍	報紙新聞報導及評論在法律上的責任
1964 年 1 月	黎劍瑩	恩尼派俄之特寫之研究
1964 年 1 月	徐文閎	「我國」交通事業推行公共關係制度之研究
1964 年 7 月	亓冰峰	清末革命黨與保皇黨的言論鬥爭
1964 年 7 月	張玉法	先秦時代的傳播活動及其對文化與政治的影響
1964 年 7 月	宋漢卓	報紙廣告之法律責任
1964 年 7 月	王應機	犯罪新聞之報導及其法律責任
1964 年 7 月	高進興	綜合報導之研究
1965 年 1 月	田千納	西非英語國家報業之演進
1965 年 7 月	陳梁	蘇俄報業之研究
1965 年 7 月	張伯敏	新聞事業在法律上之責任
1965 年 7 月	商岳衡	同盟會時代民報之研究
1965 年 7 月	邱榕光	臺北各報市長競選新聞之分析
1965 年 7 月	張慶生	新聞誹謗的理論與實際
1965 年 7 月	李漍	第二次大戰後韓國新聞發展的研究
1965 年 7 月	明建華	臺灣報業廣告現狀研究
1966 年 1 月	樊楚才	從廣播劇看臺灣社會價值觀念之演化
1966 年 7 月	吳若芷	中國電影檢查問題之研究
1966 年 7 月	王秋士	單面傳播與兩面傳播之比較研究
1966 年 7 月	陳祖華	于右任三民報之研究
1966 年 7 月	馬驥伸	「我國」電視新聞處理與發展的探討
1966 年 7 月	隆崇光	臺北報紙社會服務之研究
1966 年 7 月	金奎香	韓國光復後的新聞政策之研究
1966 年 7 月	林惠霖	電視對於農民態度的影響
1966 年 7 月	賴瞖	《人民日報》社論的反美宣傳
1966 年 7 月	范文馨	美國近代雜誌事業之結構及其功能

附錄二 1950～1987 年臺灣地區新聞高等教育機構統計 [註1]

	新聞教育單位名稱	成立日期
1	政治作戰學校新聞學系	1951 年 7 月
2	政治大學新聞研究所	1954 年 10 月
3	政治大學新聞學系	1955 年 8 月
4	臺灣師範大學社教學系新聞組	1955 年 8 月
5	世界新聞職業學校新聞科	1956 年 10 月
6	世界新聞專科學校新聞科	1960 年 8 月（改制專科）
7	世界新聞專科學校報業行政科	1962 年 8 月
8	世界新聞專科學校編輯採訪科	1962 年 8 月
9	世界新聞專科學校廣播電視科	1962 年 8 月
10	藝術專科學校廣播電視科（夜間部）	1963 年 8 月
11	世界新聞專科學校公共關係科	1963 年 8 月
12	中國文化大學新聞學系	1963 年 8 月
13	中國文化大學大眾傳播學系（夜間部）	1963 年 8 月
14	世界新聞專科學校圖書資料科	1964 年 8 月
15	中國文化大學新聞學系（夜間部）	1965 年 8 月
16	中國文化大學印刷學系	1966 年 8 月
17	世界新聞專科學校電影製作科	1966 年 8 月

〔註 1〕資料來源：《「中華民國」新聞年鑒》1991 年版，臺北：「中國」新聞學會，1991 年，第 301～302 頁。

18	藝術專科學校廣播電視科	1968 年 8 月
19	世界新聞專科學校印刷攝影科	1969 年 8 月
20	輔仁大學大眾傳播學系	1971 年 8 月
21	輔仁大學大眾傳播學系（夜間部）	1972 年 8 月
22	中國文化大學印刷學系（夜間部）	1975 年 8 月
23	世界新聞專科學校觀光宣導科	1976 年 8 月
24	銘傳商專大眾傳播科	1980 年 8 月
25	國立政治大學新聞研究所博士班	1983 年 8 月
26	輔仁大學大眾傳播研究所	1983 年 8 月
27	淡江大學大眾傳播研究所	1983 年 8 月
28	中國文化大學印刷研究所	1983 年 8 月
29	政治作戰學校新聞研究所	1983 年 11 月
30	中國文化大學新聞研究所	1984 年 8 月
31	中國文化大學廣告學系	1986 年 10 月
32	政治大學廣告學系	1987 年 8 月

附錄三　1945～1987 年臺灣地區新聞傳播書目彙編

一、新聞理論

1. 劉光炎：《新聞學》，臺北：聯合出版社，1951 年。
2. 劉光炎：《新聞學講話》，臺北：中華文化出版事業委員會，1952 年。
3. 孫如陵：《報學研究》，臺北：西窗出版社，1952 年。
4. 董顯光等：《新聞學論集：陳布雷先生紀念論文集》，臺北：中華文化出版事業委員會，1955 年。
5. 成舍我：《報學雜著》，臺北：中央文物供應社，1956 年。
6. 政工幹校新聞系：《新聞學概論》，臺北：政工幹校新聞系，1956 年。
7. 林楚英：《新聞原理與寫作》，臺北：大華文化，1958 年。
8. 袁希光：《新聞學概論》，臺北：自由新聞出版社，1958 年。
9. 政工幹校新聞系：《比較新聞學》，臺北：政工幹校新聞系，1958 年。
10. 朱虛白：《新聞學概要》，臺北：東方書店，1959 年。
11. 馬星野：《新聞與時代》，臺北：雲月出版社，1960 年。
12. 中國國民黨中央委員會第四組編：《社會新聞研究論集》，臺北：中國國民黨中央委員會第四組，1962 年。
13. UNESCO 原譯，聯合國教育科學文化組織中國委員會譯：《亞洲大眾傳播事業的發展》，臺北：亞洲大眾傳播事業的發展，1963 年。
14. 謝然之：《新聞學論叢》，臺北：改造出版社，1963 年。

15. 〔美〕F.Fraser Bond 著，陳諤、黃養志譯：《新聞學概論》，1964 年。

16. 漆敬堯：《現代新聞學》，臺北：海天出版社，1964 年。

17. 謝然之：《報學論集》，臺北：中國文化學院新聞系，1965 年。

18. 錢震：《新聞論》，臺北：中央日報，1967 年。

19. 姚朋：《新聞學研究》，臺北：臺灣商務印書館，1967 年。

20. 錢震：《新聞論》，臺北：中央日報社，1968 年。

21. 陳石安：《報學概論》，臺北：壬寅出版社，1968 年。

22. 程之行：《新聞原論》，臺北：政治大學新聞研究所，1968 年。

23. 孫以繡：《新聞譯論集》，臺北：華岡出版社，1968 年。

24. 黃履中：《新聞電信》，臺北：臺北市新聞記者公會，1969 年。

25. 洪士范：《新聞論叢》，臺北：新中國出版社，1969 年。

26. 中華新聞學會主編：《新聞學彙刊》，臺北：中華新聞學會，1969 年。

27. 劉光炎：《新聞學概論》，臺北：政治作戰學校，1970 年。

28. 〔美〕G. F. Mott 等著，聯合報輯譯：《新聞學思潮與報業趨向》，臺北：聯合報，1971 年。

29. 程之行：《新聞著作選粹》，臺北：臺灣商務印書館，1971 年。

30. 黎世芬：《新聞學與廣播電視》，臺北：中國廣播公司，1971 年。

31. 徐詠平：《新聞學概論》，臺北：臺灣中華書局，1971 年。

32. 李瞻：《比較新聞學》，臺北：政治大學新聞研究所，1972 年。

33. 徐興武：《實用新聞學大綱》，臺北：臺灣生產教育試驗所，1972 年。

34. 劉建順：《新聞與大眾傳播》，臺北：正中書局，1973 年。

35. 沈宗琳主編：《新聞學理論》，臺北：臺灣學生書局，1973 年。

36. 「中華民國」新聞編輯人協會：《新聞學理論》，臺北：臺灣學生書局，1973 年。

37. 鄭貞銘：《新聞與傳播》，臺北：正中書局，1973 年。

38. 賴福萊：《新聞學基礎知識之探究》，臺北：中國文化學院，1974 年。

39. 林友蘭：《中國報學導論》，臺北：臺灣學生書局，1974 年。

40. 鄭貞銘主編：《新聞學論集》，臺北：華岡出版社，1976 年。

41. 劉建順：《新聞學》，臺北：世界書局，1978 年。

42. 鄭貞銘：《新聞學與大眾傳播學》，臺北：三民書局，1978 年。

43. 政治作戰學校新聞系編：《新聞學》，臺北：政治作戰學校教育處，1979 年。

44. 戴華山：《新聞學理論與實務》，臺北：臺灣學生書局，1980 年。

45. 漆敬堯：《新聞學》，臺北：臺灣商務印書館，1980 年。

46. 彭歌：《新聞三論》，臺北：中央日報社，1982 年。

47. 中國文化大學政研所新聞組：《新聞學的新境界》，臺北：國立編譯館，1982 年。

48. 李瞻：《新聞學：新聞原理與制度之批評研究》，臺北：三民書局，1983 年。

49. 李瞻：《新聞理論與實務：新聞人員學術研討會實錄》，臺北：政治大學新聞研究所，1984 年。

50. 李瞻：《新聞學原理：我國傳播問題之研究》，臺北：政治大學新聞研究所出版，1987 年。

二、新聞實務

1. 郭步陶：《時事評論做法》，臺北：正中書局，1947 年。

2. 羅敬典：《新聞紙之發行與印刷》，臺南：作者自印，1955 年。

3. 毛鳳樓：《報紙發行之研究》，臺北：大華晚報社，1955 年。

4. 潘霓：《新聞寫作》，臺北：中央日報社，1955 年。

5. 王洪鈞：《新聞採訪學》，臺北：正中書局，1955 年。

6. 姚紹文：《排印校對淺說》，臺北：作者自印，1955 年。

7. 呂光、潘賢模著：《新聞事業行政概論》，臺北：臺灣商務印書館，1956 年。

8. 臺北市新聞記者公會：《採訪集萃》，臺北：臺北市新聞記者公會，1956 年。

9. 易蔚林：《實用編輯學》，臺北：「海軍總部」出版社，1956 年。

10. 政工幹校新聞系：《新聞採訪》，臺北：政工幹校新聞系，1956 年。

11. 政工幹校新聞系：《新聞寫作》，臺北：政工幹校新聞系，1956 年。

12. 林大椿：《新聞寫作》，臺北：陽明出版社，1957 年。

13. 政工幹校新聞系：《新聞評論》，臺北：政工幹校新聞系，1957。

14. 謝君韜：《時論寫作之理論與實際》，北投：僑務委員會僑民教育函授學校，1959 年。

15. 謝然之：《自由中國的新聞事業》，臺北：新生報社，1959 年。

16. 林大椿：《新聞寫作原理》，臺北：陽明出版社，1961 年。

17. 張季鸞：《季鸞文存》，臺北：文星書局，1962 年。

18. 王業崴：《報紙與新聞寫作》，臺北：1963 年。

19. 陳紀瀅：《讀者文摘是怎樣辦起來的？》，臺北：臺北：重光文藝出版社，1964 年。

20. 陳石安：《新聞編輯學》，臺北：長風出版社，1964 年。

21. 王鼎鈞：《廣播寫作》，臺北：空中雜誌社，1964 年。

22. 陳紀瀅：《美國的新聞事業》，臺北：文友出版社，1965 年。

23. 姚朋：《新聞文學》，臺北：臺北市新聞記者公會，1965 年。

24. 朱虛白：《新聞採訪學》，臺北：臺灣學生書局，1965 年。

25. 程之行：《新聞工作中的探索》，臺北：新聞天地，1966 年。

26. 劉一樵：《報業行政學》，臺北：大中國圖書公司，1966 年。

27. 鄭貞銘：《新聞採訪的理論與實際》，臺北：臺灣商務印書館，1966 年。

28. 何貽謀：《電視寫作》，臺北：世界文物供應社，1967 年。

29. 王洪鈞、歐陽醇、潘家慶、賴光臨：《新聞寫作分論》，臺北：臺北市新聞記者公會，1967 年。

30. 陳世琪：《英文書刊編輯學》，臺北：中國出版公司，1968 年。

31. 〔美〕雷斯頓著；戚辛夫譯：《美國新聞界與政府》，臺北：宏業書局，1968 年。

32. 胡傳厚：《新聞編輯》，臺北：臺北市新聞記者公會，1968 年。

33. 李瞻、朱立：《美國近代雜誌事業概論》，臺北：臺北市新聞記者公會，1968 年。

34. 劉一樵：《報紙發行》，臺北：臺北市新聞記者公會，1968 年。

35. 〔美〕Richard Terrill Baker 著，朱立等譯：《美國報業面臨的社會問題》，臺北：政治大學新聞研究所，1969 年。

36. 范文馨：《美國近代雜誌事業之結構及其功能》，臺北：嘉新水泥公司文化基金會，1969 年。

37. 黃履中：《新聞電信》，臺北：臺北市新聞記者公會，1969 年。

38. 歐陽醇：《戈壁遊俠》，臺北：東方與西方出版社，1969 年。

39. 彭歌：《新聞文學》，臺北：仙人掌出版社，1969 年。

40. 秦鳳儀：《報紙的彩色印刷》，臺北：臺北市新聞記者公會，1969 年。

41. 王家棫、黃三儀：《淺說新聞翻譯》，臺北：臺北市新聞記者公會，1969年。

42. 朱立：《美國聯邦傳播委員會之研究》，臺北：「教育部」文化局，1969年。

43. 中國國民黨中央委員會第四組編：《心戰與新聞問題》，臺北：中國國民黨中央委員會第四組，1969年。

44. 〔美〕Louis L. Suyder 著，黃文範譯：《二次世界大戰新聞報導精華》，臺北：幼獅文化事業公司，1970年。

45. 林大椿：《採訪與寫作》，臺北：這一代出版社，1970年。

46. 陸珍年：《化身採訪》，臺北：中國時報社，1970年。

47. 徐詠平：《報業經營概論》，臺北：復興書局，1970年。

48. 羊汝德：《新聞常用字之整理》，臺北：臺北市新聞記者公會，1970年。

49. 於衡：《新聞採訪》，臺北：臺北市新聞記者公會，1970年。

50. Gustav Freytag 著，柯一岑譯：《新聞記者》，臺北：臺灣商務印書館，1971年。

51. 黃天健：《廣播評論集》，臺北：騰出版社，1971年。

52. 李勇：《新聞網外》，臺北：皇冠出版社，1971年。

53. 馬克任：《實用採訪學》，臺北：七十年代出版公司，1971年。

54. 石永貴：《科學新聞報導》，臺北：臺北市新聞記者公會，1972年。

55. 臺北市新聞記者公會：《新聞佳作選》，臺北：臺北市新聞記者公會，1971年。

56. 臺灣省政府新聞處編：《大眾傳播事業》，臺北：臺灣省各界慶祝「中華民國」六十年紀念籌備委員會，1972年。

57. 黃天鵬：《新聞文學》，臺北：政治作戰學校，1972年。

58. 臺北市新聞記者公會：《新聞圖片佳作選》，臺北：臺北市新聞記者公會，1972年。

59. 魏瀚：《新聞佳作選集》，臺北：世界新聞專科學校校友會，1972年。

60. James Aronson 著，涂裔輝譯：《危機四伏的美國新聞界》，臺北：臺灣中華書局，1973年。

61. 王家政：《新聞那裡來》，臺北：世界新聞專科學校校友會，1974年。

62. 楊本禮：《新聞英語寫作範本》，臺北：正中書局，1974年。

63. 李文中：《新聞評論集》，臺北：華欣文化事業公司，1974年。

64. 中央日報社：《中副選集（1～19）》，臺北：中央日報社，1974～1978 年。

65. 中央文化工作會編：《地方新聞之研究》，臺北：中國國民黨中央委員會中央文化工作會，1974 年。

66. 黃仰山：《二十一年環球採訪實錄（上、下）》，臺北：箴言出版社，1975 年。

67. 楊正雄：《新聞集錦》，臺北：崑豐企業公司，1975 年。

68. 中央廣播電臺編：《心戰廣播寫作研究》，臺北：中央廣播電臺印，1975 年。

69. 程滄波：《品論寫作》，臺北：臺北市新聞記者公會，1976 年。

70. 馬全忠：《英文新聞：中文注釋》，臺北：臺灣學生書局，1976 年。

71.〔美〕約翰・賀亨柏著，歐陽醇、徐啟明譯：《新聞實務與原則》，臺北：新亞出版社，1976 年。

72. 張時坤撰：《新聞行政實務》，臺北：臺灣省新聞處，1976 年。

73. 祝振華：《英語新聞特寫精華》，臺北：臺灣學生書局，1976 年。

74. 陳永崝：《新聞標題的修辭藝術》，臺北：和平出版社，1977 年。

75. 胡傳厚：《編輯理論與實務》，臺北：臺灣學生書局，1977 年。

76.〔日〕三好修著、荷書譯《日本新聞界的醜陋面》：臺北：華欣文化事業中心，1977 年。

77. 羊汝德：《採訪與報導》，臺北：臺灣學生書局，1977 年。

78. 蔣金龍：《新聞資料管理》，臺北：幼獅文化事業公司，1978 年。

79. 李陵芳編：《新聞寫作研究》，臺北：編者出版，1978 年。

80. 李明水：《各國新聞事業研究論集》，臺北：文豪出版社，1978 年。

81. 林大椿：《新聞評論學》，臺北：臺灣學生書局，1978 年。

82. 林啟昌：《新聞編印技術》，臺北：五洲出版社，1978 年。

83. 張宏志：《新聞學做使用手冊》，臺北：耕梓文教亞洲基金會，1978 年。

84. 鄭貞銘：《新聞採訪與編輯》，臺北：三民書局，1978 年。

85. 中央日報社：《〈中央日報〉五十年來社論選集》，臺北：中央日報社，1978 年。

86. 荊溪人：《新聞編輯學》，臺北：臺灣商務印書館，1979 年。

87. 樓榕嬌：《新聞文學概論》，臺北：臺灣學生書局，1979 年。

88. 龍驥：《漏網的新聞》，高雄：心影出版社，1979 年。

89. 馬驥伸：《新聞寫作語文的特性》，臺北：臺北市新聞記者公會，1979 年。

90. 你我他出版社編輯部：《廿世紀的頭條新聞》，臺北：你我他出版社，1979 年。

91. 楊克明：《報語書話：新聞出版之歧路與選擇》，臺北：編者自印，1979 年。

92. 〔日〕安田哲夫著，施弘敏譯：《新聞英語學習法：從文法分析入手》，臺北：亞太圖書出版社，1980 年。

93. 郭俊良：《編輯部的守門行為：一個「組織」觀點的個案研究》，臺北：作者自印，1980 年。

94. 王家華：《新聞採訪實錄》，臺北：德昌出版社，1980 年。

95. 吳祥輝：《獨家新聞》，臺北：遠流出版社，1980 年。

96. 張覺明：《現代雜誌編輯學》，臺北：臺灣商務印書館，1980 年。

97. 朱耀龍：《新聞英文寫作》，臺北：三民書局，1980 年。

98. 程之行：《新聞寫作》，臺北：臺灣商務印書館，1981 年。

99. 王民：《新聞評論寫作》，臺北：聯合報社，1981 年。

100. 周安儀：《中國新聞從業人員群像》，臺北：黎明文化事業公司，1981 年。

101. 柳閩生：《雜誌的編輯設計》，臺北：天工書局，1982 年。

102. 歐陽醇：《實用新聞採訪學》，臺北：華欣文化事業公司，1982 年。

103. 葉建麗：《新聞採訪與寫作》，臺北：臺灣新生報，1982 年。

104. 李玲玲：《新聞資料研究》，臺北：黎明文化事業公司，1983 年。

105. 趙鳳鳴：《新聞評論選集》，臺北：鄰里週刊社，1983 年。

106. 〔美〕George. S. Hage 著，李瞻主編：《新聞採訪學：報導公共事務的新策略》，臺北：政治大學新聞研究所，1984 年。

107. 程之行：《評論寫作》，臺北：三民書局，1984 年。

108. 金聖不歎輯，聯合報副刊編輯部編：《新聞眉批》，臺北：聯合報社，1984 年。

109. 石永貴：《爭日也竟月：傳播事業經營之體驗》，臺北：允晨文化，1984 年。

110. 徐昶：《新聞編輯學》，臺北：三民書局，1984 年。

111. 曹聖芬：《新聞評論選集》，臺北：中央日報社，1985 年。

112. 賴國洲：《傳播工作的沉思》，臺北：臺灣新生報出版社，1985 年。

113. 楊乃藩：《古道照顏色：楊乃藩新聞評論選集》，臺北：時報出版社，1986年。

三、新聞史及新聞人傳記回憶錄

1. 陳紀瀅：《報人張季鸞》，臺北：文友出版社，1957年。

2. 王新命：《新聞圈內四十年》，臺北：海天出版社，1957年。

3. 〔日〕小野秀雄著，陳固亭譯：《各國報業簡史》，臺北：正中書局，1959年。

4. 袁方：《記者生涯》，臺北：良友出版社，1956年。

5. 中央通訊社編：《世界各國主要新聞事業概況》，臺北：改造出版社，1959年。

6. 〔美〕Frank L. Mott 著；羅篁、張逢佩譯：《美國新聞事業史》（上、下），臺北：「教育部」，1960年。

7. 吳驥：《世界新聞史》，臺北：政工幹部學校教育處，1963年。

8. 陳紀瀅：《時代雜誌四十年》，臺北：重光出版社，1964年。

9. 臺北市新聞記者公會：《世界報業》，臺北：臺北市新聞記者公會，1964年。

10. 張朋園：《梁啟超與近代報業》，臺北：臺灣商務印書館，1968年。

11. 馮愛群：《中國新聞史》，臺北：政工幹校教育處，1966年。

12. 李瞻：《世界新聞史》，臺北：政治大學新聞研究所，1966年。

13. 〔日〕小野秀雄著，陳固亭譯：《中外報業簡史》，臺北：正中書局，1966年。

14. 曾虛白：《中國新聞史》臺北：政治大學新聞研究所，1966年。

15. 陳祖華：《于右任先生創辦革命報刊之經過及其影響》，臺北：于右任先生紀念館管理委員會，1967年。

16. 何家駒、陳守卿、黃仲正同主編：《永恆的新聞系》，臺北：中國文化學院新聞系，臺北：1967年。

17. 朱傳譽：《報人・報史・報學》，臺北：臺灣商務印書館，1967年。

18. 朱傳譽：《宋代新聞史》，臺北：中國學術著作獎助委員會，1967年。

19. 陳本苞：《電視發展史》，臺北：自由中國出版社，1968年。

20. 黃良吉：《《東方雜誌》的刊行及其影響之研究》，臺北：臺灣商務印書館，1969年1月。

21. 林慰君：《林白水傳》，臺北：傳記文學出版社，1969 年。

22. 彭歌：《新聞圈》，臺北：仙人掌出版社，1969 年。

23. 陝西省同鄉會文獻委員會：《于右任先生援助韓國革命黨人文獻及史料目錄》，臺北：陝西省同鄉會文獻委員會，1969 年。

24. 樂恕人：《名記者的塑像》，臺北：莘莘出版公司，1970 年。

25. 賴光臨：《清末新型官報之興起研究》，臺北：政治大學新聞研究所，1971 年。

26. 聯合報社：《〈聯合報〉二十年》，臺北：聯合報社，1971 年。

27. 〔日〕小野秀雄著、陳固亭譯：《日本新聞史》，臺北：中華叢書編審委員會，1971 年。

28. 林莉倫：《醜陋的新聞界》，臺北：將軍出版事業公司，1973 年。

29. 徐詠平：《陳布雷先生傳》，臺北：臺北市新聞記者公會，1973 年。

30. 徐詠平：《革命報人別記》，臺北：正中書局，1973 年。

31. 徐詠平：《我的記者生涯》，臺北：臺灣學生書局，1973 年。

32. 朱傳譽：《先秦傳播事業概要》，臺北：臺灣商務印書館，1973 年。

33. 馮志翔：《蕭同茲傳》，臺北：臺北市新聞記者公會，1974 年。

34. 林莉倫：《醜陋的新聞界》（續），臺北：將軍出版事業公司，1974 年。

35. 唐經瀾：《新聞線上》，臺北：皇冠出版社，1974 年。

36. 英斂之著，方豪編錄：《英斂之先生日記遺稿》，臺北：文海出版社，1974 年。

37. 朱傳譽：《中國民意與自由發展史》，臺北：正中書局，1974 年。

38. 鄭貞銘：《老兵記往》，臺北：華欣文化事業中心，1974 年。

39. 方鵬程：《先秦合縱連橫說服傳播的研究》，臺北：臺灣商務印書館，1975 年。

40. 馮愛群：《華僑報業史》，臺北：臺灣學生書局，1976 年。

41. 林友蘭：《香港報業發展史》，臺北：世界書局，1977 年。

42. 賴光臨：《中國新聞傳播史》，臺北：三民書局，1978 年。

43. 吳哲朗：《黨外的新聞：臺灣日報辛酸史》，臺北：作者自印，1978 年。

44. 中華文化基金會：《掃蕩二十年：掃蕩報的歷史記錄》，臺北：中華文化基金會，1978 年。

45. 李瞻：《外國新聞史》，臺北：臺灣學生書局，1979 年。

46. 李瞻：《中國新聞史》，臺北：臺灣學生書局，1979 年。

47. 中央訓練團新聞研究班在臺同學聯誼會編：《從沙坪壩到浮圖關：中央訓練團新聞研究班在臺同學回憶錄》，臺北：中央訓練團新聞研究班在臺同學聯誼會，1979 年。

48. 賴光臨：《中國近代報人與報業》（上、下），臺北：臺灣商務印書館，1980 年。

49. 劉昌樹：《先「總統」蔣公大眾傳播思想之研究》，臺北：正中出版社，1980 年。

50.〔美〕莫爾著，韋光正譯：《現代中國報業史》，臺北：曾虛白先生新聞獎金會，1980 年。

51. 中國時報社：《〈中國時報〉卅年》，臺北：中國時報社，1980 年。

52. 陳紀瀅：《抗戰時期的大公報》，臺北：黎明文化事業公司，1981 年。

53. 賴光臨：《七十年中國報業史》，臺北：中央日報社，1981 年。

54. 王惕吾：《〈聯合報〉三十年的發展：我從事新聞事業的一段回憶錄》，臺北：聯合報社，1981 年。

55. 中央通訊社：《七十年來「中華民國」新聞通訊事業》，臺北：中央通訊社，1981 年。

56. 戈公振：《中國報學史》，臺北：臺灣學生書局，1982 年。

57. 華岡新聞學系廿年紀念文集編輯委員會編：《山城歲月：華岡新聞學系廿年紀念文集》（之二），臺北：中國文化大學新聞學系，1983 年。

58. 蕭光邦：《新聞耆宿潘公展》，臺北：臺灣兒童書局公司，1983 年。

59. 賴光臨：《新聞史》，臺北：允晨文化，1984 年。

60. 習賢德：《孫中山先生與革命思想的傳播》，臺北：文展出版社，1984 年。

61. 中央通訊社編、冷若水主編：《中央社六十年》，臺北：中央通訊社，1984 年。

62. 李明水：《世界新聞傳播發展史：分析、比較與評判》，臺北：大華晚報社，1985 年。

63. 於衡：《大清報律之研究》，臺北：臺灣中華書局，1985 年。

四、新聞法規、政策與倫理

1. 呂光：《中國新聞法概論》，臺北：正中書局，1952 年。

2. 劉偉森：《新聞政策研究》，臺北：中央文物供應社，1954 年。

3. 錢守白：《蘇聯的宣傳》，臺北：中央文物供應社，1954 年。

4. 政治作戰學校：《新聞政策》，臺北：政治作戰學校，1956 年。

5. 沈宗琳：《新聞自由與責任》，臺北：國民黨中央委員會第四組，1958 年。

6. 新聞研究社：《民國大會期間各報新聞處理比較研究》，臺北：中國新聞出版公司，1960 年。

7. 國民黨設計考核委員會：《如何革除社會新聞的弊害》，臺北：國民黨設計考核委員會，1961 年。

8. 中國國民黨中央委員會第四組編：《社會新聞改進之路》，臺北：中國國民黨中央委員會第四組，1961 年。

9. 「行政院」新聞局譯：《新聞自由》，臺北：「行政院」新聞局，1962 年。

10. 李炳炎、陳有方：《新聞自由與自律》，臺北：正中書局，1964 年。

11. 臺北市報業新聞評議會委員會：《英國報業評議會十年》，臺北：臺北市報業新聞評議會委員會，1965 年。

12. 戚長誠：《新聞法規通論》，臺北：僑光出版社，1966 年。

13. 漆敬堯：《論文集：新聞‧法律‧政治》，臺北：海天出版社，1966 年。

14. 李瞻：《新聞自由理論的演進及其趨勢》，臺北：政治大學新聞研究所，1967 年。

15. 黃宣威：《新聞來源的保密問題》，臺北：臺北市新聞記者公會，1967 年。

16. 張慶孫：《新聞誹謗的理論與實際》，臺北：嘉新水泥公司文化基金會，1967 年。

17. 張宗棟：《誹謗的類型及其責任》，臺北：中央文物供應社，1967 年。

18. 陳梟：《新聞法規》，臺北：政工幹校新聞系，1968 年。

19. 盧治楚：《我們新聞自律之檢討與展望》，臺北：國民黨中央委員會第四組，1969 年。

20. 李瞻：《各國報業自律比較研究》，臺北：政治大學新聞研究所，1969 年。

21. 臺北市政府新聞處編：《新聞行政與新聞事業》，臺北：臺北市政府新聞處，1969 年。

22. 徐佳士：《目前我國報紙社會新聞問題》，臺北：國民黨中央委員會第四組，1969 年。

23. 尤英夫：《新聞自由與司法獨立》，臺北：國民黨中央委員會第四組，1969年。

24. 中央委員會第四組編：《我國新聞自律之檢討與展望》，臺北：中國國民黨中央委員會第四組，1969年。

25. 邵定康：《各國憲法與新聞自由》，臺北：臺北市新聞記者公會，1970年。

26. 尤英夫：《報紙審判之研究》，臺北：中國學術著作獎助委員會，1970年。

27.「國家」建設計劃委員會：《社會新聞淨化問題之研究》，臺北：「國家」建設計劃委員會，1972年。

28. 李瞻：《「我國」報業制度》，臺北：幼獅月刊社，1972年。

29. 呂光、潘賢模：《中國新聞法概論》，臺北：正中書局，1973年。

30. 臺北市新聞評議委員會編譯：《新聞自由與國家安全》，臺北：臺北市新聞評議委員會，1973年。

31. 國民黨中央文化工作委員會：《第四次新聞工作座談會實錄》，臺北：國民黨中央文化工作委員會，1974年。

32. 國民黨中央文化工作委員會：《總裁重要號召及有關宣傳問題訓示集要》，臺北：國民黨中央文化工作委員會，1974年。

33. 徐佳士主編：《新聞自由與自律》，臺北：臺灣學生書局，1974年。

34. 李文慶：《新聞評議十二年》，臺北：「中華民國」新聞評議委員會，1975年。

35. 李瞻：《我國新聞政策：三民主義新聞制度之藍圖》，臺北：臺北市新聞記者公會，1975年。

36. 徐佳士：《新聞法律問題》，臺北：臺灣學生書局，1975年。

37. 中國新聞學會：《總裁蔣公對新聞事業之訓示》，臺北：中國新聞學會，1975年。

38.「中華民國」新聞評議委員會：《新聞評議二十年》，臺北：「中華民國」新聞評議委員會，1975年。

39. 陳梟：《中國新聞法規論》，臺北：福士出版社，1977年。

40. 張宗棟：《新聞傳播法規》，臺北：三民書局，1978年。

41. 李錫錕：《大眾傳播媒介結構與決策系統互動關係之研究》，臺北：中央研究院三民主義研究所，1980年。

42. 嵩山出版社編輯委員會：《大眾傳播與選舉》，臺北：嵩山出版社，1980年。

43. 鄭貞銘:《言論自由的潮流》,臺北:願景出版公司,1980 年。

44. 呂光:《大眾傳播與法律》,臺北:臺灣商務印書館,1981 年。

45. 戴華山:《大眾傳播的責任與自律》,臺北:臺北市新聞記者公會,1982年。

46. 李瞻:《新聞道德:各國報業自律比較研究》,臺北:三民書局,1982 年。

47. 臺北市政府新聞處:《出版及大眾傳播事業法令彙編》,臺北:臺北市政府新聞處,1982 年。

48. 徐詠平:《新聞法規與新聞道德》,臺北:世界書局,1982 年。

49. 方蘭生:《新聞自由與自律》,臺北:允晨文化,1984 年。

50. Donald M. Gillmor、Jerome A. Barron 著,李瞻譯:《傳播法:判例與說明》,臺北:1985 年。

51. 冷若水:《美國新聞與政治》,臺北:「中華民國」新聞編輯人協會,1985年。

52. 馬星野:《說言論自由:兼論中共滲透傳播媒體統戰陰謀》,臺北:黎明文化事業公司,1985 年。

53. 王洪鈞:《新聞法規》,臺北:允晨文化,1985 年。

54. 尤英夫:《新聞法論》,臺北:作者自印,1987 年。

五、新聞教育

1. 鄭貞銘:《中國大學新聞教育之研究》,臺北:嘉新水泥公司文化基金會,1964 年。

2.「教育部」等編:《大專院校新聞與大眾傳播學科教學研討會資料彙編》,臺北:「教育部」,1979 年。

六、廣播電視

1. 廣播年刊編輯委員會編輯:《廣播年刊》,臺北:中國廣播事業協會,1955年。

2. 正聲廣播電臺編:《正聲:正義之聲過去這五年》,臺北:正聲廣播電臺,1955 年。

3. 張慈涵:《廣播電視廣告》,臺北:臺北市新聞記者公會,1967 年。

4. 吳道一:《中廣四十年》,臺北:中國廣播公司,1968 年。

5. 左文達：《電視新聞》，臺北：臺灣商務印書館，1969 年。

6. 李瞻：《英美電視制度之分析》，臺北：「教育部」文化局，1970 年。

7. 王豔秋：《「我國」廣播事業之研究》，臺北：藝專廣播電視學會，1976 年。

8. 田士林：《影視語言與口頭傳播》，臺北：芬芳報導出版社，1977 年。

9. 董彭年：《電視與傳播》，臺北：臺灣商務印書館，1979 年。

10. 葉廣海：《電視新聞實作》，臺北：臺北市新聞記者公會，1980 年。

11. 樓榕嬌：《電視新聞研究》，臺北：黎明文化事業公司，1981 年。

12. 中國電視公司編：《「中華民國」電視事業的回顧與前瞻》，臺北：中國電視公司，1981 年。

13. 蔣麗蓮：《廣播電視發展史話》，臺北：黎明文化事業公司，1982 年。

14. 張勤：《電視新聞》，臺北：三民書局，1983 年。

15. 徐鉅昌：《電視傳播》，臺北：華視出版，1986 年。

七、傳播研究及方法

1. 巴洛陽夫著、祝振華譯：《大眾傳播學》，臺北：建國出版社，1963 年。

2. 吳聰賢：《農業消息之傳播》，臺北：臺灣大學農業推廣系，1964 年。

3. 鄭慧和：《大眾傳播的不良內容對少年犯罪的影響》，臺北：嘉新水泥文化基金會，1964 年。

4. 朱謙：《大眾傳播在政府公共關係中的功能：消息傳佈與民意形成的分析》，臺北：政大公企中心，1964 年。

5. 徐佳士：《大眾傳播理論》，臺北：臺北市新聞記者公會，1966 年。

6. 王洪鈞：《大眾傳播學術論集》，臺北：政治大學新聞學系，1967 年。

7. 石永貴：《人才‧傳播‧教育》，臺北：水牛出版社，1969 年。

8. 〔美〕Wilbur Schramm 著，程之行譯：《大眾傳播的責任》，臺北：臺北市報業新聞評議委員會，1970 年。

9. 〔日〕華俊雄著，劉秋岳譯：《大眾傳播學導引》，臺北：水牛出版社，1970 年。

10. 李瞻：《太空傳播的發展及其影響》，1971 年。

11. 石永貴：《大眾傳播短簡》，臺北：三民書局，1971 年。

12. 祝振華：《大眾傳播學》，臺北：臺灣藝術專科學校，1971 年。

13. 董彭年：《文化與傳播》，臺北：臺灣商務印書館，1972 年。

14. 羅森棟：《傳播媒介塑造映像之實例》，臺北：嘉新水泥文化基金會，1972年。

15. 閻沁恒：《大眾傳播學研究方法》，臺北：臺北市新聞記者公會，1972年。

16. 楊孝濚、易行、鄭振煌：《「國立」政治大學新聞研究所傳播研究論文摘要》，臺北：政治大學新聞研究所，1972年。

17. 徐佳士：《大眾傳播的未來》，臺北：新聞記者公會，1972年。

18. 中國文化學院夜間部新聞學會編：《大眾傳播學論叢》，臺北：中國文化學院夜間部新聞學會，1973年。

19. 祝基瀅：《大眾傳播學》，臺北：臺灣學生書局，1973年。

20. 祝振華：《口頭傳播學》，臺北：大聲書局，1973年。

21. 〔日〕波多野完治著、劉秋岳譯：《大眾傳播在美國》，臺北：水牛出版社，1974年。

22. 郭鳳蘭：《開發中國家傳播問題之研究》臺北：華欣文化事業中心，1974年。

23. 后明慧：《傳播分析與行為科學的綜合研究》，臺北：蘭臺出版社，1974年。

24. 〔美〕默利爾、羅文斯坦著，華岡新聞系譯：《傳播與人》，臺北：華欣文化事業中心，1974年。

25. 王鼎鈞：《文藝與傳播》，臺北：三民書局，1974年。

26. 謝銘仁：《大眾傳播要論》，臺北：東吳大學中國學術著作獎助委員會，1974年。

27. 楊孝濚：《傳播統計學》，臺北：政治大學新聞研究所，1974年。

28. 楊孝濚：《傳播研究與社會參與》，臺北：華欣文化事業中心，1974年。

29. 楊孝濚：《隱瞞與坦誠：美國之傳播與社會》，臺北：嵩山出版社，1974年。

30. 鄭貞銘：《大眾傳播學理》，臺北：華欣文化事業中心，1974年。

31. 王洪鈞：《大眾傳播與現代社會（上、下）》，1975年。

32. 張慈涵：《大眾傳播心理學》，臺北：鳴華出版社，1975年。

33. 金凱：《傳播基本原理》，臺北：東西文化中心傳播研究所、臺灣省家庭計劃研究所，1975年。

34. 韋光正：《歐洲大眾傳播》，臺北：華欣文化事業中心，1976年。

35. 拜丁豪：《說服的藝術：說服性傳播》，臺北：三山出版社，1977 年。

36. 施長要：《傳播道上》，臺北：臺灣中華書局，1977 年。

37. 鄭貞銘：《美國大眾傳播》，臺北：臺灣商務印書館，1977 年。

38. 〔加〕麥克魯漢著、葉明德譯、祝振華校訂：《傳播工具新論》，臺北：巨流圖書公司，1978 年。

39. 楊孝濚：《傳播研究方法總論》，臺北：三民書局，1978 年。

40. 楊孝濚：《傳播研究的社會功能》，臺北：聯經出版事業公司，1978 年。

41. 鄭貞銘：《新聞學與大眾傳播學》，臺北：三民書局，1978 年。

42. 吳東權：《電影與傳播》，臺北：黎明文化事業公司，1979 年。

43. 楊孝濚：《傳播社會學》，臺北：臺灣商務印書館，1979 年。

44. 祝基瀅：《傳播制度與社會制度》，臺北：黎明文化事業公司，1979 年。

45. 李茂政：《傳播學》，臺北：時報文化出版事業公司，1981 年。

46. 李金銓：《傳播學概論：社會‧媒介‧人》，臺北：政治大學新聞研究所，1981 年。

47. 潘家慶：《傳播、媒介與社會》，臺北：臺灣商務印書館，1981 年。

48. 鄭貞銘：《大眾傳播與現代化》，臺北：時報文化出版事業公司，1981 年。

49. 朱立：《傳播拼盤：給思想的小腳鬆綁》，臺北：時報文化出版事業公司，1981 年。

50. 汪琪：《文化與傳播：「世界村」裏的溝通問題》，臺北：政治大學新聞研究所，1982 年。

51. 楊孝濚：《傳播研究與統計學》，臺北：臺灣商務印書館，1982 年。

52. 楊孝濚：《三民主義之傳播理論與實務》，臺北：中央文物出版社，1982 年。

53. 趙俊邁：《媒介實務》，臺北：三民書局，1982 年。

54. 祝振華：《傳播與公眾關係》，臺北：黎明文化事業公司，1982 年。

55. 〔美〕Fredrick Williams 著、韓玉蘭譯：《傳播革命》，臺北：允晨文化，1983 年。

56. 陳世敏：《大眾傳播與社會變遷》，臺北：三民書局，1983 年。

57. 李金銓：《國際傳播的挑戰與展望》，臺北：時報文化出版事業公司，1983 年。

58. 潘家慶：《傳播與國家發展》，臺北：政治大學新聞研究所，1983 年。

59. 韋光正：《西德大眾傳播》，臺北：「中華民國」大眾傳播教育協會，1983 年。

60. 鄭瑞城：《組織傳播》，臺北：三民書局，1983 年。

61. 祝基瀅：《政治傳播學》，臺北：三民書局，1983 年。

62. 方蘭生：《傳播原理》，臺北：三民書局，1984 年。

63. 李茂政：《大眾傳播新論》，臺北：三民書局，1984 年。

64. 李瞻：《國際傳播》，臺北：政治大學新聞研究所，1984 年。

65. 潘家慶：《新聞媒介·社會責任》，臺北：臺灣商務印書館，1984 年。

66. 「中華民國」大眾傳播教育協會編：《傳播科技展望》，臺北：「中華民國」大眾傳播教育協會，1984 年。

67. James C. Strouse 著，陳世敏譯：《傳播媒介民意公共政策分析》，臺北：臺灣編譯館，1985 年。

68. 〔美〕Tony Schwartis 著，削亮：《傳播媒介：第二位上帝》，臺北：政治大學新聞研究所，1985 年。

69. 周莉音：《國際關係中國際傳播之角色》，臺北：黎明文化事業公司，1985 年。

70. 祝基瀅：《傳播革命與現代社會》，臺北：淡江大學出版中心，1985 年。

71. 〔英〕Denis McQuail 著，黃新生譯：《大眾傳播理論》，臺北：政治作戰學校，1986 年。

72. 李瞻：《國際傳播》，臺北：三民書局，1986 年。

73. 馬起華：《主義與傳播》，臺北：黎明文化事業公司，1986 年。

74. 彭芸：《政治傳播：理論與實務》，臺北：巨流出版社，1986 年。

75. 蘇蘅：《傳播研究調查法》，臺北：三民書局，1986 年。

76. 祝基瀅：《傳播·社會·科技》，臺北：臺灣商務印書館，1986 年。

77. 巨克毅：《意識形態傳播與國家發展：三民主義意識形態傳播之研究》，臺北：三民主義研究所博士論文獎助出版委員會，1987 年。

78. 潘家慶：《發展中的傳播媒介》，臺北：帕米爾，1987 年。

79. 石永貴：《大眾傳播的挑戰》，臺北：東大出版社，1987 年。

80. 王洪鈞：《大眾傳播與現代社會》，臺北：正中出版社，1987 年。

八、公共關係及民意測驗研究

1. 〔美〕拉艾特·克里斯辛著、施康平譯：《公共關係》，臺北：華國出版社，1951 年。

2.〔美〕蓋洛普著、黃沙譯：《民意測驗精華》，臺北：衡光出版社，1957 年。

3. 杜陵：《民意測驗》，臺北：「中華民國」民意測驗協會，1958 年。

4. 黃沙：《民意測驗》，臺北：政工幹部學校，1963 年。

5. 漆敬堯：《競選公共關係》，臺北：海天出版社，1963 年。

6. 董彭年：《實用公共關係學》，臺北：幼獅書店，1964 年。

7. 杜陵：《民意測驗的理論與實例》，臺北：中央文物供應社，1964 年。

8.「中華民國」民意測驗協會：《民意測驗之理論與實踐》，臺北：「中華民國」民意測驗協會，1964 年。

9. 崔寶瑛：《公共關係學概說》，臺北：臺北市新聞記者公會，1966 年。

10. 梁在平：《公共關係與企業管理》，臺北：世界新聞專科學校，1967 年。

11. 吳望伋：《十年來民意測驗之檢討》，臺北：「中華民國」民意測驗協會，1967 年。

12. 杜陵：《民意測驗學》，臺北：經緯市場調查研究社，1968 年。

13. 王明誠：《公共關係》，臺北：華聯出版社，1968 年。

14.〔日〕池田喜作著、許允芳：《最新公共關係實務》，臺北：嘉勵出版社，1969 年。

15. 黎模斌：《公共關係與傳播》，臺北：莘莘出版社，1973 年。

16. 鍾榮凱譯：《新聞人員民意測驗須知》，臺北：世界出版社，1986 年。

九、年鑑及工具書

1. 臺灣省新聞處：《新聞業務手冊》，臺北：臺灣省新聞處，1954 年。（該手冊還於 1956、1971、1975、1978、1983 年修正出版）

2. 臺北市新聞記者公會：《「中華民國」新聞年鑑：開國五十年紀念》，臺北：臺北市新聞記者公會，1961 年。

3. 臺灣省新聞處編：《新聞文化事業一覽》，臺北：臺灣省新聞處，1967 年。

4. 新聞聯繫月刊社編：《政府各機關暨公營事業單位新聞聯繫與公共關係業務概況》，臺北：新聞聯繫月刊社，1968 年。

5. 李林原編：《新聞英語閱讀指導》，臺北：臺灣商務印書館，1969 年。

6. 新聞叢書編纂委員會輯：《新聞佳作選》，臺北：臺北新聞記者公會，1969 年。

7. 祝振華編：《英語新聞特寫精華》，臺北：「國立」藝專廣播電視學會，1969 年。

8. 臺北市新聞記者公會：《「中華民國」新聞年鑒：開國六十年紀念》，臺北：臺北市新聞記者公會，1971 年。

9. 馬驥伸：《新聞英語讀者辭典》，臺北：亞太圖書出版社，1980 年。

10. 臺北市新聞記者公會：《「中華民國」新聞年鑒》，臺北：臺北市新聞記者公會，1981 年。

11. 李瞻等：《英漢大眾傳播辭典》，臺北：臺北市新聞記者公會，1983 年。

12. 古凌：《新聞辭典》（1～3），臺北：聯合報社，1984 年。

13. 王世華：《新聞用語辭典》，臺北：五洲出版社，1984 年。

後　記

寧海五載韶華，上下求索；龍蟠經年春秋，無問西東。

在南京師範大學讀博士班的時候，學院大樓外有一排楊樹，每當早晨坐在研究室的窗前，總不忘看看那楊樹，看著它的樹葉從嫩綠到油亮到枯黃到飄零到新生的循環，頗有「躲進小樓成一統，管他冬夏與春秋」之感。而現在，這榮枯往復的楊樹又長出了新葉，漸漸遮住了枝丫間碩大的鳥巢，或許又要有新的生命在巢中誕生，就像這春夏的隨園，在柳綠鶯啼中重生。正是這本書前前後後的寫作修訂讓我得以窺探人類智慧的方寸天地。我曾在南京唯楚書店購得一本《從南京到臺北》，這冊書現在依然立於我書架醒目之處，彷彿預示了我的研究旅程，也注定了我與這兩個城市結下不解之緣。

本書的問題關注源自碩士期間赴世新大學的一次交流，進而發展成為博士論文選題，並有幸成為今天這一冊拙著。2015年我第一次踏上寶島的土地，懷揣著興奮與憧憬，在島內的山河湖海中留下足跡與驚歎，也攜帶著迷茫與渴望，在木柵景美間找到驚喜與啟發。確定研究選題之後，世新、政大的圖書館變成了我時常光顧的地方，世新大學圖書館三樓自修室靠窗的第四張單人桌，成了我的「專席」。2015、2016、2017、2018，四年三次往返兩岸，在教室、書店、圖書館中徘徊，獲得的收穫與喜悅，甚至要比珍奶、麵線、鹽酥雞來的實在。

臺北的夏天總是爽朗的晴，在政大後面的指南山上極目遠眺，臺北盆地盡收眼底；南京的天氣總是帶有江南溫婉的水汽，在虎踞龍盤中徘徊，民國往事湧上心頭。在學校翻閱收集來的資料，那些乍聽起來讓人精神緊繃但在現代時

空裏早已脫敏甚至十分可笑的政治詞彙，卻在此情此景中別有滋味。讀到臺灣新聞學者們的思想時，那些充滿智慧又不失詼諧的詞句中所飽含的原鄉情節，則不得不讓人掩卷歎息。英國史學家彼得‧伯克曾在一段治史經驗談中說過：「我想每部歷史作品都包含著研究者自傳的背景，如果你對某一件事物都沒有一絲情感的投入，你如何能描寫它？」或許正是經驗、情感與理論的多重在場，讓我在寫作時沒有那麼多煎熬與痛苦，更多的是感到自己在浩繁歷史面前的卑微與渺小，以及在那些熟悉又陌生的學者作品面前慨歎與莞爾。

在求學生涯中，我所感受到的不僅僅是學術的魅力，更多且更重的是來自身邊親人師友的溫情，因此不能不看似俗套但卻發自肺腑的感謝他們。海畔尖山似劍芒，散上峰頭望故鄉。感謝父母的鼎力支持，讓我在求學期間沒有後顧之憂。正是父母的鼓勵，讓我有勇氣走上漫漫求學之路；正是父母恰到好處的關懷與退讓，為我營造了心理與物質上的舒適空間。踏上異鄉求學路的人總是不得不上演雙城記，他鄉反成故鄉，故鄉只剩夏冬。每次回到家中，豐富的菜肴和整理得恰到好處的床鋪，都是無言的關懷。每次歸鄉不論長短，都總覺得陪伴你們太少，看著朱顏改，歲月留下痕跡；華發生，青絲飛上白霜，心裏似東流春水，別是一番滋味在心頭。但也只能默默的謹記，希望畢業後能接好家庭的這一棒。

種樹樂培佳子弟，擁書權拜小諸侯。衷心感謝我的導師張曉鋒老師，是您的教導、撫慰與鼓勵，讓我能踉踉蹌蹌地完成博士學習這一極為重要卻亦是平常的人生旅途，並終如願站上三尺講臺。我現在還記得在申請碩博連讀時得到的您的鼓勵，讓我放下對自己的懷疑與顧慮，繼續投身您門下學習。碩博五年載，您總是以充沛的精力與燦爛的笑容面對我們這些莽撞、懶惰、自以為是的晚輩，用您的學識與經驗潛移默化地影響我們，即使事務纏身也不忘關心我們的學業與生活。我本天資愚鈍，非精明強幹之人，而導師又總理全院事務，案牘勞形，卻仍在百忙之中盡心盡力指導我的學業與寫作。您教育提點我五年，在畢業後也不忘時時耳提面命、注視著我的學術成長，個中辛苦學生銘記於心。

春風化雨，潤物無聲。感謝南京師範大學新聞與傳播學院的倪延年、方曉紅、於德山、顧理平、劉永昶等老師對本書寫作過程中困惑的解答與不足的批評。感謝南師新傳的每一位老師，不論是在課堂聆聽你們的教誨，還是在會議沙龍中與老師們坐而論道，無不讓學生受益匪淺。正是老師們在課上課下、書

裏書外的無私奉獻，讓我這一介愚笨書生，對紛繁世界與廣闊學術天地有了些許認識。倪老師常說我們是自家人，也正是各位老師讓我在學院感到了家的溫暖。此外要感謝勝似「自家人」的天津師範大學李秀雲老師，您總是願意在我困惑的時候指點迷津，用您治學術史的經驗給予我啟發，並無私的將您的資料傳送與我，對我幫助極大。

指南宮下、景美溪畔、溝子口旁、陽明山間，都有幾位特殊的朋友必須讓我銘記。感謝世新大學口傳系的夏春祥老師，和您緣起在交流時的課程之上，當您從亞里士多德談到 APP 世代時，風趣幽默卻極具洞見的授課風格便深深吸引了我。日後兩年在臺北或南京的重逢讓人更是欣喜，還記得 2017 年夏天，我在臺灣查找資料之餘拜訪您，您驅車載著女兒欣欣帶我去私藏的牛肉麵館用餐、帶我去您寓所的公共圖書館指導我的論文思路。2018 年金陵再會時，您依然無所保留的與我在老門東的街巷中暢談，在清涼山的秋風中泛論，讓我知道學術之路要走向何方。感謝中國文化大學的夏世芬老師，我總是在意識到缺少重要資料卻又無法赴臺的時候打擾您，而您總是親自將資料第一時間傳送給我，每次赴臺當面表達感謝時，您也總慷慨解囊讓我一飽口福。2018 年在杭州相會，您嚴謹的治學態度更讓學生感佩。感謝政治大學的李瞻、潘家慶老師，作為臺灣新聞學界的巨擘，二位仍願意捨棄自己的休息時間接受我的訪談，學生感激不盡。還記得 2016 年的冬天，潘家慶老師早早在雨中等候我的拜訪，見面第一句便是回味悠長的「風雨故人來」。這不僅僅是前輩對晚輩的提攜，更有對於原鄉的眷戀。2022 年驚聞李瞻先生仙逝，竟一時錯愕，2016 年元旦拜訪彷彿只過去了數日。感謝政治大學的馮建三、臧國仁、蔡琰老師，每次赴臺都會拜會各位老師，受你們的言傳身教，不但有愉悅的餐敘，更有授人以漁的學術活動。無論是受邀參加臧國仁、蔡琰伉儷延續十數年的學術沙龍，還是與馮老師夫婦登山吃冰、談天說地，都是極為難忘的經歷。感謝世新大學法律研究所的陳廷超，每次去臺灣都要拜託你幫我借書、掃描，你還會主動騎著機車在炎炎烈日下陪我郵寄沉甸甸的書籍，曬到皮膚紅痛也不抱怨一句。還要感謝羅榮枝、許永傳等幾位臺灣的忘年交，讓我對臺灣島內的政治與社會有了更「在地化」的感觸。

天下快意之事莫若友，快友之事莫若談。感謝好友王培江，讓我有情感的宣洩口，並為文章地校付出辛勞。感謝操瑞青、虞文俊、夏羿老師對我學術困惑的解答，每當有不解之時，總能從你們那裡得到啟發。間或的小酌漫談，

更是豐富學養的極佳時機。感謝博士求學期間史劍輝、張勇麗、管佖璐幾位同窗好友的互相支持，雖然大家不常相聚，但是關鍵時刻總會互相勉勵。時而交流思想，時而插科打諢，各種樂趣唯同窗可知。感謝516牛耀紅、王晗嘯、周濟、張炳旭、夏冬、董浩等小夥伴的日日陪伴，與你們談笑是最為快意之事，頗有書生意氣，揮斥方遒的豪邁。感謝相識十餘年的摯友孫見坤，自與君交，方知歷史的魅力。每次同遊，皆有所獲。感謝人民大學的楊奇光博士，同道中人惺惺相惜，在彼此的求學生涯中互相鼓勵扶掖，是日後再難有的經歷。感謝唐楠、劉朔琿、郝擎支、王科、嚴常坤、于傑等摯友，雖然我一介書生沒什麼成就收穫，但還有你們喜歡聽我說人生脆弱。

殷勤圖後會，勉強就前程。已經從學生轉變成為教師的我，仍未曾放下對於臺灣地區新聞學術發展的關注與凝視，這也正是本書能夠付梓的動力。可能與山水有緣，南師大在清涼山側、政治大學在指南山下，世新大學在景美溪畔，南京林業大學更是紫金山旁、玄武湖邊。過往的苦樂已成最美好的記憶，而生命的旅途卻從來不許你停下，人的生命旅程也正像學術研究的發展一樣，有坦途、有波折、有蜿蜒、有浩渺、有急湍、有靜流，但對於真理的追尋卻未曾改變。路漫漫其修遠兮，吾將上下而求索。

林若野

二零二三年春　於金陵